唐诗三百年

诗人及其诗歌创作

黄天骥——著

东方出版中心有限公司

冷暖室古典文学创作论

图书在版编目（CIP）数据

唐诗三百年：诗人及其诗歌创作 / 黄天骥著. —
上海：东方出版中心，2022.3（2025.3重印）
ISBN 978-7-5473-1971-0

Ⅰ. ①唐… Ⅱ. ①黄… Ⅲ. ①唐诗－诗歌欣赏 Ⅳ.
①I207.227.42

中国版本图书馆CIP数据核字（2022）第037989号

唐诗三百年——诗人及其诗歌创作

著　　者　黄天骥
策　　划　郑纳新
责任编辑　陈明晓　万　骏
封面设计　东合社・安宁

出版发行　东方出版中心有限公司
地　　址　上海市仙霞路345号
邮政编码　200336
电　　话　021-62417400
印 刷 者　上海万卷印刷股份有限公司

开　　本　890mm × 1240mm　1/32
印　　张　14.625
字　　数　301千字
版　　次　2022年3月第1版
印　　次　2025年3月第3次印刷
定　　价　55.00元

序

姚　蓉

这是一本文学赏析性质的著作。这又不仅仅是一本文学赏析性质的著作。它更是一本别出新意的研究专著。

黄师天骥先生，以耄耋之龄，笔耕不辍，精选唐诗三百年名家名篇，深入剖析，以点带面，纵论唐代有代表性的诗人及其有代表性的作品的创作之道，最后勒成此书。学生初闻此事，颇为讶异：历代评论、赏析、研究唐诗之作甚夥，先生何苦为此看似吃力不讨好之举？及至拜读先生文稿，屡屡拍案叫绝，叹服先生视野之广阔、立论之高妙、解析之精到，方知吾师此书不虚作矣！唐诗研究又结硕果矣！

先生治学，从不惮于向“名篇大家”发起挑战。古往今来，《周易》研究著作可谓汗牛充栋，而先生《周易辨原》一书，驱散易学研究中玄之又玄的迷雾，“发上古社会日常生活之覆”，别出新见。《西厢记》研究，师祖王季思先生、董每戡先生都是学界公认的权威，先生并未因此裹足不前，写作《张生为什么跳墙》《“张生跳墙”的再认识》等文章，撰成《情解西厢：〈西厢记〉创作论》之专著，在此领域进一步深耕细作，承传王、董二先生而又自具面目。随后又撰成《意趣神色：〈牡丹亭〉创作论》，目前则正在撰著《桃花扇》《长生殿》的“创作论”；名家名作的“创作论”研究，堪称先生学术研究的新创获。究其因，是先生一贯秉持师祖“学术是天下公器”的教导，不断探索“如何运用‘公器’做出有自己面貌的文章”。先生不仅自己身体力行，还每每以此教导我辈后学。记得二十年前在先生门下求学时，先生针对大家对硕、博士生论文选题的畏难情绪，就曾说过：“要研究古代文学中的‘名篇大家’，因为大师的创作、经典的名篇，更具典型性。比如研究唐诗，就要研究李白杜甫。”今观先生此书，“除了李白、杜甫、王维三位大诗人各选入两首作品外，其他诗人都只选一首”，所选诗作，如李白《梦游天姥吟留别》《早发白帝城》，杜甫《石壕吏》《蜀相》，王维《终南山》《观猎》等篇章，均为流传甚广的名篇。先生赏评，总能独出机杼，如从奇特的节奏入手分析《观猎》的细节，以“如歌的行板”比拟《梦游天姥吟留别》的开篇，以剧本的形式补足《石壕吏》的情节，确实做出了“有自己面貌的文章”。因此，也可以说以戏剧创作等审美研究之法，综合为唐诗创作论。

先生治诗，深得诗家三昧。先生谦称自己的治学目标为“戏曲为主、兼学别样”，实则于戏曲研究之外，先生在诗词研究亦极精深，成果丰硕，还曾经萌生过以诗词研究为主的念头。1982年，先生《纳兰性德和他的词》一书出版，不仅是纳兰性德研究开创性的著作，对促进“纳兰研究”成“显学”居功至伟，至今仍是该研究领域标杆式的成果，重印再版多次之后，最近又将再版。此外，先生的《诗词创作发凡》《诗词曲十讲》等著作，对诗词爱好者鉴赏和创作旧体诗词极具指导意义。先生赏析诗词，之所以每每能讲到点子上，是因为他自己有着丰富的创作经验。吾师得詹安泰、黄海章两先生传授旧体诗词写作技法，本身又极具创作才华，堪称“广东诗词界的翘楚”（黄修己教授语）。从其《冷暖室别集》可以看出，先生于诗词一道，可谓众体兼工、自成格调。正因为深谙诗词创作之堂奥，所以先生在解析诗词时，别具法眼。如在分析李白《早发白帝城》之复杂情感时，先生写道：

> 如果真的只是表现旅行的轻快，我们不妨试改动几个字，看看行不行。例如说：“朝辞深圳出房间，千里武昌一日还；两面鸟声啼不住，动车已过万重山。”从写速度之快而言，它和《早发白帝城》也真差不多吧！但这样的打油诗，能流传得下来吗？

先生幽默地改动了千古名篇《早发白帝城》，让读者在对比中领会到此诗的妙处绝不仅仅在于以夸张的笔法描写速度之快。如此赏析诗歌，完全是方法上的创新！再比如解析李贺《金铜仙人辞汉歌》时，先生读出了金铜仙人的性别：“在李贺的想象中，这金铜仙人，还具有女性的身份。”让人大呼新奇！这些方法和判断看似简单，实则没有非凡的艺术感受力，很难做到。先生曾说：“音乐也好，诗词也好，关乎一个人的艺术感受力。没有艺术感受力，怎么可能研究得好文学呢？”关于这一点，我们这些弟子深有体会。记得求学期间的某次读书会上，先生忽然拿出一首未署名的七言歌行《珠水春堤曲》让大家分析，诸同学纷纷比之“梅村体”，先生大笑，谓乃其近作也。当时只觉先生颇似“老顽童”，如今自己也当了许多年老师，已能体会先生利用一切机会培养学生艺术感受力的深心所在，更体会到先生强调创作体验对古代诗歌的理解与教学的重要性。想到这里，不由得想要再详细说说先生的一首作品——七言歌行《围棋咏》[1]：

秋风猎猎银鹰举，国手东征跨海去；回望齐州九点烟，扶桑只隔一帘雨。雨滴波生白玉堂，汉家豪客振棋纲；千金宇内求骐骥，五色云间下凤凰。拂衣直上攻擂处，呖乱鸟声啼不住；一决雄雌壮士心，莺鸣求友情常驻。横戈驻马阵云高，雨卷龙腥出海涛；北线穷阴围荆莽，南边巨浸接深壕。棋枰对坐千山静，敛气凝眸看日影；兜鍪不动战旗斜，霹雳收勒听军令。须臾子落起风雷，顿觉眉间剑气吹；布下“小星”光闪灼，犄角连环不可摧。迎敌分兵开虎口，坚城滚石大如斗；直插“天元”“宇宙流”，应手从容饮杯酒。酒酣顺势发奇兵，貔貅怒跳入空营；振臂一呼惊草木，敲棋犹作乱金鸣。中腹大空尖、顶、靠，栈道明修瞒敌哨；“小飞”斜出渡陈仓，微睨金鳌抛锦罩。锦罩腾挪动九天，六军翻似油锅煎；露重鼓寒声尽死，戟锁重关马不前。满座但闻风索

1　时聂卫平先生赴日参加“昌棋杯”围棋赛。

索，赤日炎炎霜雪落；气结生吞血欲凝，惟有哀兵夜吹角。楚歌四面月将残，紫塞荒凉暮色寒；大局行看江海泻，谁人只手挽狂澜？咬牙搔首沉吟久，拍案急抛“胜负手”；拼掷头颅决死生，五岳乍崩天乱抖。雕弓晓射踣霜蹄，沙场骨白血肥泥；短兵搏杀“收官子”，孤棋“打劫”系安危。胜负安危休细数，渐散尘烟收战鼓；斗酣转觉友情浓，投袂推枰齐起舞。纹枰三尺入玄机，黑白分明接翠微；覆雨翻云千载事，落花流水一招棋。一着只差势尽倒，当时曾把黄龙捣；古今中外几多人，功败垂成没芳草。京华恰见聂旋风，凯歌高唱入云中；漫把棋形连世势，拈花微笑论英雄。手谈斗智兼斗力，国运蹉跎棋运戚；元戎卓识与天齐*，助我雄飞张羽翼。卧薪尝胆几春秋，报国心丹耀斗牛；锻砺矛戈期一战，岂能徒白少年头。心底无私思路广，虎穴龙潭由我闯；囊棋仗剑走天涯，铲平沧海千层浪。闻君此语倍精神，昌棋爱国竟难分；烂柯仙叟跨龙去，尚留豪气满乾坤。满乾坤，说聂君，“杀伤电脑”摄心魂；迎风独立三边静，秋山黄叶落纷纷。

*元戎，指陈毅元帅。

我们知道，中国围棋源远流长，以围棋为题的诗赋数不胜数。仅从东汉到南朝，就有“五赋三论”，即东汉马融和西晋蔡洪、曹摅及梁武帝萧衍、南朝诗人沈约的五篇《围棋赋》，东汉班固的《弈旨》，三国魏朝应玚的《弈势》，南朝梁代沈约的《棋品序》，都是名作，要超越他们实在不容易。先生此诗不仅成功突破了前人的藩篱，显示出他过人的才华和豪放不羁的风格，尤其显示了他对唐代诗歌及其创作的心路历程的深入理解和把握——一首《围棋咏》，却写得像极了唐代的边塞诗：从大将出征到凯旋，从运筹帷幄到短兵相接；有明修栈道暗度陈仓，有四面楚歌直捣黄龙。每四句一转韵，每韵都有独立的事项，环环相扣，首尾呼应。诗中关于围棋的典故、术语也都信手拈来，运用自如。一曲读完，余音袅袅。

先生治学，擅长“交互”之法。先生曾说：“我在研究剧本时，会使用分析诗词的思路；反之亦然，在研究诗词时，会使用分析剧本的思路，这样‘交互’使用，容易得出新见。”在此书中，先生谓王昌龄《出塞》的第四句，“和戏曲‘亮相’的造型十分相似”，“整首诗，就在他将拔欲拔的细节中定格”，让读者对这位将军印象深刻，也让读者更深入地理解了此诗的妙处。在解析杜甫《石壕吏》一诗时，先生更是直接把诗中老妇人的叙述性语言改写成“净扮吏，老旦扮妇”进行表演的剧本，补足吏的各种刁难之词，加上科范，将石壕吏穷凶极恶的面目栩栩如生地呈现在读者面前，可谓神来之笔！这已不仅仅是诗歌赏析，而是对经典唐诗的再创作了。先生使用“交互”之法，还不只是诗词研究与戏剧研究的交互，美妙的乐章、指挥的技巧，甚至生活的常识，都能被先生运用到学术研究中。先生中学时曾受过音乐指挥的专门训练，以之研究诗词，就特别重视诗歌的“节奏”。在解说王翰《凉州曲》、王维《观猎》、岑参《白雪歌送武判官归京》、杜牧《山行》等篇章时，先生通过分析诗歌独特的语言节奏，让读者更直观感受到诗歌的声韵之美与诗人的内在情绪变化。对于“一篇锦瑟解人难”的李商隐《锦瑟》诗，先生告诉读者，中间四句“这四个意象朦胧的典故，是被诗的前两句和后两句包裹起来的”，就如同“饺子里混合着四种材料和口味不一样的馅”，用生活体验来传达审美体验，真是通俗又贴切的解读！难解的《锦瑟》诗，在先生这里也迎刃而解了。

先生治学，追求“圆融”之境。先生善用辩证思维，“重视事物之间对立而不对抗的一面”。先生解说白居易《赋得古原草送别》时说：“荣与枯，兴与亡，生与死，是物质运动和人世间无可避免的规律。”这既是先生的论诗之语，也是先生的思辨之言，更是先生豁达人生态度的体现！此书各篇赏析的字里行间，时时透露出先生的人生智慧、审美观念。他写这部书，也是“希望读者能看到唐代诗人创作的状态，看到诗风的变化发展，鉴析诗人灵魂深处的律动以及创作的技巧和奥妙等问题”。先生此言，道出了他对文学中的风格与技巧、意境与态度、社会与心灵等诸多问题融合一体的思考，对文学和谐境界的追求。

先生治学，无论诗词散文，还是小说戏曲，一向重视其中的创作方法及技巧问题的研究，撰成的《情解西厢：〈西厢记〉创作论》《意趣神色：〈牡丹亭〉创作论》《诗词创作发凡》等书，已经自成体系，自具风范。所以，本书不仅承载了先生对如何创作出具有经典水准的诗歌的执着思考，对如何体悟诗歌最美意境的孜孜追求，更是映照了先生先探求诗人创作的“心路历程”，进而探求那个伟大时代的“诗路历程”的精研覃思，可以说它是先生“古典文学创作论”系列最新的篇章。

先生说：“当老师，其职责就是成就学生。”先生近年来出版大著，都是交给学生写序，这就是成就学生的一种途径。此书出版在即，先生嘱余作序。虽为毕业多年仍得先生眷顾而兴奋，但更为平生第一次为人作序，竟是为吾师作序而惶恐！深愧自己对唐诗专研不精，于先生的学术思想亦领悟不够，只能以上述粗浅之言，博先生及诸位方家一哂。

2021 年 12 月 14 日于上海大学

目　录

小 引

在我国，凡是有点知识的人，都会知道“唐诗”这一个词儿，知道它不仅是一个历史时代作品的总称，而且是我国传统文化的瑰宝。它整体的夺目光辉，照耀着几千年来的文坛。特别在我国诗歌史上，它有着不可逾越的地位。

如果你打开唐诗的宝库，你会发现，里面是一片蜃光宝气，一阵鸟语花香，色彩缤纷，变幻无穷，令你目眩神迷，目不暇给。你会忽而看到一幅幅壮丽山河的图卷；忽而看到一处处幽雅清静的楼台。会看到将士们金戈铁马，豪气冲天；又会看到百姓辗转沟壑，哀鸿遍地。会看到有些诗人慷慨高歌，或雄浑，或豪劲；有些诗人低吟浅唱，或含蓄，或冲淡。你会听到有人悲天悯人，太息“室有流亡愧俸钱”；也会听到有人胸怀壮志，浩歌“直挂云帆济沧海”。在诗歌创作的艺术技巧上，唐代诗人总体上达到前所未有的高度。总之，唐诗让你为祖国优秀的文化传统而自豪。熟读唐诗，理解唐诗，或者懂一点唐诗，也能让你洗涤灵魂，提升修养，优化气质，成为具有审美情趣的人，而有别于三大四粗的笨驴和三姑六婆之类的角色。

《论语》记录了孔老夫子对他的儿子孔鲤语重心长说的一句话："不学诗，无以言。"（《论语·季氏》）意思是说，不学习《诗经》，不会将其中的诗句应用于政治场合，就等于没有发言权。同样，在今天，无论是理科文科大大小小的知识分子，不懂得或不熟悉几首唐诗，也真说不上是中国的知识分子。因为，中国传统文化的精华，沁进了唐诗。熟读了唐诗，它的风华韵味，也会沁进您的骨髓，融入您的语言谈吐，提高文笔修养，优化思维素质。显然，读不读一点唐诗，对国人来说，真有文野之分，粗细之分，以及雅俗之分。

清初编集的《全唐诗》，计有 48 900 余首。经过后人的考索增补，估计现存唐诗应是 55 000 首左右。这些诗歌汗牛充栋，实在未必能通读。好在清代的蘅塘退士，也就是孙洙，在乾隆年间编选了《唐诗三百首》。据他在序言中说：这一选本，"专就唐诗中脍炙人口之作，择其尤要者"，辑集而成。他选取了唐代诗歌的各种体裁，诸如古体诗、五律七律、五绝七绝、乐曲等等。就编选作品的内容和艺术而言，水平也较高，因此，在《唐诗三百首》面世以后，洛阳纸贵，"熟读唐诗三百首，不会作诗也会吟"，"熟读唐诗三百首，不会吟时也会偷"，也一时成为谚语。到如今，我认为蘅塘退士的《唐诗三百首》，依然是我们学习唐诗最为合适的启蒙读物。

《唐诗三百首》所选的诗，实际上共 311 首。古体诗占 78 首，其他是绝诗和律诗。我这部小书，也基本上环绕着为人熟识的《唐诗三百首》，再加上一些未被蘅塘退士选入、却在今天还比较流行的名诗，按照不同时期具有代表性的诗人，择其有代表性的诗篇，和读者一起交流，希望读者能看到唐代诗人创作的状态，看到诗风的变化发展，鉴析诗人灵魂深处的律动以及创作的技巧和奥妙等问题。

人生在世，就像生长在山上的草木，总免不了经历春风夏日、秋雨冬霜。任你是千年松柏，也会从嫩苗幼株，长成粗枝壮叶，又渐次苍老衰朽。人生的进程，也有少年、壮年、中年和晚年。历史的潮汐，总是从起到高，又从高下落，溅化为另一种与初潮不同的波纹。

唐代诗人孟浩然，写过一首《与诸子登岘山》的诗：

人事有代谢，往来成古今；
江山留胜迹，我辈复登临。
水落鱼梁浅，天寒梦泽深；
羊公碑尚在，读罢泪沾襟。

岘山，在今湖北襄阳，晋代名将羊祜，字叔子，人称“羊叔子乃斯文主将”，他为百姓做了许多好事，闲暇时常到山上游赏，常叹息“自有宇宙，便有此山”，但又想到曾来此山的历代贤人，大都湮没无闻，言下不胜感慨。羊祜死后，襄阳百姓就在岘山上建立“羊公碑”，纪念这位名臣名将。孟浩然和朋友们来到这里，四望周遭景色，水枯河浅，寒气迫人，只有羊公碑在孤寂中依然屹立，他触景伤情，便写下了这首诗。

这首诗，《唐诗三百首》中也有收录，总体而言，显得流畅清逸，自然浑成，这向来被认为是孟浩然诗作的特色。但这诗最让人震撼之处，是它劈头就说出一个颠扑不破的真实：“人事有代谢，往来成古今！”他觉察人世间种种事物，变化更替，便成为一代又一代的历史。这句诗，直截道出历史的规律，它蕴含着的哲理性，让人陡然一惊；其后平缓疏淡的诗句，倒成了这名言的反衬。

“人事有代谢，往来成古今”，唐代诗坛发展变化的进程，何尝不是如此！

诗歌，是人的思想感情和生命力的外化。如果把由一代诗人的群体积聚而成的一个时代的诗坛，看成和人一样有血有肉的实体，那么，在诗坛的生命历程中，古往今来，变化更替，它也和人一样，有着青少年、壮年和晚年的几个发展阶段。

根据唐代社会经济以及文化的发展变化影响到诗人创作内容和风格的情势，许多学者，正是把唐代诗坛的代谢比为人生，把它区分为“初、盛、中、晚”四个阶段的。其大致的年限是：

初唐：618—712 年，唐初至唐玄宗先天元年；

盛唐：713—765 年，开元初至唐代宗永泰元年；

中唐：766—826 年，大历元年至唐敬宗宝历二年；

晚唐：827—904 年，唐文宗太和元年至唐末。

当然，唐代诗人往往生活在跨时代的时期，不同时代的社会风气和文化思潮，也会交集在他们的作品中。所以，未必需要说某某是某某时代的诗人。我这本小书，也只按诗人出生的时间，作大致的先后排列。

唐代诗坛，上承前代诗歌发展的轨迹前行，又有所变化创新。

和亚细亚农耕经济的社会形态有关，从古以来，中华文化重视“天人合一”的观念。农耕经济靠天吃饭，人们认为人的所作所为以及感情意志，可以而且必须和“天”这一客体沟通。而人的感情抒发和宣泄，是与“天”取得和谐的重要渠道。上古时，人们祭祀上天，一定会载歌载舞，抒发感情，祈求护佑。存在决定意识，因此，在依靠农耕经济生存的封建时代，亦即从周代直至商品经济出现萌芽的明代，与经济形态相适应，抒情诗歌的创作一直居于文坛的主流。

在抒情诗歌创作的历史中，诗人们也一直追求如何使这一体裁，在形式上更加精致、更能动人。始初，人们知道，句子齐整、句末押韵，容易为审美受体所接受。因此，在周代的八百年间，除荆楚一些地方以外，流行四言诗，即一首诗中，诗句多少不作限定，全诗每句四字，句末则多数要押相同的韵。八百年后，人们发现，除押韵外，以单音节和双音节的词语互相配合，诗歌会显得更灵动和美听，于是出现了五言诗和七言诗。请看，文学形式的进展就是这样的古怪，格式的突破，只加上一个字或加上三个字，竟需要经历几百年的工夫。可见，艺术形式的改革、创新，历来并非易事。

其次，汉代以后，骈体文流行。这种文体，两句之间字数一般齐整。而相应句子的词性则或相同，或相对，这构成了对立统一的对偶美。像曹植在《洛神赋》里写洛神的容貌，就说：“其形也，翩若惊鸿，婉若游龙。荣曜秋菊，华茂春松。髣髴兮若轻云之蔽月，飘飖兮若流风之回雪。”这些骈偶的句式，对南北朝以后诗人们为追求诗歌形式的精美而创制“律诗”的形态，也产生了重要的影响。

更重要的是，在北朝，文学家兼音韵学家沈约，认识到属于汉藏语系的汉语具有平、上、去、入几个声调，有不同的音高。这四个声调，平声吐气平顺，可以统称为“平”；而上、去、入三声，发声部位与发声方法与平声不同，音高也不同，于是把“上、去、入”统称为“仄”，“仄”亦即“侧”，与平声的声调对立。如果在诗句的节奏中，适当排列和规定平仄的变化，可大大增强诗歌语言的音乐性和节奏的活跃性。诗歌，诗歌，“诗”与“歌”是有密切联系的，增强这一体裁的音乐性和节奏感，能让它更完美，更具有动人的魅力。

沈约在取得音韵学成就的基础上，提出了诗歌创作要注意“四声八病”之说，导致南北朝诗坛在诗歌的形式上作了重大的改革，规定了诗歌应该具有一定的格式。经过长期的摸索实践，人们制定了七律、七绝和五律、五绝的诗歌形式。

当然，汉代以来只重押韵不重节奏平仄的五言诗、七言诗，依然可以在诗坛里存在，人们称之为“古体诗”或“古风”，让它有别于讲究平仄的“近体诗”。在整个唐代，延续至晚清，千百年间，“古体诗”在诗坛上依然占有一席之地。由于“古体诗”没有平仄和句数的限制，作者可以纵笔直书，似乎“自由”一些。而“近体诗”则具有鲜明的音乐性和节奏感，全诗只有四句或八句，比较简短易记。加上铿锵的音节、和谐的韵律，更容易敲开审美受体的心灵之窗，更容易烙在人们的脑海里。初唐时期，就有许多诗人以这种新的诗歌的形式进行写作。即使是创作一些篇幅较长、不限句数的诗篇，像卢照邻的《长安古意》和张若虚的《春江花月夜》，也注意到在句子中平仄的运用。

然而，初唐时期的律诗和绝诗，毕竟是新生事物，人们对它的掌握也未臻成熟，界限仍宽。这一点，在初唐诗人王勃的创作中，就有明显的反映。

就诗歌形式走向精致化和注意音乐性而言，应该说是我国传统诗歌迈出了新的一步。当然，也有人认为诗作应该让人的感情自由抒发，为它设立格律，岂不是给感情的表达加上铁镣？的确，凡事都有两面性，诗歌格律会对诗人的畅想产生或多或少的约束。但若说它等于让人戴着铁镣跳舞，也不尽然。因为，这需要看这舞者是否真懂得跳舞，不会跳的人，给他加上铁镣，自然碍手碍脚，而聪明的舞蹈家，反而可以把铁镣运用起来，或挥动，或抛甩，这会让它更有助于增强舞蹈的韵味。如能纯熟运用诗歌的格律，这“铁镣”也会让你的创作生色。

本书选析了唐诗名篇三十多首，除了李白、杜甫、王维三位大诗人各选入两首作品外，其他诗人都只选一首。所选的有古体诗，也有近体诗。考虑到现代一般读者的喜爱，所选的也以近体诗中的律诗、绝诗居多。

由于篇幅和我的水平所限，有些名篇例如《长恨歌》等，已有不少名家作过深入的讨论，所以本书不再论述了，特此说明。

说王勃《送杜少府之任蜀川》

城阙辅三秦，风烟望五津；
与君离别意，同是宦游人。
海内存知己，天涯若比邻；
无为在歧路，儿女共沾巾。

“海内存知己，天涯若比邻”，这流传千古、成为格言式的佳句，你能想象得出，它竟是出自年仅十九岁的青年诗人之手吗?

这年轻人就是初唐诗人王勃。被称为诗圣的杜甫，在《戏为六绝句（其二）》中，曾经讥讽那些企图否定初唐诗风代表人物的错误倾向，他指出：“王杨卢骆当时体，轻薄为文哂未休；尔曹身与名俱灭，不废江河万古流。”话说得很尖刻，又可看出他对王、杨、卢、骆这四位“初唐四杰”诗风的肯定。

王勃，被杜甫列在杨炯、卢照邻、骆宾王之前，这不是偶然的。在“四杰”当中，他年纪不大，寿命最短，但他在十九岁时所写的《送杜少府之任蜀川》，却是震古烁今的诗作。

王勃生于650年，也就是唐朝的贞观年间。这阶段，唐太宗励精图治，年轻有为的诗人王勃，在这首送别友人的诗篇里，也流露出开阔的视野和乐观的情怀。当然，官场内部的纷争，魏晋以来诗人们时而绮丽时而迷茫的诗风，也不可能不在他心灵里回响。为人们熟悉的《滕王阁序》，他一会儿写“落霞与孤鹜齐飞，秋水共长天一色”，表现出的胸襟何等阔大，目光何等高远，但其后笔锋一转，竟出现“勃三尺微命，一介书生，无路请缨，等终军之弱冠；有怀投笔，慕宗悫之长风”的句子，情绪又何其忧伤，何等落寞。心情矛盾与意象落差的交织，典型地反映出初唐诗人的心态。

如果说，《滕王阁序》是王勃失意时候写的，那么，即使是他在年轻得意时所作的《送杜少府之任蜀川》，其实也是开朗与失落心情的交集。

《唐诗三百首》选取它作为王勃的代表作，也确是很有见地的。

王勃十四岁即有才名，后被皇帝破格任用，意气风发。这首诗，写的是他在长安送别亲密朋友杜少府时的心情。亲密的朋友一旦分袂，王勃心中未免怅然若失，于是就写了这首诗。

诗的开首，王勃写他和杜少府握别的地点。他首先用了两句对偶句，以地名对地名；地名中，“三秦”对“五津”，以数词对数词，显得特别工整。而在握别地点景色的描写中，只从大处着墨，不作细腻描写，这让人感到了精整而壮阔的气象。

王勃和杜少府是在唐朝首都长安握别的。在唐代，长安宫阙巍峨，百业兴旺，人口过百万，是世界上最大的都市。更有开阔的三秦地区，作为京畿的拱卫，足见气象的恢宏。作者对此大笔勾勒，写千里无垠的三秦，辅翼着长安城阙，展现出长安景色的磅礴，让居住在这里的人无比自豪。而在当下，一起在繁华首都当官做吏的朋友，可惜将要在此分手了。

紧接着的一句是“风烟望五津”。五津，即白华津、万里津、江首津、涉头津、江南津，这是四川岷江的五个渡口，是杜少府要由此登陆当差的地方。当然，他到底要在哪一渡口上岸，实在也不晓得，只好是笼统而言。唯其是笼统言之，足见岷江与长安距离之远。这一去，前途未卜，别离人不禁有点落寞。

人们晓得这第二句和第一句是对偶句，对仗工整，却未注意到为什么王勃用的是“风烟”一词。按理，律诗首两句本来不需要对偶，他和杜少府遥望远处，不是也可以用“登高”或者“山巅”之类的词语来表达吗？但是，王勃以“风烟”一词，是说明五津那边在风烟之中，或者说在长安的风烟之中遥望不可知的五津。总之，五津远在天边，只见那里是渺渺茫茫、迷迷蒙蒙。这意象与他此前所在的壮丽的长安构成强烈的落差。在这里，送行者的惆怅，被送者的忐忑，在“风烟”的意象中也不言而喻。

还要注意的是，诗人下了一个“望”字。为什么远隔山川，那是明明看不到的地方，他们还要翘首远望？下这一“望”

字，表面上只是视觉的动作，但说明王勃对杜少府的一往情深，想象着他即将要去的地方；特别是，它也写出了杜少府对前景的关注。人们不是讨论过陶渊明的诗有不同的版本吗？在《饮酒》一诗中，在“采菊东篱下”之后，是“悠然见南山”，还是“悠然看南山”或“悠然望南山”？讨论的结果是，不管陶诗最早的版本如何，人们一致认为只有“见”字，才最能表现旷达的陶渊明心定神闲，只是无意中目光与南山接触的神态。在王勃这诗，他所选择的，则是“望”字，这倒强调他站在高处，极目远望，十分在意杜少府即将前往的地方是怎样的光景。

《唐宋诗举要》曾引述吴北江的说法，强调首二句“壮阔精警”。其实，吴北江只看到它表面壮阔，有目光远大的一面，却没注意它在强烈对比中，蕴含着诗中人物思绪的微妙变化。而这一点，恰好是王勃在创作上高明的地方。

也正因为这诗开头的两句，实有暗写离情别绪的一面，才很自然地引出第三、四句：“与君离别意，同是宦游人。”这两句话，是作为送别者的王勃，对着杜少府说的。他说临别这一刻惆怅的心情，实在是彼此相通的。

按照“近体诗”格律的要求，这被称为“颔联”的三、四句，应该是对偶句。但王勃却没有理会，这也说明在初唐时期，近体诗的规范，还不很严格。既然在诗的首两句已用了工整的对偶句，那么，三、四句换一种散文化的笔法，也未尝不可。（当然，后来“晚节渐于诗律细”的杜甫是不会这样做的。他的《春望》和《登山》，便是一、二句为对偶句，三、四句也是对偶句。）

王勃说“同是宦游人”，正好说明，这是承上两句他觉察到杜少府心情的怅惘，才紧接着说的宽慰他的话。显然，这两位朋友，一个留下，一个离都，但是，别以为留在长安的人心情就好过了。因为王勃的故乡在今山西，那里有他的父母兄弟。他到长安做官，离乡别井，心情并不好过，留在长安，也是不得已的。他知道杜少府要前往蜀地做官，少不了会留恋故地。很可能杜少府的故乡，也在外地，就思念故乡和“宦游”而言，他们都是一样的。王勃的意思是，即使他暂时留在长安，也只是“直把他乡作故乡”而已！因此，在分手的一刻，彼此心情是“同”的。在这里，王勃体察到杜少府的感受，强调彼此遭际相同，以此安慰开导，足见他们之间友情的深厚。

这首诗开首以显得视野开阔的对偶句进入，第三、四句采用散文化的笔触，表面上语调平缓，却深藏着细腻微妙的心意。因此，这四句诗两相整合，在气势中既有所对比，在情绪上又有所跌宕，在语言上却不失流畅平缓。这需要读者细心咀嚼，才能理解王勃高明的创作技巧。

一般写别情的诗，既写到分别，多会写到别离的痛苦，自然会依依不舍。从这诗的上面几句看，既然写到分别，自然多会承接上面流露出的惜别之情，渲染别离人眼中看到的景色，或者进一步通过形象抒发胸中块垒。但是，王勃却出人意料，突然迸发惊人之笔：

海内存知己，天涯若比邻。

这两句诗，震古烁今，流传千古。

在今天，至亲至爱的人一旦分开，远隔千里万里，未必需要牵肠挂肚，只要互通微信，打开视频，那么，即使远隔高山大洋，也能立刻在屏幕中见面。但是，在古代，就完全不是这么一回事了。为什么会出现“生离死别”一词？为什么江淹在《别赋》中说“黯然魂销者，唯别而已矣”？为什么在古代文坛上，惜别，从来是最为盛行的题材？原因正是关山阻隔，后会难期。“多情自古伤离别”，因此，诗歌一涉别情，总难免会写到彼此执手相看泪眼、依依不舍的情态。

但是，如果以豁达乐观的态度，对待这难以解决的问题，又可以进入新的境界。王勃少年才俊，血气方刚，对前景充满乐观的意绪。他认为，在亲朋之间，只要是心心相印，一直保持着相知的心态、深厚的友情，那么，即便各在天之涯、海之角，其实也如同可以天天相见的邻居一样。王勃的观念出人意表，却又合情合理。

在这里，王勃对杜少府表达了两层意思，首先，他俩是知己朋友，即使分开，友情始终不变。更重要的是，他指出：在人世间，最值得珍重的是彼此的情谊，只要是“知己”，时空阻隔，并不成为导致友情疏远的障碍。这道理，其实是人人心中所有，却又人人笔下所无的。而在第三、四句语气平缓的铺垫后，突然冒出这极不平凡的两句，真如大声镗鞳，振聋发聩。《唐宋诗举要》引吴北江的评价云：“凭空挺起，是大家笔力。”这就说对了！谁想到，这“大家”只是十九岁的小人物！

很清楚，这两句概括地写出了人们对待人生的应有情怀，反过来，它又影响了千百年人们对待人生的态度。这两句诗具有人生理念的议论，具有哲理性的意味，这正是使得它能够流传久远的原因。

据《唐宋诗举要》，姚鼐认为王勃“用陈思《赠白马王彪》诗意，实自浑转”。（曹植被封为陈思王，他在《赠白马王彪》诗中有句云：“丈夫志四海，万里犹比邻；恩爱苟不亏，在远分日亲。”）有可能王勃对友情的感受，和曹植相通，并从中受到启发。但经过提炼，诗意得到了进一步的升华。特别他用对偶的句式，让第五句和第六句构成对立的统一。而在这两句诗中所用的名词，“海内”“天涯”包含的空间极阔大，“知己”“比邻”则涵盖距离颇狭小。两相对比，意象鲜明，更能取得强烈的艺术效果。

王勃这两句诗，揭示了友朋之义的真谛，是具有普遍意义的议论。但是诗歌创作，则一般用以抒情，若用它来发议论，这合适吗？对此，沈德潜在《说诗晬语》中认为：“人谓诗主性情，不主议论，似也，而亦不尽然。”他指出《诗经》中便有议论的诗句。不过，以诗歌发议论，则“议论须带情韵以行，勿近伧父面目耳”。王勃的这两句诗，本身就表示他和杜少府有着深厚的情谊，是对他惆怅心情的抚慰，这无疑是在议论中包含着情韵的。情理交融，寓情于理，在概括普遍真理中透露出惜别而又乐观开朗的感情，所以它能够震动天下人的心扉。

顺流而下，王勃便以“无为在歧路，儿女共沾巾”作结。既然知己之心永存，不存在天涯阻隔的问题，也就可以心无挂碍，大可以不必效儿女之态，“执手相看泪眼，竟无语凝咽”了！

从王勃说自己也是不得已的“宦游人”，可见他心情实在也是惆怅的，只是他认为，彼此既是知己之交，便应以广阔的胸襟对待别离，不必黯然伤感而已。所以《唐诗广选》引述顾华玉的意见，说这首诗“多少叹息，不见愁语”。确实，在开朗豁达中，缠绕着一丝怅惘，在浑成流畅的语调中，突然迸发出精警之笔，像流水行云，忽然奔腾跌宕，不能不让人感悟到王勃这首小诗艺术构思的精彩！

孟浩然不是说“人事有代谢”吗？存在决定意识。初唐时期的社会状况，未死方生的政治经济局面，乃至文化思潮有所变异的复杂环境，影响和决定了诗人思想感情的更替。

公元618年，人民起义与贵族叛变结束了隋朝短命的统治，隋亡唐兴，社会趋于稳定，经济开始繁荣。一方面，许多诗人对前程有所期待，情绪比较开朗，比较乐观，甚至意气风发。最突出的表现是初唐诗人杨炯，在他的《从军行》中写道：“烽火照西京，心中自不平。”而这手无缚鸡之力的“笔杆子”，竟然发出“宁为百夫长，胜作一书生”的壮语。可见，曾在诗坛上流行的萎靡之风，确是受到了一股阳刚而乐观的气流的冲击。

另一方面，多少诗人经历了多少年的乱世，他们还未转得过气来，既哀民生之多艰，又叹个人之渺小；有怀于心，无力回天。社会上依然遗留着危机感，诗坛上也弥漫着消沉迷茫的风气。显然，经历过长期以来纷乱痛苦的生活，诗坛上形成的苦闷失落的思维定式，也依然像梦魇一样压在诗人的心头。另外，南北朝时期诗坛上流行华丽淫靡的风气，在初唐诗坛，也依然有所遗留。

如上所述，既开朗清新而又孤独迷茫的诗风，矛盾交杂，纠缠牵扯，汇成初唐诗坛的特色。它恰像一个刚刚成长的青年，目睹前程，似乎光明在望，乐观旷达；而俯仰天地，又觉得迷迷茫茫，孤独寂寞，青年诗人王勃的创作，气旺而笔婉，豁达而神伤，恰好能体现出初唐诗风的特点。

说杜审言《和晋陵陆丞早春游望》

独有宦游人，偏惊物候新；
云霞出海曙，梅柳渡江春。
淑气催黄鸟，晴光转绿蘋；
忽闻歌古调，归思欲沾巾。

唐代的抒情诗，总离不开抒发思念故旧之情，包括思友、思乡、思亲等。而在这具有普遍性的题材中，诗人能否写出独具的特色，让人眼睛一亮，则是在考验诗人创作水平的高低。

在《唐诗三百首》里，蘅塘退士只选取了杜审言的一首五律，这就是上引这首写思念故乡的诗。

杜审言和王勃处在同一时期，他的《早春游望》，和王勃一样写到“宦游人”，写到和朋友登临四望。但审美主体不同，生活道路和思想感情不同，因此，创作风格和技巧，也显现出各自的特色。

在初唐，杜审言算是颇有文名的作者，他和李峤、崔融、苏味道，并称为“文章四友”。他的诗风“沉实温丽，雅正清远”。由于他祖籍在湖北襄樊，后来迁到河南的巩县，按辈分，他是盛唐时期伟大诗人杜甫的祖辈。杜甫在自己的作品中也说过“吾祖诗冠古”(《赠蜀僧闾丘师兄》)，又告诉儿子说“诗是吾家事”(《宗武生日》)。可见，他很为家族中有杜审言这样杰出的诗人感到自豪。

杜审言这首写春游的诗，题材看似寻常，仔细品读，便知道它的写法，实在很不寻常。

按说，在春天，东风送暖，万物昭苏，总是给人以愉悦欢快的感觉。像白居易《钱塘湖春行》写“几处早莺争暖树，谁家新燕啄春泥”，莺飞燕舞，让人看到了春天的活力。韩愈也描写过早春时节的景色：“天街小雨润如酥，草色遥看近却无。”和风细雨，草色迷蒙，让人感受到春天的滋润。当然，也有些诗人是写到“春愁”的，像宋代词人秦观说“自在飞花轻似梦，无边丝雨细如愁”(《浣溪沙》)，像南唐的冯延巳说“撩乱春愁如柳絮，依依梦里无寻处”(《鹊踏枝》)，等等，总之，在诗歌史上，以春天为题材的作品，所在多有。

在一年四季中，春、夏、秋、冬，景物各有特点。春天是万物滋生的季节，出现新的气象，确是客观的存在。当然，作为审美主体的作者，又会带着什么样的感情看待春天的景物，却是千差万别的，这自然会出现愉悦或者惜春、春愁，乃至兼而有之的复杂情愫。

杜审言的这首诗，写得很特别，诗的题目是“和晋陵陆丞早春游望”。

晋陵，就是现在的江苏常州，陆丞是姓陆的常州县丞。而杜审言在写这诗时，仕途失意，虽有才华，但只能远离家乡，到现在江苏的江阴任职。常州与江阴相邻，他和陆丞作为同僚，一起游春，吟诗唱和，也是诗人们常有的风雅之事。

这诗的开头两句，让人一下子摸不着头脑："独有宦游人，偏惊物候新。"独有，是"只有"的意思；宦游人，指的是有志不获骋，只能是指作客他乡当个小官的诗人自己。而他一落笔，便下"独有"两字，使人愕然。杜审言和同僚陆丞去当驴友，而且还未必只有他们两个人，为什么他排除了其他游客，只强调自己这一个离乡作宦的旅游人呢？

和"独有"相联系，他进一步下了"偏惊"一词。偏惊，也是排除其他的感受，只集中到"惊"字上。这两句的写法，很像摄影家拍摄人物一样，他先看到的是一群人，进而把视线集中到一个人，又进而把注意力集中到这人的表情上，即把焦点从远处拉到最近，以便更清晰地呈现形象的特点。这视界越收越窄的写法，很能突出地提起读者的注意。所以，元代的方回在《瀛奎律髓》中指出，这首诗"起句喝咄响亮"，清代著名文士纪昀也补充说，此诗"起句警拔，入手即撇过一层，擒题乃紧"（《瀛奎律髓汇评》）。他们都认识到杜审言这诗的开首，有很不平凡的写法。

让人意外的是，为什么诗人写让他吃惊的，偏偏是江南物候的"新"呢？

这就怪了，当人们乍见未看过的事物，耳目一新，总会心情愉悦，除非这事物样子很不寻常，才会让人吃了一惊。像人们在春游时，眼前突然出现嶙峋压顶的怪石，看到飞流奔崩的瀑布，或者钻进幽深的洞穴，看到了千奇百怪的钟乳景色，感到惊讶，也可以说得过去。但让人意想不到的是，杜审言所写的让他“偏惊”的“新”，却是江南早春一幅幅美丽而充满活力的图景。且看他写的第三、四句：

云霞出海曙，梅柳渡江春。

我们没法考证当时杜审言和陆丞一起旅游的地点，但可以肯定是在长江下游的岸边，这里宽阔如海，能让诗人纵目四望，一览无遗。他首先写到，在曙光的照映中，海天浩渺，广阔无垠，朵朵云霞，在晴空中出现。天光水色，像托起了白云，映衬着朝霞。这江南的美景，竟让他眼前一亮，吃了一惊。

杜审言又写他的目光，从海面上收回。他近看长江，看到了生长于江南的青青梅柳，像是阳春有脚，渡过了长江，走进了江北，让原是寒梅未吐蕊、杨柳未回青的北岸，也呈现出春天的气息。这生气盎然的美景，让他知道时光在流转。正像后来苏轼所说的，“但屈指西风几时来，又不道流年暗中偷换”（《洞仙歌》），在这里，苏轼直接挑明自己的感慨，而杜审言则写得更婉转、更含蓄，但心情却是一样的。

请留意，这两句的动词运用得特别好，诗人以“出”来写云霞在海面上出现，以“渡”展现江南的春意到了江北，这让人仿佛看到了那云霞、那梅柳，像是有生命、有动态的物体一样，充满活力。

可是，就是这江岸的美景，偏让他吃了一惊。

这诗的颔联，作者纵目海天，视野极其壮阔；而在颈联，他又换了另一种写法。

淑气催黄鸟，晴光转绿蘋。

淑气，是指春天和暖清新的气息，黄鸟即黄莺；绿蘋，有说是指生长在水边的蕨类植物，有说是水沼里的浮萍。从诗里有“宦游人”一语，我认为解作浮萍似更吻合全诗的意象。这两句，诗人写他在游望中，听到黄莺在枝头歌唱，觉得它在用啼声催促早春暖风的到来。他又看到池沼里野萍在漂浮，好像晴朗的阳光也被它转动。这两句的句式非常灵动，它的主语是可以互换的，因此，也可以理解为淑气初回，催促着黄莺欢唱；晴光冉冉，和风吹拂，让绿蘋在水中浮转。但无论怎样理解，诗人都是从听觉、从视觉，从举头细听、从低头环视之中，极为细致地感受到春天的来临。

很明显，这颔联和颈联，虽然都是描写物候的新，但它们有所分工。第三、四句是纵览全局的写法，从海天上下看到长江南北；而第五、六句则是着力于细部的描写。这一来，也像电影镜头拍摄一样，有全景，有特写，读者从中便能领略江南早春的整个面貌。

还要注意的是，杜审言在这两联里，几乎调动了所有的色彩，那红色的朝霞、蓝色的海水，他用黄鸟而不用“群鸟”，用绿蘋而不用“野蘋”或“水蘋”。总之，红、蓝、黄、绿的颜色，他在四句诗的词语中，都直接或间接让人“看”到了。如此五彩缤纷的物候，便扑进了读者的眼底，让人们充分看到了江南早春的美。

我们不禁要问，杜审言极写江南早春的美，是为了表现他在享受美景和对江南的喜悦吗？不！请不要忘记，他在诗的第二句早已点出，他要表达的感受，是“惊”！江南早春愈美，他便愈惊。惊的是江南春天来得这么早，岁月的轮子转动得那么快；惊的是他离开中原又过了一年；惊的是他在故乡从没有看到过这样的景色。在江南人看来，早春美景，年年如此，独有离乡别井的宦游人，面对美丽的风光，才偏偏吃惊。这“偏惊”两字，一直管着整首诗，其中又包含着几多复杂的感喟！

有意思的是，杜审言极写江南早春的美，是要表达以“惊”为主体的思想情感的。这互相矛盾而又互相映衬的写作方法，人们称之为“反衬”。我曾看见过一幅名画，画面上，一位全身穿着黑色衣服的年轻寡妇，没有表情地默默坐着；前面的花瓶上，插着一大束鲜艳的花朵。这黑色衣裙和鲜艳花朵，两相映衬，我便知道画家是以鲜花反衬少妇的哀愁。王夫之说：“以乐景写哀，以哀景写乐，一倍增其哀乐。”（《薑斋诗话》）杜审言极写江南早春物候的美，正是为了一倍增其思乡的哀愁。

诗最后两句：

忽闻歌古调，归思欲沾巾。

从这首诗的题目中，我们知道首先是陆丞写了或吟唱了一首诗，杜审言客气地称之为“古调”，接着便和了这一首。至于陆诗内容写的是什么？是否触动了杜审言的感情？我们无法知晓。

但可以肯定的是，陆丞的吟唱，是杜审言未预料到的。“忽闻”两字，正好说明陆丞的“古调”打断了他在景色面前的思考，让他在剪不断、理还乱的精神状态中有所醒悟，于是，诗的最后一句，便直接点明“思归”是他写作的动因和这诗的题旨。

“谁不说咱家乡好?”他乡再好，风景再美，却没有和故乡粘连在一起的文化，没有住在故乡的亲朋戚友、父母兄弟。故土难离，亲愁难断，这就是为什么杜审言既极写他从未见过的江南早春的美和新，同时又冒出难忘的故乡景色，以及思归未得的念头。眼前他乡的风景之美，反使他益增忉怛。

但是，他又很注意自己的处境和表达的分寸。离乡别井，内心当然有许多复杂的情绪，而他当时的处境，还不至于让他极度悲伤。因此，他很注意词语的运用。像“欲沾巾”的“欲”字，是泪水将出未出的状态，假如把“欲沾巾”改为“泪沾巾”，说泪水哗啦啦地流下，反不能准确表达他当时微妙细腻的情感。

由于杜审言这首诗的颔联和颈联把江南早春写得很美，因而容易受到人们的偏爱，甚至会忽略作者思归的感情，以及美景当前反让他产生的内心矛盾，只着眼于江南风光被他抒写得壮丽旖旎。这一来，反无法理解作者的真意。

其实，在品味这首名作时，注意到作者对“独”“偏”“忽”“惊”“闻”“欲”等一连串词语流畅而又独特的运用，便可以知道他极写江南美景用意之所在。话又说回来，如果抽去了中间两联，抹去了对江南早春美景的具体描写，只把第一、二和第七、八的四句直接串联起来，也未尝不是一首诗，但却失去了韵味，只能属于平庸之作了。

清代翁方纲在《石洲诗话》中说：“杜必简（审言）于初唐

流丽中，别具沉挚，此家学所有启也。”他认为那流畅华丽与沉郁真挚相结合的诗风，是初唐诗坛具有的特点，甚至对杜甫的创作也有所启发，这见解可资参考。确实，在初唐，分崩乱离的社会状况得到初步的收拾，诗人看到一抹曙光，眼前一亮，乐观的意蕴油然而生。但是，长期沉淀在他们心头的悲苦景象，以及缠绕着他们的种种愁思恨绪，又无法轻易摆脱。两种情绪交融于一端，便让初唐时期的诗作，多呈现出明朗流丽而又沉挚委婉的诗风，就这一点而言，王勃和杜审言都有相同的地方。

说骆宾王《在狱咏蝉》

西陆蝉声唱，南冠客思侵；
不堪玄鬓影，来对白头吟。
露重飞难进，风高响易沉；
无人信高洁，谁为表予心？

读过《古文观止》的人，多会记得骆宾王写过一篇《讨武曌檄》。据说，当年武则天夺了唐朝天下，李敬业起兵声讨，骆宾王受命写了这檄文，历数武则天的罪恶。骄横一世又颇为精明的武则天，拿过来细读，对檄文开头的一片骂声，哂然置之，不以为意。但当读到“一抔之土未干，六尺之孤何托”两句时，陡然一惊，忙问这振聋发聩的文章到底是谁写的。她认为能写出这样动人以情，又晓人以理的雄文的作者，竟不能为她所用，这是宰相的失职。

其实，骆宾王不仅文章写得好，诗也写得很好，上引的《在狱咏蝉》，也属于唐诗中的名篇之一。

这首诗是骆宾王在狱中写的。那时唐高宗还主政，担任侍御史的骆宾王，不满武则天的骄横弄权，撰写奏章劾奏，却被武氏之党诬陷，横加贪赃之罪下狱。骆宾王百辞莫辩，便在狱中写了这首诗。从这首诗里，我们看到他对当政者的愤懑之情，以及不甘心饱受委屈而以高洁自命的意志。所以，后来写出了让武则天大吃一惊的《讨武曌檄》，绝不是偶然的。

在唐代，也有人写了“咏蝉”的诗，像虞世南写道：“垂緌饮清露，流响出疏桐；居高声自远，非是藉秋风。”委緌，是官帽上垂下的冠缨，暗指蝉的触须，说它饮的是清洁的露水，高雅得很。其后三句，说蝉声出自桐树上，它声音响亮，它站得高，传得远，不是凭借秋风的吹送，而只凭自己的努力。这首诗，没有一个字提到蝉，但实实在在是写蝉，从中表现出诗人乐观向上的信心。可以说，它也不失为一首好诗，但情绪单一，不易感人。

晚唐的李商隐也写过《蝉》。前四句是：“本以高难饱，徒劳恨费声；五更疏欲断，一树碧无情。”写的是饥饿的蝉，它在高枝上抱树悲鸣，一直鸣咽到拂晓。可是，那被它抱着的树，冷漠无情，漠视一切，丝毫不管蝉的悲凄、蝉的饥饿。这对树的怨恨，似乎很没道理，却反衬出诗人对蝉的同情。其实，这蝉，也是李商隐的自喻，他那时处于困境，求告无门，进退失据，不正像那饥肠辘辘、抱树无温的蝉吗？这四句诗，凄楚动人，委婉地表达出寒士的心境。但《蝉》的后四句是：“薄宦梗犹泛，故园芜已平；烦君最相警，我亦举家清。”语势平直，和前几句相比，大为逊色，而且笔力微弱，也难动人。

骆宾王也咏蝉，不过，《在狱咏蝉》的写法别开生面，和上引两诗截然不同。

虞世南和李商隐写蝉，都是看到蝉的形象。但骆宾王是在狱中咏蝉，他根本看不到蝉，只听到蝉声，是由蝉声“看”到蝉的形象，又由此引发更深更远的联想，表现出更为巧妙的艺术构思。

在审美的过程中，人的听觉，往往能触动神经细胞，让人产生丰富的联想。像宋代诗人陆游说“小楼一夜听春雨，深巷明朝卖杏花”。他知道，那卖花声，让他触发和感受到春光的明媚，万物的昭苏，却反又会让他感到自身处境的落寞，引发“世味年来薄似纱”的慨叹。同样，在《在狱咏蝉》中，骆宾王听到秋蝉的唱声，听觉的感受转化为心灵的律动。当然，他从听觉入手，不是从视觉入手，这和他身处牢狱有关。在牢狱，这特定的地点让他没有看见蝉的自由，于是不见其形，只闻其声。而诗人正是从听到蝉声，引发一连串的联想，从而诉说自己在狱中的感受。通过蝉声写蝉，又通过写蝉譬喻自己，是这首诗在艺术构思上最为巧妙的地方。

蝉是动物，咏蝉，也可以说是“咏物诗”。如今，许多小孩不是也读过骆宾王写过的一首《咏鹅》吗？

鹅！鹅！鹅！曲项向天歌；
白毛浮绿水，红掌拨清波。

这诗是骆宾王七岁时写的，应该说，这诗写出了白鹅生动活泼的外貌，透露出儿童天真的意趣，也是很不错的。但是，它毕竟是诗人儿时之作，它可以让我们知道骆宾王早就有创作的天赋，但和《在狱咏蝉》相比，其水平则不可同日而语。因为，它写到鹅的形象，却了无深意，只是有趣而已。如果我们把骆宾王前后两首诗作放在一起，其水平的高低，读者可以一目了然。

其实，被囚在狱中的骆宾王，他所听到监牢外面的声音，不会仅仅是蝉声，也许还会听到鸦啼声、犬吠声等等，但是他单单挑出蝉声作为题材。这里面，有诗人独特的有意识的选择。而对题材的选择是否得当，又直接表明诗人的创作技巧。

骆宾王写这诗的时候，应该是在秋天。诗的开头说："西陆蝉声唱。"西陆，按古代天文家的说法，太阳循黄道东行，行到西方的时候，就是秋天了。到秋天，天气渐凉。人们都说，进入秋天，蝉便蜕壳，化为蝉蜕，完结了活动的周期，生命显得很短促。又据说，蝉不吃别的东西，靠吸风饮露，以维持身体的能量，显得高尚而清洁。至于它在枝头上发声，似乎是在"唱"，其实是以两翅抖动，嚓嚓作响，其声音，单调而凄恻，使人感到忧伤。这时候听到蝉声，让人感到周遭氛围的冷清肃杀，所以，柳永有"寒蝉凄切"的形容。当骆宾王听到监狱外面的蝉声时，觉得蝉的品性和他自己的处境十分相似，便专门挑取蝉声作为吟咏题材。

"南冠客思侵。"南冠，亦即囚徒。据《左传》载，楚国的钟仪，戴着南方样式的帽子，被晋国囚禁。后来"南冠""楚囚"便成为囚徒的代名词。骆宾王被打进监牢，这"南冠"既与"西陆"相对成文，又指明是他自己。

"客思"的"思"，应念为去声，才符合近体诗对平仄的要求。客思，是指有家归不得的念头。这不由得让他想到生命短促的秋蝉，尚可以在外面自由鸣唱，而同样是生命短促的自己，却被关在牢狱里。

有些版本，这句诗写作“南冠客思深”，说明蝉声引起诗人深深的思考，也是可以的。但我觉得用“侵”字，更能表达诗人的情感。“侵”，说明他是被动的。他被关在牢里，关久了，连感情也近于麻木，想不到狱外的蝉声侵入了他的耳鼓，他不想听也得听，这让他不由自主地引动思念故乡的情感，反思他为官作宦付出的代价。正因为蝉声意外的侵入，很自然便带出下文的“不堪”两字。这一字之差，诗句情感的深刻性，并不一样。

“不堪玄鬓影，来对白头吟”，这是“流水对”。在古代诗歌创作中，“流水对”不要求严格以词语对应，只要上句和下句之间，呈现句意的因果关系，便也承认是工整的句式。而这样的句式，有如行云流水，相互对应之妙，常能产生灵动的效果。像第三句的“不堪”，与第四句的“来对”，词性并不很相应，但这两句依然可以作为对偶句出现。

骆宾王是完全想不到在封闭的牢狱里，会骤然听到蝉声的。他情何以堪，禁不住从蝉在外头的嘶叫声，进一步想到了蝉的形象。

“玄鬓”，代指蝉，因为蝉的头、触须和背腹都是黑色的，诗人把它拟人化。黑色的鬓发，代表人的年轻。这年轻者在外边自由地“唱”，相对之下，让他愈多感触。所谓“玄鬓影”，是说蝉声让诗人在头脑中产生了蝉的映像，而不是真的看见蝉的形象了。

“白头吟”三字，则语带双关。据考证，这首诗是骆宾王在四十岁被捕下狱时所作。古人进入这年龄，可称到了老境，何况他多次入狱，壮志消磨，身心劳顿，白发丛生。而外面黑褐色的蝉，竟然隔着监狱的墙，对着不自由的他喳喳地响个不停，岂不让他分外感到凄苦吗？

还要注意的是，《白头吟》本是乐曲名，汉代的卓文君以它为谱，写成了一首诗。据说，当年司马相如和她山盟海誓，离家私奔。谁知相如得志成名，又在京城里搞小三。卓文君很痛心，便以《白头吟》悲叹，其中写到“凄凄复凄凄，嫁娶不须啼；愿得一心人，白头不相离”。在这里，骆宾王以对爱情忠贞而又伤心自悼的卓文君，比喻忠于朝廷而屡遭抛弃，甚至被诬入狱的自己。这两句，诗人把听到蝉声时的感受和典故的运用组合起来，那语带双关而又含蓄的笔法，能启发读者产生种种的联想，大大增强审美的艺术效果。所以，陈德公认为：“三、四现成恰好，转觉增凄。”（《闻鹤轩初盛唐近体读本》）所谓现成，正是刚好用上《白头吟》这典故，既可以与“玄鬓影”相配对，又能让读者引发更丰富的联想，也更能表现出诗人酸楚不平的情绪。

骆宾王从听到蝉的声音，又想到了蝉的形象，接着便想到蝉在秋天的遭遇了。这回应了开首的“西陆”两字，又像是用电影镜头对着审美的客体逐步推进，最后定格在一个画面上。《咏蝉》的第五、第六句“露重飞难进，风高响易沉”，就有上述的作用。

在秋天，蝉会遇到什么样的情况呢？当然，它是要飞到上面去的。但是，秋天露水多，打湿了蝉翼，它想要飞吗？难以为继了。而且，秋季天高风急，蝉的声响，也被风声轻易地压了下去。

这两句，表面上写的当是秋蝉的状态，但是，它同时又是骆宾王对自己处境的比喻。所谓“露重”“风高”，不正是像他所面对的严酷现实吗？所谓“飞难进”“响易沉”，不正是他在政治上无所作为，无法施展才华，反而遭受种种打压的写照吗？很清楚，骆宾王这两句诗，写的是蝉，同时也是在写自己。蝉与他，在诗中实际上已融为一体。也可以说，蝉的形象，正是他命运的寄托。它不露痕迹，却能让作品传递出深婉的韵味。

第七、八两句：“无人信高洁，谁为表予心？”这“予”字，读者可以理解为是蝉在自语，是蝉在埋怨现实对它的不平。同时，也可以理解为作者直抒胸臆，以蝉自喻。作者让蝉痛心地说，没有人会相信它有高尚的情操和磊落的胸襟，更不可能得到人们的理解。这蝉的自语，不是也可让读者理解为骆宾王直抒胸臆吗？他由听蝉，想到自己不平的命运。他自信品德高尚，冰清玉洁，却被政敌以贪赃枉法的罪名打进监狱。而一旦锒铛入狱，却没有人相信他、认可他，让他“满口排牙说不得”，沉冤莫白。这“无人信”三字一下，像一股愤懑之泉，喷薄而出。最后，诗以反问的句式作结，正好表明他在狱中绝望而又悲愤的感慨。这两句，一石二鸟，似是让蝉诉说它的难堪，又是诗人悲叹自己身陷囹圄的处境。

这首诗，是以蝉为中心的“咏物诗”。它以客观的“物”为对象，但如果只能写出“物”的外表，那是毫无意味的。像白居易也写过咏鹤的诗：“低头乍恐丹砂落，晒翅常疑白雪消。”只咏鹤的毛羽，就没有什么意味，那就连上引虞世南和李商隐的两诗也不如了。

高明的咏物诗，则是懂得以物为比喻，借“物”的客观形象，表达诗人的主观处境和情感。清代的廖燕，对咏物诗的创作，说过一句很有见地的话："借彼物理，抒我心胸。"（《意园图序》）对诗人来说，描写客观的"物"，不过是抒发自己心情的手段。在他眼中的"物"，不过是他内心世界中某一角落的投影。像骆宾王眼中的蝉，它在风露中的状态，它的高洁，不正是借着蝉的"物理"，来表达诗人自己的心胸吗？这就是人们所说咏物诗所特有的"寄旨遥深"的韵味。《唐宋诗举要》说，骆宾王这首《在狱咏蝉》"以蝉自喻，语意沉至"。这是准确的评价。

顺带指出，骆宾王这诗的用韵，选择了唐韵的"十二侵"。侵、吟、沉、心，均属"侵部"。这韵部，在唐代所属字音的发声方法，一定在送气后，合上嘴唇，声音从鼻孔中送出。因此，它可以把声音延长，但不会像张口发声那样响亮。诗人选择这一韵部的字押韵，就诗歌的音乐性而言，是有助于表现作者低沉而压抑的情绪的。

说沈佺期《独不见》

卢家少妇郁金堂，海燕双栖玳瑁梁；
九月寒砧催木叶，十年征戍忆辽阳。
白狼河北音书断，丹凤城南秋夜长；
谁为含愁独不见？更教明月照流黄。

初唐时期，有两位颇负盛名的诗人，一位是沈佺期，一位是宋之问，人们并称之为“沈宋”。相比而言，我认为沈佺期的诗作，更能体现初唐诗风的特点。

现存沈佺期的诗歌，据知有一百四十多首。而最受人注意，可以被视为精品的，不过是《独不见》《杂诗（其三）》和《龙池篇》三首。尤其是《独不见》，甚至被胡应麟视为“初唐七律之冠”（《诗薮》）。从诗的特点和创作技巧看，这评价也不是没有道理。

沈佺期和宋之问，都是武则天的御用文人，写的诗也是“应制”居多。众所周知，御用文人要想被帝王宠幸，无非一是表忠心、拍马屁，二是用词遣句富丽堂皇、色彩缤纷，让皇帝老子在鎏金缀玉的文风中自我满足，于是龙心大悦。

其实，御用文人也是“人”，其内心世界也有复杂的一面。特别是初唐政局还未完全稳定的年代，官吏们受到各方利益的牵扯，其大脑便如斑斑驳驳的调色板。当然，歌功颂德是他们日常的必修课，而对上头的一些做法，却未必时刻紧跟，未必没有自己的一些想法。像沈佺期，一方面在《龙池篇》里，高唱“龙德先天天不违”，写到圣天子君临天下、万国来朝的威风；一方面，对王朝的年年用兵，不知节制，他也是有自己的判断的。被人们称道的《独不见》和《杂诗》，便透露出他有一些忧国伤时的思想感情，而不至于只会一味大唱赞歌。

《独不见》原来是古乐府的曲名，它以独特凄婉的曲调和节奏，表达相爱者无法相见之苦。看来，这种曲调和七言律诗的形式很接近。也可以说，七律的格律，很可能是受到《独不见》等乐曲的启发，其后进一步形成固定的形式。

有趣的是，沈佺期一面采用这首古乐府的曲名，而诗的内容，竟又真是写相爱的人不能相见。这曲名和诗的内容完全吻合。

《独不见》开头的第一句，首提“卢家少妇郁金堂”。不过，诗人所说的那位卢家少妇，倒不一定真是姓卢的。诗人不过是借用当时很流行的萧衍《河中之水歌》中说到的一位贵族少妇的名字：“洛阳女儿名莫愁”“十五嫁为卢家妇”。后来，这名字用开了，唐代好些美女、歌伎，也被泛称为莫愁。而萧衍所写的那位莫愁，住的房子确是很华丽的：“卢家兰室桂为梁，中有郁金苏合香。”于是，沈佺期便把萧衍的诗意，顺手拈来，化而用之，泛指长安某些贵族之家的少妇。

沈佺期很聪明，他只用“卢家少妇”一词，却没有直接提出“莫愁”，这便属于泛指富贵人家的少妇。但识者又都知道，他这里用典，恰好是暗藏着“莫愁”的名字。至于“莫愁”一名，按字面的解释，是让人不要犯愁的意思。于是，人们往往以它来劝解犯愁的人，乃至用作对发愁者的衬托或反讽。例如李商隐说唐玄宗：“如何四纪为天子，不及卢家有莫愁。”说他当了近五十年皇帝，却保不住杨贵妃的性命，让她悲苦忧愁，反不如作为平民的卢氏莫愁那样的无忧无虑。显然，在《独不见》里，沈佺期巧用萧衍的诗，也暗含深意，这是颇具匠心的安排。

“郁金堂”，也是从萧衍写到卢氏居于“郁金苏合香”的居室而来。郁金，即郁金香，是一种名贵的芳香植物。以其花汁涂堂，是点明这位少妇居住在富贵之家。这一家，屋梁镶嵌着玳瑁壳片，显得文采光亮、富丽堂皇。在描写这奢华设施的同时，诗人却又特别点出了一个细节：在以名贵的玳瑁片子镶嵌的屋梁上，有一双海燕，在那里栖息。

海燕，即越燕，多飞翔在江南近海的地方。它胸前有紫色的毛，又被称为紫燕。这小燕子有一个特性，喜欢栖息在温暖的地方。古诗谓：“胡马依北风，越鸟巢南枝。”南朝萧统在《饮马长城窟行》中说：“胡马爱北风，越燕见日喜。”《吴越春秋》还说道：“胡马望北风而立，越燕向日而熙，谁不爱其所近，悲其所思者乎!”沈佺期特别注目于栖息在玳瑁梁上而又喜欢温暖、依恋南方的海燕。在这里，他不是从首句顺流而下，例如直说“活色生香玳瑁梁”之类，而是引导读者注意到玳瑁梁上的海燕，当然是有用意的。

沈佺期描写思恋南方的海燕，特别拈出了“双栖”一语，这更值得我们注意了。要知道，这是一双一对、依偎在那富贵人家屋梁上的越燕。它们俯瞰着“卢家少妇”家里发生的一切，却不是“飞入寻常百姓家”的“旧时王谢堂前燕”。而且，“双栖”两字，和“独不见”相应成文。诗人突显“海燕双栖”温馨的细节，明显和后文“含愁独不见”有着相互联系的意味。显然，沈佺期在寻章觅句方面，是颇为考究的。这是他在谋篇布局时，有心设定的“诗眼”。

按照一般诗人的写法，这诗第一、二句写这富贵人家的华丽，顺流而下，便应进一步描绘“卢家少妇”的幸福生活了。谁想到这诗的第三句，竟是“九月寒砧催木叶”。“寒”字一下，气氛变了。

在古代，九月已是深秋，家中的妇女应该为外出的亲人制作棉衣了。制作时，需要有质地坚硬的垫子垫在衣料之下，再用工具把衣缝捣实，这便会发出嘭嘭的声响，所以张若虚的《春江花月夜》，有月色照入，“捣衣砧上拂还来”之语；李白则有“长安一片月，万户捣衣声”之句。而砧是物体，本身没有感觉，也无所谓寒与不寒，只是捣衣的女子，在深秋要制衣给远方的游子御寒，内心不免牵挂、不免凄然。这感情，外射到砧上，诗人便把砧也说成有感知的东西，让它映照着闺中人的心声。

至于说“九月寒砧催木叶”，也是没有道理的。九月秋深，节候变化，自然是“无边落木萧萧下”，不可能是由砧声催下了木叶；其实，倒是木叶的落下，让人们知道秋的到来，该要制作寒衣了。沈佺期却将因果关系颠倒过来，这固然有平仄方面的要求，但重要的是，让“寒砧”作为主语，把木叶的落下，写成由于砧声的催促，等于让无情的木叶也化为有情的人。由于作者把“砧”和“木叶”作拟人化的处理，也让读者加深了对捣衣者的同情。

当然，如果按照律诗格律的要求，这颔联以“寒砧”对“征戍”，以“木叶”对“辽阳”，两者词性不同，难免有“偏枯”之嫌。但是，这也说明在初唐阶段，律诗格律尚未有严格的规定。所以，即使像李白、崔颢等诗人，也往往出现格律不工的状态。即使是杜甫，也是到了晚年，才“渐于诗律细”的。看来，大致遵守格律的规定，又首先考虑内容的表达，不严格地被格律所束缚，这往往是作家们具有创新的表现。正如明代的汤显祖说：“文以意、趣、神、色为主，四者到时，或有丽词俊音可用，尔时能一一顾九宫四声否?”这道理，与诗歌创作完全是一样的。

我们还需要体悟作者创作技巧的是：这诗的开首两句，用词遣句，如“郁金堂”“玳瑁梁”等等，瑰丽堂皇，五色并驰。但第三句一下，诗的意象呈现出 180 度的变化。它让人感到寒气逼人的凄清。正如《唐诗镜》说它“迥出常度”。这反常的描写，正是诗人们常常运用的所谓反衬的方法。运用得好，便能产生强烈的效果。

在我国古代的诗歌理论中，有所谓“赋、兴、比”的说法。赋，即直陈其事；兴，是由一事引出另一事；比，则以一事与一事比较或比衬。但这三者之间，在运用时，关系是复杂的，它们往往彼此纠缠融合在一起，所以有“赋而兴又比也”的说法。像《诗经·小雅》的《采薇》，“昔我往矣，杨柳依依。今我来思，雨雪霏霏”，这既是直陈亲人过去和今天的相见时间，也是以今昔不同的景象，对比不同的心境。以昔日的“乐景”，反衬今天的“哀景”，这又更加凸显今天凄凉的心情。因此《独不见》第一、二句，作者先极写卢家少妇居室的辉煌，和其后所写的状况相衬，便起到让人心灵颤动的效果。

为什么在明艳的郁金堂里，会出现“寒”字，出现阴冷的心声？诗人在第四句，便给予“十年征戍忆辽阳”，加以补足。

如果说《独不见》开头的两句，作者已经把那贵族少妇舒适的生活写足，那么，当她听到寒砧声，便思绪翻腾，牵挂着离家多年在辽阳征战的男人。这欲抑先扬的写法，一下子让读者的心也掉进了冰窟。所谓“十年征戍忆辽阳”，十年只是个概数，表示年复一年的意思。至于辽阳，则在今辽西一带。在初、盛唐时期，唐王朝和契丹、奚等部族经常在那里发生战争。特别在辽西、龙城一带具有战略意义的地方，双方互有胜负，包围与反包围的战斗经年不断。而当唐王朝在用人不当时，东北地区的军队，或久攻不下，或长期被围，驻军也就长期得不到换防。所以，在初唐的诗坛上，我们经常看到许多与征战有关的作品。

人的思想是复杂的，沈佺期的仕途有起有落，他也会关心社会普遍关注的问题。像他的《杂诗》三首，其二说到“妾家临渭北，春梦著辽西”，也就和“十年征戍忆辽阳”同出机杼。

王昌龄还写过《杂诗（其三）》，这诗很出色。我们不妨把它和《独不见》作比较：

闻道黄龙戍，频年不解兵；
可怜闺里月，长在汉家营。

少妇今春意，良人昨夜情；
谁能将旗鼓，一为取龙城？

这首诗和《独不见》一样，都是以征戍问题为题材，都是运用月色作为夫妇双方思念的媒介，结句也俱用诘问的口气。但是，其格调则完全不同。如果说《杂诗（其三）》是从征夫对家人思念的角度，希望征战胜利，其风格显得在伤感中包融着慷慨沉稳；那么，《独不见》则是从思妇怀念征夫的角度，采用的是另一种创作手段。

《独不见》的颈联，接着三、四句，进一步写闺妇思夫的原因和情景："白狼河北音书断，丹凤城南秋夜长。"

白狼河，即今辽宁的大凌河，是指当年征夫戍边的地方。这里与长安相隔千里万里，关山难越，音讯断绝。丹凤城，指的是当时的首都长安，也就是"卢家少妇"居住的地方。岁月悠悠，她一直收不到征夫的消息；长夜漫漫，在寒砧声里，越觉得秋天的夜凉浸浸的，比白天更难抵受，更使她愁思倍增。这颈联，诗人运用得很巧妙，一写远在辽阳的征夫，一写居住在长安的思妇，行者居者，相互对应；它既上承第四句顺流而下，强调思妇对征夫的"忆"，又让人感到这两句是因果关系，是征夫没有音讯，让思妇满怀愁绪。就结构而言，颔联和颈联的关系，便如抽丝剥茧，思路勾连，而颈联两句，既似分写夫妇两方，各有司职，又似互相衔接，欲断还连。这一来，在审美方面，也让读者感受到缠绵凄戚的意绪。

另外，在用词遣句方面，第五、六句以"白狼"与"丹凤"相映衬，着色鲜明，让人目眩。这固然是作为初唐时期的诗人，依然受到齐梁诗坛喜爱华艳诗风的影响。但也说明，就像这诗以“郁金堂”“玳瑁梁”开头一样，沈佺期在创作上，一直注意运用“反衬”的手法，以华美的色彩和瑰丽的环境，映衬征夫思妇黯淡忧愁的心情，从而收到了独特的审美效果。

从颔联进入颈联，配合着表达女性在闺中默默无言、幽幽怨楚的情怀，沈佺期一直采取了平缓沉着、婉转舒徐的语调。可是到了第七句，语势陡然变化：“谁为含愁独不见?”这诘问的句式，像是奇峰突兀，使人心头一震。

谁为，即谁使、谁令的意思。独不见，直切曲名，而语带双关，直切题旨。诗人提出，到底是谁，让卢家少妇独守闺中，不见丈夫，只能是惆怅含愁？这猛然一问，个中缘由，谁都明白，却谁也不必回答。

第八句，“更教明月照流黄”。更教，是“尤其是”的意思。这少妇，已经是够可怜、够孤独的了，又不知是谁，让夜晚明亮的月色照入闺中，让闺中人倍感孤寂。流黄，有人解作帏帐，有人解作床幕的流苏，我觉得释为后者更妥。明月照入空床，人去床在，少妇睡也不是，不睡也不是，她那“独不见”的情态，作者以含蓄的写法，留给读者自己去想象、去思考。换言之，作者在强烈的提问之后，又细腻营造出一种迷离空灵的意境，像是乐曲，在一记响彻行云的敲击之后，紧接着，竟是余音袅袅，渐渐归于寂静。

明代评论家胡应麟认为，《独不见》是“初唐七律之冠”。即就这诗结构的精巧而言，诗人确是匠心独运，不同凡响。它跳出一般诗人写诗时采用的起承转合之法，倒是忽开忽合，明丽与凄婉相衬，流畅与曲折相连。《昭昧詹言》说它“曲折圆转，如弹丸脱手”，确实，它用词遣句，流畅中又起伏不定，很能表现出少妇幽幽的思念和忐忑难安的情态。

最后，我们还应注意这首诗的题目问题。

据五代后蜀韦縠所编的《才调集》和北宋时期所编的《文苑英华》，其中所收沈佺期这首《独不见》，题下有“古意呈乔补阙知之”或“赠补阙乔知之”等字句。很可能，这首诗是作者特意要送给作为谏官的乔知之看的，不过后人把这一副题删去了。据毛奇龄在《西河诗话》中指出，乔知之与沈佺期同仕于武则天掌权的时候。乔有一妾，被当时的权贵武承嗣夺去。乔知之思念不已，沈佺期便以戍妇思夫的比喻安慰悲伤的乔知之。

这故事不知是否属实。果如此，这诗便有隐喻的意味。不过，从沈佺期写过《杂诗》三首可见，他确是关注当时年年征战的现实，至于征夫和思妇的内心世界，是社会人士包括乔知之在内共同关心的问题，何况诗中也直接点明“辽阳”“白狼河”等征戍的具体地点。这也是后人肯定这诗具有积极意义之所在。至于后人删去了这诗的副题，无非是不想让读者把这诗的题旨看得过于狭窄。退一步，即使这诗真如毛西河所说，有其特定的含义，但是，形象大于思维，往往是文艺创作的规律。文学作品所呈示的客观形象，以及它在审美受体心目中获得的意涵，往往远远越超作者原来的想法。从《独不见》描写的形象和抒发的感情看，删去了副题，反更能突出它在诗坛上的价值。

说王湾《次北固山下》

客路青山外，行舟绿水前；
潮平两岸阔，风正一帆悬。
海日生残夜，江春入旧年；
乡书何处达？归雁洛阳边。

过去人们常说“字如其人”，因为每个人写出来的字，其间撇捺横竖的安排，一定和每个人有不同的审美观念有关。

其实，对文学创作来说，诗更如其人。因为诗是诗人性灵的抒发，而每个人经历不同，处境不同，性格不同，胸襟不同，这折射到他的诗歌创作中，作品的意象和风格必然也会不同。

在唐代，王湾写了《次北固山下》，脍炙人口。据知王湾出生在公元639年，亦即唐朝开元天宝鼎盛之时期。这时候，诗坛上出现了“盛唐气象”。经历过经济和文化的飞速发展，人们普遍充满乐观的情绪和向上的追求；而到天宝后期，却爆发安史之乱，政经局面又跌下低谷。这大开大合、腾跃崩奔的态势，影响着盛唐时期诗人创作的特质。南宋的理论家严羽曾经认为："盛唐诸公之诗，如颜鲁公书，既笔力雄壮，又气象浑厚。"(《沧浪诗话》) 颜鲁公即颜真卿，其书法有雄壮浑厚的特点。严羽以此比喻盛唐的诗风，也确是恰切的。

所谓雄壮浑厚，是指诗人所描绘的意象，表现为昂扬的能量，向上的精神，恢宏的气度，广阔的胸襟，以及敢于有力地揭示社会重大的矛盾，而又有分寸地表达慷慨激越的情怀。他会热诚地歌颂祖国的山山水水，或者享受恬静的风光；但他也会发些牢骚，磊落秉正，同情人民的苦难。总之，他们的诗作，显得有深度、有厚度，而不会意志消沉，笔力浮浅，萎靡不振。

王湾是开元盛世的经历者。他三十三岁时中进士，跟着便被派到江南任职。在他眼前，无论是社会发展、个人仕进，似乎铺展着如花似锦的康庄大道。这样，他奔赴江南时，意气风发，这和开天盛世早期的光明景象颇相吻合。当时，他的思想感情和杜审言等人大不一样。明代的评论家谭明在所辑的《近体秋阳》中说，每读王湾之作："使人志意由说，肘腋骞然，未可以一时盛名诸君漫为匹拟者也"。有人甚至认为，他写的《次北固山下》，是最能体现"盛唐气象"的作品。

我们且先看《次北固山下》的诗题。有人说，这是作者乘舟，写的是正在行进间所见；有人说，他是写停泊在北固山下，看到江面上的情景。我认为，从整首诗的意象来看，它应是作者晚上停泊在北固山下，天亮起程，航行在江面，对景抒怀。至于题目中的"次"字，确有暂时停泊的意思，但如果是刚离开停泊的地点，行进中又未离开北固山的范围，那么，题目带个“次”字，也可以解释得通。

律诗创作，开头两句，一般有两种方式。一是以较强的力度起势，引发读者注意。像唐玄宗咏孔子的诗“夫子何为者？栖栖一代宗”，杜甫的《望岳》“岱宗夫如何？齐鲁青未了”。有些诗，开首语势平缓，下一步才展开或变化。像杜甫的《客至》，以“舍南舍北皆春水，但见群鸥日日来”之句开头，显得平顺无奇。王湾《次北固山下》的开首，和其他作品不同的地方，则是看似平淡，却能让人领悟出其中深意。

“客路青山外，行舟绿水前”，客路，指旅程，旅途。青山，有人说指北固山。果真如此，确实只是平淡的描述，没有多少意味。但是，这里王湾所说的青山，是从北固山下望过去的远山。他是说，他将要去的地方，在山外之山，路程远得很哩！客路，是指他将要到那边任职的道路，并不是回顾走过的旅程。他是说，刚离开停泊的北固山，遥望那即将要去的地方，途程还很遥远。“道路阻且长”，所以，他才需要一早登程。这里面，既是途程的白描，而和下句联系起来，却又表现出诗人对前景有所期待的心情。

下句就是“行舟绿水前”。这句诗，有人认为他写的是看到水面上行走的船。按此说法，王湾倒真是平铺直叙地写途中所见了。但是，仔细观察他的用词，就可知道并非如此。

本来，舟船只能是行在水中，在水面或者在水边，怎么会在水之前呢？他使用“前”字，显得不合常理，而我们正好从其不合常理的描写中，看到他如何表达特殊的心态。实际上，王湾是要说明，他感觉到所坐的船走得飞快，船被江水推着走，就像走在绿水的前面一样。这一点，颇像李白所说“千里江陵一日还”般夸张，却又不像李白那样锋芒毕露，而是在夸张中又有平缓，有点内敛。

这第二句诗，和第一句似是不经意地连接，又流利地形成对偶句。于是，作者很巧妙地告诉读者：前路虽远，但他信心满满。你看，他的舟船，不是在轻快地前进吗？顺水推舟，不是很快就能到达山外之山的去处吗？在这里，“青山”“绿水”，两个具有鲜明色彩意象的运用，也是为了传递出轻松愉悦的心态。如果把这北固山看成穷山恶水的去处，也就不可能引出下面两副明朗而雄浑的对偶句了。

上引《次北固山下》开头的两句，出自唐人芮挺章所辑的《国秀集》。但在唐代，另一本由殷璠所辑的《河岳英灵集》，所收录的这首诗，题目为《江南意》，内容却非完全一样。我们索性引录如下：

南国多新意，东行伺早天；
潮平两岸失，风正一帆悬。
海日生残夜，江春入旧年；
从来观气象，惟向此中偏。

到底是芮本还是殷本，才是王湾的原作呢？这就值得我们推敲了。

在古籍的校勘整理工作中，有一个原则：必须采用最早出现的版本。问题是，我们无法断定芮本和殷本的出现，孰先孰后。

在这种情况下，则只能够择善而从了。

当我们研究王湾这首分别被芮本和殷本收录的诗时，对比之下，可以发现，芮本这首，在自然流畅中蕴涵着诗意，而且与颔联、颈联的意象有内在的联系，殷本则只是交代性的描述。其末句“惟向此中偏”一句，更是不伦不类。因此，我认为这首诗，应该采纳芮本所辑。历来通行的唐诗选本，包括《唐诗三百首》，也多采用芮本。可见许多人都认识到芮本所辑，艺术水平远高于殷本。

在清代所辑的《全唐诗》中，所收王湾的五律，除这首诗外，另外仅有两首，即《奉和贺监林月韵》和《丽正殿赐宴同勒天前烟年四韵应制》。这两首五律的结构，前面六句，均为对偶句式，在结构上和芮本所收的《次北固山下》相同。这也可以作为我们认同芮本的参考。

现在，我们回过头来，看看这诗的第三、四句：

潮平两岸阔，风正一帆悬。

王湾写了舟船轻快地行驶，接着便写江面上的景色。在江南，江树江花，都堪入画。但是，王湾一概不写，他只写江面所见。

潮平，是江水涨到最满的一刻，也是江面显得特别宽阔的时候。北固山在长江下游，和金山、焦山对峙，江面本来已很阔了。加上早晨时分，潮水涨满，还未退潮，江水平定，两岸的距离就更显得宽阔。这句诗似乎也平淡无奇，但它使读者感到，这是诗人站在船上安稳地纵览前方、目光横向、左右顾盼的情景。它很自然地和上句“行舟绿水前”衔接，说明诗人正在江中行进，而非停泊在北固山下。否则，他就只能看到一侧的江岸了。在殷本，第二句作“东行伺早天”，倒真的是明说舟船还未起航。这一来，下句有“两岸”一语，便没有着落。它说船尚未起航，诗人不就只能看到一侧的江岸吗？

殷本的第三句作“潮平两岸失”。如果说，诗人以看不见两岸的边界来形容江面的宽阔，这也未尝不可。但是，写江岸之宽，若眼前只是一片白茫茫，无所依托，作者也只是在意识中知道“岸”的存在，并没有可以接触的视点，那么，反不如直说诗人是看到了长江两岸的，是看到了两边的江岸线的。视点的存在，呈现为可以目测的线条，这倒能让人们更具体地感知江面的阔度。

风正，是指江上吹来的风。风很顺，却不是猛风，不是把风帆吹得东歪西斜的横风，不是像柳宗元所说“惊风乱飐芙蓉水”的疾风。王湾以“正”形容吹送舟船的风，既是对当时江风的实写，也表现出他神情的欣悦、心境的笃定。更妙的是，他在“风正”之后，跟着下“一帆悬”三字。

在江面上，当然不会只有一条船在航行，但王湾只强调他看到的，就是他所乘坐的被绿水推着前进的一条船。这时候，他仰头向上一望，只见船上悬挂着的风帆，吃着吹来的风，高高竖起。

请注意，他用的是“一帆”一词，并非用“孤帆”“数帆”“千帆”或“高帆”之类，这适足显出江面的宽阔和早航的状态。你看，两岸远远地呈现的两条横线，与江心只有他的风帆这一个“点”，它们相互衬托，简练地呈现在一个画面上，恰好表现出江面宽阔，江心宁静。而“一帆悬”，衬出“两岸”之“阔”；反过来，“两岸阔”，又突出了江面上高挂的帆。由于诗人在上句只着重描绘江边的线条，和下句“风正一帆悬”的点相配合，点与线交集，明快简练的笔触，让人印象鲜明。这和王维备受称赞的“大漠孤烟直，长河落日圆”的写法，也颇相近。

人们都知道，“万绿丛中红一点”，一点的红，与万绿相衬托，会显示出绿的更绿、红的更红的审美效果。同样，王湾这诗，从首两句顺流而下，跟着写到江，写到船，一气呵成。而写到江面上，视点又只集中到高悬的“一帆”。于是，两岸这两条横线的存在，和一帆这一个点的存在，交集比衬，反能具体地表现出江阔天高，展示诗人俯仰乾坤的神态。显然，诗人取景的阔大，视界的高远，取得了让人心旷神怡的艺术效果。再加上两岸横列的线是静态，一帆当风的点是动态。动静结合，稳中有快，更让人耳目一新，浮想联翩。

当然，作者拈出“潮平”和“风正”之词，既是对当时实境风色的描写，但也能让人想到，这是他心态的自诩，以及对社会风气的期盼，在写景中，分明贯穿着主观的情感。

王湾这诗的颔联，已经写得够好了，想不到诗的第五、六句，写得更为出色。

“海日生残夜，江春入旧年。”这是诗人进一步写他在江上看到和想到的景象。他一早登程，便看到了江上日出（古人一般会把“江”和“海”相混，就像粤语把渡过珠江称为“过海”一样）。关于日出的情景，许多诗人也有过描写，像说“日出江花红胜火”“清晨入古寺，初日照高林”等等。但从来没有人想到和写到，这一轮在晨曦中的海日，是生于还未破晓的夜晚。这是一种超前的想象。他在江上，处于“耿耿星河欲曙天”的时刻，已经“看”到了光明，而且感知海日生于残夜。夜已残，黑暗将成过去，前路一片光明。

“江春入旧年。”王湾行经北固山的时候，应在岁晚，还属未曾过去的“旧年”。可是，他看到的是满江春色，已经进入还属于“旧年”的时刻。显然，他感受到江面上出现了一片初春的气息，这让他满怀舒畅。当新的景色进入眼前，迎接新的年代的情怀，也油然而生。

老实说，这两句，所用的“生”和“入”两字，似是轻轻道来，并不奇巧。但正是这看似平淡的动词，用于谁也未用过的意象中，却让读者感受到它新的意境。正如徐充说：“‘生’字、‘入’字，淡而化，非浅浅可到。”（《唐诗选脉会通评林》）王湾感觉到或意识到，那海日生于“残夜”，和江春已入于“旧年”，意味着新景从旧景中脱颖而出，早春天气迫不及待来到了人间。沈德潜在《唐诗别裁》中也指出：“江中日早，客冬立春，本寻常意，一经锤炼，便成奇绝。”不错，在本属寻常的景色中，诗人竟发现它隐含的意蕴：从残夜的“旧”，渐变而成为早晨的“新”；而“新”的春光，又提前进入“旧”的季节。于是，在茫茫的江景中，他超前地看到前途一片光明的气象，看到生机勃勃的未来。

王湾的这首诗，前面六句均属对偶句，也都是描写在北固山下远瞻前路的景色。而在他对客观景色的描写中，我们可体悟到诗人取景的恢宏，视界的开阔；更可以由他所写的景中看出他的宽广的胸怀和乐观的、充满信心的情感。特别是“海日生残夜”一联，据说还被宰相张说亲笔书写，挂在政事堂中。显然，正是这联所充塞的生机勃勃和浩然之气，很能激励人心，鼓舞士气。

这首诗的最后两句：“乡书何处达？归雁洛阳边。”有人怀疑，在岁末之际，哪里会出现北归之雁，是否王湾把天上的飞鸟，疏忽地看成归雁了？其实，我们也不必把这两句坐实，他只知道舟船顺利地航行，看到了江南新景。而从举目有山河之异中，也想到离家日远，触发了对家乡的思念。他想到，倘若以后要把书信寄回家乡，恐怕就要靠北行的归雁了！（古人认为把信缚在飞雁上，可以“雁足传书”以报平安。）不过，既然有归雁可以传书，即使远离家乡，也不必多虑。这两句，在淡淡乡愁中，又多少透露着乐观的意味，不同于“日暮乡关何处是，烟波江上使人愁”那样的伤感。也可以说，诗人像画家一样，偶然以一抹浅灰的颜色，适足衬托画面上鲜丽的主题。

在传统诗词的创作中，少不免都有风景的描写。王湾的《次北固山下》，在创作上最值得欣赏的地方，是他在具体描写江南的景色时，不同于一般着眼于花草树木的写法，而是处处均从大处落墨，大笔勾勒。诗中没有细腻的描写，没有美丽的文藻，甚至没有豪言壮语，但能让人看到河山的壮阔。

这首诗风格雄浑。《诗品》认为，所谓雄浑，是“大用外腓，真体内充，返虚入浑，积健为雄”。表面上，诗句没有什么锋芒，甚至情感内敛，不易觉察。诗人似乎只作很普通的描写，“荒荒油云，寥寥长风”，却能“超以象外，得其环中”，让读者获得景外之景的享受。

说张若虚《春江花月夜》

春江潮水连海平，海上明月共潮生；
滟滟随波千万里，何处春江无月明？
江流宛转绕芳甸，月照花林皆似霰；
空里流霜不觉飞，汀上白沙看不见。
江天一色无纤尘，皎皎空中孤月轮；
江畔何人初见月？江月何年初照人？
人生代代无穷已，江月年年望相似；
不知江月待何人，但见长江送流水。
白云一片去悠悠，青枫浦上不胜愁；
谁家今夜扁舟子？何处相思明月楼？
可怜楼上月徘徊，应照离人妆镜台；
玉户帘中卷不去，捣衣砧上拂还来。
此时相望不相闻，愿逐月华流照君；
鸿雁长飞光不度，鱼龙潜跃水成纹。
昨夜闲潭梦落花，可怜春半不还家；

江水流春去欲尽，江潭落月复西斜。
斜月沉沉藏海雾，碣石潇湘无限路；
不知乘月几人归？落月摇情满江树。

《春江花月夜》这首歌行体长诗，现在已经引起许多人的兴趣，还有人把它谱成曲。人们都知道它写得很美，但未必都知道它美在什么地方，作者又是如何表现它的美的。

张若虚生卒年不详，从诗风看，估计是介于初唐和盛唐之间的人，生于扬州，与贺知章、张旭、包融被同称为“吴中四子”，看来他也写过不少作品，不过，在《全唐诗》中，只收了他两篇作品，一是这首诗，一是《代答归梦还》。

《春江花月夜》这首诗，现在一致认为是十分杰出的佳作，不过在唐代，它并没有引起人们的注意。直到宋元，评论家所选的唐诗选本，选取它入列的也不多。经历了近千年，直至明代中晚期的嘉靖万历年间，它才被人发觉，李攀龙的《古今诗删》就把它载入。从此，它越来越受人关注了。清代王闿运说它是“孤篇横绝，竟为大家”，意思是说它横空出世，属于顶尖的名作。

最早对《春江花月夜》展开系统研究的，是闻一多先生，他写了一篇著名的论文《宫体诗的自赎》。所谓宫体诗，是南北朝流行于宫廷的诗歌。这类诗多是写宫廷的生活，写悠闲，写艳情，内容一般比较空虚，题材也比较狭窄。不过，闻先生认为，宫体诗在写作手法上比较细腻，更重要的是，它比较注意诗歌的音乐性。就这一点而言，它对中国诗坛的发展也有所贡献。闻先生还认为，宫体诗曾让诗坛陷进了唯美主义的泥潭，却又从泥潭中走了出来，孕育出“歌行体”名篇《春江花月夜》，这就是宫体诗自我救赎的表现。闻先生对张若虚的这首诗，给予极高的评价，认为它是“诗中的诗，顶峰上的顶峰”。不过，对他把张若虚的《春江花月夜》归入宫体诗之列的议论，我们还可商榷。

“春江花月夜”，其实是流行于民间的曲牌名。从曲牌的名字看，它很优美，想必旋律也很优美，宫廷诗人自然也会用这曲牌来写诗，但并非所有作者，都以它来写宫廷的生活。直到唐代，我们翻开《全唐诗》，以“春江花月夜”为篇名者，也还有七首之多。

隋炀帝杨广，也写过两首《春江花月夜》：

暮江平不动，春花满正开；
流波将月去，潮水带星来。

夜露含花气，春潭漾月晖；
汉水逢游女，湘川值两妃。

这诗说黄昏时分，江水正满，江花也开得正好，月亮随着江水流走了，潮水又把星星带出来了。然后就说到遇见了一群女孩子等等。平心而论，杨广这作品，也颇有诗意，但和张若虚的《春江花月夜》无法比拟。另外，隋朝的诸葛颖，也写过一首：“花帆渡柳浦，结缆隐梅洲；月色含江树，花影覆船楼。”写得也不错，可是也没有广为流传。

现在，我们且看看张若虚是怎样以“春江花月夜”的曲牌，来写《春江花月夜》的。

这诗的第一句是："春江潮水连海平。"

文学创作，从什么地方入手，这是有讲究的，作者可以先从小处着笔，选择具体而细微的形象，逐步推进；也可以从大处落墨，先勾勒出一个广阔的格局，笼罩全篇。张若虚选用的是后一种写法。至于他所写的江在什么地方，现在无法准确考证，我们也不必耗费心力。因为诗人本来就没有想过具体指哪一条江，他只泛泛说是春天的江。若就诗中所写到的景致和作者生活的地区而言，它应是在长江下游接近入海处的某地。

张若虚强调的是，这时候的江，是春天的江。春天江水充盈，不同于秋天江水的枯涸，满满的江水向东流去，流向大海；到晚上，潮水涨了，已经涨满的潮水和海水连成一片，宽阔无边，不知哪里是江，哪里是海。所谓"平"，是指潮水涨到平顶，波澜不兴，这正是江水最满、长江口显得最为宽广的时刻。所以王湾也说"潮平两岸阔"。在这里，张若虚先向读者展示一个无比阔大的背景，其后所写的一切，都在这无垠的空间中浮现，这既是写景，同时还有很深的用意。

在诗词作品中，许多诗人都会描写潮水，像韦应物的"春潮带雨晚来急，野渡无人舟自横"（《滁州西涧》），写潮水的来势湍急；像刘禹锡的"潮打空城寂寞回"（《石头城》），写潮水的荒凉意味；像苏舜钦的"晚泊孤舟古祠下，满川风雨看潮生"（《淮中晚泊犊头》），写潮水的凄清，这都是通过写潮水的意象透露自己的心境。张若虚则强调潮水的无比平静与宽广，他把整首诗的各组意象，放在极其宏大的背景下展开，这也是和他特有的心态联系着的。而在平静的下面，又含有许多不平静的地方。这一点，我们下面再说。

从说到海上潮平，诗人引出“月”，便看到：“海上明月共潮生。”

在这首诗里，诗人其实写到了五个方面的景色，即春、江、花、月、夜，而月亮，则是统率五个方面的主角。当潮水涨到最高点，江面显得最宽的时候，明月出现了。这一句，境界写得极其平静而阔大，它不同于苏轼在江边看到“少焉月出于东山之上，徘徊于斗牛之间”“山高月小，水落石出”（《前赤壁赋》）；不同于李白在山上看到“明月出天山，苍茫云海间”（《关山月》）；也不同于杜甫在地面上看到“星垂平野阔，月涌大江流”（《旅夜书怀》）。诗人特意把月放置在平涛万里的海面上，在广阔无边的背景中，一轮明月冉冉升起，这时，月的形象被烘托得特别突出。

“明月共潮生”，这“共”字，用得颇为讲究。在诗人看来，潮水的涨和月的出现，是连在一起的。潮捧月出，月引潮生。在他的眼中，江海相连，水月也相连，这景色，让人想到天地万物，互相依存，连成一体。在当今，从科学层面说，潮汐的涨落与月亮是有关系的，不过，张若虚并非要说明自然现象，这里他写的是月亮与潮水亲密的关系，它们像是有情有义，一起升沉。他写的是景，但也隐约看出他感悟到天地万物相互依存的理念。

我们还要注意诗人对“生”字的运用。用“生”字，不同于用“升”字。按理，这两字同属一个韵部，但说月升，是自然现象；而用“月生”，则仿佛月亮是有生命的，它孕育于海，说它“生”，明显不同于单纯地表现升沉的客观现象，而是增加了神秘的感情色彩。张九龄有诗云：“海上生明月，天涯共此时；情人怨遥夜，竟夕起相思。”也用“生”字形容月的升起。“升”与

“生”，区别虽然细微，但情味并不一样。

“滟滟随波千万里，何处春江无月明？”诗人从空中的月亮，写到水中的月亮了。这月影，泛着水光，随着波涛，流向千里万里。江流到哪儿，月影就流到哪儿。诗人下一“随”字，也是让江与月融为一体，这和上文的“连”“生”等拟人化的词语紧紧相扣。他让人看到，那月亮和月影，不仅有生命，而且有情有义，否则，按照客观描写，他就应是说“照波”而非“随波”了。这一字之分，情味完全不同。诗人还用反问的语气，强调天上、江上、地上，都有月的光华。“何处春江无月明？”这既是回应月光照遍千里万里，又为下文说到它照见人间种种悲欢离合，预作铺垫。

月光既然是随江水无处不在，那么，诗人便写江水流向地面，而月的光，也随着江水流向地面。这就有了“江流宛转绕芳甸”一句。

芳甸，是指水边开满鲜花的地方。诗人强调江水是“流”，是“宛转”，是“绕”，可见江水是以慢慢悠悠的姿态流动。当写到“芳甸”，花的形象便出现了，有了花，也为说明江是“春江”补充了一笔。春江，围绕着芳甸，慢慢地流，仿佛舍不得离开，那随着春江的月光，也仿佛依依不舍，照着芳甸，没有离开。江水和月光悠悠流转，它们对人间充满感情，充满了爱。

芳甸一词，带出了花。于是，诗人的笔触，便又集中到月光和花上。

“月照花林皆似霰”，霰是小雪珠。月光洒在花朵上，就像撒下一颗颗小雪珠，白花花的，光闪闪的，又是透明的，一片晶莹，一片纯洁。看到这样景色的人，连灵魂也变得纯净了。谢朓曾有诗云“杂英满芳甸”，既有杂花，就有各种各样的颜色。我们在公园里散步，在月色下，花的颜色也还是可以分辨出来的。但张若虚则一概不写，只写月光笼罩下，呈现出一片白色的光点。于是，花的光，月的光，以及江面上的水光，互相掩映，便幻化成了晶莹透明无色的神秘世界。

本来，世上景色是多彩的，但有些画家可以用一种颜色表现出多种颜色，办法便是强调光，像凡·高的画，色调并不多，但人们却可以从他画面上看到的光影中感悟绚烂的色彩。在这里，张若虚只写在月光下，花光月光，幻化一片，如同白色的霰，这恰好映出月色的明亮，花色的晶亮。而两者融合在一起，多彩的世界，变成了纯洁的世界。

从月光照映花光，诗人进一步写月光照遍大地的景象：“空里流霜不觉飞，汀上白沙看不见。”

诗人向上仰望，只见月光像天上流下的霜，洒下白蒙蒙一片，可是又不觉得霜在飞下来。其实，春天哪里有霜？秋天才会有霜，而且霜是在地面上生成的，不是从天上飞下来的。说月光像天上的霜流下来、飞下来，这不过是诗人看到月光洁白而迷离，于是产生神秘的幻觉。他又低下头来，向水边仔细地寻找，只见月光泻在地上，就像地上洒上白沙，可是说它是沙，却又不是沙，无法看见。总之，迷迷蒙蒙，天上地下，显得安静纯洁而神秘。在芳甸上，月光映着花光水光，如梦如幻，似有还无，让人如入仙境。

以上八句，张若虚写了春江和花月的美，而月的出现，也等于说明夜的来临。这八句，写月在夜色中，江潮生月，夜月临空，月照着江，也照着花。月作为主体，贯穿着一切，光影朦胧，构成了一幅意境空灵的水墨图。祖国的山河，被诗人描绘得如此宁静，如此美丽，如此神秘而有诗意，就凭写景而言，已臻化境。

但这诗的奥妙，却不仅仅在于写景。当诗人把春江花月夜的景致写透了，他便让诗意进入更深的层次。

“江天一色无纤尘，皎皎空中孤月轮。”那月亮，从海面上慢慢升起，升到中天了！

诗人在很具体地写了月照春江，很细致地写了月照芳甸之后，视野便从春江花月的局部描写，进入更宽更广的世界。这写法，就像电影镜头那样，从花甸的局部，从月光照着江面、地面的光，转化为整个月光照耀着整个“江天”的全境。它既照应上文的“随波千万里”，又把上文所写的各个细部收拾清楚。

“江天”，是说万里山河；“无纤尘”，是说上上下下，一片皎洁，通透明亮。这是从芳甸的月光，引申到整个宇宙，它没有一点尘埃，就像是透明的琉璃，通体是光亮的、皎洁的、空灵的，没有一点杂色。诗人的目光，从平视月色，转为仰视中天。

在我国，《道德经》提出过一种审美经验，说是“大音希声，大象无形”。就颜色来说，越是要表现多彩，越不必写它的色彩。这像在物理实验中，若把七种色彩混成一体，反而看不见它的颜色，这真是“色即是空”。所以，越是写“江天一色”，实在说明它的光色，从丰富化为单纯，显得它的美丽，无与伦比。

在皎洁的夜色中，天上什么都没有，诗人只突出了一个月亮。这时，诗人的眼光开始有所变化，同时，诗人的情味也有所改变。月色的单纯，明月的孤悬，让诗人浮想联翩，思想感情出现了复杂的变化。

在这里，我们要注意诗人运用“孤”字的意味。按说，天上的月亮，从来只有一个，本无所谓“孤”的问题。根据上文诗人对月亮的描绘，他可以写“皎皎空中光月轮”或“一月轮”之类。但是，诗人却偏偏使用“孤”字，强调月亮的孤单。其实，在夜空中，总有疏星数点，月亮绝对不可能是孤单的，说月亮孤单，无非是人的感觉，是作者孤单地看月，所以觉得月也是孤孤单单的。

当这“孤”字一下，诗的情调，开始发生变化，流露出一缕悲凉。就整首诗的结构而言，这两句诗，是从对春江花月夜的美景描写，转入另一层思考。它像乐曲在进行中出现的“过门”，起着使前后旋律既有联系又有变化的作用。句子中“孤”字的出现，就像乐句中忽然出现升半音或降半音的音符，从而让乐曲的情调蓦然变异。也正因为有了这两句“过门”式诗句的出现，让读者很容易接受其后诗情的改变。这样的结构安排，充分说明诗人艺术构思的精妙。

诗人在写了春江花月夜的美景后，从地面上抬起头来，竟发现天空中只有一个孤悬的月亮。天空中的景色，既是透明的，又是单调的，地面上纷繁流溢的美，和天空中明朗宁谧的美，明显不同，引发诗人进入天上和地上何以会有所不同的沉思，这就引出下面两句：

江畔何人初见月？江月何年初照人？

诗人蓦然发现，在地面，在江边，只有他一个人在看着月亮，享受着无边美景，那么，还有谁在欣赏月色呢？而他自己，不过是无限时空中的一粒沙子。由此又引申，在千万亿年中，又是谁第一次看到月亮呢？这从人作为审美主体角度提出的问题，谁也回答不了！而从月作为审美客体的角度看，它是在什么时候第一次照到人呢？也是谁也回答不了的！

在张若虚看来，月亮对人间是有情的，它用最美丽的光辉普照人间；而世人也是最爱月亮的，人们都陶醉在美丽的月色中。然而，人间与月亮，却又是互不相知的。本来，人们都认为，事物是互相有联系的，天、人本来是合一的，现在却是月自月，人自人，两无干涉。这就不能不引起人们的叩问：宇宙到底是怎么一回事？人生又是怎么一回事？

于是，张若虚又进一步想到："人生代代无穷已，江月年年望相似；不知江月待何人，但见长江送流水。"

在人生，张若虚想到：人生代代相传，无穷无尽，是永恒的。但作为个人，有生有死，在不断地变化，所以要问："江畔何人初见月？"那人是谁？那人在哪儿？实在无法回答。而"江月年年望相似"。月亮也是永恒的，年年岁岁，都挂在天边，人若看月，也看不出它有什么不同。但是，月亮也有阴晴圆缺的变化，它也和人世的悲欢离合一个模样。所以，若问："江月何年初照人？"连江月本身，也无法回答。从这角度看，宇宙和人生，在永恒中又有变化，则是一致的规律！再想深一层，江月是永恒的存在，历史也是永恒的存在，但作为只生活在特定阶段的具体的个人，则是短暂的、无法留住的。

正因为江月是永恒的，它对望月的人，又是有情有义的，所以它年复一年，挂在天空，等待着曾经见过它的人。但是，"不知江月待何人”，那人，不知是谁？不知这人是否还在人间？可惜，江月要等待的那个人，见不到了，它只见到长江东流，江水滔滔，永不复返。那长江，送走了历史，送走了望月的人，送走了生命与青春。有情的江月，也只能在天上默默等待，有情还似无情，旁观而又无奈！这两句，就写作技巧而言，它很像电影中的空镜头。那月亮像人，它似乎在等待什么人，但又等不到，于是，流水向远方消逝的空镜头，便含蓄地表达出它依依不舍的情感。李白送别友人时，看着“孤帆远影碧空尽”，可又不忍遽离，他站在岸边，“唯见长江天际流”，这“空镜头”便传达出李白心情的惆怅。两者在写作手法上，是一样的。

以上几句，实际上是提出四个疑问：什么时候有宇宙？什么时候有人生？宇宙、历史为什么会亘古不变？而人的生命为什么如此短促？以上四个问题，是作者从春江花月夜的美景中，从人对美好生活的留恋中，提出的哲理性的叩问，这就是诗中的“理趣”。从诗的结构来看，诗的前半段写春江上月亮的美，温馨而神秘浪漫，而这几句的出现，却让人像被冷水浇背，陡然一惊，它那无法解答的疑问，收到了振聋发聩的效果。

闻一多先生说，张若虚这几句诗具有“宇宙意识”。其实，对宇宙和生命的认识，中外古今的人都在叩问、在探索。大科学家霍金在《时间简史》中提出“我们从何处来？我们是什么？我们向何处去？”的问题。而早在1897年前后，欧洲象征主义大师高更，便以此为标题创作了一系列大幅油画，以梦幻的记忆形式表达对这问题的迷惘。科学家和文艺家，思维各异，但都以不同的形式，追求解释同一个疑问，看来又谁也回答不了。

在我国，不同时代的诗人，也不断地提出这个问题，苏轼不是说“明月几时有，把酒问青天”吗？李白在《把酒问月》里还写过：

青天有月来几时？我今停杯一问之；
人攀明月不可得，月行却与人相随。
皎如飞镜临丹阙，绿烟灭尽清辉发；
但见宵从海上来，宁知晓向云间没？
白兔捣药秋复春，嫦娥孤栖与谁邻？
今人不见古时月，今月曾经照古人。
古人今人若流水，共看明月皆如此；
唯愿当歌对酒时，月光长照金樽里。

看来，思想深邃的诗人，都会对这极具哲理的问题产生浓厚的兴趣。在李白，他感到明月是永恒的，人生是短暂的；同样，在张若虚，他看到明月是永恒的，人世也代代无穷，这是月与人一致的地方，但作为个体的人，生命是短暂的，这是月与人矛盾的地方，似乎他更多考虑个人生命的问题。

就在张若虚的同一年代，诗坛上已经意识到，如果能把哲理诗意化，便意味着达到很高的艺术境界。因此，诗人们往往热衷于叩问有限人生和无限宇宙的对立统一，把天与人之间的关系，联系起来进行思考。《唐才子传》一书，还记载了唐代诗坛上的一宗趣闻。据说，初唐诗人刘希夷，写了一首《代悲白头翁》的诗。请别以为他是个老头子了，其实刘希夷“年未及三十”。诗中有两句云：“今年花落颜色改，明年花发复谁在？”写了以后，觉得不吉利，弃之而不用，把它改为“年年岁岁花相似，岁岁年年人不同”。这改后两句，带有哲理的意味，刘希夷也自觉是神来之笔，颇为得意。现存的《代悲白头翁》一诗中，即保留此两句。

刘希夷二十五岁即中进士，少年得志，而他想到的却是岁月的永恒，人生的无常，希望在创作中能表现出哲理性的思考。事情更古怪的是，据说，刘希夷这两句诗，被他的舅舅宋之问知道了。那时，《代悲白头翁》尚未传播开来，宋之问也喜欢这两句诗，要求刘希夷转让给他。刘希夷答应了，后来又舍不得，反悔了。宋之问大怒，便买凶把刘希夷闷杀。谋“才”害命，这传闻不一定可信，但它说明了一个问题，即当时诗人对人生的哲理和诗意结合的问题，抱有强烈的兴趣。所以，刘希夷才会把那两句诗改了又改，才会有宋之问不择手段巧取豪夺的传说。

在《春江花月夜》里，张若虚无法回答自己提出的哲理性问题，他的诗笔，便从具有哲理性的叩问，回归“何处春江无月明”，转入对短暂的人世间悲欢离合的具体描写。

在诗的结构上，张若虚承接上文，写下“白云一片去悠悠，青枫浦上不胜愁”两句。在前面，诗人从江月的角度俯瞰人间，只见到长江送流水；紧接着，他便从人间的角度仰望天空，只见天空中的白云，也一片一片地飘走。这流水与行云景色的连接，和上文一样，既像乐曲中的“过门”，也如同电影镜头的组接。它先以流水的全景“化出”，又以行云的全景“化入”。江水无奈地流去，白云惆怅地浮过，跟着，镜头便具体地推出了青枫浦上人间的景象。只见那青枫浦上，笼罩着离愁别恨，让人不觉凄然。

在这里，诗人写浮云的飘忽，也有象征的意味。古诗常把浮云和游子联系起来，像“浮云蔽白日，游子不顾返”（古诗十九首《行行重行行》）；像“浮云游子意，落日故人情”（李白《送友人》）。而作者选用“青枫浦”的地名，也和离别之情有关。《楚辞·招魂》有句云：“湛湛江水兮上有枫，目极千里兮伤春心。”江淹的《别赋》，也有句云：“送君南浦，伤如之何!”古人在创作上，命辞遣意，讲究出处，张若虚在这两句的写法，便属其中一例。

“谁家今夜扁舟子？何处相思明月楼？”诗人说，青枫浦上，载不住许多愁，接着以提问的方式叩问：在今夜月色的映照下，停泊在扁舟上的游子是谁？而“明月照高楼，流光正徘徊”（曹植《七哀诗》），在月色中思念远方游子的女子，又在哪里？这相对成文的偶句，以望月的情景为中心，以流水行云般的笔势，写出了游子夫妇的互相怀念，他们也许远隔千里，同在举头望月，月光把他们的视线连在一起。这写法，也与张九龄的名句“海上生明月，天涯共此时；情人怨遥夜，竟夕起相思”（《望月怀远》），具有同一的意境。不过，张若虚用“谁家”“何处”这两个不确定的词语，便带有泛指的意思，他没有具体指某一家，这让读者感受到，游子离家，思妇怀人，这是当时很普遍的状况。

进一步，承接着思妇楼头望月的意象，诗人顺势具体描写了某一妇女对丈夫思念的情态，把她种种的心理状态作为许许多多思妇的缩影。

在上文两句概括性的虚写之后，进入细腻的实写，这是很巧妙的艺术手法。不过，也有些学者认为以下的描写，是分别写思妇和游子两个方面的情况，我以为不然，这一点，下面再谈。

“可怜楼上月徘徊，应照离人妆镜台。”诗人在这句开首，便用“可怜”两字，表示深切同情独守空房的思妇。在这里，诗人化用了曹植《七哀诗》“明月照高楼，流光正徘徊；上有愁思妇，悲叹有余哀”的诗意，表明他对思妇的态度。诗人看到，那月亮，在楼上照着，好像徘徊不定，好像不忍离开，好像和他一样慨叹不已，余哀袅袅。而和曹诗不同的是，张若虚紧接着对那有情的月亮，又多少有着责备的意味。他认为，月亮应该照着思妇的妆镜台，好让她梳妆打扮，迎接她所爱的人。在过去，人们有所谓“女为悦己者容”的说法，妇女对妆台打扮，要么是丈夫没有离开，要么是丈夫即将归来。诗人说，月亮若是有情，便应该让她得到幸福的生活，让她为所爱的人打扮起来才对。从“可怜”到“应照”，包含了作者对月亮既埋怨又祈求的复杂态度。诗人选词用语的深意，我们不要轻轻放过。

诗人接着说，可惜，月亮虽然有情有义，却只把一片光影，洒在高楼上。它还不理解思妇的期待，它只照到窗前，照到砧上，反让思妇觉得烦恼酸楚，这就出现下面的句子：“玉户帘中卷不去，捣衣砧上拂还来。”思妇觉得，明月照高楼，游子不顾返，这多情的月亮，照到窗前，有何意趣？所以，她卷起窗帘，想把月光也一起卷走，这真是“闭门不管窗前月，分付梅花自主张”（孔尚任《桃花扇》）。可是，月光却是卷之不去的，这不谙风情的月亮，还要照到“捣衣砧上”。

捣衣砧，是妇女制造衣服的板子，妇女为丈夫缝制衣物，要在砧上加工。她们一面捣衣，一面注入对丈夫的爱。所以李白有诗云：“长安一片月，万户捣衣声；秋风吹不尽，总是玉关情。”（《子夜吴歌·秋歌》）张若虚写月光照到砧上，思妇便想起了为丈夫缝衣的日子，这月色，反倒增添惆怅。当然，月的光，是

“卷不去”“拂还来”的，但作者正是巧妙地用这举止，细腻地描绘思妇幽怨情绪的发泄，表现她对丈夫思念的深切。她觉得，即使月亮同情她，也属多余，它难慰寂寥，于事无补，反让人触景生情，增添烦恼。清代词人纳兰性德说过：“情到浓时情转薄，而今真个悔多情。”（《山花子》）人世上，情感的纠葛，往往会让人的行为变得不可思议。张若虚对思妇的情绪有深切的体察，才能以思妇薄情的动作，写出她情到浓时又爱又怨的心态。

按说，诗人既写了思妇觉得月色多余，接下去，应写她连月也不再看，回身睡觉去了，这是通常表现思妇烦愁的写法。但张若虚却写她仍在望月：“此时相望不相闻，愿逐月华流照君。”

请注意，诗人写这时思妇望月，却不是欣赏月的光、月的美，而是她相信她的丈夫，也在同时望月。相信她和丈夫的视线，都在月光里交汇，这就是“相望”。但双方远隔一方，尽管她相信丈夫也在望月想她，但夫妻毕竟无法沟通，这就是“不相闻”。于是，思妇唯一的想法，便是“愿逐月华流照君”，她更希望自己的影子也化成了光，跟随着月光，照见想象中也在望月的丈夫。如果能彼此在天空上照一照，望一望，总比“不相闻”要好！在这句中，诗意愈曲折，愈能展现思妇的心情起伏。而张若虚写思妇这最低限度的愿望，又为下面的两句预作蓄势。

“鸿雁长飞光不度，鱼龙潜跃水成纹。”古人说雁和鱼，都会替人传递书信。张若虚在这两句中点出鱼和雁，当然有暗喻思妇希望鱼雁能替她和丈夫互通信息的意思，但语气又立刻转折。她说雁儿远去，却没有把光影带走，她想幻化为光，也无法照见她思念的丈夫。她再看月色下的江水，鱼龙或潜或跃，涌起的只是波纹，而不是她想寄去的文书。真是镜花水月，一切皆空。

“昨夜闲潭梦落花，可怜春半不还家。”从梦想的落空，思妇又想起了昨夜的梦，她梦见落花漂在水面上。在这里，诗人的文心十分细腻。本来，他也可写她“枕中”或“床中”梦落花，但这就和上面处处写到的水波、江流、春江没有联系了，而用“闲潭”，则处处和水呼应。她梦见花落在潭水里，花儿落了，等于说花谢了，春天过去了；这也暗示青春过去了，她人也快老了。这和李后主说“林花谢了春红，太匆匆”（《相见欢》）的意味一样。但她是做梦，实际的情况是，她在做梦的时候，春天还没有过去，花儿也未落。她只梦见春尽，只是在忧虑，在担心。所以诗人接着写她喟然长叹：“可怜春半不还家。”春半，只是春天过了一半，也是青春将老而未老。如果她所等待的人这时候回来，一切还来得及。可是他却“不还家”，把春光辜负了，让青春虚度了。可见，诗人不用“春老”“春去”，而用“春半”，这把思妇的心情，表现得更加微妙细致。从上面，我们看到诗人反复描绘思妇内心的矛盾和纠结，也只有认真体味他收放自如的笔触，才能领悟到他刻画人物感情变化的技巧。

当张若虚写了思妇梦后的心情，又拉回笔锋，写她在眼前看到的景象：“江水流春去欲尽。”她低头看江，江水不断地流淌。说“流春”，表面似不合理。按说，江面上流的是水，怎会“流春”？但这样的词语组合，正好表明汉语的精妙。流春，意味着思妇一边在看流水，一边觉得江水把春天也流走，连她的青春也带走。“去欲尽”，这“欲”字用得更佳。潮水渐退，将要退尽，又还未全退尽；似乎它想要尽去，又似舍不得尽退；似乎江水和春天，都在留恋，都在同情思妇。可见用了“欲”字，客观的景，融合了主观的情，整句诗就更饶韵致。“江潭落月复西斜。”

思妇又抬头看到月了，这时的月亮，已向西斜斜落下去了。以上，从“鸿雁”句开始，诗人写她有时望月，有时望江，描绘她俯仰徘徊，刻画她寂寞孤独，透露出千里怀人的幽怨。

从全诗的结构看，在春、江、花、月、夜等景观中，诗人逐一收拾：“闲潭梦落花”句收拾了“花”，“江水流春”句收拾了“春江”，接下来就剩下“月夜”了。这和在诗的开头，让各种景观逐一亮相一样，在诗的末尾则让它们逐一退出。显然，诗人在创作时胸有成竹，所以遣词用句，像排兵布阵那样，井然有序。

“斜月沉沉藏海雾，碣石潇湘无限路。”诗人写到月落了。入夜时，人们看到月亮从海上升起；夜将尽，月亮便沉到海里了。“沉沉”两字的连用，既表现出它逐步地慢慢地落下的状态，而它低沉的音调，也起了烘托望月者心情惆怅的作用。这时候，天上还留着月影，它藏在海雾里，光色朦胧，若隐若现。

从月的东升，到月的西沉，这思妇在春江之滨，对月亮望了一夜，也思念了一夜。她自然想到，一夜过去了，她所怀念的人，又在什么地方呢？这就有了“碣石潇湘无限路”一句。

这一句，比较重要。因为有些学者认为，从“昨夜闲潭”句开始，诗人便是从游子的角度着笔，写他对家人的思念，理由是上文有过“谁家扁舟子”和“何处明月楼”的提法，认为下文应是“花开两朵，各表一枝”的写法，写了思妇，就该写游子了。这样的分析，当然可供参考。不过，我认为，诗的下半段，应该仍然全是描写思妇的心情。因为从“梦落花”乃至担忧辜负了青春，这些细腻曲折的感情描写，用于女性比较贴切，用于男性，未免有“奶油味”了。更重要的是，我认为“碣石潇湘”这一句，不可能是游子的感慨。

碣石，在渤海之滨。曹操有过“东临碣石，以观沧海”之句。潇湘，指湖南的潇水和湘江，两地相距千里，所以说是它们之间，隔着“无限路”。如果这句是说游子思家，意思便是指从碣石到湖南，或从湖南到碣石，路途都遥远得很。这一来，游子的家，要么在碣石，要么在湖南。当然，在前边，有过“青枫浦上不胜愁”之句，说明这一双男女分手的地方就在青枫浦。而在湖南浏阳附近，真有一个地方名为“青枫浦”。但是，青枫浦也可指为一般生长有枫林草树的水边，不必解作固定的地名。何况张若虚所写的《春江花月夜》，望月的地方分明是在长江下游的入海处附近。那么，游子和思妇的家，也只能在江南这一带附近，不可能在潇湘或碣石。凡此种种，说明把这一句解作游子思念，是不太贴切的。

但是，如果从思妇的角度去理解，便不同了。丈夫远去，她不知道到了什么地方，是到了北方的碣石，还是到了南方的潇湘？而无论是到了碣石还是潇湘，都与在江南的家，隔着无限的路。因此，我认为这应是思妇在遥想，她是从明月西沉时思绪万千，想到离人隔着千山万水，也不知道他到了哪里。

诗的最后一句是：“不知乘月几人归？落月摇情满江树。”从想到自己那未能归家的丈夫，这思妇又想到“不知乘月几人归？”她知道，就在她想念丈夫的时候，或许有些人是可以连夜赶路归家了，但不知道有多少人能得到团聚的幸运，不知道她的丈夫有没有踏上归途。这一问，是诗人巧妙的一笔，它既是写思妇的疑问，也包含着她对有些幸运儿的羡慕之情。其实，她也明明知道，这种可能性是不大的，世上多少游子，有家归不得，只能望月兴叹！思妇提出这一问题，不过是明知故问。更重要的是，张若虚让思妇从自身的处境，提出难以回答的问题，实际是诗人借她那起起伏伏的思绪，从个别推到一般，概括人世间许多离散家庭的境遇。这一来，这位思妇的情怀，便成了千万思妇天涯颙望的写照。

张若虚这首诗，从艺术构思来看，他从月的东升写到月的西沉，最后落在“落月摇情满江树”一句上面。这时候，月亮落下去了，月的余光，摇摇曳曳，这意象，美得很，妙得很，让人浮想联翩。按说，月是不会“摇”的，月的光，也是不会摇的。而诗人偏说它在摇，真让人意想不到。但仔细品味，又是合情合理的。在江边，江风吹拂，江树摇摆，光影摇摇摆摆，便觉得月也在“摇”。摇的不仅是光，也连同着情感。月色的摇摆不定，若隐若现，似乎是月亮也同情思妇，似乎是想回答她的疑问，似乎它也思恋人间，不忍西落。这落月摇情，像是临去秋波。而说月在“摇情”，其实是思妇包括诗人心旌摇动，舍不得月亮离开，于是把月亮拟人化，以月亮摇情反过来表现人们对月的依恋。这神来之笔，含蓄而凄美，让人回味无穷。从诗的用韵看，诗的结尾以“树”字结束。在唐韵，“树”属去声，“去声分明哀远道”，这和全诗开头的四句，写月亮上升阶段，以明亮的平声押韵，形成鲜明的对比。从音乐性而言，也给读者以人与月恋恋不舍的韵味。

在传统的诗坛上，历来写对月思怀的作品很多，但多比不上张若虚的《春江花月夜》。我想，原因是多方面的。它的不同凡响，在于除了写出了春、江、花、月、夜各自的美外，又写出了它们整体的美。整首诗，让人感到它充满着文采的美，流动的美，朦胧的美，神秘的美。即就描写月夜之美而言，它已达到很高的水平了。

若从对月怀人的角度看，它以明亮的月色，反衬黯淡之离情。艺术上的反衬，效果反会强烈，所以王夫之说：“以乐景写哀，以哀景写乐，一倍增其哀乐。”像《红楼梦》写黛玉临终，传来了宝玉结婚的乐声，黛玉只呼“宝玉你好……”于是，曹雪芹越写宝玉宝钗婚礼的热闹，便越反衬出黛玉处境的悲凉。又如贾至的《春至》：“草色青青柳色黄，桃花历乱李花香；东风不为吹愁去，春日偏能惹恨长。”这诗前两句写花草的喧妍，却反衬出春愁之苦。《春江花月夜》前半段写月色的明丽，对比人生的黯淡，也有反衬的作用。作者越是写不尽宇宙如此美丽，便“一倍增其哀乐”，让人更感到人生的有限，竟如此黯然。

最重要的是，张若虚在诗中提出了具有人生哲理的问题。即诗人从月的升起到月的西沉，联想到宇宙变化的永恒，感受到天人应该合一，而实际上天人并非可以合一。他具有“宇宙意识”，感知天人合一中又有疏离的一面。这悲剧性的心理，为古代许多人所共有，却并非人人都能表达得出。因此，在创作中具有哲理的思考，把情景与理趣结合起来，这是诗歌创作能够构造意境并且达到最高水平的窍门。

在文学史的研究中，学术界对《春江花月夜》流传过程的问题，一直没有解决。这首初盛唐时期之间的作品，写得这样的好，为什么在唐代并不流传，直到明代中叶以后，人们才发现它的卓越，后来人对它的评价才越来越高？就是说，从唐到宋、元，好几百年，虽然也有一些选本选入了它，但实际上，它一直被边缘化，到明代中叶后，人们才猛然省悟。这是什么原因呢？我弄不懂。当然，历史，包括文学史，有些现象会是有偶然性的。例如，晋代陶渊明的作品，当时评价不算高，到后来才受到重视。宋代岳飞的《满江红》，到明代才被发现。《春江花月夜》的命运，也是如此。

对文学作品的理解，和一定的历史、文化进程有关，和审美受体的“接受史”有关。我只隐约感到，明中叶以后，思想界、文学界，普遍重视人的价值，对传统观念越来越怀疑，越来越感到理想与现实的疏离。儒、道、佛三教在相互斗争又相互渗透中，使中国的哲学思想有了更系统更细腻的发展，人们对人生乃至宇宙的问题，有了更多的思考。而儒、道、佛三教，即使最具异端思想的人，也离不开“天人合一”的理念的主导，有人领悟到天与人的亲和，有人则慨叹天与人的疏离。此两者，实质上都由“天人合一”的观念派生。我们从亲和感与疏离感的两类诗中，可以看到哲学理念对创作的意义。

社会意识的变化，导致审美观念的变化，人们才重新发现了《春江花月夜》的价值。这属于“诗词接受史”的研究范畴，希望有人能进一步有所解释。

说王之涣《登鹳雀楼》

白日依山尽，黄河入海流；
欲穷千里目，更上一层楼。

在我国，凡是读过点诗词的人，很少会不知道王之涣的《登鹳雀楼》一诗。这首诗，只有区区二十个字，却写得气势磅礴，意境高远，被认为“五言绝，允推此为第一首”（《增订唐诗摘钞》）。

王之涣一生，应该写有不少的诗吧！否则就没有《旗亭画壁》的故事了。据《集异记》说：他和王昌龄、高适在旗亭小饮，三人各擅诗名。当看到有十多个歌伶前来旗亭唱歌时，他们便相约比赛，看谁的诗被歌女们唱得最多，最受欢迎。结果，王之涣以他的《凉州词》为最漂亮的歌女所唱，宣告胜出。显然，如果他不是流行歌词的作家，不是写过许多受人欢迎的作品，哪会被姑娘们传唱？可惜，现在保存下来的属于他的作品，就只有区区六首了。

有些人，作品数量多得惊人，但转眼都成废纸；有些人，即使留下来的作品很少，却能流传久远。王之涣的《登鹳雀楼》和《凉州词》，都被人们视为五绝和七绝的压卷之作。可见，“彼不厌其多，此不愧其少”，就看作品是否写得好，能否“拔戟自成一队”(《读雪山房唐诗序例》)。

王之涣是山西人，鹳雀楼在今山西永济，他到过这里，登高览胜，于是写下了《登鹳雀楼》一诗。

有人认为，这诗写出了鹳雀楼之高，其妙处在“不明说‘高’字，已自极高”(王闿运辑《唐诗选》)。正是因为他写层楼高矗，千里山河，尽收眼底，所以，人们认为这是一首赞美祖国的风景诗。这说法也未尝不可，然而，似仍未能搔着痒处。

十多年前，我到过永济，自然慕名登上了鹳雀楼。楼有三层，我也不禁“欲穷千里目”，登上了第三层的最高处。可是，只见平畴开阔，丘陵起伏，却没见到黄河的身影。我便想，怎么王之涣有“黄河入海流”的描写呢？当然，我也知道，离开鹳雀楼南方的好几公里处有黄河故道，黄河确曾在这一带奔流，当年，王之涣登上鹳雀楼，顺着黄河望过去，遥望眼前景色，觉得十分开阔，却没有说它“极高”。

我凭栏俯仰，纵目四望，这里的景色使人有胸襟开朗、吐气扬眉之感。但我又觉得，只有三层的鹳雀楼，却似乎并不算很高。若说高，它也不能和高至七层，后来又增至九层的大雁塔相比。再细看《登鹳雀楼》一诗，其实，它也并没有刻意描写鹳雀楼之高，不知道为什么，有些读者会产生“高”的错觉。

倒是在唐代，河南人畅诸到过鹳雀楼，也写了《登鹳雀楼》一诗，它是极写鹳雀楼之高的。这诗现存于《全唐诗》中。诗云：

迥临飞鸟上，高出世尘间；
天势围平野，河流入断山。

你看，畅诸登上鹳雀楼，只见鸟儿在下面飞翔，只觉层楼高出尘世，这等于说，它的高度已达到仙境。再望下去，畅诸说他可以看到远方的景色。这四句，全写景，也全是实写，诗人尽管竭力表现眼前高峻之境，却没有让人感到有什么特别。所以，畅诸这首诗，实在也无法流传，只能躺在故纸堆中，长期与蠹鱼为伴。

把两首《登鹳雀楼》作一比较，高下立见。

王之涣的《登鹳雀楼》，首句是“白日依山尽”。白日，指的是太阳，像说“浮云蔽白日”“白日放歌须纵酒”，都是指太阳的日色而言。时近黄昏，王之涣登楼，向西望去，只见太阳像挨着远山背后，将要渐渐地落下去了。在这句，诗人使用“依”和“尽”两词，值得仔细玩味。先说“依”字，如果按自然界的实际，太阳远在天边，它和山丘相距，不知还有多远，但诗人隔山望去，却觉得它像紧贴着山背，它和人间很接近，但又不能不依依不舍地挨着山背西下。

如果说，诗的第一句写诗人向西凝望，那么，第二句则是写他转过东边，放眼遥望了。

在东边，他说看到黄河奔流，河水滔滔，流入海里。而实际上，在唐代，黄河并没有从楼下经过，站在鹳雀楼上的诗人，最多只能看到近处的黄河，泛起了一瞥波光，从而意识到它奔腾入海的景象，意识到黄河正在滔滔汩汩，逝者如斯，不舍昼夜。显然，这一句，只是诗人写他回过身来，从西往东，视界横移的感受。请看，他的视线，既有从上往下竖看，又有由西往东横看。他在鹳雀楼上看到景色的意象无比阔大，也无比单纯。他的目光，也像电影镜头那样，横向俯瞰，把浩渺晴空、万里江山拍摄了下来。

古人说："景愈藏，境界愈大；景愈露，境界愈小。"王之涣登上层楼，能望到的景物本来是很多的，但他只注目于白日依山，黄河入海，其他则一笔抹去。这大处落墨的写法，恰好表现出他站得高，看得远。而诗人视界的广阔，也正是他胸襟广阔的反映。

王之涣对景色大笔勾勒，而用词遣句，却非粗率。再看他以"尽"字描写太阳的下山，便恰切地呈现白日渐被遮没、大地逐步昏暗的情景，也表现出他目送余晖、依恋阳光的神态。这"尽"字，无论从语义、声调，都不是"落""下""没"等字所能代替的。至于"入"字，也看似平凡，但是恰到好处。诗人没有给黄河的走势、气韵以特别的形容，只是感觉到它进入大海，与大海融合在一起。画家们曾有这样的体验："远人无目，远树无枝，远山无石，远水无波。"鹳雀楼只高三层，自然看不到黄河波涛汹涌的景象，而"入"字，轻轻拈来，正好表现诗人登高望远、睥睨宇内的情状。

人们往往认为，王之涣说"白日依山尽"，不就是说太阳下山了吗？不错，这是他登楼向西凝望长天的感受，他确实看到白日西斜，时间渐渐流逝，但并非直指当时已到黄昏，只余夕照，而是从遥望中感知，太阳总是朝朝暮暮，年年岁岁，从东方升起，又从西山那边渐渐落下。时间和历史，总是让人看不到尽头，看不见未来。试想，如果这句诗，仅仅是诗人对实景的描写，那么，在天色昏暗的情况下，或者晚霞在天，只剩余光，一片朦胧，即使他想“更上一层楼”，这能和下句接得上榫吗？能看得到远在千里黄河入海的地方吗？要知道，在唐代，还远未有发明“夜视镜”的现代化装备哩！

不错，这诗的第一、二句，王之涣是写他登上高楼，看到了河山壮阔的风景。而让他内心感悟更深的是，太阳天天都会依山而尽，时间的过去，永无休止；大江东去，奔流入海，空间的广漠，横无际涯。从鹳雀楼上望开去，天苍苍，野茫茫，的确也是对眼前风物的实写，但王之涣的意趣，并不只是停留在写景这一点上，在“景”的后面，更多是贯注着他对人生的感悟。

说到落日黄河，让我不由得想起了王维的《使至塞上》，那“大漠孤烟直，长河落日圆”一联，老实说，就描绘祖国河山的广袤而言，它描画的图景更为壮丽而具体。您看，沙漠是平面的，没有任何遮挡，只有烽火台上烧起的狼烟，没有被风吹散，形成一条笔直向上的纵线。傍晚时分，地平面上，出现长长的河流，呈现为躺在天边的横线，而圆形的落日，这弧线，就挂在万里晴空的天幕上面。王维把这几条很简练的线条，配合在一个画面上，便形成一幅令人难以忘怀的壮阔景象。从画面上的设置看，王之涣的《登鹳雀楼》和它各有特色，所以都是诗坛上的压卷之作。如果说王之涣的这两句描写落日长河的一联，和上引王维写塞外景色的一联有什么不同，那就是前者包含着哲理性的意韵。这联与诗的第三、四句，一经配合，就不仅仅是描写鹳雀楼风景豪阔的问题。

在诗歌创作中，有些诗人面对景色，会触景生情，随见随写，此所谓“口占”或“即景”。而更多的时候，诗人会回到家里，静下心来，体味见过的景物，才纵笔抒怀，这就像许多国画家一样，他们到处游览，把万千景致收入脑中，“搜尽奇峰打草稿”，才把脑中之“景”概括呈现，而非对着景色，打开画架去“写生”。至于王之涣的《登鹳雀楼》，未有证据说明他在楼上即席挥毫，我更愿意相信他在登楼之余，还会静下心来，作更深入的思考，抒发胸中的积悃。所以，在这首诗的第一、二句，他只约略写到鹳雀楼周边景色，而更多是融注了自己对山河和对生命中时间与空间关系的种种感悟，给读者营造一个虚拟性的可以驰骋想象力的氛围。

在初唐，陈子昂也曾和王之涣一样，登楼兴感，写过《登幽州台歌》一诗：

前不见古人，后不见来者。
念天地之悠悠，独怆然而涕下。

就“念天地之悠悠”而言，王之涣的感受和陈子昂其实是一样的。不同的是，陈子昂说他什么也见不到，王之涣却是看到了鹳雀楼外的具体景色，并从景色中透露出天地悠悠、宇宙无穷的意念。他是要引导读者从具体的景物入手，生发出对时空无限深远的遐想。这一点，看来也是王之涣惯常使用的艺术手段。像在他的《凉州词》，第一句说“黄河远上白云间”。其实，在玉门关不可能看到黄河，黄河更不可能扶摇直上，流向天空。这写法，甚至比李白的“黄河之水天上来”，显得更浪漫、更夸张。但是，文艺创作是不要求作者必须根据眼前实景去描绘的。王之涣写“黄河远上”天边，便使读者更能感到边关的遥远，以及诗人主观心境的开阔。显然，诗人主观的感情和景观的融合，情景交汇，更有助于创造出艺术的意境。

《登鹳雀楼》的开头两句，诗人的视野和思路已经很宽很远了。到了第三句和第四句，他更抛开了对景色的描绘和感受，突然转折，直接提出很有挑战性的想法，也让读者的思路跑得更远。

欲穷千里目，更上一层楼。

这两句，明白如话，用不着解释。但“欲穷”两字，也需要我们注意。

一般来说，绝句诗的后两句，语气应有所转折，它对前边两句的描写，或推高，或反转，而总不能接着平铺直叙。像上引畅诸那首诗，四句均写鹳雀楼之高，虽然它从几个方面着眼，却毫无变化，于是让人兴味索然。元代杨载总结绝句创作的经验，说：“宛转变化功夫，全在第三句。”这是对的，“文似看山不喜平”，只有在关键性的地方，情感或描写方法有所变化，才能引人入胜，避免平板呆滞的毛病。

我们之所以提请读者注意“欲穷”一语，是因为诗人在前两句对景物的描写之后，进一步转入更深更远的追求。但是，这转折，却又是前两句意念的承接。它说明，当诗人在一、二句写他看到鹳雀楼前面景观的时候，已经不是光在看了，而是一边看一边在思考，产生了要看得更远的愿望。所以才有“欲穷”一语，才会在语气的转折中，引出更进一步向上的追求。而这三、四两句，也语带双关，你可以理解诗人是想看到更远的景色，更可以感受到他对人生前程有远大的期待。

王之涣的这首诗，之所以能够流传千古，正是因为他登楼观景的感受中贯注着积极向上的乐观主义精神。他不像畅诸的那首诗，只单纯写景，而是在写景中包含着对时空无穷无尽的感悟。面对未可知的前景，他不是“哀吾生之须臾，羡长江之无穷”，而是追求站得更高，看得更远。因此，当读者读到这首诗，更多是从作者展示的开朗恢宏景象中，感悟到要积极地对待人生，要坚持不懈地追求理想。当然，王之涣写的也只是他一己的感触，但他的精神却感动了千千万万的读者。人们看到这首诗，不会仅仅把它看成风景诗，而会领悟其中包含的哲理。

是的，在鹳雀楼，要再登上一层楼，才能望得更远；而对待人生，何尝不是这样！正因如此，这一首包含着深刻哲理的抒情诗，其中“欲穷千里目，更上一层楼”两句，甚至成了中国人民的格言，成为人们互相勉励的警句。

抒情诗，一旦能在抒情的同时，又能概括人生的经验，能具有哲理性，把情趣升华为理趣，就可说是达到了诗歌创作的最高境界。像后来宋代苏轼的“不识庐山真面目，只缘身在此山中”，陆游的“山重水复疑无路，柳暗花明又一村”，写的虽然是具体的风景，却也都是人生的经验教训和感悟，也都成为千古佳句。在唐诗中，王之涣的《登鹳雀楼》，可说是首开理趣的新境。这在诗歌创作史上，具有重要的意义。

前面说过，初唐的诗人陈子昂，面对着广漠杳溟的时空，抒发过心事浩茫的感触。稍后，张若虚那首酣写“春江花月夜”之美的长诗，也发出过“江畔何人初见月？江月何年初照人？”的浩叹。连年纪轻轻的王勃，也在《滕王阁序》中，竟说出“天高地迥，觉宇宙之无穷；兴尽悲来，识盈虚之有数”那样让人丧气的话头。这是由于初唐的人们，经历过魏晋以来社会长期乱离的生活，前景黯淡、人生渺茫的阴影还像梦魇那样压在心头。因此，即使是年轻气盛，敢于做惊人之举，当众击碎贵重的胡琴以搏“出位”的陈子昂，面对着不可知的未来，也“独怆然而涕下”，流露出莫名的悲哀。

关于王之涣的生平，我们知道得不多，仅在靳能写的墓志铭中，知道他“慷慨有大略，倜傥有异才”；知道他当过管理地方事务的小官，却又被小人诬陷，索性辞职拂衣出走，周游大河南北；后来虽也复出，也不过是充当管理治安的小吏。可以说，这一位颇有异才的诗人，实在也是像陶渊明所说“日月掷人去，有志不获骋”的可怜人。

然而，就是这位在仕途上没有前景，也不想“飞上枝头作凤凰”的诗人，他的心胸却是如此开朗、如此乐观。显然，我们不能单从个人的得失，看待诗人一己的思想感情，而应从整个时代的社会风气，认识它如何触动诗人的脉搏。

王之涣生活的年代，已进入盛唐时期。社会经过近百年的安定，经过了武则天和唐玄宗初期不断的政治改革，也经过儒、道、佛三家的竞争与融合，人的思想相对开放，这必然影响了诗人的视野与心胸。当然，盛唐时期诗坛也存在让人压抑的气息，但是，昂扬爽朗、开阔豪雄的声音，毕竟还是诗坛的主旋律。所以，即使是生计潦倒的杜甫，登上泰山，也发出“会当凌绝顶，一览众山小”的豪气；即使是喜过闲雅生活、性情低调的孟浩然，竟也写出了“八月湖水平，涵虚混太清；气蒸云梦泽，波撼岳阳城”那样气象恢弘的诗句。因此，当乐观的气息弥漫在人间天际，那身份低微的王之涣也会敞开心扉，接受宏观世界黄钟大吕的震撼，也会期待插上双翼，登高望远，冲天而起。

说来有趣，在唐代诗坛中，写过以鹳雀楼为题材的著名诗人，除了王之涣和畅诸外，还有中唐时期的李益。此人也写了《同崔邠登鹳雀楼》：

鹳雀楼西百尺樯，汀洲云树共茫茫；
汉家箫鼓空流水，魏国山河半夕阳。
事去千年犹恨速，愁来一日即为长；
风烟并起思归望，远目非春亦自伤！

李益这首诗，也写在楼上登高望远，怀古思乡。颈联的五、六两句，还算精警。但全诗气象萧瑟，低回不振，这恰好表现出饱经战乱后中唐诗风的特点。如果把它和王之涣那首作一比较，多少可以看出不同时代诗风的变化。

说孟浩然《春晓》

春眠不觉晓，处处闻啼鸟；
夜来风雨声，花落知多少？

提起孟浩然，人们一般都想到他的《临洞庭上张丞相》，因为其中有“八月湖水平，涵虚混太清；气蒸云梦泽，波撼岳阳城”几句，写得大气磅礴，浩瀚壮阔。据说后人把这诗挂在岳阳楼上大厅的左边，把杜甫的《登岳阳楼》挂在右边，以后，谁也不敢在厅上题诗了。

其实，孟浩然这诗的后面四句“欲济无舟楫，端居耻圣明；坐观垂钓者，徒有羡鱼情”，并不见佳，他只是向丞相张九龄表达想当官的愿望，所以从整首诗看，未免有“偏枯”之讥。至于前面被普遍赞赏的几句，确也道出祖国山河的气象，但也许人们没有注意，这孟老夫子在赞叹洞庭之美中，多少夹杂着奉承张九龄气度和唐王朝气象的成分。所以，这诗并非“偏枯”，只是一些人未看透它“颂圣”的味道而已。

不过，人的思想是复杂的，孟浩然确想出仕，但也并非十分执着。当官不成，他也真放得下，看得开。率性随缘，顺其自然，这样的品性也表现在其诗风中。像他的《过故人庄》，写的就是很平常的事：老朋友准备了很普通的饭菜，邀请他到很普通的田家；他看到的是“绿树村边合，青山郭外斜”那普通的风景；他们很随便地坐在窗前，聊的是普通的家常话。不过，临别时，倒郑重些了，约定“待到重阳日，还来就菊花”，他主动提出要再来田家看菊花了。这“就”字，是靠近、亲近的意思，用得很巧妙，诗人不是说看菊、赏菊，不是刻意地追求什么，只是要趁着高雅的氛围，重来聊天。整首诗，写得像一篇散文，流畅而亲切，但又确是一首具有典型性的表现出田园风光以及平和心态的好诗。

不过，我认为最能代表孟浩然诗风的，则是上引的一首短诗:《春晓》。

孟浩然是湖北襄阳人，生活在唐代经济比较繁荣，政治也相对稳定的时代。他喜爱游山玩水，在鹿门一带过着田园生活。当然，他也和许多人一样，希望得到一官半职，四十岁时便参加科举考试，却没有中举。后来被时为荆州长史的张九龄赏识，招至幕府，却又不太如意，便辞职回家，过散淡的生活去了。

在官场上搞不出名堂的孟浩然，在诗坛上却名声显赫。杜甫说：“复忆襄阳孟浩然，清诗句句尽堪传。”李白也说：“吾爱孟夫子，风流天下闻。”可见，当年连最卓越的诗人，也都很佩服这位诗坛的前辈。不过，李白说他“红颜弃轩冕，白首卧松云”，却不是事实。其实，他不是不想当官，而是没有当官的命。据说他和著名诗人王维是好朋友，也想到朝廷谋取一官半职。一天，他正在王维的家里聊天，忽然唐玄宗来找王维。孟浩然属布衣身份，不便见驾，慌忙躲入床下。王维心情也有点紧张。玄宗觉察到王维神色有点不正常，便问王维到底有什么事情，王维只好据实禀奏。玄宗说，他也知道孟浩然的大名，不妨一见，孟浩然便钻出来见过皇帝。玄宗见他相貌清奇，倒有几分喜爱，问他近来写过什么诗，他便背诵了一首《岁暮归终南山》，开头四句是："北阙休上书，南山归敝庐；不才明主弃，多病故人疏。"皇帝一听，便不高兴了，说："你从来没找过我，怎么便说是我把你弃了？"这传闻很搞笑，由于孟浩然过于随意，没说真话，从此也做不成官，真的永远归隐了。如果当时他说"不才微命蹇"之类的谦辞，命运或会有所不同。

不过，孟浩然对当官也并非十分热衷，对田园的生活倒真是喜爱的。他向王维诉说自己的情况："当路谁相假，知音世所稀；只应守寂寞，还掩故园扉。"他认为自己既无法施展才华，虽然有点牢骚，但也随遇而安，回家过着平和散淡的生活。后来，另一位好朋友王昌龄来访，他十分高兴，忘记了自己重病初愈，不该大酒大肉，反而随心所欲，率性而为，大吃大喝，尽欢而散，结果病发逝世。

总之，他的率性，反映在诗歌作品中，便呈现出清淡随意的风格。他的创作，绝没有像李白那种浪漫夸张的描写，也没有像杜甫那种愤世嫉俗的气概，更多的是平静地抒发一缕愁思，或者细腻地记录心灵一刹那的颤动。他的《春晓》一诗，正好是这类作品的代表。

《春晓》写的是春天早上的情景。

春天的早晨，一般人都会联想到青春的活力，会写春天的充满生气，写生命的开始，写万物的昭苏，写阳光雨露、百花开放、绿草芊芊。像宋祁说“绿杨烟外晓寒轻，红杏枝头春意闹”，像白居易说“日出江花红胜火，春来江水绿如蓝”，都让春天的气息熏人欲醉。而孟浩然这诗的第一句，竟然是“春眠不觉晓”。

有意味的是，这诗名《春晓》，作者却从“不觉晓”切入，这出人意料的写法，说明了诗人的机巧。他也不是像有些人那样，让春天触发出许多莫名其妙的烦恼，致使“春色恼人眠不得”。而是说晚上睡得很香、很甜，睡得一塌糊涂，“不知东方之既白”。孟浩然直说：自己晚上睡得很充足，心情自然也很舒畅，于是，他对春天的喜爱之情，也从睡懒觉的叙述中隐隐流露了出来。

睡醒了，孟浩然写他第一个感觉是：“处处闻啼鸟。”这表明了正是鸟声把他从黑甜乡中唤醒。“处处”两字，点明了鸟儿之多，鸟声之欢。而这句，又表明当天早上天气的晴好。要知道，只有晴天，才有鸟啼。这又隐隐地表明，睡足的好心情，迎来了好天气。于是这淡淡写来的两句，便切合了《春晓》的诗题。

请注意，孟浩然写他知道春天早晨的到来，使用了一个“闻”字，这表明他是从听觉上感受到春天的到来的。是小鸟的啼声，让他知道天已大明，春光美好。而这“闻”字，又让读者知道，他虽然醒了，也依然在室内，甚至还躺在枕上。他只是听到了处处都是叽叽喳喳的鸟啼声，又从鸟儿的啼声，感受并且想象到外面处处是一片明媚的春光，体味到春天的早晨是多么的美好。这鸟声，是春之声。在这里，作者似乎只是淡淡地客观地叙述，但通过写听到鸟的欢叫，他对春光喜爱的心情，也让读者有所感悟。

若按一般诗人的写法，在写了春天早上的到来后，很自然会跟着描写春天的景色，或是群莺乱飞，或是春阳照眼，或是千红万紫，也都不失为情理中事。可是，孟浩然又让人想不到的是，他竟把这春之声，把明朗的春晓，作为推进感悟的媒介。诗的第三句，“夜来风雨声”，便从鸟声联想到昨天晚上的风雨声，从醒来的清爽联想到睡觉时天气的糟糕。

孟浩然写到，昨晚这里下过一场春雨，风声阵阵，雨声沙沙，于是又引出“花落知多少”的第四句，引出他对花落的联想。在这里，“闻”字贯串着整首诗，是在听觉的作用下，诱发诗人思绪的演进。而听觉获得的意象，不如视觉那样直接，它既是存在的，却又是“虚”的。鸟声、风雨声，作为“虚”的意象，更能引发人们产生种种联想。

“花落知多少？”这句诗，表明作者早上起来，实在足未出户，也没有细数有多少落花。至于昨夜，外面有风有雨，他一觉睡去，自然也不知道有多少花朵被风吹雨打，落到地下。这一来，末句的“知多少”（实际上是说“不知多少”），便和首句的“不觉晓”（说睡得懵懵懂懂），互有关系，似隔还连。他是在春天早上浓睡醒来心情开朗的时候，联想到昨夜在雨疏风骤中无可奈何的状态，再推到春花被风雨摧残，以至于零落。到底花被打落了多少？他在睡觉前、睡梦中和睡醒以后，都是没有计算过的。但他想春花经过风吹雨打，一定会从枝头凋落。这也说明，此时此刻已到了暮春时节，是美好春光将要离开的季节。我认为，这首诗的高明之处，正在于诗人捕捉住自己一刹那的感触，表达出对春天即将过去的忧虑。其实，他只是在心中暗暗发问，也不是认真去计算。而这淡淡地流露出的惜春之情，却又能让读者深深地领悟到他对美好时光的怀恋。

孟浩然的这首小诗，写的只是在春天早上一刹那萌发的心灵状态。诗中没有描写任何春天的景物，他写听到鸟啼，想到花落，只是描述自己思想感情律动的过程，只是他内心的一道“风景线”。他把爱春、惜春之情，融合在细小的看不见的听觉中，表现在微末的事情上。

在日常生活中，对某些事物产生一种淡淡的惋惜之情，是人人都会有的，但如何捕捉并且准确地表达情感的细微变化，如何概括这种具有典型性的心路历程，却不是人人所能够做到的。正如明代的许学夷在《诗源辨体》中说，孟浩然的诗“无一句人不能道，然未有一篇人易道也”。我们甚至可以说，这样的写法比描绘大悲大喜的状态更为困难。

孟浩然这首《春晓》之所以被人喜爱，是因为他所写所思所想虽然是细微末节，却是具体的，像鸟声、风雨声、落花，都是读者可以感知的意象。而他把对落花的关切，作为诗的着力点，这又似是没有多少道理的。你看，风雨过后，他不关心其他事物，只想到枝头的花朵，只想到它会有多少被吹落，岂不是很多余而且没有什么意义的吗？为什么这似是闲得无聊的小小心事，反会得到读者的共鸣，引起人们对这首诗的重视呢？

在我国，花的形象往往被诗人作为生命或理想的寄托。花开花落，也往往被看作流光变化、人生起落的一种象征。特别是对落花，人们更多用以寄喻生命和命运的沦落。这一来，本来是季节更换、气候变化引起的自然现象，往往会触动诗人的感情，把自身的命运和它联系在一起，从而引起或哀伤或惆怅的情绪。在

《红楼梦》里，不是有林黛玉把落花扫在一起，写了一首《葬花词》的情节吗？为什么曹雪芹写林黛玉如此哀伤，并且引发读者对黛玉的同情？是因为人们知道她埋葬落花，也是埋葬自己的命运和理想。至于在诗词创作中，作者以落花衬托自己心情的写法，就更多了。像王维说“兴阑啼鸟换，坐久落花多”，王安石写“细数落花因坐久，缓寻芳草得归迟”，李清照“满地黄花堆积，憔悴损，如今有谁堪摘”，等等，都是把落花和自己特定的心境联系在一起。

孟浩然忖度着“花落知多少”，他所担心的，也真不算是什么大事，但透过这语势平缓、似乎很普通的诗句，读者会想到孟浩然对年光的留恋。花落是小事，但诗人连这也惦念着、关切着，由此可以看到他的人文情怀，看到他对生命对时光的挚爱。于是，这表面似是闲得无聊的小事，却蕴含着颇为深刻的内涵。不错，它味很淡，却有着“味外之味”。贺裳说：“孟诗佳处，只一‘真’字，初读无奇，寻绎则齿颊间有余味。”（《载酒园诗话又编》）在唐代诗坛，大概也只有比他小十二岁的朋友王维，才会写出和他风格相近的名篇，像《杂诗三首（其二）》：“君自故乡来，应知故乡事；来日绮窗前，寒梅著花未？”王维这诗也和孟浩然的《春晓》一样，通篇明白如话。他惦挂故乡，却只问来自故乡的人：窗前的寒梅开花了没有？这样的写法固然表达出他的清雅情怀，更表现出他连微琐的事也记在心头，而从他的事事关心，恰见其思乡之切。所以，这首诗和孟浩然的《春晓》异曲同工，同样受到人们的赞许。这也说明，诗歌创作，尽管写的是很平凡很细微的心情律动，但如果能捕捉住这具有普遍意义的心态，写的是人人心中所有，那么，其作品也可以流传千古。

《春晓》一诗，写得自然而平淡，似乎别无深意，一看就懂。当然，如果像一些打油诗，和说大白话没有两样，只供一粲，则实不足取。但是，如果作者用语平淡无奇，却能让人悟出其中包含着话语之外的意蕴，那就难了！对此，北宋著名诗人梅尧臣就有深切的体会，认识到“作诗无今古，唯造平淡难”。一般的情况是，诗人在感情澒洞之余，发而为诗，喜怒哀乐，自然溢于言表，包括李、杜，也是如此。但如果在激动过后，能平静地对待一切，让激荡的心涛逐渐化为平静的涟漪，那就非具有广阔的心胸和冷静的品性不可。《诗品》说：“素处以默，妙机其微。”诗人好像没有说什么，而妙在能够让人感悟到在平静的心中，有不易言喻的律动，这就难了。闻一多在《唐诗杂论》中指出：“孟浩然不是将诗紧紧地筑在一联或一句里，而是将它冲淡了，平均地分散在全篇中。淡到看不见诗了，才是真正孟浩然的诗。”闻先生对孟浩然诗风的概括十分准确。的确，能够让“绚烂归于平淡”，才是诗文创作最高的境界。

“文章本天成，妙手偶得之。”不过，请勿以为孟浩然不费经营，随便写就。其实，他在艺术构思上是下过功夫的。从诗的结构来看，他首先写早上梦醒，从鸟声引出对昨夜风雨声的联想，想到昨夜的风雨会摧残花朵，这就没有按照时间发展的顺序落笔。如果按照时间的顺序，倒是应从昨夜下雨写起，亦即应先说“夜来风雨声，花落知多少”，再说“春眠不觉晓，处处闻啼鸟”，才符合时间逻辑。但是，若如此，便无法凸显诗人对春光和对生命的珍惜与惋惜，也无法表现出诗中所要传达的那种“回味”的意韵。可见，平淡的风格并不等于没有精妙的安排，《诗品》说：“遇之匪深，即之愈稀。”像《春晓》这样的诗，骤然一看，它一点也不深奥，似乎很平凡，但如果能接近作者的心灵，最紧密地体察诗中的真意，便能懂得它是多么的不平凡，是多么难以企及的作品。

孟浩然虽然写“春晓”，但并没有写到多少春天的景色。相比之下，元代散曲家胡祗遹的一首《中吕·喜春来》，就把春天的景色写得十分细腻：

残花酝酿蜂儿蜜，细雨调和燕子泥。绿窗春睡觉来迟。谁唤起？窗外晓莺啼。

这首曲和孟浩然的《春晓》有相似的地方。开首两句，把春景写得细腻而愉悦，被李调元在《曲话》中视为“人所不能道”的名句。关汉卿的杂剧《调风月》，还直接把这两句入曲。后三句，实质上也和《春晓》首两句差不多，都写鸟声把他唤醒。但是，胡曲写得直露而没有转折，也就没有对春天怜惜的意味，这也是散曲体裁的特定风格决定了的，我们把它端出来与《春晓》比较，是要说明孟浩然《春晓》的精妙处。

《春晓》这首诗，写得很流畅自然，却又很平淡，平淡到似乎没有色彩。我常说，写诗和写文章不要刻意追求辞藻，写得愈平淡而意思愈深刻，“绚烂归于平淡”才是愈高水平的作品。

在这里，我又想起了宋代词人李清照的一首《如梦令》：

昨夜雨疏风骤。浓睡不消残酒。试问卷帘人，却道海棠依旧。知否，知否？应是绿肥红瘦。

这也是一首很有名的诗，也是写对韶光的珍惜，表现力很强，一直受到人们的嘉许。

李清照这首词，倒是按时间顺序来表现自己心路历程的。她从昨夜下雨刮风写起，再写第二天酒醒，便关心园外的花朵。进来的人告诉她，没什么，那海棠花还依旧开着哩！她不以为然，反而嫌来人不懂事，说你懂什么，经过风雨，应该是叶子茂盛了，花儿零落了。其中，李清照用拟人化的手法写叶和花的盛衰，别开生面，“绿肥红瘦”也传为佳句。

李清照的词也是写对春天即将归去的惋惜，她记挂着落花，担心光阴渐老，感情比孟浩然的《春晓》更为强烈，因为她以落花自比。但缺少的是孟浩然那一份感受到春天的舒畅之情，写的也不是那种淡淡的回味的惜春之情，而是顺势发点牢骚的失落的情愫。当然，两位诗人处境不同，虽然都是写“春晓”，但感受完全不同。我在这里把两首诗作一对照，意在说明孟浩然用逆序的写法，更适合表现对春天的爱惜，具有回甘的韵味。

《春晓》倒叙思想发展的进程，在平淡中又显得不是平铺直叙，而是有点奇特。“文似看山不喜平”，诗词创作更是如此。我国的传统审美习惯，喜欢看到事物参差错落的变化。以园林为例，欧美式的花园，总体的布局很齐整，树木也经过细心修剪，道路的设计也重平直。据郁达夫先生说，“日本人的庭园建筑，佛舍浮屠，又是一种精微简洁，能在单纯里装点出趣味来的妙艺”（《日本的文化生活》）。我认为，西方人的审美观点注重齐整，日本人注重简洁，而我国的文化传统则注重变化。唐代的张泌有诗云：“别梦依稀到谢家，小廊回合曲栏斜。”后面一句，正好概括出我国传统的审美情趣。为了追求变化，我们的园林建筑，往往采用“隔”的手法，不想让人一览无遗。像《红楼梦》写贾府的大观园，进门处便先设置一大块假山，挡住去路，不让人对里面的景色一览无遗。这种“隔”的手法，是为了吸引观者，让人们透过半遮半掩的空间，视觉产生变化，从而得到美的感受。苏州的园林，往往在平坦处加设月亮门，隔开前边的景致，却又若明若暗地露出前景的端倪。“山重水复疑无路，柳暗花明又一村”，这最容易产生引人入胜的审美效果。唐代诗人常建，写过一首名为《题破山寺后禅院》的律诗，前边四句是：“清晨入古寺，初日照高林；曲径通幽处，禅房花木深。”

这诗的第三句，有些版本作“竹径通幽处”。后来的通行本，都把“竹径”改正为“曲径”。因为竹径通幽，只说两行有竹林的道路通往前边，没有什么变化。而曲径就不一样了，那小路弯弯曲曲，行人的视觉也随着弯曲的小路变化，那便更有趣味，更能显出古寺的神秘。文学作品之所以能够“引人入胜”，无非是能做到情节结构出现变化，出人意料，让人不得不作进一步的探求。同样，孟浩然的《春晓》颠倒了时间的顺序，让人感觉到作者情绪出现曲折，思路产生变化，便显得更有魅力。所以，别以为诗人只是随手拈来，在平淡中见巧思，这才是作品的高明之处。

说王翰《凉州曲》

葡萄美酒夜光杯，欲饮琵琶马上催；
醉卧沙场君莫笑，古来征战几人回？

王翰的这首诗，从表面看并不难懂，但对它的理解却不容易，人们有不同的意见。有人说它写出了军营里的乐观精神；有人则从最后一句，说它表现出将士们悲凉的心境。是喜，还是悲？人们感觉的滋味很不一样。正像看达·芬奇的名画，那蒙娜丽莎神秘的微笑，到底是一种什么样的笑，人们可以各有不同的理解。这也很自然，因为审美受体对待文艺作品，总会带着自己的生活体验和情感去观察揣摩。如果客观形象一眼便能看穿，反而只能是浅薄之作。

凉州，在甘肃河西地区。在唐代，这里是边患严重、交战频繁的地方。《凉州曲》是曲调，属唐代乐府，以琵琶演奏，声调悲壮，多用于表现边疆风光或军旅景况。唐代张祜有《王家琵琶》诗："只愁拍尽'凉州破'，画出风雷是拨声。"至于王翰这诗，直接以曲调为题，写的是将士在临战前的情怀，它该是一首可以用作歌词的诗。

王翰687年出生于山西，那时正是唐代国力上升时期，他也和当时山陕一带许多的青年人一样，经常到边疆去，或是游历，或是参与军事活动。王翰跑到过西北前线，当上驾部员外郎，负责物资运输的工作，对边疆的情况、对战士的生活和思想感情是了解和熟识的。因此，他能写出这首激动人心的《凉州曲》，也绝非偶然。

诗的第一句是："葡萄美酒夜光杯。"

一开始，诗人便突出写酒和杯。关于葡萄酒，现在常在餐桌上见到，当然也有名牌和大路货的区别。但是，在唐代，这种产于西北地区的葡萄酒，却是十分珍贵的饮料。真有趣，现存王翰的诗里，竟有一首是专门写葡萄酒的："揉碎含霜黑水晶，春波滟滟暖霞生；甘浆细挹红泉溜，浅沫轻浮绛雪明。"还说到"客愁万斛可消遣，一斗凉州换未平"(《葡萄酒》)。可见，他把出产于凉州红黑色的葡萄酒，形容为金浆玉液。至于夜光杯，据说是和田地区出产的白玉杯，薄如蝉翅，当注满了酒，在月光下，可以看到它闪闪发光。又传说，周穆王探访西王母时，西王母便捧出夜光杯来款待他，以表示热烈欢迎。总之，无论是葡萄酒还是夜光杯，都是产于西凉至为珍贵的宝贝。诗人端出这两种具有地方特色的东西，意味着那壮士饮酒的地点，就在西域。

在这里，王翰首先把酒和杯突出地置于首句，就像影片首先来一个特写镜头一样，强烈地吸引观众的注意。同时，也等于刻画出那面对着葡萄酒和白玉杯的壮士，在未饮之时，端着杯子，认真仔细地欣赏酒和杯的神态。这“美”字，既形容“酒”，也形容“杯”。欣悦之情，溢于言表。看来，这将官对着酒和杯慢慢端详，舍不得一下子牛饮。这一句，虽然没有直接明写将官的表情，但读者完全可以感受到他面对这杯美酒的神态。如果把它换到戏曲舞台表演上，那武生捧杯端详欣赏的眼神和动作节奏，会是相对缓慢的。

当然，虽然这将官不忍囫囵吞枣，但这杯酒自然是非饮不可的了。

“欲饮琵琶马上催”，这句的句式，有点拗口。七言诗，一般是采取前四字一顿、后三字一顿的节奏。但王翰的写法是，“欲饮”先作一顿，“琵琶马上催”作一顿。这反常的句式，却有突出“欲饮”这一动作的作用。

有人说，琵琶，是指在军帐里艺人在弹奏琵琶。过去，在饮宴时，确实是有歌舞艺人奏乐侍候的。若按此说，无非指饮酒时，有乐伎在旁边奏乐助兴。但我认为，这说法不妥。因为句中有“马上”一语，这明明指那些弹奏琵琶的乐人，是骑在马背上的。在马背上奏乐，又岂能是在帐幕内？其实，这些弹琵琶的人，是骑着马奏乐的军乐队，骑马的军乐队也只能在军帐外奏乐。这句诗，是说当将官举起玉杯，正在欣赏之际，外面军乐忽然响起。这乐声，不是催人喝下手中之酒，而是军队即将要开拔前线，催这将官赶紧出发。本来在第一句，那将官仔细地欣赏着酒和杯，心情仍是平静的。在出征前的饯别，他以为时间还早着哩！面对着稀有的美酒玉杯，禁不住慢慢品味。谁知道，在第二句，作者写琵琶声一响，“催”字一下，让整个场景的气氛尽变，人们也一下子紧张了起来。那琵琶拨动激越急促的节奏，和上句将官细细欣赏酒和杯的神态，一慢一快，构成了强烈的对比，也让读者感受到那将官心理节奏出现了强烈的变化。

在这里，我还要提请读者注意王翰下“欲饮”两字。这两字，看似平常，却又非常细腻地表现出人的心理状态。

欲饮，不是未饮，也不是已饮，而是写那将官拿着白玉杯将饮而未饮。如果王翰写将官未饮，那么，酒杯仍放在桌面上。琵琶声一响，催人上路，他可能索性不饮，滚鞍上马，吩咐把酒留着，等待战胜敌人后再来尽醉。就像《三国演义》写“关羽温酒斩华雄”一段，不是有吕布的先锋华雄前来挑战，关羽准备上马应敌，当曹操捧酒壮行时，关羽便吩咐，酒先放着，等到他斩了华雄，跃马回营，“其酒尚温”，才一饮而尽吗？这样写，也很能表现壮士的勇武。反过来，如果王翰写作“已饮”，那么，酒杯当是已放回到桌子上。琵琶一响，壮士抹嘴便走，那就应是“琵琶一响不用催”了。

然而，王翰这诗巧妙之处，正在捕捉壮士“欲饮”一刹那间的神态。写他“欲饮”，则表明杯子仍在手上，却还未举到嘴边。这一写法，既突出那手上的杯，也突出了这壮士内心的冲突。琵琶催动，军乐响起，军队立刻要出发了，这酒，是喝还是不喝？他也知道，美酒一喝，定会醺醺然欲醉；但如果放下酒杯，决定不喝，岂不可惜！既然已经拿起了酒杯，又岂有不喝之理？这时，琵琶紧催，他不可能再捧着夜光杯仔细端详、舔着葡萄美酒慢慢品味了。王翰写他“欲饮”的神态和动作，正是着意表现他有过片刻的迟疑、片刻的犹豫。这犹豫，在连贯动作中必然出现短暂的停顿。这停顿，又适足表现壮士内心有着饮还是不饮的冲突。当然，他最后还是下了决心，饮了再说。配合着琵琶奏出急促的背景音乐，便让读者想象出那位壮士手执酒杯，猛然仰头一喝，然后昂首阔步走出帐幕的神态，表现出豪放慷慨的情怀。这细节，如果用于戏曲舞台，也会让琵琶声和打击乐在连续敲拨时，突然停顿，让人物拿着杯子，一饮而尽，作一抹嘴一抖袖的亮相，然后趁着“急急风”大声镗鞳的打击乐下场。那将是一个很帅气的动作。

到底这壮士有没有饮下这杯葡萄美酒？从第三句出现的“醉卧”两字，我们便知道，他是喝了的。按说，喝了酒，接着便该写他出发了。但是，王翰却又转过笔来，让这喝过酒的将官，甩出半是玩笑半是认真的话：“醉卧沙场君莫笑，古来征战几人回？”表面上，他是在赞美那葡萄美酒，说这酒是多么的好，酒力是多么的有劲，如果喝醉了，睡在战场上，站不起来，回不了家，那是很自然的事，请诸君千万不要见笑，嘲讽我酒力不佳了！请看，王翰写将官说的这句话，神态多么轻松。其实，这里是语带双关、话里有话的。它包含着另一层意思：如果我战死沙场，弟兄们便当作我喝醉了酒，不胜酒力，回不了营房好了！

在战场上，战死的人永远躺下，这将官把这看成“醉卧”。他似是在开玩笑，说得很轻松、很谐谑。同时，也等于说：老子走出营房，就没有回来的打算，弟兄们也不要悲伤，就当我喝醉了酒站不起来算了！这番话，又表现得很豁达、很豪爽。

值得注意的是，在第三句之后，紧接着的第四句，诗人用了“古来”两字，并以反诘的句式作结，这实在耐人寻味。他是指出，战争，是要死人的，这是规律。“壮士一去兮，不复还”，一上战场，便不作回家之想。从古以来，“年年战骨埋荒外”，试问有几人能够生还？这具有概括性意义的结句，说得何等深沉，又何等慷慨！同时，他让出征者把生和死看得很平常，用谐谑的口吻向战友告别，那反诘式的结句，既显得视死如归，满怀豪气，也透露出一缕悲凉。南宋的严羽，在《沧浪诗话·诗法》中说："对句好可得，结句好难得。"在唐诗中，王翰在《凉州词》写的这一结句，正是难得的好句。从这里，我们可以回过头来，领悟王翰为什么在诗的首句便强调"葡萄美酒"的用意。如果不先突出地写酒，"醉卧"便无从说起，而把战死视为醉卧，也无从说起。由此可见，王翰创作时，在艺术构思上是注意到前后呼应的。

"兵凶战危"，战争是残酷的，即使是正义的战争，战死沙场，毕竟是悲伤的事。当然，在唐代，也有诗人强调卫国战争中的英雄气概，但更多的边塞诗，会写到人们对征战感受的复杂性。像陈陶的《陇西行》写道："誓扫匈奴不顾身，五千貂锦丧胡尘；可怜无定河边骨，犹是春闺梦里人。"他既写到战士的不惜牺牲，又写到战争造成的家庭悲剧，这反能更真实更全面地反映人们对待战争的态度。这一点，对战争有所认识和思想有深度的作家，是会感悟到的。像元代，在杂剧《单刀会》里，关汉卿写关羽在临战前，一唱【新水令】："大江东去浪千叠，引着这数十人驾着这小舟一叶……"再唱【驻马听】："这也不是江水，二十年流不尽的英雄血。"关汉卿写关羽英勇无比，但也突出地写他认识到战争的惨烈，"从古知兵非好战"，关羽的勇武形象，以及这一段悲天悯人的喟叹，正是卓越的戏剧家关汉卿对待战争的态度。

对王翰的这首诗，特别是最后两句，应该如何理解？清代的施补华说："作悲伤语便浅，作谐谑语便妙。"（《岘佣说诗》）这看法，等于说那出征的将官，实实在在是开玩笑。我认为，施补华的理解，才真是有浅薄的开玩笑之嫌。他没有注意到，“古来征战几人回”这反诘的口吻，还有感伤的一面。王翰其实看到，这出征的壮士面对死亡并不害怕，但思想感情是复杂的，他似是在作谐谑语，同时，在诙谐的姿态中，蕴含着悲凉的一面。他分明知道，从来征战，都要死人。对生命，谁都会珍惜。既然难免一死，那就不如豁达一些，把这看作“醉卧沙场”算了。这句话，哪里仅仅是“谐谑语”而已？

对此，我们不妨进一步看看王翰的“生死观”。

王翰的性情比较豪放，据《旧唐书》中王翰本传所载，他曾被贬到汝州，“至郡，日聚英豪，纵禽击鼓，恣为欢赏”。可见，他不是在穷愁潦倒时便郁郁寡欢的诗人。在《相和歌辞·蛾眉怨》一诗中，他先写到宫女承恩得宠，“灯前含笑更罗衣，帐里承恩荐瑶枕”。谁知后来皇帝求仙去了，这宫女十分凄楚，“一朝埋没茂陵田，贱妾蛾眉不重顾”。这时候，王翰便亮出他对生死的看法了。在这诗的最后四句，他认为“人生百年夜将半，对酒长歌莫长叹；诚知白日不可思，一死一生何足算？”另外，在《春女行》一诗中，他写到少女伤春，在路上捡拾落花，比其容色。王翰便借此表态了：这诗的结句，他说“落花一度无再春，人生作乐须及辰；君不见楚王台上红颜子，今日皆成狐兔尘”。可见，他对生和死的态度是豁达的，他认为，死亡是人生不可避免的命运，不必看得很认真。因此，在《凉州词》中，他把战死沙场当成醉卧沙场，视死如归，半开玩笑，这是可以理解的。

不过，如果以为王翰不理会战争的惨酷，那就错了。在《饮马长城窟行》一诗中，写到壮士慷慨从戎，出征西北。诗的上半段，气势如虹，写壮士和敌人整夜战斗，“此时顾恩宁顾身，为君一行摧万人；壮士挥戈回白日，单于溅血染朱轮”。战胜的喜悦，让这壮士意气风发。但是，请勿以为王翰只是歌颂壮士的英勇，诗的后半段，他笔锋一转，写这壮士“回来饮马长城窟，长安道傍多白骨”。当然，诗人说这些是秦代修筑长城的工匠和戍边士兵的白骨，但又何尝不是对历代战死沙场的遗骨感到哀伤？“黄昏塞北无人烟，鬼哭啾啾声沸天。”显然，王翰对为国牺牲丧生塞外的人，感慨万千，悲悼不已。

王翰一方面把生死看得平常，所以让征战者诙谐地说“醉卧沙场君莫笑”，但这“笑”，果真是嬉皮笑脸吗？“古来征战几人回？”人都战死了，能回来吗？这貌似豁达的语气，其实内中有着悲怆与感伤。我认为，只有综合王翰的《蛾眉怨》《春女行》以及《饮马长城窟行》等诗，体察其中对生死的态度，才能明白他在《凉州词》中写那将官饮酒壮行时，表达出的对死亡非常复杂的思想感情。

写到这里，我们可以回过头来，看看王翰为什么在《凉州词》的首句，便说“葡萄美酒夜光杯”了。这“特写镜头”，仅仅是赞赏酒和杯吗？其中，对物质的赞美，其实也包括那将官对生活的赞美，对生命的赞美。活着，该多么的好！可以饮美酒、赏名杯。在这里，突出名杯美酒，也包含着诗人对待人生的态度。《旧唐书》不是说过，王翰被贬官后，日聚英豪，恣意欢乐吗？不计成败利钝，及时行乐，不也是珍惜生活和生命的表现吗？李白说：“五花马，千金裘，呼儿将出换美酒，与尔同消万古愁。”古人借酒浇愁，情感是复杂的，如果不对生活有所期望和爱惜，那又有什么“愁”可“浇”？所以，在饮酒的时候，并非仅仅是追求味觉上的享受。王翰把“葡萄美酒夜光杯”置于首句，并不是为它们做宣传、打广告。要知道，那位将官对它尽情欣赏，也正是对生活和生命富有乐趣的表现。只可惜军乐一催，他再不可能仔细品味罢了。在这里，王翰在直白的表叙中包含深意，正是我们需要领会其写作技巧高明之处。

沈德潜在《唐诗别裁》中认为，这诗“故作豪饮旷达之词，而悲感已极”。说它“悲感已极”，也未免过头。正确的理解是，这首诗，是在谐谑中夹杂着悲情。易言之，悲伤与谐谑兼而有之。为了抵御侵扰，这将官一方面很豁达、很豪迈，另一方面，明知会战死沙场，一去不返，又不能没伤感。而王翰这首诗的艺术特色，就在于把悲壮寓于谐谑之中。正由于它能以简练的细节描写，表现如此复杂的心理状态，所以，宋顾乐在《唐人万首绝句选评》中，认为它是“气格俱佳，盛唐绝作”。这评价是恰切的。

说李颀《古从军行》

白日登山望烽火，黄昏饮马傍交河；
行人刁斗风沙暗，公主琵琶幽怨多。
野云万里无城郭，雨雪纷纷连大漠；
胡雁哀鸣夜夜飞，胡儿眼泪双双落。
闻道玉门犹被遮，应将性命逐轻车；
年年战骨埋荒外，空见蒲桃入汉家。

在唐代的边塞诗人中，李颀与高适、岑参是齐名的。有意思的是，在《全唐诗》中现存李颀的诗，有 120 多首，而直接以边塞为题材的，不过区区几首。其中，又以《古从军行》最受瞩目。可以认为，李颀之所以能被人列为边塞诗派的名家，甚至可与高、岑比肩，很重要的原因，是因为他写了这首思想极为深刻，一直脍炙人口的《古从军行》。

在李颀所写的边塞诗里，有两首就以“塞下曲”为题，直接表明写的是唐代边塞的情景。有几首，题目中则加上了“古”字，如上说的《古从军行》，以及写边塞景况的《古意》《古塞下曲》等。在这些题目中，李颀加上这“古”字，无非是要表明，他诗中所写的内容是过去的历史，与唐代现实无关。至于《从军行》《塞下曲》等名目，都是“乐府旧题”。利用从前流行过的曲调，来表现新的内容的做法，这在唐代诗坛中并不少见。

有意思的是，李颀凡是没有加上“古”字的《塞下曲》，诗中的内容和情感，都显得比较昂扬激越。像一篇的结句，写边塞壮士“金笳吹朔雪，铁马嘶云水；帐下饮葡萄，平生寸心是”。而另一篇则写边塞老将军“戎鞭腰下插，羌笛雪中吹；膂力今应尽，将军犹未知”。把将士们的豪气英姿，描绘得淋漓尽致，也让人读来热血沸腾。

但是，很奇怪，凡是在乐府旧题前面加上“古”字的边塞诗，意味就不同了。像《古意》《古塞下曲》，特别是上引的《古从军行》，韵味尽变，变为对边塞艰苦生活的描写，对战士思乡情绪的抒发。这样的做法，大有深意。当然，我们不能认为李颀是个“两面派”，但从中倒是可以看到唐代政治局面的斑斑驳驳，以及李颀复杂的心态。而诗人的情感越复杂，作品的思想内涵也往往越丰富，艺术技巧也往往越高超。他的《古从军行》之所以能被视为唐代边塞诗中翘楚，与此诗既要表明对边塞战争的态度，又不能秉笔直书，只能采取委婉含蓄的写法，反让读者产生无限的感慨有关。

《古从军行》中引用了汉代“贰师将军”李广利进攻大宛的典故，表示这诗写的是汉朝的故事。但唐代人都知道，诗坛上说汉，就是说唐。像白居易在《长恨歌》说“汉皇重色思倾国”，谁都知道说的就是“唐皇重色思倾国”。李颀明说，他这首诗说的是汉代历史上的事，但谁都知道，他说的实际上与唐代的情况有关。而从李颀要披上“古”字的盔甲，指桑骂槐，让人抓不住把柄的做法中，也说明唐朝毕竟是专制时代，统治者对思想的钳制，虽然相对放松，但毕竟还是皇帝老子口含天宪，人们绝不能无所顾忌。特别是对一些重大政策问题，如果诗人有自己的看法，有不满的情绪，除非抱着不畏砍头的决心，表示抗争，否则，也只能采取含蓄婉曲的手法表达。这一来，又可能让诗人在创作上有更多的考虑，运用各种技巧来表达自己的心声，而在客观上，也使盛唐诗坛呈现出多姿多彩的状态。

《古从军行》写的是边塞的景况。至于李颀有没有像高适岑参那样，直接到过边塞，有过从军的经历，史无可考。但他到过幽蓟一带接近边塞的地方。据知，他主要活动于天宝年间，在安史之乱发生的前一年就去世了。所以，他的诗没有涉及乱离的情景。年轻时，他喜欢结交轻薄游侠的朋友，后来发奋读书，三十五岁时中进士，并在今河南新乡做了公安局局长之类的小官。干了几年，竟没有迁升，他对社会的现实和自己的遭际，满肚皮不舒服，便索性辞官不干，归隐去了。对此，他曾归纳过自己的一生：“小来好文耻学武，世上功名不解取；虽沾寸禄已后时，徒欲出身事明主。”“敛迹俯眉心自甘，高歌击节声半苦；由是蹉跎一老夫，养鸡牧豕东城隅。”（《放歌行答从弟墨卿》）可见，他自认怀才不遇，索性放荡不羁。《唐才子传》说他“性疏简，厌薄世务”，意思也是指他对世事随随便便，不受拘束。多年来，他一直和朝廷拉开距离，表面平静的他，其实是一肚牢骚。不过，有些看法，牵涉重大的战略性问题，他也不好直说。

因为，他毕竟在官场打过滚，不会不懂得说话的分寸。在创作《从军行》的时候，他在前面加上个“古”字，正说明他对唐玄宗时代的边塞问题，颇多抵触。骨鲠在喉，不吐不快，却又有所忌惮，于是采取以古说今的方式，以委婉与冷嘲相结合，反而缔造出具有独特风格、被世人视为宏篇的《古从军行》。

《古从军行》的艺术构思，相当奇妙。他在诗题上既然加了“古”字，那么，便该从写古代边塞的情景入手吧。但是，这首诗在开始几句的描述，完全可以视为对唐代边塞的描绘。你若说它一点不涉及“古”吗？也不是，李颀不也轻轻带出“公主琵琶”这出自汉代的典故吗？不过其中用意，只是作为对琵琶的形容，而非以此描述汉代边塞的实景。总之，虚虚实实，但读者都清楚，李颀要表达的，正是唐代驻守边塞的战士们的生活状况，以及边塞亘古以来的环境。

李颀在《古从军行》全诗的十二句中，对边塞的描写，分为几个层次。

首先，在前面四句，他写的是出征将士的生活状况。“白日登山望烽火”，烽火，指在边境烽火台上报警的狼烟。在古代，边塞上哨所的战士，要烧起狼烟，用以向后方传达前边的敌情。据《埤雅》称：“古之烽火用狼粪，取其烟直而聚，虽风吹之不斜。”又《通典》载，唐代守边规矩是：平安无事，点狼烟一堆；发现来敌，则点两堆；情况危急时，即点三堆；若失守，便不会出现狼烟了。因此，在白天，将士要攀登高山，眺望前线的岗哨，观察烽火的状况，要时时刻刻提高警惕。当然，攀岩登山，是很花费气力的操作。

等到日落西山，“黄昏饮马傍交河”，战士们又要相率下山，带着马匹，到交河边，让马饮水。交河，据知在今新疆吐鲁番市附近。就这样，边塞将士从白天到黄昏，从登山到下山，从紧张地瞭望，到饲养马匹。诗人以对偶句的形式开头，让白日登山与黄昏饮马相对成文，是要更紧凑地表现将士们日日夜夜奔波劳碌，过着紧张备战的生活。

紧接着，李颀又写晚上军营生活的情景了。第三句先说值班的巡哨者，“行人刁斗风沙暗”。晚上天色阴暗，大风吹起，飞沙走石。巡哨的士兵，敲击着“刁斗”。这刁斗是头盔般的铜器，白天可用以做饭，晚上可以敲击，用作更鼓，提醒人们时刻警惕。那刁斗声时远时近，梆梆作响，让整个营寨的气氛，显得紧张而单调。

第四句，李颀顺势写在营里的歇息者的心情了。“公主琵琶幽怨多”，在这里，他暗用了汉代的典故。据汉史载，汉武帝曾推行和亲政策，把江都王的女儿细君封为公主，让她嫁给乌孙国的国王，并赐给她琵琶，让她解闷。不过，诗人的用意，并不在于回忆细君的事迹。只是说，在营寨里，将士们无聊时，弹出像细君公主那样用作解闷的琵琶声，那尽是如泣如诉凄楚幽怨的声音。我们知道，在唐诗里，凡是写到琵琶声，人们总是把它和思乡之情连在一起。像王昌龄说“琵琶起舞换新声，总是关山旧别情”。像李颀自己写的《古塞下曲》，不也说过“琵琶出塞曲，横笛断君肠”吗？

《古从军行》的第三、四两句，和第一、二句一样，也是对偶句。显然，这作为开头的四句，其实是两副对偶句。首联正面直叙边塞将士在日间的紧张劳碌；次联则分别通过刁斗与琵琶的声音，从侧面描写将士们在晚上的单调苦闷。两联的每句，描写了不同的方面，而在句与句之间，又互相衔接，流水行云，连绵不断。至于每联的对偶句，词性对应，有如双峰并峙，互相照映。总之，这四句，句与句、联与联之间，既有联系，又有变化。李颀是从几个方面，逐一表现边塞将士从早到晚、从行到息的生活情景。就这开头的情态来看，他的叙述并不夸张。像说到交河饮马，他也只是实话实说，没有作“饮马长城窟，水寒伤马骨”之类具有刺激性的形容。

从第五句“野云万里无城郭”，到第八句，李颀的诗笔进入另一个层次，其重点，在于描写边塞生活环境的恶劣。

首先，他笼统着笔，写在莽莽苍苍的云影下，这里是一片荒凉、没有人烟的旷野。跟着便以三句分别写了三个不同的画面。第一个画面，着重写边塞的天气，“雨雪纷纷连大漠”。在整个大沙漠里，雨雪纷飞，显得无比寒冷。第二个画面，是“胡雁哀鸣夜夜飞”。晚上，万籁俱寂，听到的是胡雁在天边飞过的哀鸣，显得无比凄凉。第三个画面，“胡儿眼泪双双落”是突出边塞战士的面影。李颀特别点明，这战士，是习惯了在边塞生活的少数民族，他们在极其艰苦的环境里，也禁不住伤心流泪。请注意，作者连用“胡雁”“胡儿”两词，强调即使是惯于边塞生活的生命，也无法应付苦寒的环境。

有人说，胡儿指的是敌方的外族士卒，这说法似不妥当。在汉代，汉武帝攻打匈奴等族类，的确把敌方统称为“胡儿”。但隋唐以来，西北边塞的九姓胡人，由于频繁地和中原地区贸易与沟通，大量出生于胡地的人已成为唐朝的臣民，成为中华民族的一员，不少人像哥舒翰、安禄山等，还成为唐玄宗手下的将领。

因此，李颀笔下的“胡儿”，在他的心目中，其实是指在唐军统领下的少数民族的士兵。如果说他所指的胡儿是敌方的士兵，那么，他又怎知道他们会“眼泪双双落”呢？显然，属于唐军的少数民族战士，本来是适应边塞的生活环境的，但年年征战，连“胡雁”“胡儿”也抵受不了，那么，来自中原地区的将士的处境和心态，也就不言而喻了。

如果把这首诗作为第一个层次的前四句，和作为第二个层次的另四句作一比较，就可以发现李颀的写作手法十分灵动。前四句，从白天写到晚上，句与句纵向连贯。而第二个层面，则在野云万里的大背景笼罩下，横向平列了三个镜头，即雨雪纷飞，雁阵惊寒，胡儿伤感。这三句，每句又使用“纷纷”“夜夜”“双双”等叠字，让句式的形态相似。这一来，三组角度不同的画面，在语气间又有所联系，它们既分别从不同的角度，描绘边塞不同的情景，又被连贯起来，统一地展现边塞生活的辛酸。很明显，后面四句写边塞环境的恶劣，是对前面四句写战士的辛劳，作进一步的推进。换言之，李颀以两种不同的描绘方式，一为纵向，一为横列，从不同的方面，灵活地有层次地对边塞军旅情况作了全面敷写，让读者对边塞战士的艰苦有比较全面的了解。

不过，以上所说《古从军行》的前面八句，尽管展示了边塞军旅的苦辛，却没有使用夸张的描绘手法，李颀仿佛只在读者眼前平静而又客观地展示边塞军旅的苦况，从中透露出对将士们日夜征战的同情。显然，前八句诗，总体的语调语势，和它展示的图景，相对是冷静平缓的。如果把它和岑参、高适等那些具有浪漫主义色彩的边塞诗作一比较，那么，《古从军行》对边塞景色的描绘，确没有什么惊人之笔。

如果你以为李颀不擅于运用夸张的想象描绘事物，那就错了。像他的《赠张旭》，形容张旭写字时，“露顶据胡床，长叫三五声；兴来洒素壁，挥笔如流星”。像他的《听安万善吹觱篥歌》一诗，形容安万吹出的音乐声，竟如“枯桑老柏寒飕飕，九雏鸣凤乱啾啾；龙吟虎啸一时发，万籁百泉相与秋”。那出人意料的想象力，简直让人惊得张口结舌。如果你以为李颀对边塞军旅的生活，了解得不够深刻，那也错了。他在《古意》一诗，写到“今为羌笛出塞声，使我三军泪如雨”，可见他也充分感受到了边塞战士的悲凉。

但是，在《古从军行》一诗中，他的确不准备在诗的开始，便使用过度的笔力。从整首诗的构思而言，李颀是以相对平缓的笔势入手，为后面诗情的发展，先作了铺垫性的准备。

《古从军行》从第九句开始，作为全诗最后的一段，又忽转韵，意味也忽然大变：“闻道玉门犹被遮，应将性命逐轻车。”这两句，李颀转过笔来，真的运用汉代的史事了。据《史记·大宛传》等史料记载，汉朝太初元年（前 104），汉武帝知道大宛国的贰师城出产汗血宝马，便任命李广利为贰师将军，前往夺取。结果出师不利，李广利只好上书，请求罢兵回国。谁知汉武帝大怒，并且派兵遮守玉门关，挡住李广利军队的退路，下令：“军有敢入，斩之!”李广利没有办法，只好硬着头皮，留在关外。士卒也只能服从命令，也只能想着，作为军人，是应该给朝廷卖命，跟随着主帅的战车追奔逐北、牺牲性命的。在这里，李颀下一“应”字，似乎是说，将士们认命了，他们想到，作为军人，应该服从命令。但结合前边提到将士艰辛苦闷的种种情况，李颀也让人们知道，所谓理应替朝廷卖命的想法，包含着复杂的心情，所谓“应”，实在是不得已的无可奈何的说法。

《古从军行》的最后结句是：“年年战骨埋荒外，空见蒲桃入汉家。”

这两句诗，具有极大的讽刺意味。按汉代史料所记，汉武帝后来增派大军支援李广利，大宛国被逼送出了两匹汗血马。但是，这雌雄两马，竟不育崽，汉武帝为了得到它，白打了几年恶仗，让将士们作无辜的牺牲，埋骨于荒烟蔓草之中。而汉朝的得胜之师，捞到的只是李广利顺便带回来的苜蓿和葡萄，这真是莫大的讽刺！李颀在末句着“空见”一语，他对汉武帝发动战争的罪行，发出不动声色的冷嘲，却具有深长的意味。沈德潜在《唐诗别裁》中指出：此诗末两句感慨尤深，“以人命换塞外之物，失策甚矣!”他还认为李颀“为开边者垂戒，故作此诗”。

李颀通过对汉武帝的讽刺，正是要告诫唐玄宗！

在盛唐时期，国力渐盛，为了防御吐蕃、突厥的侵扰，唐王朝不得不多次派兵抵抗，也取得了辉煌的战果。这类战争，属正义的战争。因此，诗坛里产生了不少歌颂战争、渴望胜利的边塞诗。像人们熟知的“但使龙城飞将在，不教胡马度阴山”“黄沙百战穿金甲，不破楼兰终不还”等诗句，都充满了英雄的气概。但是，也有一些战争，是唐朝统治集团为了攫取自身的利益而发动的，这就属于非正义性的战争，像杨国忠、安禄山等人，曾轻启战衅，“欲以边功争宠”。在开元二十四年（736），已成为唐朝将领的安禄山，领兵讨奚、契丹，“禄山恃勇轻进，为虏所败”（《资治通鉴》），因此，李白也有诗批评那些发动战争谋取私利的将领：“君不能学哥舒，横行青海夜带刀，西屠石城取紫袍。”（《答王十二寒夜独酌有怀》）李白还提出“乃知兵者是凶器，圣人不得已而用之”（《战城南》），明确地表达了对战争的态度。

从唐代边塞诗的总体情况看，诗人们对战争的态度是复杂的。他们既赞扬战士的英勇，也理解远征将士与家室的互相思念。李白能够提出对战争的看法，已是颇有胆识的了。但敢于批评唐王朝好大喜功、穷兵黩武的总体政策的，除了杜甫，就是写了这首《古从军行》的李颀。杜甫的名作《兵车行》，直斥“边庭流血成海水，武皇开边意未已”，也对唐朝的战争政策有所批评，但他并没有描写边塞的情景。李颀的《古从军行》，属于极为罕见的一首好诗，既描写了边塞景况，也批判了唐王朝好大喜功的边疆政策。

在这里，我们可以理解为什么在《古从军行》前面的八句两组中，一直没有使用夸张的描写，而只是比较客观地描述边塞战士的劳碌艰辛，以及边塞环境的寒冷恶劣。不错，在前八句中，诗人也使用过“幽怨”“哀鸣”“眼泪”等词语，但总体的语势，是相对平缓的。这近乎不动声色的做法，原来是为了突出全诗最后四句的惊人之笔，突出对唐朝荒唐的对外政策的无情嘲讽。周珽在其所编的《唐诗选脉会通评林》中说：“新乡（指李颀）七古，每于人不经意处忽出异想，令人心赏其奇逸，而不知其所从来者。”这番话，只说对了一半。的确，读者可能在不经意中，惊讶于李颀突发异想，但在李颀来说，他在创作时却不是“不经意”的。像《古从军行》，李颀便在艺术构思上巧作安排，他欲扬先抑，开始写边塞军旅的生活，并没有像岑参那样铆足力量，为的正是转入批判朝廷错误的政策时，突然变调，这奇逸的处理方式，真具有振聋发聩的作用。邢昉在他所辑的《唐风定》提到，李颀这诗“音调铿锵，风情澹冶，皆真骨独存，以质胜文，所以高步盛唐，为千秋绝艺”。所谓“真骨”，是指敢于坚持己见、干预现实的勇气；所谓“以质胜文”，是指作者更重视对感情的抒发，不计较对文采的追求。这评价，颇符合《古从军行》的创作特点。只是有些评论者，只看到它前八句对边塞的描写不算激烈，即所谓“风情澹冶”一面，而不知道前面的澹冶，正是为后四句的冷诮预留余地。前面的相对平淡，不过是为了最后对朝廷穷兵黩武的错误政策作有力的一击。

当然，在唐代，李颀只能让《古从军行》多少带有咏史的性质。人们也知道，他对汉代历史有深入的研究，管世铭说：“李东川（李颀）七言古诗，只读得《西汉书》烂熟，故信手挥洒，无一俗字俗韵。”（《读雪山房唐诗序例》）李颀在诗中，说汉就是说唐，对此，唐代统治者也一只眼开，一只眼闭，给予宽容，这算是唐代最开明和最高明之处，也是李颀这首诗敢于嘲斥唐玄宗的整个边疆政策，却依然能够传诸久远的原因。

说王昌龄《出塞》

骝马新跨白玉鞍，战罢沙场月色寒；
城头铁鼓声犹振，匣里金刀血未干。

朋友，如果今天西出玉门关，您会看到千山高峻，万里无云，天苍苍，野茫茫；会看到治沙的战士，插种了胡杨木，拦住了风沙，绿遍了丘原；会看到新筑的沟渠，流水潺潺，围绕着葡萄园，风吹草低，牛羊遍地。当然，到晚上，您或是看到“明月出天山”，或是看到“星垂平野阔”。今天的塞北，开始有江南景象。您一定眼界大好，深深感到祖国山河的美好。

但是，在一千多年前，这里经常金戈铁马，火血交迸。唐初，这里也是年年征战的舞台。盘踞在这一带的部族，经常“南下牧马”，睥睨中原，攻城略地；而唐王朝在政权逐步稳固的时期，既要确保安全，也要拓土开疆，打通“丝绸之路”。因此，这里常常烽火连天，闪烁着刀光剑影。唐代好些知识分子，会被派驻到这里，经历风霜雨雪和汗血淋漓的洗礼；有些人则自愿从军，追奔逐北，建功立业。面对艰难的环境和险恶的战火，许多人不免萌发出诸多感受，写出了许许多多的边塞诗。其中，这类题材写得质量最高、数量也最多的诗人，就是王昌龄。

王昌龄的诗作以七绝居多，现存唐代的七绝470首，而王昌龄便有70多首，一个人的创作量差不多占了全唐七绝的六分之一，数量可谓不少。在七绝中，王昌龄又以描写边塞的作品居多，而且往往以《塞上曲》《塞下曲》《从军行》等曲调为题。这些多属于乐府旧题，是可以直接歌唱的。由此，我们可以看到，七绝之源来于乐府，起码它和乐府相通，和歌唱有很大的关系。

王昌龄写了这么多可唱的七绝，可见，他算是当时流行歌曲的作家。至于他作品的水平，人们都给予很高的评价。《艺苑卮言》认为："七言绝句，王江宁与太白争胜毫厘，俱是神品。"王江宁亦即王昌龄，人们把他的七绝与李白所作相提并论，可见他的作品在人们心目中的地位。李白也很佩服他，彼此惺惺相惜。不过，李白终究受过皇帝的赏识，而王昌龄终其一生，只能当个小小的芝麻官，还被人诬说贪腐，害得他要向亲友们表白："一片冰心在玉壶。"他又曾被贬到蛮獠之区，更可怜的是，因和当道者意见不合，惨遭杀害。

王昌龄是山西人，青年时期学道，到处游逛。到二十七岁左右，便到西北一带，参与军事活动。据他在《上李侍郎中书》中说，"天生贤才，必为盛世用之"，看来，他自视颇高，也像李白那样具有"天生我材必有用"的自信。在边疆，他希望谋得一官半职的愿望虽然未能实现，但是，边疆风物的壮阔，特别是对战士思想感情的理解，也开阔了他的心胸。深刻的生活体验，为他成为唐代杰出的边塞诗人奠定了基础。

人们在谈论王昌龄的边塞诗时，往往离不开《出塞》“秦时明月汉时关”和《从军行》“琵琶起舞换新声”“大漠风尘日色昏”“青海长云暗雪山”等篇。确实，这些篇章，视野的宏敞开阔，气概的高昂激越，意韵的飘逸流畅，都让人眼界大开，回味无穷。像《出塞》“秦时明月”那首，以互文的手法，在第一句既概括说秦汉时的明月和秦汉时的关隘，把历史时间和空间，一网打尽，实际上，也包含了唐代边疆的状况。仅仅七个字，便跨越时空，胜过千言万语，历来被人激赏。又像他写自己立足高处，从青海的雪山遥望玉门关，让读者的视界，跟着他横跨千里万里，让人叹为观止。

王昌龄取景宏大，胸襟开阔，用笔精奇沉雄，说明了当时的诗歌创作倾向和社会风气，相对地是积极向上的，许多士人意气风发。所以，就连王昌龄这区区小吏，也被盛唐阶段繁盛的社会环境所感染，积极和兴奋的情绪，笼罩在作家笔墨之中，于是，诗坛便呈现出所谓“盛唐气象”。

不过，我认为王昌龄写得最出色的边塞诗，并非人们常常留意的那几首，而是上引以“骝马新跨白玉鞍”作为首句的那一首。

骝马，是通体棕红色而有黑鬣黑尾的骏马。它棕红色的身躯，配上白玉的鞍，色彩夺目。而且，诗人说，这贵重的玉鞍，是新近才披上去的，这更教看到它的人爱意倍增，感受到它的绰约雄姿，喜爱它的威风凛凛。

问题是，这首名为《出塞》的诗，其描写的重点，分明又不在马，为什么王昌龄在只有二十八个字的诗句中，竟用了四分之一的篇幅去写这匹骝马，这合理吗？而且，将军骑着战马出生入死，这匹马在血流漂杵的战争中，只能是浑身沾满血污，为什么诗人却以“白玉鞍”与之衬托，红白相映，强调它的高贵美丽，先给它一个“特写镜头”呢？

评论文学作品，有时是不能以常理去推论的。特别是诗歌创作，有时作者为了突出他在某些方面的感受，会让人乍看起来不可理解。像王昌龄所写的这匹马，它是一匹刚刚经历过一场血战的马，而不是新郎准备用作迎亲的马。但是，诗人竟然先从它“新跨白玉鞍”着墨，既强调鞍的“新跨”，又强调鞍的贵重，这样的写法，完全出乎人们的意料。不过，正是这貌似不合常理的安排，反能引起读者的注意，让读者更能够理解在特定条件下那位战马主人特殊的心理状态。这一来，似是不合理的地方，适足表现审美客体在特定情况下的合理性。

诗的第二句：“战罢沙场月色寒。”“战罢”两字，点明了这匹马进入主人眼帘的特定时间。原来，定睛欣赏它壮美的主人，是一位将军或是骑兵。“战罢”一语的出现，说明在经过一场残酷的战争之后，马的主人心情也稍稍安定，这才定下神来，注目于他的坐骑。他看到这匹陪伴着他的战马，内心不禁涌起自豪和欣慰的情绪。他对骝马充满赞美和爱抚的目光，正是内心涌出一股暖流的折射。

关于骝马，王昌龄在另一首《塞上曲》中也提过：“从来幽并客，皆共尘沙老；莫学游侠儿，矜夸紫骝好。”可见，骝马从来就是一种可以夸耀的好马。不过，这一首《出塞》所写在沙场征战的将军，并不是一般的游侠儿，而是真正在战场上拼命的壮士。为什么他在“战罢”的时候，首先瞩目于骝马，像赞美新娘子的漂亮那样，去描写自己的坐骑呢？这是因为，在“战罢”的特定时刻，在经历过一场激烈战斗的之后，将军稍能休憩，喘过气来，举目一看，这匹和他一起出生入死的战马就在眼前；想到它的辛劳，想到它刚刚陪伴他出生入死，建立功勋，于是倍感亲切、倍感骄傲，这才会对惯常和他征战的坐骑另眼相看，觉得它无比动人、无比高贵，才会对它倾情赞美。它与“战罢”一语相衔接，也表明经历过一场残酷紧张的战斗，将军心头上紧绷的弦一下子松弛了下来。

第二句，“战罢沙场月色寒”，点明这将军所处的地点和时间。时间，是在晚上，所以有月色；地点，是在刚刚发生过战斗的沙场。

如果说，在诗的首句，诗人通过将军对战马的赞美，表达他“战罢”心境舒缓的暖意，那么，诗的第二句，立刻展示他在“战罢”时的另一种心态。请注意，诗人在这句之末，下一“寒”字，正是这一“寒”字，让第一句所表现的平静气氛，陡然生变。

按说，经历了一场血战，打退了敌人，并且有心情坐下来品味和他一起追奔逐北的骝马，接下来，就该是“战罢沙场意气昂”，或者是“战罢沙场对月看（平声）”之类才对吧！怎么诗人会突然下一“寒”字呢？况且，月的光，也没有“寒”与“不寒”的问题。因为它不像太阳，阳光照人，不同季节，确有寒热之分。而月的光，不会散发出温度。显然，所谓“月色寒”，只是对着月光的人自己内心的感受。

在月光下，心情不同的人，确会有不同的感受。晏殊说“梨花院落溶溶月”，不过是说月光如水，缓缓流动，引发起淡淡的愁思；至于姜夔说“波心荡，冷月无声”，以“冷”形容月色，则是用以表达目睹繁华逝去，让他内心感到无比荒凉。王昌龄在《出塞》中说“月色寒”，这气氛，就和在庭苑或在城镇中看到的月色，迥然不同了。在沙场，壕垒纵横，骸骨相藉，周遭环境，是凄厉，是肃杀。诗人让读者想到，这刚从死亡线上走了过来的将军，激情过后，战争惨烈的情景又从心头泛起。他回想残酷厮杀的情景，内心不禁一阵战栗，便感觉月色也是寒浸浸的。这心态，和上句表现战罢得以休息时，出现的暖洋洋的欣慰之情，恰成强烈对比。所以，这“寒”字，力重千钧，它一下子扭转了“战罢沙场”的气氛，也给全诗定下了基调。在这里，我们既可以体会诗词创作中炼字的重要作用，也可以从诗人特意在第一、二两句凸显人物心理状态的矛盾中，领会到诗词创作艺术构思的技巧。

经历过战争的人，对战争的感受是复杂的。即使是胜利者，面对着漠漠沙场、漫漫月色，回味白天发生过的一场血战，想起了在鬼门关上冲闯的惨状，也感到月色是寒冷的。何况，这当下也只是“战罢”的一刻，敌人会不会重新来犯？战斗会不会又要开始？这将军心存怵惕。这种忐忑难安之情，只有在边塞生活过的王昌龄，才有深刻的体会。

跟着，他捕捉住将军在“战罢”的微妙心态，转过笔锋，写将军忽然听到铁鼓敲动的声响。

第三句，“城头铁鼓声犹振”，这描写又似是不合理了。过去行军打仗，鸣金收兵，鸣鼓进兵。既然上句已说了“战罢”，怎么鼓声还擂个不停？但是，诗人又一次用似是不合常理的描写，进一步刻画这将军在特定时刻复杂的心态。

本来，上面分明说过“战罢”，战斗结束，鼓声当然已经停下来了，而将军竟然还听到鼓声在振动。这状态，只能是他头脑中出现了幻觉。它说明，在白天，在那一场你死我活、性命相搏的激烈战斗中，将士擂鼓呐喊、惊天动地的印象，深深地烙刻在这将军的脑海里。所谓“犹振”，实际上是战斗中的鼓声残留在他耳膜里的遗响。这就像我们在还未有高铁的时代，长时间坐火车旅行，当火车停了下来，我们走出车站时，耳朵里还会轰隆轰隆地作响一样。

耳朵中觉得战鼓还在鸣响，使得将军在“战罢”的欣慰中忽然惊觉。他以为敌军又来了，于是有了诗的第四句：“匣里金刀血未干。”

这一个细节，不禁引发了读者们许多想象：到底将军是顿时拔起鞘里带血的刀，还是立刻想起腰间那把还带着敌人血渍的刀？对此诗人没有细写，但是，无论将军是拔出刀，半拔刀，或者未拔刀，总之，他的注意力，全在刀上。很明显，他是在准备战斗了！整首诗，就在写这将军突兀的神态中结束。

在戏剧表演的理论体系中，俄国卓越的戏剧理论家兼导演斯坦尼斯拉夫斯基，很注重话剧的“停顿”处理。所谓“停顿”，是指戏剧演出时，演员的动作和情节的进行突然作短暂的中断。这片刻的停顿，就像乐曲在进行时出现“休止符”，片刻的旋律和节奏停顿，才又重新开始，反而会加强听众对乐曲的印象。

在我国的戏曲艺术中，也有一个很有特色的表演动作，人们称之为“亮相”。它指演员在一连串连续性的动作中，突然作短暂的中止，呈现出一个具有雕塑性的造型。这“亮相”的动作，实际上也是一种“停顿”，它能把人物在一定情景中的精神状态和性格特点凝聚在观众面前，能够产生强烈的艺术效果。《出塞》的第四句，和戏曲“亮相”的造型十分相似。诗人写到在“战罢”的休息中，战场上虽已寂静，但交战的状态还未从将军的心中完全平息。他忽然似乎听到战鼓在响，似乎感到敌人又在临近，于是猛然想到或者立刻拔起已经入鞘的带血金刀。整首诗，就在他将拔欲拔的细节中定格。通过这动作，将军警惕的神情、坚毅的态度，便如戏曲演员“亮相”一样，凝聚在读者的脑海里。

王昌龄《出塞》这四句诗，每句各写将军不同的心态：从欣慰，到悲凉；从错觉，到警觉。一连串不同的情绪，在相互交织中曲折演进，把将军的形象和他复杂的心理状态刻画得栩栩如生。更为精警的是，王昌龄出人意料地从“战罢”的角度，从侧面表现出白天那一场战斗的紧张和惨烈。他并没有从正面描绘战场上交锋的情景，只写战后休息的间隙。而通过对将军“战罢”情绪出现种种变化的描写，白天战斗的图景，便在读者的脑海中清晰地回放，让人们似乎“看”到了激烈战斗的过程。

在王昌龄所写的边塞诗里，不难发现，他有些诗写得大气磅礴，如“大漠风尘日色昏，红旗半卷出辕门”，有些则是直抒胸臆，如“黄沙百战穿金甲，不破楼兰终不还”，而《出塞》这首诗，只抓住了“战罢”的一个细节，却把白天战斗的情景，让读者自行想象出来。

见微知著，王昌龄对将军战罢晚上心情律动的描写十分细腻，却从中让人感悟到白天沙场征战惨烈宏大的场景。其构思之巧、水平之高，我认为超过了他所写的其他广为流传的边塞诗。同时，作者对边塞战士的赞美，对战胜敌人和对和平生活向往的强烈感情，也流注在作品之中，让读者心灵震撼。

就诗歌体裁而言，“五绝”“七绝”，至为短小，如何在区区二十个字或二十八个字的篇幅中，表现作者的感情和事物的复杂性，实在是一个难题。王昌龄这首《出塞》的巧妙之处，在于抓住了审美客体的一个举动、一个细节，作具体的描写，让其定格般和“亮相”般的形象，展示其内心世界的活动，从而引发读者的联想，“看”到了“意外之意”“象外之象”。

其实，在王昌龄的其他诗作中，我们也可以发现他常常运用这一巧妙的写作方法。像《城傍曲》写猎人乘醉打猎，“邯郸饮来酒未消，城北原平掣皂雕”，接着就写这猎人“射杀空营两腾虎，回身却月佩弓弰”。整首诗，就在猎人回头仰望月亮，悠然佩挂弓弰的动作中结束。从这一动作中，他让读者感受到了猎人得意洋洋的模样，激发出为勇武者感到自豪的意绪。

至于一些描写深宫女性生活的诗篇，例如《长信秋词》：“奉帚平明金殿开，且将团扇共徘徊；玉颜不及寒鸦色，犹带昭阳日影来。”王昌龄也惯于和《出塞》《城傍曲》一样，让宫女在宫苑外扫地的细节中定格，从而把“后宫佳丽三千人”，“有不得见者，三十六年”的宫女幽怨表现了出来。当然，其中还多少抒发出作者怀才不遇的情感。

我认为，王昌龄这样的写作方法，和他提出“三境”的诗歌创作理论也是有所联系的。这论题说来话长，兹不赘。

说王维《终南山》

太乙近天都，连山到海隅；
白云回望合，青霭入看无。
分野中峰变，阴晴众壑殊；
欲投人处宿，隔水问樵夫。

在唐代诗坛里，以山水田园为题材写诗，质量、数量均居前列的，只能是被人尊称为“诗佛”的王维。

盛唐时期，国力强盛，统治集团也比较开放和自信，因此，尽管唐太宗李世民据称因同姓而信仰以李耳（老子）为代表的道家，但也不排斥儒家和佛家。这一时代的士人，思想取向也是乱七八糟的，有时信儒，有时信佛、道，有时什么都信。许多诗人的脑海，简直就像块斑斑驳驳的调色板。不过，思想上的束缚相对松弛，正是文坛上出现“盛唐气象”、涌现出众多杰出诗人的重要原因。王维，就是其中最有代表性的诗人之一。

王维是山西人，经历比较复杂，命运也比较曲折。他少年得志，二十一岁即中进士。他擅长音乐，便被任命为太乐丞，主管宫廷中的歌舞创作和演出。同时，他又是著名的美术家。在我国文坛中，三者兼擅，实不多见。由于具有极其出色的艺术才能，因此，他很受名相张九龄的器重。但后来张九龄在政治上失势，王维也受到牵连，被贬为济州司仓参军的小官。等到张九龄复出为相，他便获得升迁，甚至累升为“给事中”这一类似内阁高级秘书的职务。谁知天宝十四载（755），安史之乱爆发，第二年六月，叛军破潼关，进入长安，王维来不及逃出，被迫当了伪官。安史之乱平定后，按当时刑法，他是要被砍头的。幸而，其弟王缙平叛有功。在王缙的帮助下，王维获得了宽恕，保住了头颅，后来竟然还逐步升为高官。总之，他的一辈子，像荡秋千那样，忽高忽低，大起大落。现实生活深刻的教训，反让他看透了人生，也看淡了荣华富贵。

王维少年得志，未尝不受到儒家思想的影响，未尝没想过飞黄腾达、光宗耀祖。但是，他深受母亲的影响，笃信佛教。他字摩诘，号摩诘居士。所谓居士，是不用出家，可以过俗世生活的佛教信徒。当时，和王维思想相似的人也颇不少。他们既表示厌倦红尘，又无法脱离红尘，因此，在思想上往往充满矛盾。不过，他们毕竟和一些满腹牢骚或愤懑忧伤的人有所不同，他们既不敢碰撞由李林甫等奸佞之徒构成的铁壁，又不甘于受严酷政治车轮的碾压，便只能另辟蹊径，在思想和行动上，绕过重重“魔障”，更多追求在生活上和内心上得到相对的平静，力图摆脱世事的纠缠。在唐代，这类人被视为“市隐”或“吏隐”，王维正是其中著名的一位。

王维在长安当官的时候，就在附近购置了“辋川别业”。这庄园靠近终南山，他经常住在这里修心养性。在《终南别业》一诗中，他说道：“中年颇好道，晚家南山陲；兴来每独往，胜事空自知。”《终南山》一诗，就是他从辋川出发到终南山游览时的作品。

诗人们游览祖国的名山大川，饱览壮美风物，开拓心胸眼界，这是好事。因此，历代以山水为题材的作品也特别多。但是，山水诗要写得好，写得有特色，而且在诗中能抒发性灵，让读者感受到其中意境，却不容易。在盛唐的诗作中，能够把山岳景象写得让人神清气朗、心胆开张，并且能寄寓自己的情怀，达到最高境的，除了杜甫的《望岳》，就是王维写的这首《终南山》了。

杜甫的《望岳》，着眼于“望”山，而王维的《终南山》，写的是游山。但王维的诗中并没有写他如何游览的字句，却又能让读者感受到他登山和下山的种种情景。

《终南山》开首两句，是“太乙近天都，连山到海隅”。

太乙是终南山的主峰。天都，是传说中天帝君临宇宙的都城。王维在诗的开始，劈头冒出突兀的一句，说太乙峰高高耸起，近于天都，不能不让人陡然一惊。一般来说，王维诗风比较平和澹荡，像著名的《山居秋暝》，首句“空山新雨后”，另一名篇《积雨辋川庄作》，首句“积雨空林烟火迟”，都是舒徐地把读者引进诗的天地。但是，当要强调某种气势，特别要表现动态的时候，他就根据特定的内容，调整了写作的手法。像在《观猎》一诗开头，即写“风劲角弓鸣”，次句才说是“将军猎渭城”，这写法先声夺人，让读者感受到出猎的气势。《终南山》的首句，猛然夸饰地形容终南山之高，这和《观猎》首句所收到的艺术效果如出一辙。

王维首先遐想终南山的主峰，已接近属于神话中玉皇大帝的都城，这说明它高得不可思议。如果换一种写法，直说终南山之高，例如“太乙势高奇”，或“高峻此终南”之类，也未尝不可，但显得平庸无奇。而且，王维只提山的主峰“太乙”，其他诸峰一概略去，那么，太乙之高便代表了终南山之高。所谓“太乙”，是天上三神之一。太乙即太一，据《史记·天官书》说：“中宫天极星，其一明者，太一常居也。”这里聚天地之灵气，属天神之居所，终南山以“太乙”名其主峰，本身就带有神秘的色彩。王维以此开端，非常容易诱发人们对终南山景观的想象。

在诗的第一句，王维即写到太乙峰，读者也可以想见，他已是登上终南山的最高峰了。也只有从最高峰向下望去，才会看到“连山到海隅”。他看到山脉逶迤连绵，一直伸延到海之隅角。其实，远在陕西的终南山，是无论如何望不到海的，尽管它连绵千里，却不入于东海。杜甫在《望岳》一诗中，说到泰山的雄伟，也只是如实地感到它横无际涯：“齐鲁青未了。”而王维，竟以夸饰的手法，让读者跟着他的目光向横向下，极目远眺，想象终南山延绵不绝，无比宏阔，乃至伸展到大海之边。

王维精于音律，他既要极写山势之高，在声调的运用上，又有所考究。你看，首句“太乙近天都”，用的是唐韵的“去入去平平”，前三字属仄声，后两字用响亮高昂的平声，这像登山一般，给人从下向上、从低到高的感觉。第二句“连山到海隅”，用“平平去上平”的音调，而在“山”字这节奏眼上，用的是高昂的平声，句末押韵的“隅”字，则用的是低回的平声，这又让人产生了由高到低、由上往下的感觉。按诗意，如果写为“连山到海区”或“连山接海铺”之类，用的同是七虞韵，意思也差不多，但押韵字的声音往上飘，便没有“隅”字那样朝下舒徐吐气的意味。显然，就诗意而言，作者写逐步登上高峰，仰视天际；而后从高处视线横移，俯视远方。诗的音调，配合着诗意，也从低到高，又从高到低移动。精于音乐的王维，让诗的音乐性与诗意紧密结合，实在相当巧妙。

我们也都知道，一些大音乐家是非常注意乐曲首句描写的，像贝多芬的《命运交响乐》，开头用的是“Mi Mi Mi Do”四个短促有力的音符，描写命运来敲门，也表现作曲者以坚强的毅力，向命运做出斩钉截铁般震撼人心的反击。这旋律和节奏的运用，从一开始便奔向整首乐曲的主题。《终南山》虽然是诗歌而非乐曲，我也不是把王维与贝多芬等同起来，毕竟，西洋音乐与我国古代音乐有不同的调性和风格，但就作品如何表现音乐性，如何运用声调、音高、旋律来抒发并表达审美主体的情感而言，其道理实在是相通的。

关于语言的音乐性和诗意密切配合这一点，其实我国古代的一些诗人，是知晓其中奥妙的。像李清照的《声声慢》开头几句，“寻寻觅觅，冷冷清清，凄凄惨惨戚戚”，利用舌前音和齿音，强化了抒情效果，就是明显的一例。又如苏轼的《念奴娇》，第一句“大江东去”。“江”“东”两字，用的是高昂响亮的平声，表现出江水奔腾和诗人豪放的心胸。如果苏轼当初把这一句写为“大河流去”，虽然意思一样，“河”“流”两字，用的也是平声，但声调低平，便缺乏激昂开阔的韵味。我认为，以王维为代表的古代诗人，注意把诗意美和汉藏语系的声调美相互配合，从而提升了审美的质量，这经验，很值得今天新诗的作者借鉴。

《终南山》的首两句，已经极写山势的高远。在下面，作者会怎样进一步具体描绘它的景致呢？出人意料的是，诗的第三、四句写“白云回望合，青霭入看无”。白云澹荡，雾霜迷蒙，景色悠悠，若无若有。诗人的笔触，从此转为自然而冲淡。在夸饰的映衬下，淡的显得愈淡。

如果说，诗的前两句已写到登上了终南山之巅，那么从第三句开始，一般诗人便应逐步展现他登山游赏的过程，应会写到他在山中看到的苍松翠柏、奇岩怪石之类。但是，王维对山中诸多细部的景色一概不写，他着眼的，只是在登山时看到的云霭。

“白云回望合”，意味深长。山腰上，云霭飘飘，王维从云端上看到眼底的云影，这本身就让观者感到终南山之高。而且，王维强调的是：当他走到山腰，回头一望，只见脚下的白云，又拢合起来了。这也等于说，终南山的景象瞬息间发生了变化。原先，他看到白云朵朵，在山腰上飘忽，谁知刹那间，云朵混混沌沌，合为一体。山的景色，在人的不知不觉中，开开阖阖。这风云的变幻，无疑是山中实景，也隐约透露出作者自己对人生前景变化多端的诧异。

诗的第四句，便写他走进了云雾之中了。“青霭入看无”很有趣，诗人写他明明看到青色的云霭笼罩在山坡之间。可是，当自己走了进去，却是空空荡荡、迷迷蒙蒙。这青霭，又似并不存在。到底这青霭是有还是无？实在弄不清楚。这一景象，确是旅游者登上高山时真实的体验，从中，也同样透露出王维对现实生活感到渺渺茫茫、不可捉摸的意绪。

我国传统的文学艺术作者，受道家“有无相生”的哲学思想影响，在诗与画的创作中，往往采取虚实相生、虚实结合的手法，亦即不必具体地描写物象，而是抽象地引发观者的联想力，让他们感悟到物象的存在。王维要表现终南山的宏大高远，却没有具体地刻画，他只写山腰上飘忽着若有若无的云霭，像山水画家那样“借云藏山”。这若有若无、或隐或现的不写之写，反能启发观者在脑海中呈现终南山的胜景。而这虚实相生的艺术手法，王维是经常运用的。像在《汉江临眺》一诗中，他写到“江流天地外，山色有无中”。那大江，分明在流，但流到什么地方去了？那山色，分明是“有”，但远方山影淡淡，又似是“无”。又如《山中》一诗，王维写“山路元无雨，空翠湿人衣”。空翠，是在浓荫照影下，看不见摸不着的潮湿空气，它也是若有若无，却又让人感觉到它的存在。显然，这任凭观者自己想象的不写之写，反能显出景物的高远和作者空静的心胸。清代的画论家唐岱说：“烟岚云霭，或有或无，总在隐没之间写照。”以虚写诱发审美受体的想象力，确实可以收到概览山川的艺术效果。

“分野中峰变，阴晴众壑殊”，这是王维写他从青霭中走出来之后所见。他立足中峰，环视四方，终南山在宇内所处的位置以及它高远的景象，让他眼界大开。在我国古代，人们将天上星宿的位置与地域位置相联系，并以星宿位置作为地区位置的分野。王维写他登高四顾，看到终南山的广袤宏阔，这中峰兀立天中，竟然是神州大地的分界点。中峰这边，属一个区域；中峰那边，便变为另外一个区域了。这一来，从中峰俯瞰，天下尽收眼底，诗人也感到他的心胸被广阔的空间拓展到更深更远的境界。

再细看，千山万壑，有高有低。在日光斜照中，高的显得山色晴朗，低的则被遮挡着，阳光照不到，显得山影阴暗。在诗人眼中，伏在下面的众多丘峦，光影斑斑驳驳，或明或暗，变化不同。当然，诗人写到斜照中的光影，意味着日色偏西，快到了黄昏时分了，这也为七、八句预留伏笔。记得杜甫的名篇《望岳》也写到眺望泰山，也有“阴阳割昏晓”之句。他说泰山高峻，向阳和向阴两面受光不同，一边是白天，一天是黑夜。王维和杜甫，虽然写的都是望山，但望的角度完全不同。其中，杜甫下一“割”字，显得夸张而严峻；而王维则是以冲淡的笔触，从光影的不同中描叙山壑的幽深。这两首名篇对山色不同的写法，也显示出两位诗人不同的艺术风格。

《终南山》的结尾是：“欲投人处宿，隔水问樵夫。”这两句十分精彩。它明白如话，貌似平淡，却又生动隽永，让人回味无穷。

王维写他在山上纵情游览，渐觉日影西斜，才想到要找个有人家的地方歇宿。可是，在深山里，四顾无人，“欲投”两字，恰切地表现出作者心中有点焦虑，又有点茫然的神态。正在这时候，他见到山涧的对面有砍柴的樵夫，便向他问路打听。大山中，人迹罕至，只有打柴的人偶然出没，王维选择樵夫作为询问的对象，是很恰当的。他点出“隔水”两字，更十分精妙。这表明，询问者与被询者之间被溪涧隔开，双方有一段距离。同时，有水相隔，不能跨越，只能大声地一问一答。至于问者怎样问，答者怎样答，诗人没有写，也不必写，只留给读者以想象的空间，让读者“看”到他们互相问答的情态。更重要的是，隔水问答，声音必然要响亮一些。这声音在空山里回响，又引发人的联想，感悟到空山的宁静。人们不是都知道“鸟鸣山更幽”的道理吗？王维突出写他与樵夫高声问答的细节，正好反衬出终南山的幽深广阔和清静宁谧。王夫之说，王维这诗“结语亦以形其阔大，妙在脱卸”（《唐诗评选》），又说有了这结语的两句，“则山之辽廓荒远可知，与上六句初无异致，且得宾主分明，非独头意识悬相描摹也”（《薑斋诗话》）。可见，他是体会到王维这诗的结句，与前面六句有相互联系的奥妙的。

王维的《终南山》，从写眺望山势的高远开始，写到云霭自在，开合朦胧，山影阴晴，迷离不定，让人看到的是山高谷幽的静景。但是，在诗的末尾，却出现了人的声音和人的动态。这声音在丘壑中回响，反衬出大山之静；偶然出现两人的问答，同样反衬大山之空。于是，在人们面前，就像铺开了一幅山水画。在画面里，在云影缭绕、高山深壑的溪涧旁，隔水对站着两个似乎是举手欲语的小人。这一来，山的高远和幽深空静，就在人的动作和声音中，显得更加突出。

在唐代，虽然经济繁荣，但人口数量毕竟和今天大不相同，尽管有“终南捷径”的说法，有些隐逸之士在这里栖居，人迹到底还是稀少的。因此，王维着意地凸显山的高阔空静，也确是写出了当时终南山的特色。他所写的终南山之静美，不仅仅是终南山之所独具的。传统的山水画家，总是“搜尽奇山打草稿”，郭熙说：“真山水之川谷，远望之以取其势，近望之以取其质”，“如此，是一山而兼数十百山之意态，可得不究乎”（《中国画论》）。就诗歌创作而言，情况也是类似的，诗人描绘某一名山的特点，实际上也是胸怀万山，把他搜阅过的山川景色聚于笔端。试看王维的《终南山》，和杜甫的《望岳》便多有相似的地方。

许多读者，未必都到过终南山，但大都到过其他崇山峻岭的幽深之处，因此，当读到《终南山》这一首诗的时候，由于它概括了“数十百山之意态”，人们便会产生共鸣，便会推想出终南山高远的山景。就这方面而言，我认为王维的这首诗，具有山水诗的典型性价值。

高而远，静而空，这是《终南山》一诗所描写景物的特色，其实，王维所写的山水田园诗，也多是给人以空静冲淡的印象。王鏊说：“摩诘以淳古澹泊之音，写山林闲适之趣，如辋川诸诗，真一片水墨不着色画。”（《震泽长语》）这番话，有对而又有不对的地方。王鏊无疑把握了王维诗歌创作的风格，但说他是不着色的水墨画，便不妥了。据美术家考证，王维恰是青绿山水的首创者。从诗歌的写作方法看，他更是擅长以动感和色彩，反衬出空静的意态。像《鹿柴》的“空山不见人，但闻人语响”，人语响，衬托出山之空静。像《鸟鸣涧》的“人闲桂花落，夜静春山空；月出惊山鸟，时鸣深涧中”，山鸟骤然惊飞的动态，和在深涧发出的啼声，恰好衬托出了夜之静与山之空。又像《山居秋暝》，以“竹喧”之声，“莲动”之态，展现出“空山新雨后”天气的清静。显然，这样的描写方法，正是作为诗人兼画家的王维，最典型的并且最惯于运用的艺术手段。

苏轼不是说过，王维作品具有“诗中有画，画中有诗”的特色吗？这句话，其实并不确切。因为诗是时间艺术，画是空间艺术。诗歌中一些极具动感性的描写，画家是无法在画面上表现出来的。张岱说：“诗中有画，画中有诗，因摩诘一身兼此二妙，故连合言之。”（《琅嬛文集》）这不过给苏轼的说法打圆场而已。说实在的，在诗歌中出现一个画面，实在不算得什么！莱辛说："能入画与否，不是判断诗的好坏的标准。"（《拉奥孔》）一般来说，诗人在创作中是会描写景物的，但这就算得好诗吗？对此，石涛对"诗中有画"的解释，有其可取之处，他说："诗中画，性情中来者也，则画不是可拟张拟李而后作诗。画中诗，乃境趣时生者也，则诗不是生吞活剥而后成画。"（《题画诗跋》）显然，他是认识到所谓"诗中有画"，这诗中的画，从取景构图，到用墨搦笔，都是贯注诗人的性情的。

在诗中的"画"要有情怀和意趣，这不是静止的空间艺术所能完成的任务。像《终南山》写到"白云回望合"，在画面上是无法表现云的移动状态的，这句诗不是画家在画面上画出山腰里有一团云霭那么简单。在王维，他要表现的是云霭时开时合的状态，从而表现他在登山过程中所感受到的意趣，这具有时间性的过程，在画面上根本无法完成。

也许，把"诗中有画"，理解为"诗中有空镜头"，更确切一些。

所谓"空镜头"，是电影艺术的概念和表现手法。它是指在电影的画面中，不出现人物，却能以全景、远景或近景的镜头，以动态的画面，借景生情，情景交融地抒发、隐喻作者的思想情绪。像"白云回望合"，电影画面上可以出现云朵从分开到融合的过程，表现出作者看到它时开时合的景观，暗喻作者在空静环境中悠然自得的心态。因此，以"诗中有空镜头"替代"诗中有画"的说法，也许更能让今天的读者理解，更能准确表述王维的《终南山》一诗，以及他创作山水田园诗的艺术特色。

至于祖国的名山多彩多姿，诗人对它的描写，可以有不同的角度。像崔颢的《行经华阴》有云"岧峣太华俯咸京，天外三峰削不成”“河山北枕秦关险，驿路西连汉畤平”，突出地写华山的峻兀奇险；像李白的《梦游天姥吟留别》写“天姥连天向天横，势拔五岳掩赤城”；像《蜀道难》写蜀道诸峰的峭拔奇丽、豪放诡异；等等。而王维，即使写宏大高远的终南山，他的笔触仍是突出地表现大山的幽深空静。至于他所写的其他山水田园诗，总体风格也是如此。这一点，又分明与他的审美观念有关。

审美主体如何看待审美客体？作者的情如何与景相融合？这牵涉到诗人对现实生活的理解和价值观的问题。作为画家的王维，认为描绘山水，重在写出山水“别生身外”的意韵，“传神写照，虽非巧心；审象求形，或皆暗识”（《为画人谢赐表》）。他指出，要写出客观景物，不必精巧地雕琢，只需自然而然地去表现它就可以了。同时，他又强调，作为审美主体的作者，在审视客观景象、求其形似的过程中，应是贯注着“暗识”。所谓暗识，亦即作者并不外露的思想感情。受王维思想影响的唐代画家张璪，更进一步说明画家要“外师造化，中得心源”。造化，是客观存在；心源，是作者的内心世界。换言之，画家要真实地描绘事物的客观形象，而这形象，又必须以作家发自内心的情感为出发点。作为时间艺术的诗，与作为空间艺术的画，当然有不同的表现方式。诗歌更多是抒情性艺术，诗人要根据自己的“暗识”“心源”，审象求形，让所描写的山水贯注着他的审美观念和情感。王夫之说：“右丞工于意，尤工于达意，景亦意，事亦意。”（《唐诗评选》）这评价相当准确。我认为，追求情景交融并在创作中努力实践，正是王维对诗坛艺坛做出的重要贡献。

王维在《终南山》中，突出地描绘山的空静之美，这和他所处的环境、经历和对现实的态度有关。

王维说过，他“中年唯好道”。他好的“道”，指的是佛教的禅理。在他出生以前，佛教已很盛行。特别是惠能创立的禅宗，认为只需“顿悟”，便可立地成佛，很容易取得进入天国的门票。因此，凡夫俗子，包括浮沉于宦海的贵介仕人，皈依禅宗者越来越多。禅宗认为，“有”即是“无”，“菩提本无树”，“本来无一物”；认为幡之动，不是幡之动，也不是风之动，只不过是观者内心之动，如果连心也不动，便不存在所谓“动”。显然，他们认为能做到四大皆空、内心宁静，是佛理的最高境界。空和静，也就成为作为居士的王维，对客观世界和内心情绪的追求，成为他在诗歌创作实践中的审美思想。因此，当他看到终南山，感受最深的，是它在高远中充满空静之美。在大山中，白云的时开时合，青霭的若有还无，旅人樵夫的隔空对话，衬托出山之空、山之静。这如图画般的空静形象，正是王维从“性情中来者也”，是他心中认为最美的理想境界。换言之，内心对空静虚无的追求，决定了他对终南山以及辋川诸景的认识和喜爱。

在唐代，王维、李白、杜甫，被视为诗坛上的三座高峰，是“盛唐气象”的标志性人物。就王维而言，他面对现实的态度有其消极的一面，但追求心灵上的相对自由，也反映了封建专制时代许多人渴求获得自身价值的心态。有趣的是，越到封建时代后期，诗坛和画坛对王维的评价也变得越高，这实际上是强调主观意识的异端思想对专制统治激烈反弹的折射。这一点，恐怕是连王维自己也想不到的。

就诗歌创作发展的情况看，魏晋以来，诗坛上“老庄告退，山水方滋”。到盛唐时期，山水诗的创作更加成熟。而且，在天宝之乱尚未爆发的那一段时间，社会上政治经济的状况，确实还有光鲜的一面。王维虽然希冀摆脱尘俗，但仍保有一定的乐观情绪。因此，反映到作品中，他所追求的空静意境，绝不是枯寂颓唐，而是流注着生动鲜活的气息。《终南山》这首诗，在空静的意趣中，又展现出宏大而灵动的韵味，这正好体现他创作的时代风格。也可以说，在盛唐时代，以山水田园为题材的诗作中，《终南山》具有标志性的意义。

说王维《观猎》

风劲角弓鸣，将军猎渭城；
草枯鹰眼疾，雪尽马蹄轻。
忽过新丰市，还归细柳营；
回看射雕处，千里暮云平。

被称为“诗佛”的王维，酷爱写山水田园诗，诗歌的总体风格是空灵静逸的。但是，有些诗则写得气势飞动、豪气逼人，颇能体现天宝初期社会具有的生气勃勃的一面。

王维和盛唐时期许多诗人一样，既在当时的首都长安当官，又常被派往边疆，参与一些文职工作，熟识军旅生活。特别在青年时期，即使深受佛教思想影响，也有建功立业的劲头。他常和一些游侠少年交往，写过《少年行》四首，说自己和他们意气相投，“系马高楼垂柳边”，痛饮新丰的美酒，赞美他们精于骑射，左右开弓，“偏坐金鞍调白羽”，“一身能擘两雕弧”。他还认识一些老将军，说他们“少年十五二十时，步行夺得胡马骑；射杀山中白额虎，肯数邺下黄须儿。一身转战三千里，一剑曾当百万师”。这些诗，写得意气干云，也充分表现出王维豪情勃勃的心态。对在战场上勇敢杀敌的战士，王维是衷心赞美的。例如在《燕支行》中，他写到“麒麟锦带佩吴钩，飒沓青骊跃燕骝；拔剑已断天骄臂，归鞍共饮月支头”。特别是对那些曾被废弃不用的老将，在外敌侵扰时，王维便赞美他们挺身而出，说他们“愿得燕弓射天将，耻令越甲鸣吾君；莫嫌旧日云中守，犹堪一战取功勋”。可见，在捍卫唐王朝利益的立场上，王维的态度是鲜明的。

《观猎》这首诗，应是王维早期的作品。据有些版本，诗题作《猎骑》。我没有机会看到这种版本，不知道它是否最早出现。但从整首诗的诗意看，题目作“观猎”，显得更为确切。因为，这首诗不是描写一般的打猎队伍，也不是写他自己参加了打猎活动，它明明说“将军猎渭城”。王维当然不是将军，他只是作为旁观者，观看将军的打猎活动，从中抒发自己的情感。八句诗，全是写观察所得。因此，无论如何，这诗以“观猎”为题，应该是合适的。

诗的第一句：“风劲角弓鸣。”角弓，是以动物的角作为弓梢装饰的硬弓。“角弓鸣”，是指弓弦颤动，发出嗡嗡的声响。为什么弓弦会鸣响？是由于“风劲”。这风，不是指冬末吹过来的寒风，因为风吹过来，无论如何猛烈，弓弦也不可能鸣响。显然，这“风”，只能是箭射出去时，其疾如风带出的劲风。射猎者臂力愈大，箭速愈快，势挟风雷，弓弦猛烈震动，便发出嘭然响亮的声音。这一句，正是诗人写他在猎场上看到将军弯弓射箭狩猎的雄姿。后来宋代词人辛弃疾不是也有“弓如霹雳弦惊”的描写吗？其意味也与此相似。

紧接着，诗的第二句才说“将军猎渭城”。原来，这让人震惊的一箭，是将军在猎场上猛力射出的。按一般的写法，应是先让将军出场，然后再描述他狩猎的姿态。王维恰恰相反，先以强弓劲弩的声音，表现狩猎者的威武，然后才说明这是将军在渭城一带打猎。这奇兀的艺术手法，让读者猛然一惊，取得了先声夺人的效果。沈德潜认为，这起句，“直疑高山坠石，不知其来，令人惊绝”(《说诗晬语》)。他还指出：“起二句若倒转，便是凡笔，胜人处全在突兀也!”(《唐诗别裁》）其实，为了强调某种特定的情景，把叙述方式前后倒转，也是王维惯用的手段。像在他另一篇著名的五律《使至塞上》里，开首两句是：“单车欲问边，属国过居延。”当时，王维被任命为“典属国”的小官，朝廷让他到属国居延，慰问边疆将士。为了强调轻车简从，他也把叙述的前后句子倒转过来，先强调他是以“单车”出发，再说要到边远的地方，为后面表现荒漠的景色和落拓的心情作铺垫，这就有了“大漠孤烟直，长河落日圆”的名句。可见，在诗句中叙述过程的倒置，如果运用得好，确能收到首先让观者陡然一惊、精神一振的艺术效果。

《观猎》的第三句，“草枯鹰眼疾”，实际上是紧接着第一句，写将军弯弓放箭、命中了猎物的情景。当时，狩猎者多带着猎鹰出猎。那鹘鹰，站在猎者的臂弯上，威风凛凛。到猎场上，猎手放出猎鹰，让它在天上盘旋。当发现猎物时，鹘鹰便飞速从天而降，把猎物一口叼住。在冬末，草已枯黄，低伏于地，狐兔麋鹿之类的动物，没有野草的掩护，鹘鹰居高临下，更容易发现目标。于是兔起鹘落，将军放箭，命中野味。鹘鹰眼快，疾扑而下。在这里，王维用“鹰眼疾”来形容鹘鹰的迅猛，是颇费斟酌的。按理，形容鹰眼，说它锐利，不更准确一些吗？但这一来，便失去快速扑下的意味。王维选用“疾”字，这既是形容词，也是动词，起到一举两得的作用。同时，用“疾”字，也让读者感受到诗歌节奏的快速。

第四句，“雪尽马蹄轻”。冬之末，残雪尽消，马蹄没有障碍，便能轻快地奔跑。王维选用“轻”字来形容马的奔驰，同样是有考究的。这说明，猎手驾马，不是狂奔追逐，因为猎物唾手可得，他便心安理得。何况地面清爽，没有莽藤野草羁绊马蹄的问题，马儿便可轻快地前进。而马蹄的轻快，实在是出猎者愉悦心情的写照，也是作为观猎者的诗人感受狩猎之趣的写照。在这里，我们也可以体会诗词中“炼字”的重要性。所谓炼字，亦即选择最合适的字来表达情与景，这需要作者具有驾驭文字的非凡能力。

这诗的第三句和第四句，作为颔联相对成文的十个字，已经写尽诗人在猎场上观看到的景象。但作者并没有把狩猎的全景铺开，他只写鹘鹰发现猎物，以及跃马捡取猎物的两个细节，便概括了狩猎的全过程。而其中，又只突出鹰眼之疾，以及马蹄之轻两个细部，却能表达出狩猎者和观猎者那种紧张而又愉悦的心态。叶羲昂在《唐诗直解》中认为“‘草枯’二句，同是奇语”。说它奇，是谁也想不到用细节描写中的两个细部，竟能概括了整个狩猎的全貌。叶羲昂还说，这两句，“上句险，下句秀”。确实，上句写草色枯黄，凶猛的鹰疾扑过来，态势奇险；下句写残雪尽消，矫健的骏马轻快奔驰，遣词俊美。这两句相互连接，一险一秀，相得益彰。叶羲昂的评价，也很能道出这诗的韵味。而在诗句中，将军作为狩猎的主角，作者并没有给予正面的描写，只从侧面突出他所放出的鹘鹰，以及他所骑驭的骏马，也能让读者清楚地看到将军英武的姿态。

“忽过新丰市，还归细柳营。”这颈联和颔联紧紧连接，诗人立即写狩猎的队伍踏上了归途。

在这描叙将军率队回营的两句中，王维选用了“新丰市”和“细柳营”两个名词，是颇有深意的。新丰盛产美酒，王维自己不就说过“新丰美酒斗十千，咸阳游侠多少年”吗？古人多以能饮表示豪气，选择新丰作为将军回营的路线，其中包含对猎者气概豪迈的展现。细柳营，是汉代名将周亚夫驻军的地方。周亚夫以治军有方和纪律严明著称。王维说这出猎的将军还归细柳，等于把他比喻为周亚夫。采用这一典故，是隐喻地表示对出猎将领的歌颂。

请注意这诗的节奏，王维安排得非常奇特。他不是写观猎吗？这就应该稍为全面地描叙将士狩猎的全景或全过程。其实，在狩猎的场景中，有许多情景是可以细致描写的，像猎者如何披挂、如何埋伏、如何侦察，像猎场景色如何壮观，像猎者如何神勇，等等，都可以铺排展示。在唐代，狩猎之风颇盛，这是检阅军容和锻炼武力的大好机会。因此，不少诗人也以此作为创作的题材。像张祜也写过观看狩猎的场面，我们不妨看看他的《观徐州李司空猎》是怎样写的：

晓出郡城东，分围浅草中；
红旗开向日，白马骤迎风。
背手抽金箭，翻身控角弓；
万人齐指处，一雁落寒空。

张祜的诗，写到观猎的方方面面，也不能说它写得不好，但有面面俱到之嫌，没有特色可言。

无独有偶，和王维处于同一时代的著名诗人王昌龄，也写了一首有关狩猎的七绝，连题目也是《观猎》。且录如下：

角鹰初下秋草稀，铁骢抛鞚去如飞；
少年猎得平原兔，马后横捎意气归。

王昌龄这首诗，题材和王维的《观猎》一样，但是水平就不一样了。王昌龄也写到观猎的情景，写到角鹰秋草，写到快马如飞，写到少年猎手的得意，但只是平铺直叙，格局不大。和王维的《观猎》相比，不是同一个档次。

王维就不同了，他只选择了几个狩猎的细节：将军放箭，猎鹰追捕，骏马奔驰。这几个动态性的细节，都有快速递进的特点，就如电影中连接出现几个“蒙太奇”镜头，给人以节奏飞快的感觉。紧接着，第五、六两句就写打猎的返程。王维用的是“忽过”“还归”两词，相互连接，灵动飘忽，更给人以马快如飞、迅速归营的感觉。其实，且不算猎场和新丰市的距离，就从新丰市到细柳营而论，也相距七十多里。显然，王维选择闪电般的动作细节和飞快的节奏，这支狩猎队伍的神速以及将军英武的形象，便给人留下深刻的印象。而颔联和颈联的意象又紧密连接。才说发现猎物，便说跃马凯旋；才说忽过新丰，便说回归细柳。这叠进式的运动和快速的节奏，如同飞流奔泻，山岩坠石，形成了一股不可阻挡的气势。

所谓“气势”，淮南子在《兵略》中说：“三军之众，百万之师，志厉青云，气如飘风，声如雷霆，诚积逾而威加敌人，此谓气势。”其实，行兵如此，行文运笔，何尝不是如此。方东树说：“诗文以豪宕奇伟有气势为上。”（《昭昧詹言》）王维在诗的首句，写箭势如霹雳；跟着两联，则写奔势如飘风，这把他观看到的将军狩猎全过程的气势，展现得畅快淋漓。

然而，意想不到的是，在诗的最后两句，“回看射雕处，千里暮云平”，诗人竟让诗的意象和节奏，发生了一百八十度的变化。

射雕处，泛指打猎的地方。雕是比鹰体型更大的猛禽。王维的出塞诗，也提到了射雕，像说“暮云空碛时驱马，秋日平原好射雕”。不过，在《观猎》中，他使用“射雕”这词，还有更深的意味。据《北史》，斛律光“尝从文襄于洹桥校猎，云表见一大鸟，射之正中其颈，形如车轮，旋转而下，乃雕也。丞相属邢子高叹曰：‘此射雕手也！’当时号落雕都督”。在这里，王维分明使用了与斛律光有关的典故。若就全诗看，前面已经提到“草枯鹰眼疾”，那将军捕获的，显然是地面上的动物；他射的，更不是比猎鹰体积还大的空中之雕。这些，王维不暇顾及，因为，他在诗中之所以运用斛律光的典故，实际上是暗喻出猎的将军，有如斛律光那般的神勇。

现在，我们可以回过头来，看看王维是怎样处理他所看到的将军在打猎后回营的情景了。有意思的是，他没有写那将军兴高采烈，也没有写他所率领的队伍欢呼喧嚣，倒是写将军勒转马头，回首翘望。他纵目云山，只见在白天狩猎的远处，千里暮云，躺在天边，平平静静。这无言的气定神闲的举动，显得很沉着、很自信，而那将军悠然自得、豪情满怀的神情，也跃然欲活。

从诗的节奏看，这最后的两句，和前边的几句明显不同。前边节奏急促，后两句，倒是写将军停了下来，眺望远方，注视千里暮云的状态。这动作的节奏，明显是缓慢舒徐的，诗句呈示的意味，也显得细腻悠长。如果说，《观猎》的首两句和中间两联的节奏是快速进行的，那么结尾的两句，节奏忽然缓慢了下来，这快与慢的节奏变化，起伏跌宕，意味深长。也可以说，前边的六句，不仅极写猎手英武矫健之姿，更重要的是，它那节奏的快速，正好衬托出结句节奏的缓慢，从而突出表现了将军在回营时一刹那的神情。那勒马回缰，仰视长空，遥看千里的姿态，恰切地表现出他的威武和豪气。

按说，将军在白天的“射雕处”，离军营顶多不过是百里之遥吧！但诗人写将军的目光，竟放到千里的远方，那已经是西域甚至更遥远的边疆了。将军看到的，是暮云平展，态势安定，一片祥和。他的心境，也从狩猎的过程中，知道将士用命，势如飞虎，所以变得意气昂扬、信心十足。特别是，诗人在“暮云”后，下一“平”字，这在夜色中风定云平的图景，既表现出边境安宁的景象，又呈示出将军回头眺望时的心理状态。当然，这也是王维自己对唐朝军事力量充满信心的感受，是他对边疆的局势颇为欣悦的心情写照。试想，如果把“暮云平”写为“暮云生”或“暮云横”，虽然同样是押庚韵，但景象和意味完全不同了。周珽的《唐诗选脉会通评林》中提到：“结（句）见非疆域宁靖曷得此举？闲淡超逸，机圆气足。”他又引唐仲言的话说：“结谓边疆宴然，无复有射雕者……岂开元全盛之时乎？”可见，懂得王维心意的人，是明白《观猎》结句所要抒发的意趣的。

王维的《观猎》，写的是作为旁观者看到的将军狩猎的场景。如果以电影的手法表现，那么，前面几句是几个接连快速出现的蒙太奇镜头，最后“千里暮云平”一句，则是在天空出现一条横线的“空镜头”。以简单的构图，抒发复杂的意绪，是王维惯用的艺术手段。

说李白《梦游天姥吟留别》

海客谈瀛洲，烟涛微茫信难求；
越人语天姥，云霞明灭或可睹。
天姥连天向天横，势拔五岳掩赤城；
天台四万八千丈，对此欲倒东南倾。
我欲因之梦吴越，一夜飞度镜湖月。
湖月照我影，送我至剡溪。
谢公宿处今尚在，渌水荡漾清猿啼。
脚著谢公屐，身登青云梯；
半壁见海日，空中闻天鸡。
千岩万转路不定，迷花倚石忽已暝。
熊咆龙吟殷岩泉，栗深林兮惊层巅。
云青青兮欲雨，水澹澹兮生烟。
列缺霹雳，丘峦崩摧，洞天石扉，訇然中开。
青冥浩荡不见底，日月照耀金银台。
霓为衣兮风为马，云之君兮纷纷而来下。

虎鼓瑟兮鸾回车，仙之人兮列如麻。
忽魂悸以魄动，恍惊起而长嗟。
惟觉时之枕席，失向来之烟霞。
世间行乐亦如此，古来万事东流水。
别君去兮何时还？且放白鹿青崖间，须行即骑访名山。
安能摧眉折腰事权贵，使我不得开心颜！

唐代的李白，被称为“诗仙”。李白说，“青莲居士谪仙人”，他也自称是“仙”。

说李白是仙，也非全无道理。从性格看，他无拘无束，封建的传统观念似乎无法羁绊他的思想。那时候，人们把圣君尧舜奉若神明，他却说：“尧舜之事不足惊，自余嚣嚣亦可轻。”还说“尧幽囚，舜野死”，哪有什么“禅让”之说？他的举动放肆得很，让人目瞪口呆。人们觉得他简直是超凡入圣的神仙，一般人不可企及。

说李白是仙，更重要的原因是他的诗意象奇特，浮想联翩，舒卷自如，极具积极浪漫主义的精神。其中，最具有代表性的作品之一，就是《梦游天姥吟留别》。

在李白的作品中，能够把山水风物写得淋漓尽致、壮丽奇雄，让人读来惊心骇目，又感到美不胜收的，应数《蜀道难》和这首《梦游天姥吟留别》。不过，在《蜀道难》，李白写的是他行经蜀道的感受，尽管写得怪怪奇奇，毕竟是眼前实景的升华。而《梦游天姥吟留别》，写的却是梦中之景。作者在题目中已经标明“梦游”。有人看诗中写到天姥山的各种景色，便以为他在酣畅地描绘祖国山河的美景，这是天大的误会。从题目中，我们便可清楚地知道，李白在写这首诗的时候，还未前往天姥山。

我们知道，当初李白从四川跑出来时，是想干一番经天纬地的事业的。谁知道唐玄宗只把他作为摆设的花瓶，他心有不甘，却一不小心，得罪了皇上，被“赐金放还”。他只好跑到东鲁，和杜甫、高适等朋友交游。大概住了一年左右，他又离开东鲁，前往浙江游历。这诗又名《别东鲁诸公》，从“留别”一语看，李白在写这诗的时候，仍在东鲁，他是要把自己将赴吴越的心情写下，留给东鲁的朋友分享。当然，李白在未到东鲁前，也曾到过吴越，还到过绍兴附近。出川时，他不就说过“此行不为鲈鱼脍，自爱名山入剡中”吗？因此，不排除他到过天姥山附近，对天姥山已经有了印象的可能。不过，在《梦游天姥》这首诗中，他是表明自己从未登上过天姥山的，是靠越人告诉他，才知道这山的存在。在“云霞明灭或可睹”之句中，下一“或”字，也表明他对这山还未有完整的印象。所以，他对天姥山的种种描写全是出于幻觉。

这就妙了，李白将自己的梦境告诉留在东鲁的朋友，这是为什么？而且，以自己的梦境、幻觉，作为向朋友告别的留言，这在艺术构思上也十分奇特，值得我们仔细咀嚼。

《蜀道难》在诗的开始时，连用了几个惊叹词：“噫！吁嚱！危乎！高哉!”先把读者吓得魂悸魄动。而同样作为浪漫主义的诗篇，《梦游天姥》在入手时，却没作惊人之笔，只是平静地说：

海客谈瀛洲，烟涛微茫信难求；
越人语天姥，云霞明灭或可睹。

瀛洲，是传说中的仙山，但远在烟波渺茫之中。李白说，他很向往，但不可能越过重洋，前往蓬莱。而且，他也只是听到海上来客的信息，也可能是虚无缥缈的事。至于天姥山，虽然未曾登上，但吴越人分明对他说，这是一座曾有仙人在此唱歌的仙山。尽管它离东鲁也很远，但在云霞明灭之间，有时还可以看到山的影子。因此，他就有了前往仙山的梦想。明代的高棅引前人评论说，李白对“天姥可睹而实未睹，故欲因梦而睹之耳”（《唐诗品汇》）。这判断是对的。

再看，这开头的四句诗，前两句和后两句相对成文。李白首先以比较平静的语气，告诉东鲁的朋友，求仙是他一贯的梦想，既然到不了瀛洲，退而求其次，也必须到有神仙到过的天姥山去，感受一下他梦寐以求的仙气，这就是他不得不离开东鲁的原因。这几句，颇似在乐曲的开端，先以小提琴奏出“如歌的行板”，平静优雅而不雕琢地展开旋律，从而抽丝剥茧，引出全曲进行的线索。

跟着，李白的笔锋开始变了，他以激动而夸张的口吻告诉朋友们，他想象中的天姥到底是什么样的山：

天姥连天向天横，势拔五岳掩赤城；
天台四万八千丈，对此欲倒东南倾。

在李白想象中，天姥山雄伟得很。它耸入云霄，和高天连接在一起。“向天横”一语，直说它傲对长空，气势如虹。连名冠中华的五岳，也被天姥山的气势所扳倒。所谓“五岳”，是指泰山、衡山、华山、恒山和嵩山。在道教中，五岳具有至高无上的地位，是神仙们聚居的地方。自称“谪仙人”、笃信道教的李白，当然知道五岳的重要性。但是，他竟说天姥山“势拔五岳”，这简直是把它在自己心目中的位置提高到极点。至于附近的赤城山，土色皆赤，望似城堞，虽然也是道教的名山，而李白说它的风姿也被天姥山完全掩盖。

在天姥山附近，还有著名的天台山。李白说，天台山高得很，竟达四万八千丈，但在天姥山面前，它也甘拜下风。其实，按地理学家的测量，天台山海拔 1 098 米，天姥山则是 1 271 米，彼此相差无几。更有趣的是，天台山在天姥山的南面，它又怎能向北面的天姥山从东南倾斜？总之，李白为了表现天姥山的壮美，他不理会名震遐迩的五岳，更不理会天台与天姥双峰并峙的实际情况，一味以压倒宇内诸峰的写法，展现天姥山在他心目中至高无上的地位。

当然，和众多崇山峻岭相比，天姥山也有其独特之处。在提倡振兴旅游事业的今天，有关部门还新增了许多景点，并且多以李白的《梦游天姥》为卖点，把它视为休闲的胜地，也受到广大驴友的欢迎。但若说它有“势拔五岳掩赤城”的雄峻，则未免有点过了头。据说，清代的名士方苞也慕名跑到天姥山，结果大失所望，说它“一小丘耳，无可观者”(《方望溪集》)，这也未必尽然。可能方老夫子并未登上天姥山的主峰，轿夫们只把他扛到属于天姥山范围的小山包上，放他下来，告诉他：这就是天姥山！于是上了当的方苞便大失所望。不过，李白不顾实际，把天姥山拼命拔高，以众星捧月的手法，把它的雄伟烘托得无与伦比，却大有深意在焉。其目的，是要告诉东鲁的朋友：这天姥山，我是非去不可的！因为它是一座高不可仰的仙山。它对求仙学道的李白，有着无可比拟的吸引力。

紧接着，李白从对天姥山的想象、渴望，再进一步写自己进入游山的梦境：

我欲因之梦吴越，一夜飞度镜湖月。

在《蜀道难》一诗中，李白在惊叹蜀道“危乎！高哉!”之后，便把读者引入洪荒的年代，让人感到恍惚迷离，不可名状。如果按照同一思路，李白在《梦游天姥》中，既已想象到天姥山的高峻奇雄，那么，进入梦境的描写，应该也会和同属于浪漫主义之作的《蜀道难》一样，进一步强调天姥山中的神奇境界。但出人意料的是，当李白张开了想象的彩翼，把头脑中天姥山的壮美描写了一番之后，竟然说他自己做了一个奇怪的梦，在梦中夜游天姥山。

李白写他在入梦之初，心情是宁谧的。他把梦境写得十分清幽，这和前边奇雄的想象，形成强烈的对比。他说，在一夜之间，梦魂便飞到了心仪的地方。这里有湖，名曰鉴湖，明亮如镜，水波不兴。天空中，又有一轮朗月，月光水色，交相掩映。梦中的他，也不知不觉进入了清爽优美的境界：

湖月照我影，送我至剡溪。
谢公宿处今尚在，渌水荡漾清猿啼。

剡溪是在嵊县南面的一条河流，这里离天姥山不远。李白写他的梦魂，从鉴湖进入剡溪，经过的是水路。这水光，与后来突出写的山色相互辉映。在水面上，他又着重点出“湖月照我影”。

李白在他的作品中，是经常写到月亮的。在诗歌中，月亮的形象，往往给人以既亲切温馨又寂静神秘的感觉。它总是见证时光的永恒或逝去，总是见证人间的悲欢离合。李白写湖上的月亮，映照着湖水，也映照着他；而他的影子，也映在湖上，这真是“对影成三人”。他那梦魂中的身躯，进入了如幻如梦般空灵的境界。不过，李白又写他的梦魂清醒地知道，他到达的正是三百多年前南北朝诗人谢灵运曾经到过的地方。

值得注意的是，李白在写他到达天姥仙境之前，特别点出剡溪，而且点明这是谢灵运曾经住过的地方，昔人已去，故址犹存。据史载，谢灵运确实是到过剡溪，并且是从这里登上天姥山的。他曾有诗记述：“攒念攻别心，旦发清溪阴；暝投剡中宿，明登天姥岑。”（《登临海峤初发强中作与从弟惠连见羊何共和之》）可见，李白所说，有所依据。问题是，风雅之士，来过剡溪者，不在少数，为什么李白要单独挑出谢灵运的典故入诗？这里面，大有文章。

我们知道，李白对谢灵运和南齐诗人谢朓是十分佩服的，他多次赞扬谢灵运的名句“池塘生春草”，又称许“蓬莱文章建安骨，中间小谢又清发”。对谢灵运的遭遇和命运，他当然也是了解的。谢灵运信佛，是佛学家。同时，由于谢在青少年时代，为钱塘道士杜炅寄养，所以他也接受过道教的影响。在唐代思想比较包容的情况下，儒道佛三教，交集在一个人的身上，这并不奇怪，也很普遍。李白说自己是“青莲居士谪仙人”，同时又说自己“金粟如来是后身”，就是明证。这一点，他和谢灵运的思想倾向，恰好相似。又据史载，谢灵运“性豪奢，车服鲜丽，衣裳器物，多改旧制”(《宋书》)。他自恃才华出众，名动天下，每写出一首新作，便被四处传诵，又由于他本身就是权贵，便敢于蔑视官府，稍不如意，就与当政者发生冲突。因此，他或是被斥被贬，或是退隐山林。他还以为自己风华绝代，在政治上可以施展才华，干一番大事。《宋书》说他“既自以名辈才能，应参时政。初被召，便以此自许”。当时，皇帝也欣赏他，笼络他。谁知道，皇帝只是看重他的文才，把他当作花瓶摆设。皇帝往往找他聊天，“唯以文义见接，每侍上宴，谈赏而已”，后来一言不合，便将他“下课”。谢灵运虽然满腹牢骚，也乐得优游自在，于是四处遨游，纵情诗酒。后来，他又和地方一些官员产生矛盾，被人诬告造反。他惊惶上诉，朝廷颇念旧情，也不予追究，只把他贬到广州。谁知他心有不甘，竟然真的有了造反的念头和准备。这一回，皇帝饶不了他，下诏把他就地正法。

谢灵运命运起起落落的历程，李白当然是知道的。他既佩服谢灵运的才华，又同情他的命运，更觉得他的遭遇和自己所处的情态相似。因此，他在“因之梦吴越”的时候，脑海里便泛起谢灵运的影子；他写自己的梦魂到达剡溪，立刻想到这里有谢灵运的故居。显然，异代相怜，吊古伤今，这也是他要离开东鲁跑到天姥山一带旅行的推动力。杜甫说“怅望千秋一洒泪，萧条异代不同时”。因此，李白在《梦游天姥》诗中，有意突出谢灵运的位置，显然不是无心之笔。在“今尚在”的“谢公宿处”，他看到绿波荡漾，无边岁月，依然是静静地在眼前流逝；他听到猿声起落，衬托着清幽环境，凄凄地在耳畔萦回。这视觉与听觉交织的景色，既让他心澄如水，也引起他许多遐想，并且和其后写山景仙境的跌宕变化构成有机的联系。

进一步，李白写他开始登山了：

脚著谢公屐，身登青云梯；
半壁见海日，空中闻天鸡。

首先，他写自己的梦魂，穿上由谢灵运发明的木屐。据说，谢灵运为了方便在山中行走，特制了屐齿可以移动的木屐，上坡时屐齿移到后跟，下坡时屐齿移到前跟。李白特别说他穿上这种木屐，踏上青云垒成的阶梯。表面上，是说自己的登山之旅很风雅、很有趣。而在这意象的后面，他是要告诉东鲁诸友，此行目的，就是敬佩谢灵运桀骜不驯、轻蔑权贵、视功名富贵如敝屣的品性，也希望跟着谢灵运的足迹前进。

老实说，谢灵运的悲剧下场，李白不可能不知道，但他不予理会，他只敬重谢灵运的率性而为，也意识到自己的命运必然避免不了跌跌撞撞。有意思的是，李白在天宝四载（746）抒写这首《梦游天姥》的时候，他还未料到自己后来真的由于投靠了永王璘，站错了队，出现被贬夜郎、幸而死里逃生的一幕。显然，李白在一首以梦游仙境抒发感情的诗里，竟两次突出地提起谢灵运这位古人，正是要暗喻他之所以要写梦游的旨趣。

登上了天姥山，李白再一次分别从视觉和听觉，描写山中美景。在山的一面，他的梦魂看到了东海日出；他又听到天鸡的啼鸣。据《述异记》载：日出之初，天鸡一鸣，“天下之鸡皆随之鸣”。于是，李白说他一早登山，神清气爽，耳目都得到了美的享受。

在下面，诗人便写他的梦魂进入山中看到的种种奇景：

千岩万转路不定，迷花倚石忽已暝。

这两句，诗人写他的梦魂，在天姥山上的峰岩间到处行走，转来转去，恍恍惚惚，分不出东南西北。走倦了，便倚着岩石休息。那奇花怪石，观之不足，让他如醉入花丛，迷离朦胧，时间在不知不觉间溜走，忽然到了黄昏的时分。在这里，李白只是概括地写山路的景色，用笔依然还是比较平顺的。但是，当他要突出地描写天姥山的特色时，便集中笔力，极写山上泉水的奔腾澎湃，这时候，诗的气势就大不一样了：

熊咆龙吟殷岩泉，栗深林兮惊层巅。
云青青兮欲雨，水澹澹兮生烟。

李白创作技巧的过人之处，在于往往能从别人想不到的角度，来表现事物的形象。像写山的高峻壮丽，他往往不是写山体的本身，倒是选择与硬邦邦的石头相互对立着的奔流的泉水，以水来展现山的奇险。像写庐山，他着眼于“飞流直下三千尺”的瀑布；在《蜀道难》，他写到蜀道最让人惊骇之处，是“飞湍瀑流争喧豗，砯崖转石万壑雷”。那崩崖裂石、势似惊雷的千尺飞流，倒把高山的险峻形容到极致。在《梦游天姥》中，他也着重描绘山上无比硕大的泉水。而对那股殷泉是怎样让人心魂震撼，他没有直接描写，倒是从它发出像熊之咆哮和龙之吟啸的声浪中，从它让深林战栗、层巅惊骇的音响中，引导读者从听觉方面想象这湍流的飞猛。然后，又转过笔来，写水汽蒸腾，直上云霄；写那溅起的水花，如烟如雾，让山上的云也苍苍茫茫，像是将要下雨的样子。这样极写山泉的壮观，便映衬出天姥山是何等的巍峨险峻。

李白在有面有点地写了天姥山的景色以后，他的笔锋突然乾坤大腾挪，冒出了以下四句：

列缺霹雳，丘峦崩摧，洞天石扉，訇然中开。

列缺，闪电也。《汉书·扬雄传》有句云“辟历列缺，吐火施鞭”。李白直接搬了过来，他写忽然间电闪雷鸣，这先声夺人的景象，简直让人吓得肝胆俱裂，跟着才知道“丘峦崩摧”，这里像是发生了十级大地震。就在这惊天动地的一刻，他的梦魂，竟然看到了本来是关闭着的洞天福地，訇的一声，石扉打开了，呈现出神仙聚居的地方。这四句诗，景象和作者情绪的变化十分突兀。李白写他的梦魂，在刹那间，从惊愕转到惊喜。这是梦魂从俯瞰凡间到仰视仙境的转捩点，诗人简直是在做着梦中之梦。

请注意，李白这四句诗，在节奏上，和它前边和后边的诗句有着明显的不同。作为古体诗，每句字数以五字或七字居多。在李白，他运用古体时，每句字数并不按一般的规矩，而是有时把五言句和七言句交错使用，有时又会出现律诗般的对偶句，有时甚至会出现散文化的句式。在用韵方面，有几句押平韵，有几句则押仄韵，很清楚，在处理诗歌音乐性的问题上，他只从配合情绪的变化出发，没有遵守一定的规矩。总之，李白打破了古体诗和近体诗的界限，但又不能不承认，它们是百分之百的诗，而且是“盛唐气象”最具标志性的诗。这现象，一方面说明盛唐时期，诗人们对古体诗和近体诗形式的掌握已趋于纯熟，另一方面也说明李白奔放的性格：他不受任何规矩的约束，只从准确地表达思想感情出发，选用他认为合适的句式，变换韵律的节奏。

但是，如何处理句式的变化，李白又非随心所欲，而是有着周密的安排。像在写到天姥山上殷泉奔腾以后，他连续安排“栗深林兮惊层巅”等三句，每句中都出现一个“兮”字。兮，是语助词，相当于现在的“啊”或“呀”，它的发音必然拖长，这明显地增强了诗人想要表达的对景色的惊赞之情。同时，这几句有意以三个“兮”拖长节奏，也为下文节奏的变化预作准备。

您看，当《梦游天姥》写到发出天崩地裂般的声响时，在诗人从凡间看到仙境的一瞬间，那诗的四句，忽然转为四字句。文字紧凑，节奏短促，与前边连续三句出现“兮”字拖音节的句式，完全相反。句式的突变，能更好地表现出诗人感情的变化。

有意思的是，“列缺霹雳”四字，在唐韵中全属入声字，短促突兀；跟着的“丘峦崩摧”，四字全用平声，显得非常响亮；到“洞天石扉”，则仄与平交错，稍作变化；最后的“訇然中开”，又一口气全用平声字。这短促的节奏和声调矛盾对立的安排方式，很能表现出天崩地裂的气氛和诗人震撼惊愕的心态。像这样注意到语音节奏与思想内容紧密配合的技巧，李白在创作中，是有意识地运用的。请看在《蜀道难》里，当写到具有点题意义的紧要关头，便出现“一夫当关，万夫莫开”，以及“朝避猛虎，夕避长蛇，磨牙吮血，杀人如麻”等几句，句式全变为四字句。就节奏而言，五言诗和七言诗，一般具有两个或三个节奏点。而四言诗，则只有一个节奏点。节奏点愈少，语势则愈显得紧促。我们知道，在乐曲中，所谓节奏，是对声音作策略性的安排，它和旋律所要抒发的感情有着极其密切的联系。同样的道理，诗歌语言节奏的安排，也应和诗人情绪的变化相互衬托，以便更好地表达作者的情感。这一点，李白分明能够纯熟地运用，从而把诗歌创作的技巧推上了更高的阶梯。

在洞天石扉訇然打开了以后，李白的梦魂，看到了他梦寐以求的仙境：

青冥浩荡不见底，日月照耀金银台。
霓为衣兮风为马，云之君兮纷纷而来下。
虎鼓瑟兮鸾回车，仙之人兮列如麻。

李白写他的梦魂，首先看到仙境的背景，那是一片深不见底的万里晴空，日光月光，照耀着神仙居住的闪烁着金光银光的楼台。明朗而华丽的天堂，让李白心胆开张。他又写看到了神仙纷纷出现，鸾凤是他们的车驾，虎豹为他们奏乐。这一切，让李白目眩神摇，魂为之夺。他仿佛看到自己一贯追求的理想境界，就在眼前铺开；仿佛求仙学道希望进入的天堂，对他来说，并不遥远。这一连串灿烂辉煌的描写，把道教徒心目中仙境的神圣性形容到极致，也是诗人把梦游天姥的过程推上了高潮。正如《网师园唐诗笺》所评：这首诗“纵横变化，离奇光怪，以奇笔写梦境，吐句皆仙，着纸欲飞”。

就在李白写到自己极其亢奋的时候，谁知他又突然抛出了谁也想不到的几句：

忽魂悸以魄动，恍惊起而长嗟。
惟觉时之枕席，失向来之烟霞。

想得愈美，跌得愈重。李白写他自己正在兴高采烈的时候，忽然魂飞魄散，美梦惊醒了。原来，他只是躺在自己的床上，睡梦中那些眼前飘过的霞光烟影，金银闪烁的仙境，壮丽雍容的神仙队伍，顿时间，“落了片白茫茫大地真干净”（《红楼梦》语）。这遽然梦觉，非同小可！李白觉悟了，他觉得，人生，也竟像是他“梦游天姥”时所做的一场梦。于是，他回过神来，清醒地写下颇具哲理性的两句：

世间行乐亦如此，古来万事东流水。

从梦境的幻灭中，他认识到人世间的一切欢乐，都不过是一场春梦。换言之，他认为无论多么美妙的事物，最后都要像滚滚长江东逝水那样，永远消失。在《春夜宴从弟桃李园序》一文中，李白不是也提到了“浮生若梦，为欢几何”吗？如果我们把它和《梦游天姥》对读，可以发现两者之间的思想联系。显然，李白经历过仕途的蹭蹬，他那既洒脱又苦闷的情绪，像梦魇般压在他的心头，一直挥之不去，这就是他从想到谢灵运的游历，写到仙山的雄壮，写到仙境的神奇，原来都不过是南柯一梦的原因。

最后，他正面告诉留在东鲁的朋友：“别君去兮何时还？且放白鹿青崖间，须行即骑访名山。安能摧眉折腰事权贵，使我不得开心颜!”这意思，十分清楚，他表示，此一去，信马由缰，该行则行，该止即止，顺其自然，他将访遍祖国的名山大川，不再计较仕宦道路和人生命运的得失。他只希望一辈子开开心心，自得其乐。那“安能摧眉折腰事权贵”最具经典性的两句，震古烁今，让人们看到了他的铮铮傲骨！在这方面，前人有所论述，我也用不着多作分析。

《梦游天姥》的最后一段，意思明白得很，这是李白向东鲁诸君告别的真正原因，也是全诗的点睛之笔。

其实，作为抒情诗，李白若向朋友告别，可以直接表达他不屑仕进，只求随心所欲、率意遨游的情怀。但是，文学创作之所以能引人入胜，就在于作者可以采用多种方式，或者曲折地隐喻，或者异想天开地，更深刻、更透彻，以及更有趣地表达自己的思想感情。李白为了表明他离去的决心，便发挥浪漫的想象，以梦游的方式，幻想自己的梦魂从吴越进入剡溪，再登上天姥山，纵览山上风光，乃至看到仙境，看到群仙，感到无比幸福。谁知，希望之门忽然关闭，梦想宣告破灭。由于有了梦游天姥这一段异想天开、美妙绝伦的描写，最后竟如坠九渊，直切题旨，这一来，便让作品产生无穷的魅力，令读者产生了奇妙的印象，也给诗坛留下了浪漫主义的名篇。

诗歌创作，可以分为抒情诗和叙事诗两类。传统的抒情诗，一般是诗人通过对审美客体的描写来缔造意境，但如果描写审美客体事物变化发展的过程，借以抒发审美主体的思想感情，这便是把抒情叙事化。《梦游天姥》正是一首抒情叙事化的佳作。李白写了在梦中畅游天姥山的全过程，当然属叙事性的描写。但这些描写，用意并不在于描绘山上的风光，最终是为了抒发他怀才不遇的怨气，是要向留在东鲁的朋友展示自己的风骨。正如《唐宋诗醇》指出："此篇夭矫离奇，不可方物。然因语而梦，因梦而悟，因悟而别，节次相生，丝毫不乱。"确实，李白从远处落墨，一层一层地从写自己希望游山，到梦中游山，看到诸般山景，甚至看到仙景，乃至梦醒的全过程。诗的结构，像俄罗斯套娃那样，一层套着一层，最后才露出内核。鲁迅说，"人生最苦痛的是梦醒了无路可以走"（《娜拉走后怎样》），李白分明是以梦醒后无路可走，诉说自己的苦恼。所以，研读《梦游天姥》，我们在欣赏诗人浪漫主义想象力的同时，也应注意他描写从入梦到梦醒全过程的艺术构思，从中吸取他把抒情叙事化的创作经验。

李白是相信神仙存在的。在《天台晓望》一诗中，他写到自己真的登上了天台山，看到它"门标赤城霞，楼栖沧岛月"的奇景，并且表示"观奇迹无倪，好道心不歇"，还要"攀条摘朱实，服药炼金骨"。至于在《梦游天姥》一诗写梦中仙境的忽然消失，也并非否定道教所谓仙境的存在，而只是从梦醒中，悟出人世间浮生若梦，以及人的理想可望而不可即的道理。于是，在愤懑的感慨中，又包含着沉郁的意味。严羽认为，盛唐诗歌"既笔力雄壮，又气象浑厚"。从李白在《梦游天姥》所表现的那汪洋恣肆的豪气，以及对现实坚毅倔强的姿态中，我们也可以感受到盛唐气象的特质。

说李白《早发白帝城》

朝辞白帝彩云间，千里江陵一日还；
两岸猿声啼不住，轻舟已过万重山。

我国传统抒情诗的创作，强调情景交融。刘勰曾讨论过情与景的关系，他说，“物色之动，心亦摇焉”，认为客观事物包括景色气候的变化，引起了人的情绪和感情的活动。根据心理学家的研究，人的大脑皮层，除了具有接受信息的功能，还有储存信息的功能。一旦外界传入的信息，与它储存的信息不适配，人的生理、心理反应就越强烈，情感活动的波幅也越大。

明代的王鏊曾有过一段论述：“诗发乎情者也。情之适者，其声和以平；情之激者，其声愤以怨；情之郁者，其声幽以惨。故诗之作，多出于不得志之人。”（《太和堂集》卷首《槜李屠东湖太和堂集序》）这说法大致是对的，但他却未认识清楚每个人性格和心理状态的不同，表现为作品的意象往往是复杂化的。有时，有些“情之激者”“情之郁者”，反而会故意以嘲弄或皮笑肉不笑的手法，抒发其内心的激郁。像宋代的苏轼，被贬到岭南，他满肚子愤激，却说：“日啖荔枝三百颗，不辞长作岭南人。”你以为他真的每天都吃那美味的荔枝吗？日啖三百颗，哪里吃得下？即使吃了三两天，他不患上糖尿病才怪！

岭南荔枝是好吃，但你更不要以为苏老夫子在替岭南荔枝做广告，赚点商业利益。其实，他被贬到岭南，满肚子牢骚。他故意大赞岭南的荔枝，表现出满心高兴的样子，是要让政敌看看，他在岭南活得好极了，是告诉排斥他的人说：在岭南，我反而得到了在京城享受不到的乐趣。但如果您以为他说的是真心话，那就错了。

在唐代，李白写过一首名为《早发白帝城》的七绝。这首诗流传千古，人们都认为它是好诗。宋顾乐在《唐人万首绝句选评》中说：“读者为之骇极，作者殊不经意，出之似不着一点气力。阮亭（王士禛）推为三唐压卷，信哉。”意思是说，三峡是很惊险的，而李白毫不经意，不费一点气力，写船走得飞快，让读者惊骇得很。

不错，若说这诗极写乘船之快，显得作者神情飞越，笔势飞动，说它是好诗，该是没有疑问的。但仅仅是这样吗？仔细一想，并不是单写“快”那么简单。如果李白只是写旅途景色，写从白帝城到江陵，走得很顺利、很痛快，这有什么特别？

不过，历代有些评论家，也真只从赞美李白把旅程写得飞快着眼。像沈德潜就说“写出瞬息千里，若有神助”（《唐诗别裁》）。这评价显得很肤浅。李瑛说，“通首只写舟行之速，而峡江之险，已历历如绘，可想见其落笔之超”(《诗法易简录》)，更属皮相之谈。

杨慎《升庵诗话》，对它的评价，则有另一种说法：“白帝至江陵，春水盛时，行舟朝发夕至，云飞鸟逝，不是过也。太白述之为韵语，惊风雨而泣鬼神矣。”《唐诗选脉会通评林》所记，焦竑也曾直接搬用，强调这诗“惊风雨而泣鬼神”。

这些评价，很值得我们注意。以“惊风雨”形容舟行之快速，这可以理解，但何至于有“泣鬼神”的提法？所谓“泣鬼神”，是鬼神也为之感动、为之神伤的意思。如果单写舟行得快，单写李白要表现兴奋之情，用得着连鬼神也为之饮泣吗？如果杨慎和焦竑两位大咖，看到李白写的明明只是调子轻快的诗，怎么会下此“泣鬼神”的判断呢？显然，他们是敏锐地觉察到在《早发白帝城》里，在轻快笔调的后面，有其弦外之音，而且感情极为丰富复杂，竟能以区区二十八个字表现出来，这就难怪被人评为“势压三唐”的一首七绝。

《早发白帝城》这四句诗，确实表达出李白坐船的轻快心情。在唐诗里，杜甫的“即从巴峡穿巫峡，便下襄阳向洛阳”也是写快，也是诗人写安史之乱后，急于回家的兴奋心情，但其味道，与李白写的完全不同。如果李白光是写坐船的快，光写心情的畅快，“千里江陵一日还”，就能流传千古吗？

如果真的只是表现旅途的轻快，我们不妨试改动几个字，看看行不行。例如说：“朝辞深圳出房间，千里武昌一日还；两面鸟声啼不住，动车已过万重山。”从写速度之快而言，它和《早发白帝城》也真差不多吧？但这样的打油诗，能流传得下来吗？所以，要理解《早发白帝城》，只看到其飘逸轻快的一面，而不了解当时李白写这诗时的心境，不从知人论世的角度了解李白创作时的心态，就会和误认苏轼是在为岭南荔枝卖广告一样，不知道为什么这看似简单的几句，竟是“三唐压卷”之作，当然也不会给出“惊风雨而泣鬼神”这样高度的评价。

李白这诗首句所说的“白帝”，是白帝城，它在长江上游。诗人一落笔，便说“朝辞白帝彩云间”。

说白帝城在“云间”，足见它地势的高峻。其实，白帝城就在长江三峡的瞿塘峡之旁，城在河边，高也高不到哪里去。说它在“云间”，其实是很夸张的写法。而且，李白说白帝城上出现的云是“彩云”，五彩缤纷，而不是一般的白云、轻云，更不是云遮雾罩，可见，李白把白帝城形容得很美，说它高入云霄，彩云飘拂，简直像个仙境。

在唐代，白帝城真的很美吗？不见得。据杜甫在《前苦寒行》中说，这里是很艰苦的。“去年白帝雪在山，今年白帝雪在地；冻埋蛟龙南浦缩，寒刮肌肤北风利。”这地方，哪有李白说的那么美？而李白把一个荒凉苦寒的地方说得如此美好，在离开它的那一天早上，更显得美不可言，这是为什么？说穿了，这是李白美好心境的反映。至于为什么李白心情如此之好，下面再谈。

在古代，人们说到白帝城时，心里会有一种特别的滋味。在三国时代，蜀汉的刘备被陆逊打败，在白帝城据守，可见这里地势较为险要。后来刘备也死在这里，临终前，把儿子刘禅交托给诸葛亮辅佐，这便是历史上有名的“白帝城托孤”故事。后来人们把这里看成伤心之地。杜甫在《咏怀古迹五首（其四）》一诗说道：

蜀主窥吴幸三峡，崩年亦在永安宫；
翠华想象空山里，玉殿虚无野寺中。
古庙杉松巢水鹤，岁时伏腊走村翁；
武侯祠屋长邻近，一体君臣祭祀同。

杜甫这诗，反映了唐人对白帝城的心态：第一，这里是人烟稀少的地方；第二，这里是产生过悲剧的伤心地；第三，这里是见证刘备与诸葛亮君臣之间互相信赖的所谓“君臣遇合”之地。这三者，是唐人对白帝城的印象。

李白把白帝城写得这样美，而且，“朝辞”两字用得也特别。表面上，它很平顺自然，仔细一想，里面大有文章。我们先注意“朝”字。那一天，天一亮，李白就走了。按说，那天风光如此美好，诗人理应欣赏一番，流连忘返，就像杜牧看见了秋天的枫叶，便“停车坐爱枫林晚”（《山行》），不走才对，为什么李白倒是一早就急着要走？在美景面前却不想再待下去，天亮了便登程，这是为什么？于是不能不引起我们的怀疑。

李白说“朝辞”，不是“朝离”。而使用“辞”字，是表示郑重地和这里告别，然后才离开的意思。这又怪了，彩云飘绕，美景当前，本该舍不得走。而既然急着走，便该拍拍屁股走路。可是诗人却郑重其事地向白帝城辞行，实在颇为矛盾。仔细分析，这看似平常的一句，其实包含着复杂的心理活动，李白的遣词用句，并非没有斟酌。诗人的高明之处，正在于他似不经意，而实非不经意。所谓“妙合无垠”，作者刻意经营，却让人看不到他用力的痕迹，这才是创作的高手。在这里，李白离开白帝城之前，心情的愉悦而又郑重之情，其实已经透露出来了。

诗的第二句，“千里江陵一日还”，似乎只是叙述舟行的速度，表面上也似平常。因为白帝城在长江上游，江陵在下游，顺流而下，船速是快的。但说千里之途，一日便到，这说得很夸张了。第一，白帝城与江陵，相距很远，但实际有多远，李白并没有丈量。说有千里之遥，只是以遥远的空间，与“一日还”的短促时间作强烈的对比，从而形容舟行之快。第二，李白坐的是小木船，又不是鱼雷炮艇，即使顺风顺水，也快不到这个程度。可见，所谓“千里江陵一日还”，其实是不可能的。李白在这里夸张地极写舟行之速，其实后面包藏的意思是，既写他想不到能够那么快被赦，离开白帝城，所以极其兴奋，又写想不到舟行飞快，一路十分顺利。于是归心似箭，内心充满期待，而愉悦之情也溢于言表。显然，在这里，作者是用夸张的并不存在的速度，来表现自己欢快兴奋的感受。

从上句，我们知道了李白表达感情的方式，知道作者主观的兴奋心情，通过描写客观景象表达出来。李白写船速如飞，这也是他的感情的外化。

通过审美客体的意象，来写审美主体主观的情感，这牵涉到我国诗歌创作特点的问题。

在西方，人们习惯于逻辑思维。在西方古典诗歌中，抒情也多直抒其情，想什么就写什么，如裴多菲说“生命诚可贵，爱情价更高”，普希金说“我曾经爱过你，爱情，并没有从我心中消亡”，都是把内心情感直接抒写。这样的写法，好处是真率，不足则是抽象，让读者缺乏思考的回旋余地。

中国传统的诗词创作，则是重视情景交融。情在景中表现，妙处在具体，妙在把看不见的内心情感，外化为可以看到的形象、意象。当然，在“情”外化为“象”的过程中，是会或变异或夸张的，从科学的角度看，未必是可靠的。但即使如此，它会产生一种冲击力，反而使人更了解其情感的内涵。如“白发三千丈”“月是故乡明”等，读者在其不太合理却又具体的描写中，更体会到李白愁怀之深，和对故乡思念之深。

在《早发白帝城》的第二句，李白的写法也是如此。小木船根本不可能有这么快的速度，而夸张它的快，也正是诗人把主观的情，外化为客观的象的做法。

还要注意的是，李白只突出从长江三峡直奔江陵的快捷，他专心致志地直奔江陵，只觉愈快愈好，其他都顾不上。其实，跑得愈快，也愈危险。因为这段路，是长江三峡最险的一段。古谚说：“滟滪大如牛，瞿塘不可留。滟滪大如马，瞿塘不可下。”而且，三峡弯弯曲曲，李白自己就说过，行经三峡，险恶非常。在《上三峡》一诗中，他写道：

巫峡夹青天，巴水流若兹；
巴水忽可尽，青天无到时。
三朝上黄牛，三暮行太迟；
三朝又三暮，不觉鬓成丝。

但是李白在《早发白帝城》中，这些经历过的艰难险阻，他全顾不上了。诗人只突出写船跑得“快”的景象，并且通过它来表现自己的归心似箭和喜悦兴奋。

为什么李白心情如此美好，又急着离开白帝城呢？这里就有“知人论世”的问题，打开这密码，作者的心意以及这首诗的艺术成就和美妙之处，便可以领悟了。

李白从小胸怀大志，也自命不凡，他认为自己有经天纬地的才能。当他离开家乡前往长安求取功名时，充满信心，曾赋诗云：“仰天大笑出门去，我辈岂是蓬蒿人。”（《南陵别儿童入京》）即使碰到了些周折，也不甘心屈身下僚，自称“长风破浪会有时，直挂云帆济沧海”（《行路难》）。谁知道，他虽然才华绝代，但恃才傲物，不合时宜，在官场中完全吃不开。而他又坚持自己的理想和原则，不肯委曲求全。“安能摧眉折腰事权贵，使我不得开心颜。”（《梦游天姥吟留别》）这一来，皇帝只把他当作花瓶来摆设，他不能施展政治才能，心情一直纠结得很。

不久，唐朝发生安史之乱，后肃宗即位灵武，遥尊玄宗为太上皇。天下纷乱，永王李璘一时势力大盛。一腔激情而头脑并不清醒的李白，判断失误，便向永王璘投靠。永王璘后来争权失败，上了“贼船”的李白，便受到牵连，被朝廷追究责任。本来就妒忌他多才多艺的人，更是添油加醋，力图把他打翻在地，让他永世不得翻身。于是，他便被判流放西南蛮荒之地——夜郎。

在这期间，李白心情极差，他曾写了《流夜郎赠辛判官》一诗，说到自己的感受：

昔在长安醉花柳，五侯七贵同杯酒；
气岸遥凌豪士前，风流肯落他人后。
夫子红颜我少年，章台走马着金鞭；
文章献纳麒麟殿，歌舞淹留玳瑁筵。
与君自谓长如此，宁知草动风尘起；

函谷忽惊胡马来，秦宫桃李向明开。

我愁远谪夜郎去，何日金鸡放赦回？

李白将被发落到穷山恶水，心灰意冷，他以为跟着永王璘，可以给朝廷效力，谁知站错了队，百口莫辩。而一向讨厌李白的权贵，看到李白倒了大霉，弹冠相庆者有之，落井下石者有之。杜甫在《不见》一诗中，曾愤愤不平地为李白说话："世人皆欲杀，吾意独怜才。"这透露了非常重要的信息，也让人们了解李白被贬的处境。

幸而，李白还未到达夜郎，才到白帝城，就逢朝廷大赦天下，又获自由。李白在白帝城这块荒凉之地、伤心之地，完全想不到命运一下子改变了。他心情大好，自然对朝廷心存感激，这个流传着"君臣遇合"故事的地方，让他碰上了好运。这些便是他急着离开白帝城，又郑重地向白帝城辞行，并且感到白帝城非常美丽的原因。

当我们了解到这一情况，便明白李白为什么归心似箭，为什么会把这种感情，外化为夸张的意象。如果说，诗的第一、二句，是李白表现自己对命运的"想不到"，那么，第三句"两岸猿声啼不住"，却让读者"想不到"了。

李白在前面两句写彩云之美，写舟行之快，都是通过视觉形象感受客观的景物。若按一般写法，他应跟进写其看到的风景，例如说"两岸青山看不尽"，或"滚滚长江东逝水"之类，也都是可以的。但李白出人意料，突然关闭了视觉的窗口，笔锋一转，打开了听觉的阀门。这写作手法的变化，增加了读者的审美趣味。

我们知道，写文章，是要注意内容或语气的变化的，“文似看山不喜平”，如果平铺直叙，便不可能引起读者的兴趣。在唐诗的绝句，凡是好的诗，第三句都注意“转”和“变”。作者的诗心是否曲折，能否在变化中引人入胜，往往决定了创作的成败。

在《早发白帝城》里，第三句，李白便从视觉，转化为从听觉感受舟的快了。

李白写他听到的是猿声，这很突兀。按说，上文说船很快，听到的应是风声，“两岸风声吼不住”。又若强调上面说的心情很好，则可说“两岸莺声啼不住”，或“两岸踏歌唱不住”。（李白不是说过“李白乘舟将欲行，忽闻岸上踏歌声”吗？）何以写的是“猿声”呢？当然，这可能确是当时的实情实景。四川多猿，据闻现在还有许多猴子在峨眉山放肆，打扰游客。但我认为，这更是李白在听觉上有意识的选择。

猿的特性是调皮捣蛋，特别是它的啼声凄厉，让人听起来心烦意乱。杜甫说：“风急天高猿啸哀。”三峡多猿，这里风高浪急，人人自危，一声猿啼，令人心情沉重。故谚云：“巴东三峡巫峡长，猿鸣三声泪沾裳。”刘禹锡也有诗云：“巫峡苍苍烟雨时，清猿啼在最高枝；个里愁人肠自断，由来不是此声悲。”（《竹枝词九首（其八）》）李白自己也说过“十六君远行，瞿塘滟滪堆；五月不可触，猿声天上哀”（《长干行》）。总之，猿声总给人不舒服之感。

我们知道，我国古代诗人重情景交融，而他们对景的选择，不可能是随意的。正如画家选景，若是表现人的品格清高，画的景色多是竹菊或松柏之类。所以，李白选择猿声，既符合了四川猴子很多这特定的环境，又在实写中突出其捣乱而又凄厉的一面。

再要注意的是，李白说“两岸猿声啼不住”，又表明他在听到猿啼时是漫不经心的。两岸都有猿声，固然表现了猿猴之多，但到底猿在哪里啼？在树上啼，还是山上啼？他并不在意。只听到它们不停地啼，大呼小叫，一路上吵吵嚷嚷。这又反衬他内心的平静。他似乎只在船上随意地听，一点也没有“愁听”“断肠”的感觉。只觉得船走得飞快，后面的猿声还留在耳边，便听到另一些猴子在前边嘶叫；这边岸上的猴子在啼叫，那边岸上的猴子也在吵闹。总之，吵吵嚷嚷的聒耳声，让人听个不停，应接不暇。

我们不排除这一句是李白对听觉的实际描写，但这一句更是他由此及彼，触发出复杂心情的写照。刚才说过，李白不是被人嫉妒、遭人陷害吗？不是有过“世人皆欲杀”的处境吗？不是有过“何日金鸡放赦回”的彷徨吗？现在，他不必去夜郎了，能够离开白帝城了，一切酸甜苦辣都抛在脑后了。当然，我们不能说“猿声”是某种影射，但他能遇赦还家，把政治杂音抛在脑后的心境，却和坐船时听到“两岸猿声啼不住”的景象是相似的。所以，这一句不完全是纯粹实写景的问题。

可是，就在人们对李白的评价吵闹不休的时候，就在猿声还留在耳边的时候，“轻舟已过万重山”了。当我们明白了李白的经历，便明白“万重山”既写景，写路途的遥远和险阻，又是诗人眼中的种种艰难困苦的象征。而这一切，竟在闹闹嚷嚷中、不知不觉间就在眼底下飞越过去，谁要挡也挡不住。这“轻舟”，轻快得出人意料。坐在“轻舟”上的他，根本顾不上听那吵耳的“猿声”，对它们的吵闹也毫不在意。总之，李白极其兴奋，极其畅快，其中又包含对包括“猿声”在内的杂音的极度鄙视，对前景充满自信。这一种复杂的心态，包含着酸甜苦辣的滋味，让读者心灵震撼，感慨万分。正因如此，杨慎、焦竑听出了弦外之音，也才会认为这首诗意味深长，具有“惊风雨而泣鬼神”的效果。

回过头来，我们对“千里江陵一日还”一句，又可以有深一层的理解。过去，人们只知它夸张地写舟行速度之快，却没有注意它还可以包含着“意想不到”“出乎意料”的含义。其实，整首《早发白帝城》，在轻快的调子中，又都笼罩着惊喜和骄傲之情。李白意想不到的，不仅是舟行之快，他还意想不到未到夜郎即被赦免，意想不到这么快便被“落实政策”。“世人皆欲杀”，在他来说，这更是对政敌意想不到的胜利。当我们理解了李白的心境，便知道他的多种“意想不到”的含义，有多么的复杂！而这微妙深沉的感情，李白却能以表面上很轻松的笔触表现出来。整首诗，用词遣句变化多端，出人意料，举重若轻，这就是这首诗被誉为“三唐压卷”而让人欣赏、令人叹服之处。

从《早发白帝城》这首诗中，我得到一个重要启示：在传统的诗坛上，凡是只表现一种声音、一种感情的直来直往的诗，一般不可能是好诗。

说崔颢《黄鹤楼》

昔人已乘黄鹤去，此地空余黄鹤楼；
黄鹤一去不复返，白云千载空悠悠。
晴川历历汉阳树，芳草萋萋鹦鹉洲；
日暮乡关何处是，烟波江上使人愁。

在孙洙所选《唐诗三百首》的七律中，崔颢这首《黄鹤楼》被列为第一首。严羽《沧浪诗话》认为："唐人七言律诗，当以崔颢《黄鹤楼》为第一。"又据《唐才子传》载，李白曾登上黄鹤楼，也想赋诗，但当看到了墙壁上已有崔颢的这首诗，便敛手不作。于是有了"眼前有景道不得，崔颢题诗在上头"的传说。后来李白到了南京"凤凰台"，才又写了《登金陵凤凰台》。在李白的这首诗里，明显有比拟《黄鹤楼》的痕迹。我认为，无论是否真的发生过连诗仙李白也佩服袖手的事情，崔颢的这首诗，确是不可多得的神品。

现存崔颢的诗作，约有四十多首，有写宫怨闺怨的，有写游旅登临的，有写边塞生活的，有写与僧侣交往的，内容比较驳杂。而且诗风多变，有绮丽纤巧的，有通俗流畅的，有激越慷慨的，有清淡平实而意境深远的。在现存他所有的作品中，《黄鹤楼》则是写得最好的一首律诗。

据《唐才子传》所载，崔颢出身于河南开封的名门望族，他青少年时，作风轻薄，风流成性，诗风也浮艳。据说，有权有势的李邕听说崔颢颇有才气，约他会晤，崔颢便把《王家少妇》一诗呈上。谁知思想保守的李邕，看了后怫然不悦，认为这诗写得佻仾轻浮，转身便走。不过，后来崔颢北游边塞，诗风大变，写出了《雁门胡人歌》《送单于裴都护赴西河》等作风刚健的诗篇。《河岳英灵集》也提到他“晚节忽变常体，风骨凛然”。也许由于他早年声誉不佳，后来仕途蹭蹬，一生只到处游逛，做过几任不三不四的官职。坎坷的经历，眼界的拓展，却让他逐渐觉得前景渺茫，看透世事沧桑。《黄鹤楼》一诗，应该是他在晚年感到人生虚幻而写下的作品。

人们很容易看到，《黄鹤楼》虽然被视为七律，但又和一般七律诗所规定的格律有所不同。特别是前四句中，“黄鹤”一词，连用三次；“去”字和“空”字，各用两次。字的重复出现，本属格律体之大忌。至于三、四两句，也不作律诗所规定的对偶句；第四句末尾的“空悠悠”，连用了三个平字，又“犯三平”之忌。这些，都是有悖于七律这一特定体裁规定的。但是，人们却不以为忤，反而赞赏有加，这是为什么？

从南朝沈约创“四声八病”之说以后，人们注意到属于“汉藏语系”的汉语在声调上一字一音、在词性上一字一义的特点，发现诗歌创作除了句子字数齐一以及需要押韵以外，还可以利用声调的“平”与“仄”，以及句式上对偶与非对偶的矛盾统一，进一步强化诗歌语言的音乐美和形式美。约定俗成，便出现了区别于不太讲究声调节奏、只需押韵的“古体诗”的新体裁，人们称为“近体诗”或“格律体”诗。

到唐初，格律体的“五律”“七律”逐渐流行。盛唐时期，近体诗更成时髦。对于平仄的规定和颔联、颈联的设置，固然能大大提高诗歌作品的美感，但也会成为约束创作的思维定式。于是，有些诗人想到“古体诗”随意性较强的好处，尝试着把“古体”与“近体”适当结合起来，一般是在律诗的前四句，只讲究押韵；三、四句之间，也不讲究对偶。像比崔颢早出生约半个世纪的沈佺期，便写过一首七律《龙池篇》，前四句是：“龙池跃龙龙已飞，龙德先天天不违；池开天汉分黄道，龙向天门入紫微。”这几句诗，全不管用字重复，一味拍皇帝的马屁，为了大书特书那条“龙”，有意破格。至于后面的四句，又基本上符合七律的要求。有人便赞扬他这一尝试，说是“前四语法度恣纵”（《唐诗镜》），意思是说他打破了律诗的成规，敢于自由地纵笔挥写。

崔颢的《黄鹤楼》，有意模仿沈佺期的做法，这是人们早就注意到的。赵宧光说：对《龙池篇》，“崔颢笃好之，先拟其格，作《雁门胡人歌》……自分无以尚之，别作《黄鹤楼》诗……然后直出云卿（佺期）之上，视《龙池》直俚谈矣”（转引自王琦《李太白全集》）。的确，如果把《龙池篇》和《黄鹤楼》两诗的前四句作一比较，不难发现，虽然两者都不在乎字词的重复出现，但前者“用经语入诗，非具化工手段，未易融洽”（《茆庵重订李于鳞唐诗选》），反显得冬烘呆滞，后者则通俗易懂。更重要的是，《黄鹤楼》前四句，首尾连贯，一气呵成，明显地把格律诗的句子散文化和“古体诗”化。但后面的四句，在转折中又与前面相互配合，在格律方面，分明符合格律诗的规定。也可以说，崔颢的《黄鹤楼》是七律的一种变体。正如《删订唐诗解》评说：它“不古不律，亦古亦律”。从这里，我们可以体悟，古代一些优秀的诗人，包括李白，既懂得格律的重要性，同时又不想囿于格律，敢于在形式上有所追求、有所创新。

人们登临赋诗，多是从描写所见的景色入手，像王之涣《登鹳雀楼》的“白日依山尽，黄河入海流”，杜甫《登高》的“风急天高猿啸哀，渚清沙白鸟飞回”等都是，这当然很好。而崔颢登上黄鹤楼，他首先着眼的，不是黄鹤楼上的景，倒是“黄鹤楼”这名字。

这濒临万里长江的黄鹤楼，它之所以得名，有人说是费文祎，有人说是王子安，在楼上跨乘黄鹤，飞上天去，成了仙人。这当然是虚无缥缈的故事。崔颢竟从这神话传说入手，把虚的事看以为实，巧妙地以黄鹤的具体形象，引导读者思入微茫，跟着他浮想联翩。这写法，确属新颖而奇特。

《黄鹤楼》的前面四句，完全是崔颢抒发对这名胜古迹的感慨。他让“黄鹤”一词重复呈现。这散文般平白的语句，一气呵成，让人很容易理解。正如金圣叹说：“此诗正以浩浩大笔，连写三‘黄鹤’字为奇耳！”又说：“通解细寻，他何曾是作诗，直是直上直下放眼恣看，看见道理却是如此，于是立起身，提笔濡墨，前向楼头白粉壁上，恣意大书一行。既已书毕，亦便自看，并不解其好之与否，单只觉得修已不须修，补已不须补，添已不可添，减已不可减，于是满心满意，即便留却去休回。”（《贯华堂选批唐才子诗》）金圣叹从诗人和评论家的角度，想象崔颢当年创作《黄鹤楼》的情况，十分有趣，却也表达出人们在阅读这诗时，产生的崔颢在粉墙上文不加点、一气呵成的印象。

但是，金圣叹并没有注意到，在这连贯而下的四句诗中，崔颢又不露痕迹地让每句诗有所转折，它连中有断，贯中带变。像第一句，说仙人已乘黄鹤走了。本来，走了就走了，再没有什么可说，但第二句，则说黄鹤虽然走了，黄鹤楼却依然存在，这就是一变。不过，雀鸟飞去了，往往是会飞回来的，李白不是也在《赠闾丘宿松》中说“飞鸟还旧巢”吗？而崔颢在第三句，则强调这黄鹤是永不回来的了，这又是一个曲折。最后，他才归结说自己登上高楼，仰天望去，只觉得千年万载，黄鹤楼上的天空，一片空空荡荡，只有几片白云，徒然在这里悠悠飘忽。于是，黄鹤楼兀立江头，它像是一根孤独的标杆，恰好反衬出岁月无情，一代复一代，留下的只是空虚与寂静。清代的朱彝尊有词云：“歌板酒旗零落尽，剩有渔竿。”千百年来，茕茕孑立的黄鹤楼，不也像秦淮河畔那根渔竿那样，见证时间的永恒、人世的沧桑吗？

《黄鹤楼》前四句，一气呵成，却又蕴含变化。就像瀑布，飞流千尺，而绝壁凹凸不平，这让奔泻而下的洪流，冲击突兀巉岩，溅起阵阵水雾飞花，更能引人入胜。这欲断还连的语势，让读者更能感受到作者思想感情的冲击力。其实，这一点也是崔颢惯用的创作手法。像他的《长干曲》：“君家在何处？妾住在横塘；停船暂借问，或恐是同乡。”这四句诗，写一位在水上行舟的少女，碰上一个男子自问自语的过程。它明白如话，一句连着一句，流动自然。看来，这少女大概是舟行寂寞，恰好遇上了对眼的男子，便主动搭讪，提出“君家在何处”的疑问。但回心一想，自觉有点唐突，便赶紧自我介绍。这语气是一个转折。看来那小伙一下子愣了，少女赶紧解释停船借问的原因，这又是一个转折。于是，一个天真大方又有点羞涩腼腆的少女形象，便在语如贯珠却又转折变化的诗句中展现无遗。《长干行》这诗，与《黄鹤楼》诗前四句的写法相似，也同样收到奇妙的审美效果。

《黄鹤楼》第五、六句承接前四句，笔锋作了个大转弯。他写他的目光，作了九十度的回旋：“晴川历历汉阳树，芳草萋萋鹦鹉洲。”如果说，诗的前四句是诗人写他遥望天际，那么，这颈联便转为写他眼光朝下，从仰望苍穹回过头来，细看黄鹤楼下的景色了。

首先，诗人写他看到了黄鹤楼下的近景。在地面上，他看到汉阳的树。这些树，一株一株，历历在目。在楼的另一边，鹦鹉洲上，芳草茂盛，欣欣向荣。地面上的一切，他看得清清楚楚。这景色，和他仰视天空时只见白云悠悠，一片混茫，构成了鲜明的对比。有人认为，崔颢写到芳草萋萋，写到鹦鹉洲，是想起了《楚辞·招隐士》“王孙游兮不归，春草生兮萋萋”的诗句，想起了身世辛酸的祢衡写过的《鹦鹉赋》，因而触景生情，联想到自己的遭遇。这意见，也有可资借鉴的地方。

要说明的是，崔颢这颈联的巧妙之处，在于它既是大转折，而和上面的四句又是连贯的。就像乐曲在进行中忽然移调。整个调子，转移为另一个新调，感情色彩出现了猝然的变化，但由于旋律的音程、和弦并没有变，因此乐曲的主题又是连贯的。在《黄鹤楼》中，崔颢首先写自己从楼上望天，接着目光大转移，从楼上望地。但无论怎样，也都紧紧环绕着“望”的旋律。因此，这颈联是全诗“移调”的枢纽。在这一联中，崔颢又着意用“历历”“萋萋”的叠字，和上句的“悠悠”相对应，这清丽的描绘，也收到气韵连贯的效果。所以，清代的方东树指出“崔颢《黄鹤楼》，千古擅名之作。只是以文笔行之，一气转折。五六虽断写景，而气亦直下喷溢。收亦然，所以可贵”（《昭昧詹言》）。这判断是准确的。

崔颢清晰地描绘他所看到的黄鹤楼前的近景，固然是点染出这一带景色的秀美，但其最终用意，却不在于此，而在于表现他往下望时，从地面上近处放眼到远处。因此就有了七、八两句：“日暮乡关何处是，烟波江上使人愁。”显然，五、六句写近景，又是为七、八句写视界延伸作准备。

在近处，黄鹤楼地面上的景色一目了然，而由此远眺乡关，就不是了。崔颢的家乡在开封，他登高远眺，怀乡之情顿生。但是，家乡远在千里之外，他怎样也望不到。加上日暮之际，长江上笼罩着一片烟波，朦朦胧胧，渺渺冥冥。他的视野，即使放尽，也只能感觉到开封远在天涯。在这里，崔颢特意提出“乡关何处是”的疑问，正是要表现他一面在努力思索，竭力寻觅，一面又情怀伤感。如果他直说“日暮乡关看不见”，直来直往，那就无法细致表达远望思乡的情感了。

请注意，在句末，崔颢下一“愁”字，既概括了他向地平线上遥瞰的心境，更是整首诗的点睛之笔。不错，《黄鹤楼》的上半首，似乎只叙述了一个神话，并以“空悠悠”三字，感慨人去楼空。到诗的最后，诗人才索性点出“愁”字，明确为全诗的感情定调。在结构上，也起到“千里来龙，到此结穴”的效果。

为什么崔颢这首《黄鹤楼》，一经写成，就受到历朝评论者普遍盛赞？我认为，这首诗的写作技巧是高明的，抒发思乡怀古的情绪也是明显的。从创作技巧的角度去赏析它，固然是需要的，但如果仅着眼这些方面去分析它，似还未能理解崔颢创作的深意，也未能理解它受到普遍重视的原因。我认为，只有从古代诗人普遍存在的矛盾心态的角度去观察它、研究它，才有可能理解它所独具的典型性价值。

崔颢在黄鹤楼上愁什么呢？他仰视长天，觉得四周空空漠漠，物是人非，百年千载，时间就这样“不复返”地过去；而当他俯瞰大地，景色历历在目，延展到远方，则莽莽苍苍，望不到头，空间就这样横无际涯，可望而不可即。这里面，崔颢遥吟俯畅，逸兴遄飞，在怀古思乡的情绪中，更主要是登上高楼，环视四周，俯仰今古，触景生情，发现时空渺茫和人生的无助与孤独。

我们的老祖宗，早就有朴素的辩证思维，认识到“天人合一”，认识到人类和自然界是相互依存的，这很了不起。同时，有不少人又认识到，天与人，毕竟是两个不同方面。《道德经》说：“天之道，损有余而奉不足；人之道，损不足而奉有余。”既然“天”与“人”是不同的方面，便有不一致的地方。进一步，人们又认识到：宇宙时空，是无限的；人生，则是有限的。陶潜早有这样的诗句：“宇宙一何悠，人生少至百。”（《饮酒二十首（其十五）》）其实，从魏晋以来，嵇康、阮籍等人，在认识“天人合一”的基础上，已经强烈地感受到“人”和“天”的矛盾。当他们无法解脱个人的失落时，便借酒佯狂。刘伶说：“我以天地为栋宇，屋室为裈衣，诸君何为人我裈中?”这似是开玩笑的话，其实明显地强调以“我”为主，意识到“我”作为个人存在的价值。

事物的进展，是有反作用力的。就认识论而言，也是如此。老祖宗们越是强调“天人合一”的理念，越是有人意识到宇宙时空的无穷，与“人”的个体以及人生的有限，存在着矛盾。当人们越是研究、探索、叩问这一极具哲理性的问题时，对“天人合一”的反作用力也就越大。反映到文化观念上，恐惧短促，伤感孤独，也成为诗坛上的另一种声浪。当然，这声浪有消极的成分，却又反过来说明，在儒家思想占主导地位的封建时代，有这想法和情绪的人，实际上在一定程度上透露出对个人生命和价值的依恋。

在初唐，陈子昂登上幽州台，便发出了“前不见古人，后不见来者，念天地之悠悠，独怆然而涕下”的喟叹。显然，魏晋以来，更多人接受道家思想的影响，更多人认识到宇宙、天地是无限的，而人生，却是有限的。前面说过，张若虚在《春江花月夜》里，曾做出过让人震撼的叩问。与崔颢同时代的李白也说:“天地者，万物之逆旅；光阴者，百代之过客。而浮生若梦，为欢几何?”(《春夜宴从弟桃李园序》)到宋代，苏轼把天地与个人依存而又对立的关系，说得更清楚:“寄蜉蝣于天地，渺沧海之一粟。”自古以来，愈有才能愈有抱负的人，当未能有所施展，仕途坎坷蹭蹬时，便愈感到孤独与无助，他们俯仰天地，环视古今，慨叹时空茫茫而产生的孤独感就愈突出。从另一个角度看，也说明他们逐步认识到作为个人存在的价值，认识到这依附于“天”而独立于“天”的“人”，其价值无法实现!

上面不是说过崔颢曾呈《王家少妇》一诗给李邕看的故事吗?那首诗，说嫁给了王昌的少妇，闲得无聊，“闲来斗百草，度日不成妆”。其实，崔颢不过是借描绘王家少妇的情状，说自己闲得发慌，希望李邕能提携他、抬举他而已。谁知道这一块敲门砖，反砸了他自己的脚。这种以妇妾身份自喻的态度，反而证明他有着急切的向上攀爬的心态。后来，愿望落空，他个人的价值得不到实现，四顾茫然。时空无际无涯的存在感，和个人寄蜉蝣于天地的孤独感，便各向反方向骤增，盛唐之际容纳佛道的思想观念，也在他的脑海里骤增。经历人生的波折，他和怀一上人等宗教人士多有交往，接受了“观生尽入妄，悟有皆成空”的想法。他在另一首名篇《行经华阴》中，当看到华山的高巍险峻时，竟然发出了“借问路旁名利客，何如此处学长生”的感慨。

《黄鹤楼》不就写到有人跨鹤成仙吗？在这里，我们不难看到作者思想发展的痕迹。在崔颢之前，王勃曾经说：“天高地迥，觉宇宙之无穷；兴尽悲来，识盈虚之有数。”（《滕王阁序》）他以骈文的形式，叙述时间空间的无际无涯与人生的有限这既统一又对立的状态，透露出对人生无奈和孤独的慨叹，也派生出对个人存在价值的认知。崔颢在《黄鹤楼》，则是以七律的诗歌体裁，以古体诗与近体诗结合的方式，以神话传说虚中有实的想象，与眼前景物实中有虚的具体视象相互结合的写作手法，抒发他的落寞感和孤独感。就这一点而言，他和王勃的观念是相通和相承的。

实际上，封建时代许多诗人，在怀才不遇，感到“天之道”无法实现的时候，反而或模糊、或强烈地意识到自己的价值。许多人的出世思想，不过是虚幻化的入世思想的折射。有些人，或从愤懑走向消极，或从忧愁走向空虚，或从宇宙的永恒认识到人生的渺小。这实际上是对人生自我价值无法实现的抵触。反过来，也说明了他对个人价值的重视。崔颢写作《黄鹤楼》时所表达的思想观念，在整个封建时代的诗坛上具有普遍性。因此，它受到广大人群的推崇，甚至出现了连李白也甘拜下风的传闻。我认为，这一切，不单纯是赞扬它创作技巧的问题，也不仅是推许它在审美观念上有所创新的问题，更重要的是，人们感受到它透露出的对人的价值的认知，不同于以儒家为正统的文化观念。到封建时代后期，不少具有异端思想的人，像李卓吾、徐文长等辈，也往往兼具出世之思。可见，包括崔颢在内的认识到人之价值存在的观念，也可以说是明清时代诗坛异端思想的端倪。

不过，崔颢在《黄鹤楼》中所抒发的"愁"，只是淡淡的、隐隐的。它不同于杜甫"百年多病独登台"的哀伤，不同于岳飞"凭栏处，仰天长啸"的悲愤，也不同于辛弃疾"把吴钩看了，栏杆拍遍，无人会登临意"的抑郁。说实在的，崔颢的经历和心态，与杜甫等人不同。在安史之乱发生的前一年，他就死了，没有受过颠沛流离的痛楚。在封建时代，他只属擅长创作却又很普通的小官。他在人生中所受的冲击，并不算太强烈，这又和居于多数的士人的命运相似。我认为，《黄鹤楼》所呈现的心声，恰好是封建时代许多知识分子的典型心态。许多人在某种程度上认识到个人存在的价值，想表达却又无从表达。崔颢在《黄鹤楼》中，却能恰切展现许多人欲说还休的情感。这一点，正是它受到读者普遍欢迎的缘由。

在叙事性文学中，能塑造"熟识的陌生人"的典型形象，是达到最高创作水平的标志。而抒情性文学，不以描绘人物为主，当然与叙事性的作品有不同的追求，但道理应是相通的吧！如果诗人能抒发出"熟悉的陌生情"，把人们普遍存在的思想感情，以独特的方式融会表达，是否也可以说是达到了诗歌创作水平的最高境界？

在《黄鹤楼》，崔颢要抒发的只是登高望远、怀古思乡的感受。问题是，为什么他既写怀古，又写思乡，这具体意象的后面，究竟还有什么独特之处？它蕴含什么样的意念？不同的读者，可以从自身的感悟中，引申出许多想法，从而呈现出“象外之象”。明代谭元春认为：“此诗妙在宽然有余。”（《唐诗归》）所谓宽然有余，是说审美客体可以从这诗怀古思乡题旨的引导下，生发出更为深远的意境。金圣叹说得更清楚，《黄鹤楼》这诗“只一意凭高望远，别吐自家怀抱，任凭后来读者自作如何会通，真为大家规摹也”（《贯华堂选批唐才子诗》）。古代的评论家，虽然未能从《黄鹤楼》在俯仰时空中产生的孤独感中参悟出对个人价值认知的深刻意义，但他们已经觉察它达到唐代七律的最高境界，真可说是目光如炬，发人深省。

说岑参《白雪歌送武判官归京》

北风卷地白草折，胡天八月即飞雪；
忽如一夜春风来，千树万树梨花开。
散入珠帘湿罗幕，狐裘不暖锦衾薄；
将军角弓不得控，都护铁衣冷犹着。
瀚海阑干百丈冰，愁云惨淡万里凝。
中军置酒饮归客，胡琴琵琶与羌笛；
纷纷暮雪下辕门，风掣红旗冻不翻。
轮台东门送君去，去时雪满天山路；
山回路转不见君，雪上空留马行处。

当我们看到西北边疆少数民族同胞的舞蹈，唱起王洛宾创作的《在那遥远的地方》《半个月亮爬上来》，或者回味《天山上的来客》那著名电影的时候，便会感到边疆的风土人情和内地迥然不同。它们高亢刚健而婉转奇丽的风格，让人耳目一新，感受到祖国大家庭艺坛的多姿多彩，以及中华文化的博大精深。同样，当我们读到岑参这首长诗《白雪歌送武判官归京》，唐代边塞独特的风光也宛然在目。在那时以边塞为题材的诗歌里，它可说是最为出色的一首。

岑参青少年时代，长期居住在湖北江陵一带。三十岁左右考上进士，过两三年，便被派往当时的西部边疆，先后担任高仙芝和封常清两位主帅帐下的文职人员。在唐代，被录用的士人，按惯例多要派往“支边”，接受锻炼和洗礼。据胡震亨称：“唐词人自禁林外，节镇幕府为盛。如高适之依哥舒翰，岑参之依高仙芝，杜甫之依严武，比比而是，中叶后尤多。盖唐制，新及第人，例就辟外幕。而布衣流落才士，更多因缘幕府，蹑级进身。”（《唐音癸签》）许多诗人，有了生活的体验，也写出了以边疆为题材的作品；艰苦的军旅生涯，锻炼了诗人的意志；广大将士们英勇战斗和艰苦卓绝的精神，以及边疆地区的奇异风光，让诗人们眼界大开。他们往往通过战争和风物的描写，抒发自己喜怒哀乐的感情。因此，或刚健乐观，或沉雄慷慨，或悲天悯人，或金刚怒目，或坐困愁城。各种情绪，往往在诗中交集，这成为唐代边塞诗的特色，也是诗坛中“盛唐气象”五彩缤纷的投影。

岑参在出塞以前，诗风婉雅平顺，像著名的《逢入京使》一诗：“故园东望路漫漫，双袖龙钟泪不干；马上相逢无纸笔，凭君传语报平安。”感情真挚，流畅自然，而对前景的忧虑和对家乡的眷恋，也跃然纸上。但到了边疆，生活的变化、景色的奇异，拓展了他的胸襟，使他诗风大变。正如《唐才子传》所说：“参累佐戎幕，往来鞍马烽尘间十余载，极征尘离别之情，城障寨堡，无不经行。”因此，他的描写边塞之作，“常怀逸念，奇造幽致，所得往往超拔孤秀，度越常情”。本来，岑参性格就有豪放的一面。他说过：“一生大笑能几回，斗酒相逢须醉倒。”加上特殊生活的经历，让他的诗作意象奇峭，思路夸张，超越常情，具有浓厚的浪漫主义色彩。

《白雪歌送武判官归京》，是岑参第二次出塞，担任封常清幕僚时的作品。那时，同僚一个姓武的判官，忽然接到返回长安的通知，他便写诗送别。其实，这首诗主要是描写西北边境的景色，送别还在其次。所以，“白雪歌”这三个字置于题目之首，送别乃是映衬雪景并与情交融的副题。

“北风卷地白草折”，这首句语势惊人。在边疆，旷野无垠，强风没有阻挡，便挟雷霆之势，卷地而来，既猛且烈。岑参常极写西域风力之猛，像在《走马川行奉送封大夫出师西征》便写道：“一川碎石大如斗，随风满地石乱走。”《白雪歌》一开始即写北风卷地扑过来，实在使人惊骇。这风力之大之猛，连白草也拦腰吹断了。

白草，是西北一带的牧草，草秆直立，高约盈尺，秆头长着圆锥形灰白色的绒毛。它长年生长在苦寒地区，性至坚韧，不易折断。岑参在他的诗里，也经常提到白草，像说“白草磨天涯，胡沙莽茫茫”（《武威送刘单判官赴安西行营》），“长风吹白草，野火烧枯桑”（《至大梁却寄匡城主人》），“黄沙西海际，白草北连天”（《过酒泉忆杜陵别业》），等等。可见，《白雪歌》所写到的白草，不是一般白色的草。特别是，这种草在武威送行一诗中，能以“磨”字作动词，可见其质地韧硬，即使是强风掠过，它也仅仅是倒伏。但是，在《白雪歌》中，岑参竟然说卷地而来的北风，把坚韧的白草也吹得连腰折断，可见风如利刃，横扫一切，让人惊骇。这一句，似乎是直接描述，但“折”字一下，又是何等夸张。而且，在七个字中连用六个仄声字，语势突兀，也实在使人吃惊。我认为，说清楚白草确是特有的植物，不是一般地泛指枯草，这并非不重要。它说明岑参浪漫主义的精神，是以现实真实为基础的，并非是浮泛的想象之作。

《白雪歌》的第二句，“胡天八月即飞雪”。在中原地区，八月正是中秋时分，凉风送爽。但在西部边疆，情况就大不一样了。岑参使用“即”字，表明来自中原的他，从来未见过这样的景象，让他意外得很、诧异得很。这句诗，语势平平，似乎只是一般性的叙述，但却为下面出现的异想天开的描写作好铺垫。

忽如一夜春风来，千树万树梨花开。

那天晚上，刮了一夜的北风。第二天，风停了，诗人忽然从北风想到春风；想到春风吹开了梨花。从雪花之白，想到梨花之白；从漂亮的雪花漫天飞舞，想到它像千树万树盛放的梨花。请看，诗人把塞北飞雪和江南梨花视为一体，飞雪就是梨花，梨花就是飞雪。这样的写法，奇妙到极点，浪漫到极点，也把飞雪的美丽形容到极点。

老实说，风花雪月，白雪飘飘，也从来是诗人创作的题材。《诗经》不早就有过“今我来思，雨雪霏霏”之句吗？不是又有人说它是“撒盐空中差可拟”，又有人说它是“未若柳絮因风起”（《世说新语》）吗？这些描述或比喻，都不见得有太特别之处。当然，李白也写过“燕山雪花大如席”（《北风行》），他极写雪花之大，显得很夸张，却不见得美。而且，岑参说的不是几树梨花，而是把漫天飞雪，说成是千树万树梨花竞放，让人仿佛感到在白茫茫的荒原，散发出鲜活的清香。显然，岑参把唐代苦寒的西北地区，描绘得如此壮丽奇美，也确具创新的审美能力。如果他没有情怀豪放的一面，无论如何也写不出这异想天开的美景。

把梨花和雪联系起来，这在岑参的创作中，是常会出现的，像说“梨花千树雪，杨叶万条烟”“梁园二月梨花飞，却似梁王雪下时”等。老实说，把白色的梨花，形容为雪那样白，并不稀奇；但把白色的雪，说成是梨花，而且把卷地而来的北风，看成在江南催放千树万树梨花的春风，才夸张到出人意料，让人既惊讶又赞叹西北边疆的美景。在形容戈壁飞雪的时候，岑参运用了一向喜爱的梨花形象以资赞美，分明又蕴含着热爱边塞的情感。否则，他就不会如方东树所说：“奇情逸发，令人心神一快。”(《昭昧詹言》)

《白雪歌》开首的四句诗，乍看起来是一体的，都是赞边塞的雪景，而其中作者的感情，又有微妙曲折的变化。第一句，他看到连白草也被吹折，不禁惊骇；第二句看到八月竟即飞雪，便觉奇异。第三句忽觉春天来到，异常惊喜；紧连着的第四句，更夹杂着惊叹和赞赏之情。也由于这诗在开头即极写边塞在寒冷中雪景的美，并由此引领读者进入全篇，让这首诗给人奇丽豪放的感觉。

不过，如果以为岑参的《白雪歌》仅是赞美雪景，恐怕又不全妥。这里面，还隐约包含着他对武判官忽然接到朝廷调令，能够返回长安的艳羡之情。在边疆，当时的生活环境是十分艰苦的。岑参到边塞去，既有书生报国的愿望，也有谋取进身之阶的想法。所以，他既是赞叹边塞的诸般奇景，但也希望能早日离开。这心情，我们从他大量送友离边的诗作中，可以看出端倪。像说“送君九月交河北，雪里题诗泪满衣”（《送崔子还京》），又像说“塞花飘客泪，边柳挂乡愁；白发悲明镜，青春换敝裘”（《武威春暮闻宇文判官西使还已到晋昌》），也都明摆着他在送朋友离开边塞时，自己也有深切的思乡之感。而且，他有渴望南归迁升的意愿，说过：“惊蝉也解求高树，旅雁还应厌后行。”（《秋夕读书幽兴献兵部李侍郎》）所以，当他忽然知道武判官能返京的消息，想到也可能轮到自己时，便如沐春风，心花怒放。惊喜的心情，便把飞雪看成“千树万树梨花开”的奇景。显然，岑参在送别时，既慷慨，又感慨；既豪放，又渗着一缕愁思。人的思想感情是复杂的，只有领悟并对他的处境有同情的理解，才知道为什么他在诗中没有把飞雪的美继续敷写，反而转过笔锋，极写边塞的苦寒了。

如果说，《白雪歌》的前四句，是写雪景的第一个层面。那么，诗的第五句至第十句，便进入第二个层面，专写边塞的雪带来的寒冷。

“散入珠帘湿罗幕，狐裘不暖锦衾薄”，岑参写那雪花飞进营幕里，湿成一片，连高级将领用以御寒保暖的狐裘锦衾，全不顶用。进一步，他又转到写将士们的处境。他们冷得够呛，“将军角弓不得控”。本来，弓箭带在手上，但连弓也冻硬了，手也冻僵了。极寒的天气，冷得连武器也失去了意义。跟着写，“都护铁衣冷犹着”。都护，作为守边的最高长官，也不能卸下戎装，必须穿上铁衣，坚持备战，其艰苦的情况可知。那铁衣，不仅不能御寒，碰上冰雪，只会冷上加冷。这几句，诗人从营帐外写到营帐内，从不足御寒的锦衾，写到越穿越冷的铁衣，步步深入，重点是写边塞下雪时的湿冷，简直让读者也感到冷得发抖。

到第九、十两句，岑参又从营内写到营外了。从地面上望去，只见“瀚海阑干百丈冰”，那广漠无垠的荒原，纵横交错，板结为一望无际又深又厚的寒冰。仰望天空，“愁云惨淡万里凝”，万里长空，天色灰暗，寒云惨淡，像冷得凝固不动。岑参写天上，写地下，白雪寒威，冷得让人战栗。而从他的描写中，又多少透露出他以及边塞将士顽强的气概。

《白雪歌》的第三个层次，便正面写欢送武判官场面了。首先是饯行，“中军置酒饮归客”。中军是中军帐，是主帅的营幕，在这里置酒送行，当然是表示隆重的意思。但有意味的是，这诗既已明写欢送武判官归京为标题，按理，应把置酒饯别的场面多写几笔。可是，岑参却只平列了三种乐器的名称：“胡琴琵琶与羌笛。”王夫之认为，这里“但用《柏梁》一句，神采惊飞”（《唐诗评选》)。《柏梁》是汉武帝刘彻在柏梁台上欢宴群臣的一首诗，第一句就是“日月星辰和四时”，诗中又说到“和抚四夷不易哉”。看来，王夫之觉得岑参说“胡琴”那句的句式，与刘彻“日月”句的组合方式一样，诗的内容，也与安抚边境有关，于是从这一角度给予赞赏，他的意见可以参考。其实，也未必需要如此周折。在这里，岑参没有写大杯酒、大块肉，高歌痛饮，以壮行色，倒是只写了三种乐器的名称，这不过说明，在中军帐里侑酒的乐曲，用的全是边塞的乐器，弹奏的曲目也只是胡声，如此而已。岑参在《奉陪封大夫宴》一诗中也说过：“座参殊俗语，乐杂异方声。”当然，离乡别井的人，听到异方的乐曲时，心底里是五味杂陈的。

在唐代诗作中，凡是写到这些胡地乐器的，奏出来的只是悲壮慷慨的声音。像王之涣说：“琵琶起舞换新声，总是乡关离别情。”像王昌龄说：“羌笛何须怨杨柳，春风不度玉门关。”像白居易说：“毡帐胡琴出塞曲。”岑参在写饮宴时只提出这三种乐器，正好表明，他听来听去，只是一派边关乡愁的声音。至于中军帐里送客者的心情，则留给读者自己思忖。这一句，不带任何动作和表情，看似平淡无奇，但它颇像是乐曲中过渡性的乐段。平缓的行进，正好为下一句转为激越的旋律作好准备。

果然，紧接着，岑参让声调急变，“纷纷暮雪下辕门”。到了分别的时刻，在夜色渐浓中，大家走出了军营，只见辕门外大雪纷飞。这时候，诗人选择了一个惊人的景象：“风掣红旗冻不翻。”在白茫茫的雪原上，屹然竖立着红旗，红白相映，当然十分醒目。在大风中，红旗被风猛力牵扯。按理，那面旗必然被风吹得飘来卷去，噼啪乱舞。可是，岑参竟下的是“冻不翻”三字，竟说那旗被冻成一块，无法飘动。这形象，实在夸张得不可思议，甚至不合常理。当然，隋代的虞世基在《出塞二首》中，也有“霜旗冻不翻”之句。岑参的诗句，或脱胎于虞诗。但岑参强调的是“风掣”。风，在卷，在扯，这力度，便和旗被寒霜冻结，不可同日而语了。旗帜被霜冻硬，不能飘动，时或有之。但岑参化之为“风掣”的动势，整句的意象完全变了，风在狂吹，红旗却硬如冰块，不能翻动。这看似不合理的一联，反把边塞的奇冷写到极致。翻开岑参的诗集，可以看到，他对边塞气候的描写，常有惊人之笔。像在《走马川行奉送封大夫出师西征》中，也写到天气的冷，

“马毛带雪汗气蒸，五花连钱旋作冰”。在行军路上，那马匹飞跑时体内蒸发的热气，一到体外，竟结成冰块，这也是在现实真实的基础上，把想象力发挥到极致的一例。我认为，《白雪歌》中写在白雪的照映下，在寒风劲吹之中，红旗冻得不能飘扬的意象，其创新的审美性，实在不下于“千树万树梨花开”之句。

这诗的第四个层次，写的是执手临歧的情景。

“轮台东门送君去，去时雪满天山路。”轮台，在今新疆库车市东，是当年岑参跟随封常清驻兵的地方。向东的门，武判官将由此回京。和上句奇峭的描写相比，这两句的笔势又显得平缓了。这也是作者心情的反映。武判官的离去是必然的，管它是什么天气，他也得走。作为朋友，只能平静地送他走上归途。这时，岑参写他自己的目光只注视着天山的路，那是武判官踏上归途的路，是通向京城有机会得到提拔的路。路上铺满白雪。在诗句中，他又一次提到了雪，这既是描写分手时路上的景色，又是想到走上回京道路的希望与艰辛。所以，强调“雪满路”，情与景是相关的。

《白雪歌》的结句是：“山回路转不见君，雪上空留马行处。”武判官走了，岑参写自己遥望着他的背影，终于山回路转，看不见了，就只看到他在雪地上留下的马蹄印。这含蓄的写法，表达了他对朋友依依不舍的感情。在唐代诗坛里，不少诗人写送别的诗，也会运用这类似的手法，像李白的“孤帆远影碧空尽，唯见长江天际留”，像钱起的“曲中人不见，江上数峰青”，都表达出友情深厚、不忍遽离的效果。不过，由于岑参在前面极写边塞苦寒的天气，因此，他望着雪地上的马蹄印，心情会更显得复杂。这蹄印，证实武判官可以离开这苦寒的地方了，而他自己什么时候也可以留下归去的蹄印呢？既留恋，又羡慕，正是他在风雪中举头翘望远方，低头看着蹄印的原因。我想，只有根据岑参的思想和诗中表现情景变化的意象，才能理解这首诗的深意。

这首《白雪歌》，风格奇峭。所谓“奇”，是具有浪漫的想象力。但这“奇”，又是以真实为基础的。洪亮吉说：“诗奇而入理，乃谓之奇。”（《北江诗话》）岑参写西北冷得出奇，这符合他在当时生活体验的状况。所谓“峭”，是感情和声调变化的突兀，但变化中又有连贯性。像写雪景，有时惊艳，有时惊骇；像写寒冷，有时写室内之寒，有时写室外之冷。情景的突然变化，往往出人意料。而无论怎样变化，都是环绕着白雪的题旨，让情与景融为一体。正如王夫之说它“颠倒传情，神爽自一”。就诗的结构而言，以雪景开始，也以雪景收束，移步换形，前后呼应，显得一气呵成，连贯而又婉转。

至于在诗的形式上，《白雪歌》属古体诗，但岑参往往采用两句一转韵的写法，让声调的变化，与情景变化互相配合，更凸显奇峭的风格。在诗中，有时还吸取律诗中对偶句的写法，让奇兀的语言节奏，又有和谐的一面。从岑参的作品中，我们不难看出，他对古体诗与近体诗形式的掌握，已很驯熟，同时，又根据内容，在承继传统的基础上，追求创新和变化。这一点，也正是盛唐时代诗人审美观念比较自由开放的表现。

岑参的《白雪歌》写得如此出色，历代诗坛一致赞好。其实，他对雪景这一题材的掌握是有一个过程的。在他第一次追随高仙芝到边塞去的时候，他写过《天山雪送萧治归京》一诗，取材和《白雪歌》几乎一样，我们不妨把二者对读：

天山有雪常不开，千峰万岭雪崔嵬；
北风夜卷赤亭口，一夜北风雪更厚。
能兼汉月照银山，复逐胡风过铁关；
交河城边飞鸟绝，轮台路上马蹄滑。
晻霭寒氛万里凝，阑干阴崖千丈冰；
将军狐裘卧不暖，都护宝刀冻欲断。
正是天山下雪时，送君走马归京师；
雪中何以赠君别，惟有青青松树枝。

这首诗，也不能说它不好，但和《白雪歌》相比，显然不属同一个层次。因为，它虽然写到天山的风雪和气候，但前边八句，却是平铺直叙的写实。最后四句，也看不出送别时有什么深刻的情感。倒是中间写天山下雪时的苦寒，即从“晻霭寒氛万里凝”到“都护宝刀冻欲断”等四句，意象最佳。于是，等到后来岑参第二次出塞，在写雪中送客的题材时，就把它稍作调整，搬到《白雪歌》里面去了。可见，诗人的创作有逐步提高的过程，这和他生活的经历、情感的变化以及创作艺术技巧的成熟有着直接的关系。

说杜甫《石壕吏》

暮投石壕村，有吏夜捉人；
老翁逾墙走，老妇出门看。
吏呼一何怒，妇啼一何苦；
听妇前置词，三男邺城戍。
一男附书至，二男新战死；
存者且偷生，死者长已矣！
室中更无人，唯有乳下孙；
有孙母未去，出入无完裙。
老妪力虽衰，请从吏夜归；
急应河阳役，犹得备晨炊。
夜久语声绝，如闻泣幽咽；
天明登前途，独与老翁别。

唐代杜甫，被尊为“诗圣”，在诗坛上具有至高无上的地位。宋代的秦观说："杜子美（甫）之于诗，实积众家之所长，适其时而已。"（《淮海集·韩愈论》）他认为杜甫的诗作，既能集中并继承历来诗歌创作的最高成就，具有高度的创作技巧，又能"适其时"，准确反映社会的现实，展现唐代的时代精神，抒发现实生活中人民的心声。这评价，扼要地概括了历来人们对杜甫诗歌创作的认识。

杜甫生活在时代的转折点，他既看到开元全盛时"小邑犹藏万家室"的景象，又亲身经历安史之乱时百姓流离失所、社会窳败的惨况。眼见现实生活的强烈落差，胸存悲天悯人的慷慨情怀，发之为诗，便充斥着沉雄郁勃之气。其中，他在唐肃宗乾元二载（759）所写的《石壕吏》，最能表达对人民苦难的同情，思想和艺术水平也最高，是最能体现杜甫作为"诗圣"的代表作之一。

在758年，被唐肃宗任命为左拾遗的杜甫，不久就得罪肃宗，被贬为华州司功参军。据《新唐书》称："时所在寇夺，甫家寓鄜，弥年艰窭，孺弱至饿死，因许甫自往省视。"由于杜甫的职务无足轻重，使他能抓住安禄山已被其子安庆绪杀死、唐朝政局稍有转机的机会，从华州回到洛阳附近，准备到鄜州的羌村，探望久别的家园。

谁知行近洛阳，他就碰上极其糟糕的局面。原来，安庆绪的军队节节败退，已退到洛阳附近的邺城，叛军已被郭子仪、李光弼等统领的数十万大军重重包围，连杜甫也以为胜利在望。谁知道，昏庸的唐肃宗处理失当，围攻邺城的九路大军，竟然派太监为监军，不设统帅。于是唐军各自为战，处于群龙无首的状态，在邺城久攻不下的情况下，被安庆绪抓住机会，各个击破，结果，六十万唐军一时溃散。兵败如山倒，洛阳岌岌可危。为了补充兵员，唐王朝只好到处征兵，乃至捉人抓丁，补充兵力。杜甫的“三吏”“三别”，就是在这局势极其混乱、人民饱受痛苦的情况下写成的。

“三吏”即《新安吏》《潼关吏》和《石壕吏》；“三别”即《新婚别》《垂老别》和《无家别》。这六首诗，其实可以视为一首组诗。“三别”，是诗人写被征者或其家属，以第一人称，诉说被征入伍的痛苦心情。“三吏”，则是诗人从旁观的角度，既描写被征者的苦难，又描写征兵的官吏种种不同的面目。这六首诗，各有特色。我认为，《石壕吏》是写得最为精彩的一首，也是写得最为通俗易懂的一首。但是，语言的通俗化，绝不等于一般化。歌德说：“精美绝伦同时又通俗易懂，是最为稀少的。”（《论文学艺术》）杜甫的《石壕吏》，正是属于这类稀少的神品。

诗的首两句：“暮投石壕村，有吏夜捉人。”一下子就攫住了读者的心。这两句，互相联系，只交代进入石壕村所遇见的事，似乎没有主观色彩，很好懂，很平常，其实极不平常。

杜甫在这十个字中，连续使用“暮”和“夜”两个指示近晚和晚上时间的字，这就值得注意。“暮投”，除了强调遇见的事情发生在晚上以外，也点明诗人经过了白天的奔波，到晚上才投宿于石壕村。投宿，是临时住宿，是偶然找到歇宿的地方。诗人选择“暮投”，而不用“暮宿”，因为“投”字多少有投掷、抛掷，表示急忙间慌不择路的意味，并非只是住宿那么简单。谁知道，杜甫这偶然的忙乱间的投宿，竟让他意外地更深切地看到了一场老百姓惨痛生活的遭遇。

"夜捉人"，表明捉人事情，也发生在晚上。这就怪了，为什么白天不捉人，晚上才来捉人？而且，为什么要捉人？这些，都和当时的形势有关。

按唐代兵制，最初定男子16岁为"中男"，21岁为"丁"，丁，要被征入伍；到天宝初年，情况尚安定，便改中男为18岁，22岁为丁。但到安史之乱期间，唐朝兵源不够了，连中男也得入伍。所以，杜甫在《新安吏》说到"县小更无丁"，说"府帖昨夜下，次选中男行"。等到郭子仪等包围邺城，反被安庆绪打得鸡飞狗走，溃兵四散。为了堵住叛军威胁长安的缺口，唐朝不顾一切，为补充兵源，便四处抓人当兵。杜甫写"有吏夜捉人"，说明当时已无兵可征，只能去抓人来充数了；又说明，官吏白天已抓不到人，只好趁老百姓晚上在家待着的时候，突击"捉人"。于是，"夜捉人"三字，充分暴露了当时官府无能和凶残的面目。而从官吏乘夜或连夜捉人的情况看，诗人在石壕村偶然看到的一幕，却是在当时必然和经常发生的事，否则，老妇和老翁便不会采取如此熟练的应付办法了。因此，这互相联系似是平顺叙述的两句，其实蕴含着强烈的情绪落差。另外，诗人选择"暮""夜"的暗黑氛围作为全诗的底色，这既是当时现实生活的真实，也烘托出抓丁故事规定情景的悲凉。诗人对"投"字和"捉"字的使用，也已经透露出他惊惶讶诧的心态。

跟着，诗人写"老翁逾墙走，老妇出门看"。他重复使用"老"字，也是为了加深翁、妇年龄的印象。在这里，针对第四句，学界产生过很有意思的争论。有人认为，这句应作"出看门"，因为这句需要押韵，因此，第四句用"门"字，才与第二句的"人"字同韵。但有学者考证，这首诗最早出现的版本，是明作“出门看”的。清代的何焯指出：人们“疑‘看’字为不叶，不知真、文、元、寒、山，同收上颚音，古诗为此押者多矣”(《义门读书记》)。他认为，在唐韵，“人”属“真”的韵部，“看”属“寒”的韵部，二者是通叶的，所以，“出门看”出现于最早版本，不存在押韵不协调的问题。这判断应是正确的。

其实，仔细观察，杜甫写“老妇出门看”，而非“出看门”，是有道理的。如果作“出看门”，看，有着看守的意味。在明知有吏捉人的时候，老妇看守着门口，是想拦阻石壕吏进门吗？硬碰硬，显然不可能。但是，写“出门看”就不同了。看，这里则是探视的意思。老妇明明知道发生了什么事，她是装着不知道，走到门口，看出了什么事，作打听状，这其实是给“老翁逾墙走”作掩护。这样的写法，比“出看门”更能准确地表现被欺凌的百姓既是怯生生的、忐忑难安的，又是颇为机智地对付官吏的神态。而老翁，一听到外面有吏捉人的动静，立刻果断迅速，跨过墙头，溜之大吉。这老夫老妻一快一慢的举动，形成了强烈的对比，也使场景更具戏剧性。至于老妇那试探性观察的行为，也和后面的苦苦诉求有所联系。可见，“出看门”与“出门看”是有区别的。我们断定杜甫写的是“出门看”，可以更准确看到他创作时用心的精细。

这诗的开首四句，展现作者偶然临时投宿，想不到这里发生的事；而在石壕村的老百姓，则知道这是经常发生的事，这出乎意料的一方与意料之中的一方迥然不同。跟着，诗人描绘老妇和老翁两种不同行动，一迟疑，一迅速，那出人意料的对策，也形成强烈对比。这似是平顺的四句，语势如兔起鹘落，分外能够产生强烈的吸睛作用。确如浦起龙所说，这诗“起有猛虎攫人之势”（《读杜心解》），在这里，我们也可以体会到，杜甫对词语的选择看似平常，其实是颇费斟酌的。在唐诗中，我们看到有人也写过两句有所联系，却只单纯叙述过程的句子，如白居易的“闻有送书者，自起出门看”（《酬吴七见寄》）。这便属平铺直叙，淡而无味，与杜甫写老妇老翁的两句，真不可同日而语。

诗的第五、六句，“吏呼一何怒，妇啼一何苦”。一何，是加强语气的词，杜甫在这两句中，又重复使用同一词语，而且直接用排句的形式，无非也是为了引起读者的注意。问题是，既然吏和妇都提及了，那么，按道理，就应分别描写吏是怎么样怒呼的，妇是怎么样啼告的。可是，诗中对老妇的哭诉，写得很具体、很完整，但对吏的怒呼，却一字不提，这不能不让人感到十分意外。何况，诗的题目就叫《石壕吏》，怎么能除了叙述性地提到他“捉人”和“怒呼”四个字以外，其他一概略去呢？要知道，这首诗明明以“石壕吏”为题，而诗却基本上是把他撂在一边，这岂不是自相矛盾吗？

杜甫的“三吏”，其中的《新安吏》和《潼关吏》，都写到他和吏有过直接的接触。像《新安吏》写他向吏提出疑问：为什么连“中男”也要上前线？吏也如实回答：“府帖昨夜下”，不得不执行。于是，诗人向百姓表示同情和抚慰。在《潼关吏》中，吏还带领他到前线参观，“要我下马行，为我指山隅”。唯有《石壕吏》，杜甫却没有对吏的形象作直接的描写，但石壕吏的凶恶嘴脸，读者又俨然在目。这是为什么？需要进一步观察诗人创作的手段。

把吏撇在一边之后，杜甫便详细描述老妇的苦苦哀求了。为引导读者对老妇的注意，杜甫还加上一句“听妇前置词”，然后再写“妇啼”的内容。

首先，杜甫让老妇把家中壮丁参军的状况，归纳为一句话：“三男邺城戍。”这等于向石壕吏报告，她家参军应征的指标，都已达到了，而且，三个儿子也都在邺城参加了战斗，也都是刚刚才应征的兵。所以，她的一家已完成了朝廷派下的任务。为了证实这一点，老妇又逐一诉说儿子们可悲的情况：“一男附书至。”她说收到前方的来信。所谓“家书抵万金”，她原以为有了什么报平安的消息，也让听者的心情稍为放松。谁知来信报告的消息是：“二男新战死。”这就惨了，其他两个儿子都战死沙场了。这两句，在艺术上有顿挫之妙。更重要的是，老妇是要向石壕吏告知，她一家，已为朝廷做出了牺牲。她又悲叹：“存者且偷生，死者长已矣!”确实，兵凶战危，敌寇如狼似虎，来信的儿子，当下虽然还能苟且偷生，却只是暂时留着性命，谁晓得还能活多久？至于死了的，就永远没有了。这段话，在摆事实中，说得极为凄楚，特别是说到存者死者的两句，一字一泪，真能让听者伤心，这也就是“妇啼一何苦”的内容。当然，杜甫让老妇悲伤地摆出她家的惨况，无非是希望能以理以情打动石壕吏的心，让他放她家一马。至于她这一番哭诉，石壕吏能否听得进去，杜甫竟没有写。

接着，诗人让老妇继续说下去，而诗却转了韵，意味着气氛又有变化。在前面，老妇的话说得很顺畅，很容易理解。而下面几句，竟是前言不对后语，自相矛盾，互不搭界，乍然看来，让人莫名其妙。请看：

室中更无人，唯有乳下孙；
有孙母未去，出入无完裙。

这很怪！为什么老妇忽然转变了哭诉的口吻，她分明说了“三男邺城戍”，本来就表明了家中已经没有可以应征的人口，怎么还要强调“更无人”呢？这只能表明，石壕吏根本不相信她的话，一定认为她家中仍然有必须参军的人丁，所以她才强调更没有其他在家的人了。而她这一表白，石壕吏相信吗？这家伙的反应如何？杜甫竟然没有描写。

有意思的是，老妇忽然说：“唯有乳下孙。”这句话，岂不是自打嘴巴？刚刚才说“更无人”，以“更”强调，怎么承认有“乳下孙”呢？难道“有孙”就不是有人吗？紧接着，又说“有孙母未去”，这不是分明承认，除了有孙外，还有媳妇在家吗？这不是又推翻了“更无人”的供词吗？这是为什么？至于“一何怒”的石壕吏有什么样的反应，杜甫依然没有写。

老妇招认了有孙，而且还承认有媳妇在家里待着，若从叙述性的语调看，真像粤谚所说的“鬼拍后尾枕（脑袋）”，不打自招。这老妇再说下去，就更奇特了，她竟还表白，媳妇“出入无完裙”，是不能出来见人的。为什么她要加上这一句？一定有其原因，但杜甫并没有说明，让人像遇见“丈八金刚，摸不着头脑”。这四句，自成一段。四句之间，似是浑然一体，只是老妇自言自语地诉说。但不难发现，这四句的每一句，各说一事，语气是断断续续的。至于那“一何怒”的石壕吏，对应的态度如何，杜甫依然没写。他自己，也似没有流露出听了老妇一番诉说的态度。

下面的一段，韵脚又有所变化：

老妪力虽衰，请从吏夜归；
急应河阳役，犹得备晨炊。

这几句，当然是老妇对石壕吏所说的话。她的话题，怎么会突然转变了？怎么从说媳妇没完整的裙子穿，转为主动提出由她这老婆子，申请参军了？甚至还说出可以立刻动身，说自己并非干不了活等一连串让人不可思议的理由。

杜甫写老妇向石壕吏的诉说，也到此为止。他一直没有写石壕吏的搭腔。而且，也再没有写老妇的情况。这意味着，吏与妇“一何怒”“一何苦”的对立，也告一段落。

从上面的分析看，《石壕吏》一诗只写老妇的诉说，而她的诉说前后矛盾，乍然一看，漏洞百出。然而，正是从这些“漏洞”的空隙中，我们可以看到杜甫极其高明的创作技巧。

如果是一般的作手，既然写了“吏呼一何怒，妇啼一何苦”，很自然，便会一方面写吏是如何的怒，一方面写妇啼是如何的苦，绝不会光写妇，而不写吏。但是，《石壕吏》精彩之处，正在于只写妇啼之苦，不写吏呼之怒，却能在老妇的诉求中，让读者清楚地看到那石壕吏恶狠狠的嘴脸。

我们不是说，老妇的话里有许多“漏洞”吗？你看，她不是刚刚强调过“室中更无人”吗？为什么又说“唯有乳下孙”。这一定是在她一口咬定家中无人的时候，意外发生了。从她的口吻看，正在她信誓旦旦的时候，屋里传出小孩的哭声。如果我们采用戏曲的书写方式，其剧本应是：

净扮吏，老旦扮妇。

老旦：室中更无人。（内婴儿哭科）

净：哗哈！屋内有人！

老旦：唯有乳下孙。

净：哼哼！你能喂奶？

老旦：有孙母未去。

净：呀哈！叫她出来！

老旦：出入无完裙！

净：我不管哉！要有人去！

老旦：（惊，试探科）老妪力虽衰，请从吏夜归。

净：（狞笑科）您去？有个屁用！

老旦：（揖求科）急应河阳役，犹得备晨炊！

净：（大吼科）好呀，走走走！

（俱下）

如果我们再把这戏剧性的对话还原为诗句，亦即删去了石壕吏一方的话，那么，就容易了解在老妇的说话中，为什么会出现前后不搭界的矛盾和“漏洞”？原来，这是杜甫有意让读者自己从老妇答话里所呈现出种种似是不合理、不搭界或不合逻辑的空隙中，通过自己的想象，听到石壕吏极其凶恶的呼吼。于是，石壕吏穷凶极恶的面目，便栩栩如生地呈现在读者的脑海中，便了解了为什么杜甫偏偏以“石壕吏”为题。

有意味的是，杜甫让审美客体感悟到石壕吏狰狞的面目，是要读者从他吆喝和质问老妇的声音中“看”到。但这“看”到，实际上只是“听”到而已。这一点，杜甫也早就点明了。在诗的第七句，他便写明：“听妇前置词。”作为偶然投于石壕村的客人，他听到的，也只是吏的怒呼和老妇苦求的声音，而不是看到他们一怒一苦的形象。这表明，杜甫在这首诗中所设置的规定情景，完全不同于《新安吏》与《潼关吏》。在《石壕吏》一诗中，他的视觉完全没有和在门前对话的妇和吏接触。而只是在屋里的某个角落，或是隔着墙壁，听到外面的闹嚷。他是靠声波的传递，感知外部的信息。从心理学的角度说，由视觉亦即通过光波反射到人的神经中枢所获得的信息，会更直接和更具体，这就是所谓“眼见为实”。至于通过听觉，亦即由音波反射到神经中枢，需要脑细胞有归纳分析和想象容受的过程。相对于视觉的“实”来说，听觉认知“虚”的方面会更多一些。这就是人们在看画展和听音乐时，审美感受会有所不同的原因。

杜甫通过声音听到门前的争执，已经是运用虚写的手法。更让人意想不到的是，他有意忽略所“听”到的石壕吏的发声，只是通过老妇回答的话，让人们感知石壕吏蛮横凶暴的形象。我们看章回小说，不是常会看到说书人说“话分两头”或“一支笔难写两回话”吗？杜甫的超人之处，正是在诗中，一笔下去，便写出了对立的两头。既写出石壕吏的怒呼，也写出老妇的苦啼。对老妇方面，杜甫写得很细致、很清晰；对石壕吏方面，杜甫的处理则是不写之写，或者说，这一面全用虚写。

老子说：“大音希声，大象无形。”声音越大，甚至震动到连耳膜也来不及反射到听觉神经，那就成为“希声”。我的老师董每戡教授，曾告诉我一桩往事。有一次，他去听一位老艺人说书，说的是“张飞喝断长坂桥”。当讲到张飞大声一喝时，那老艺人一拍惊堂木，举起双手，嘴巴猛然张开，作大喝状。其实他的喉头，绝对没有发出声音。但董老师说，当时他和其他听众，都听到了“张飞”震耳欲聋的大吼。这是说书艺人让听众看到了他夸张的动作，把视觉形象转化为听觉所得的感受，于是，审美客体的脑细胞，便会发挥其主观能动作用，让虚景呈为实境，获得更深刻的认知，这就是艺术的奥妙。

笪重光说：“空本难图，实景清而空景现；神无可绘，真境逼而神境生。位置相戾，有画处多属赘疣；虚实相生，无画处皆成妙境。”（《画筌》）杜甫在《石壕吏》中所采取的，正是虚实相生的艺术手法。对老妇的哭诉，杜甫实在地描绘，让被压迫者的真景，逼真地呈现在读者的眼前。而在石壕吏的方面，则是没有描写的“空景”“虚景”。但这无画处，却让读者感悟到石壕吏大呼小叫的神态。这一点，陆时雍也看到了，他说：石壕吏“其事何长，其言何简。‘吏呼’二语，便当数十言。文章家所云要令，以去形而得情，去情而得神故也”（《唐诗镜》）。他也真看到了杜甫创作方法的精微之处。

杜甫在写了老妇说“犹得备晨炊”之后，接下去是“夜久语声绝，如闻泣幽咽”。这似断还连的一句，类似电影在故事进行中，突然插进一个空镜头。“夜久”，这两个字很重要，它表明，在老妇离开后一段很长的时间，在这石壕村里，在这饱受欺压和恐吓、门前曾经喧闹争执的家，长夜漫漫，竟然是“语声绝”。

按说，老妇在说自己可以应征之后，接下来，作者有好些事情可以叙写。例如，石壕吏是如何带走老妇的，老妇在临离家时有什么表现，她走后邻里有什么反应，她家中的媳妇如何惊惶紧张，那老翁怎样逃了回来，逃回来后又有什么动静，等等，都可以着墨。但是，这种种情景，杜甫一概不写，只用“语声绝”三个字概括。这表明，老妇走后，屋里屋外，村前村后，远远近近，一片死寂。更说明在老妇的家里，没有什么声响。屋里谁也没有说话，到底是不敢说话，怕有人再来抓丁？还是伤心欲绝，欲哭无泪？总之，杜甫都不写，他有意留出一片空白。为了强调屋前屋后的死静，他加了一句：“如闻泣幽咽。”如闻，意思是好像听到，但又不敢确定是否真的听到，正是这一点似无似有的幽咽声，更反衬出环境的森肃，让读者感觉到周遭死静和悲凉的气氛。

诗的最后两句是：“天明登前途，独与老翁别。”在这里，杜甫把长夜的一切略去，直接写他的离开。从中，他等于告诉读者，在夜里，那“逾墙走”的老翁，已偷偷地回到了家。存者且偷生，却让老妇付出悲惨的代价。杜甫下一“独”字，意味深长。在他暮投石壕村的时候，他是见过老翁老妇一家的；而到天明离开这里的时候，就只见到老翁一个人了。而且，当写到分手，杜甫只用了一个极其简略的“别”字，语意也十分含蓄。这也等于说，分别时，他有和老翁话别吗？若有，说了些什么？若无话可说，两人又有什么样的表情？杜甫都没有写。确实，也真难写！杜甫作为耳闻目睹这惨剧发生全过程的旁观者，能说些什么？能做些什么？因此，他索性什么都不写，让读者自行想象他和幸存的老翁分别的情态。实际上，这默默无言的虚写，反显出他对这不幸的一家无比同情，却又爱莫能助；对作恶多端的石壕吏和黑暗的现实无比憎恨，却又无法干预。所以，这一个“别”，正好表现了他内心无声之恸。吴山民说：“‘夜久语声绝’

二句，泣鬼神语。结句尤难为情。”（《唐诗选脉会通评林》）他的体会，有助于我们对《石壕吏》最后四句的理解。

对《石壕吏》一诗的题旨，其实不难判断，可是也有人产生不同的想法。其关键，在于如何看待老妇主动提出“急应河阳役”的问题。例如仇兆鳌提到，有人认为“此妇仓卒之际，既脱其夫，仍免其身，具此智谋胆略，真可谓女中丈夫”。当然，诗无达诂，但总不能离谱。诗中所写，老妇分明被带走了，怎么反而说她“仍免其身”？

有些学者，也说老妇自荐参军是爱国主义的表现，认为安史之乱是非正义的，老妇参加抵抗叛军的斗争，是爱国的行为。真有趣，这些学者忽视了唐王朝在平叛的斗争中，也表现出黑暗腐朽的一面，乃至兵败如山倒，丧师辱国，兵源枯竭，于是出现连年老力衰的老妇人也要拿去充数的一幕。从老妇和石壕吏的对话中，我们分明感知，那吏咄咄逼人，是一定要把人带走充数的。老妇勉强对付他，便说如果要人，就带走我这老婆子吧！开始时，她还以为石壕吏不至于连她也要带走，说了句老婆婆并非无用的辩白。谁知道，这恶吏竟然真的把她带走，这更让人十分意外，也进一步表明，唐代统治者真是无能到了极点，兵源枯竭到了极点，乃至到了“饥不择食”的地步。如果真的像有人说什么爱国主义精神，那么，邻里们应该敲锣打鼓、热烈欢送才对，又怎么会出现诗的最后四句所表现出的无比凄楚的情绪呢？显然，拔高老妇的精神，既毫无根据，又损害了原诗的价值。

《石壕吏》这首五言古体诗，通篇只有区区二十四句，通俗简要，明白如话。但杜甫通过暮投石壕村偶然遇到的一个悲剧，概括了唐代安史之乱时期人民悲惨的现实。而且，在整个封建专制时代，这悲剧也具有普遍性意义。这首诗，深刻地展现出封建社会恶吏横行，百姓无比悲惨的典型环境，也透露出像杜甫那样的许许多多具有正义感、同情人民疾苦却又无能为力的知识分子，内心愤懑、忐忑难安的典型心态。因此，这首诗感动了千千万万的读者。明代桂天祥指出：《石壕吏》“语似朴俚，实浑然不可及，风人之体于斯独至，读此诗泣鬼神矣!”（《批点唐诗正声》）这寥寥数语，言简意赅，概括了历代诗坛对《石壕吏》的总体评价。

说杜甫《蜀相》

丞相祠堂何处寻？锦官城外柏森森；
映阶碧草自春色，隔叶黄鹂空好音。
三顾频烦天下计，两朝开济老臣心；
出师未捷身先死，长使英雄泪满襟。

我国历史悠久，发生过不知多少值得回味和深思的历史事件，产生过不知多少可歌可泣、可咎可誉的历史人物。这一份丰厚的遗产，为诗人提供了大量的创作素材，所以，咏史之作，在诗坛上蔚成风气。被称为“诗圣”的杜甫，除了写过许多直面现实，描绘天宝年间人民疾苦的诗作外，也写过不少咏史诗。其中，《蜀相》是最为脍炙人口的一首。

历史是时间长河的记录。它又像万花筒，五颜六色，稍稍挪动，便出现新的图形；它又像回音壁，前头发出的声音，后头又会回响。尽管时空的隧道遥不可及，但反响会惊人地相似。因此，当诗人进入历史的画廊，自然感到美不胜收，同时，又会在历史的留影中，影影绰绰地看到现实，甚至看到自己也在时光的黑洞中，载沉载浮，载欣载奔。因此，因古今之兴会，托往事以抒怀，便成为咏史诗这一体裁的功能。

杜甫的《蜀相》，写于唐肃宗上元元年（760）的春天。那时，他初到成都，经历过五六年安史之乱，他看到了人民离乱的苦难，看到了唐王朝的昏庸腐朽。而且，他虽然曾有满腔热情，希望能“致君尧舜上，再使风俗淳”，但这理想始终无法实现。在唐玄宗当政时代，他参加过科举考试，却名落孙山。当唐肃宗取代唐玄宗，杜甫经历了千辛万苦去投奔他，但肃宗对他根本不重视，只让他当个芝麻绿豆般的小角色。现实的政局和个人的遭际，让他苦闷，让他感伤，也让他知道自己在黑暗污浊的溷藩中，再不能有所作为。他感慨地说：“凄其望吕葛，不复梦周孔。”意思是说，不再希冀有周公孔子那样的圣人出现，只是凄怆地希望有英雄人物，能够站出来洗涤污垢，扫荡乾坤。所谓吕，指的是吕尚，亦即辅佐周武王灭商的姜子牙；葛，正是三国时代的蜀相诸葛亮。诸葛亮辅佐刘备，立足西川，与曹魏、孙吴鼎足三分，点燃了统一天下希望的火炬。杜甫到了成都，到了诸葛亮曾在这里运筹帷幄的政治中心，抚今追昔，很自然想到要去祭祀诸葛亮的武侯祠，瞻仰一番，这就有了这首脍炙人口的咏史诗。

诗的首句“丞相祠堂何处寻？”诗人以提问方式喝起，一下子就吸引了读者的注意。其实，杜甫当然知道武侯祠的位置，提出“何处寻”，意在表现他对武侯祠急切的向往之情。所以，跟着，他就说：“锦官城外柏森森。”锦官城，是四川成都的别称，他告诉自己，也告诉读者，诸葛亮的祠堂，就在成都郊外那茂密地长满柏树的去处。有意思的是，这自问自答的方式，杜甫在一些作品中也运用过。像《望岳》一诗，开首两句是："岱宗夫如何？齐鲁青未了。"这种句式，颇能表达出作为审美主体的诗人，对审美客体虔诚景仰的情态。

杜甫特别写武侯祠在长满柏树的地方，用意是深刻的。

在文学理论中，有"符号学"的说法。所谓符号，是指在同一种文化范围中，人们对一些事物的形象，经过概括和抽象化，凝聚为符号。在同一文化系统中生活的人，对符号具有的内涵有共同的认知。约定俗成，人们便可以从一个简练的符号中，感悟到它背后蕴含的特定和丰富的意义。例如，牡丹的形象，人们除了感受到它的美丽外，还会认知到它有着富贵荣华的内涵。又如诗文中出现竹的形象，作为符号，人们便会联想到它坚韧与清高的个性。因此，在文学作品里，适当选择并使用人们共同认知的符号，可以事半功倍并且能够形象地展现作者想要表达的思想感情。

按照我国的民俗习惯，长期以来，松和柏都被人们视为品格坚强的象征。《论语・子罕》说："岁寒，然后知松柏之后凋也。"特别是柏树，更被人们视为坚贞不屈的符号。像《诗经》提到，"泛彼柏舟，亦泛其流"（《邶风》），"泛彼柏舟，在彼中流"（《墉风》），人们认为使用柏木制造的船，分外坚固。因此，诗人在诗句中选用"柏"的形象，便不仅仅指它是一种乔木，而是透过它，启示其具有深层的社会性特质。

据知，诸葛亮死于公元221年，而杜甫创作这首七律的时候，已过去五百多年。在唐代，环绕在武侯祠周遭的树丛，是否真的只有柏树？我们不得而知。但为什么杜甫不用“树森森”或“木森森”“柏松森”之类的字眼，只单单挑出柏树？这显然有独特的用意，是要突出地使用柏树坚贞的意象，作为对诸葛亮人格的衬托。所以，这两句，字里行间渗透着诗人对诸葛亮无比敬仰的感情。

第三、四两句，杜甫写他进入武侯祠了，“映阶碧草自春色，隔叶黄鹂空好音”。

当杜甫踏进祠堂的石阶，发现里面有着秀美的景色。他写自己向前望，看到的是石阶下碧青的草色；向上望，树梢上黄鹂在歌唱。整个祠堂的氛围，清幽而宁谧。

但是，杜甫在这两句诗中，又各下一“自”字和“空”字，可见眼前的景色，反而触发了他灵魂深处的悲情。他愈是看到景色的秀雅，心情也愈凄然。正像金圣叹所说：“三、四，碧草春色，黄鹂好音，入一‘自’字‘空’字，便凄清之极。”（《杜诗解》）

杜甫进入丞相祠堂，首先注目于青草。青草，在文坛上，常把它视为象征事物默默更替的符号，像李后主说“离恨恰如春草，更行更远还生”（《清平乐》），像白居易说“离离原上草，一岁一枯荣”（《赋得古原草送别》），人们都把青草的不断更新，和时间的不断流逝联系起来，成了人们共同认知的符号。杜甫写武侯祠内芳草萋萋，说明了春秋代序，岁月如流。但是，加上了“自”字，这一来，那和石阶相伴的碧草，年复一年，只能顾影自怜，显得凄清惨淡。在欣欣向荣的碧草面前，英雄人物却消失得无影无踪，它所展现的春色显得毫无意义。细看杜甫的许多诗作，不难发现，他常以草木的茂盛与心情的冷漠作反衬，像“国破山河在，城春草木深”（《春望》）和“遗庙丹青落，空山草木长”（《武侯庙》），都是如此。也可以说，反衬手法的多次运用，恰好是他心情矛盾的写照。

同样，杜甫写他听到黄鹂在隔叶歌唱，美妙得很。黄鹂的嘤鸣，常被视为知音求友的象征，宋代黄庭坚也说：“春无踪迹谁知，除非问取黄鹂，百啭无人能解，因风吹过蔷薇。”（《清平乐》）杜甫写黄鹂隔叶啼鸣，欢快得很。而加一“空”字，则唱者自唱，斯人已殁，庭台寂寞，有谁还去欣赏？有谁知道它嘤鸣求友寻找相知的心意？显然，杜甫选用这些具有符号性意义的意象，也有助于读者领悟其中的寓意。

表面看来，三、四两句，杜甫无疑是在描写武侯祠里的景色，但由于作者怀着既崇敬又伤感的心情来瞻仰武侯祠，怀着“将军一去，大树飘零”的感慨来思念诸葛亮，于是，这里的景色愈鲜活，反让他益增忉怛。正如王夫之所说，“以乐景写哀，以哀景写乐，一倍增其哀乐”。显然，哀乐的反衬，让优美的审美客体，在审美主体的视阈中，产生了质变。杜甫说自己“晚节渐于诗律细”，所谓诗律细，我想，不只是对诗歌格律更作严格要求的问题，而且对用词遣句以及细节描写，也更加注意严格筛选。《蜀相》一诗，属于杜甫晚期的作品。本来，在武侯祠，他可以看到种种的景色，而他只选择了柏树、碧草、黄鹂的形象，这既展现了武侯祠的风貌，而从那些具有符号意义的形象中，又透露自己对诸葛亮和武侯祠的态度，从而收到一石二鸟的艺术效果。

有人说，这首诗以“蜀相”为题，但前四句，写的是诸葛亮的祠堂，并非写“蜀相”，这岂不是离题了吗？不错，但杜甫选取的祠堂景色，无一不包含对诸葛亮的追忆景仰之情。可见，他先写寻访武侯祠看到的客观环境，完全与诸葛亮有关。换言之，《蜀相》的前面四句，诗人无非是从另一个侧面，展现他心目中“蜀相”的形象。清人范大士在他所辑的《历代诗发》中提出，这诗“前四句伤其人之不可见，后四句叹其功之不能成”。可见，他也看到，《蜀相》整首诗，都是以诸葛亮为中心展开的。

杜甫直接描写诸葛的功勋，是“三顾频烦天下计，两朝开济老臣心”两句。

“频烦”，是频频劳烦的意思，是“频烦三顾”的倒装。史载，刘备曾三次访问诸葛亮，诚心地向他请教对付时局的方略。诸葛亮在给刘禅的《前出师表》中，也提到“先帝不以臣卑鄙，猥自枉屈，三顾臣于草庐之中，咨臣以当世之事”。当时，诸葛亮根据当时天下形势，根据他的政治理念，向刘备全盘提出逐鹿中原、逐步统一天下的战略方针，即西取巴蜀，北拒曹操，东连孙吴。杜甫写他进入武侯祠，让他肃然起敬的，是诸葛亮的雄才大略，是诸葛亮纵横捭阖、指挥若定的军事才能。同时，杜甫也感慨刘备和诸葛亮两人关系的融洽。在上句，诗人不是写到黄鹂嘤鸣的意象吗？这和引出他对君臣遇合的向往，不无关系。

“两朝开济老臣心。”开济，是开创和有效地辅佐的意思。“两朝开济”，也是“开济两朝”的倒装。在这句，杜甫盛赞诸葛亮忠于蜀汉的坚贞，他指导刘备开创蜀汉的功勋，载在史册。本来，刘备没有地盘，势单力弱，但诸葛亮引导他凭借“天府之国”的富足和地势的险要，建立了蜀汉。刘备死后，作为老臣，他又尽心尽力辅佐后主刘禅，延续统治。对诸葛亮忠心耿耿的品格，杜甫一直十分景仰。

在魏、蜀、吴三国的对立中，史称魏得天时，吴得地利，蜀得人和。所谓人和，是指上下团结一心的意思。而蜀之所以人和，很重要的方面，在于诸葛亮对刘备父子的一片忠心。本来，刘禅庸碌无能，这一点，诸葛亮是知道的，刘备也是清楚的。所以，刘备在永安病笃，临终前，他对诸葛亮说："君才十倍于曹丕，必能安国，终成大事。若嗣子可辅，辅之；如其不才，君可自取。"诸葛亮涕泣道："臣敢竭股肱之力，效忠贞之节，继之以死。"(《三国志·蜀书·诸葛亮传》)刘备的这番话，也许出自对蜀汉大局的考虑，也许有试探性质；而诸葛亮说的，则是肺腑之言。说实在的，如果不是对蜀汉的忠贞，既然刘备有言在先，诸葛亮确是可以顺水推舟，废了阿斗，省了许多掣肘的。但是，他始终不敢遵照"永安遗命"。封建时代儒家忠君的理念捆住了他的手脚，当然也最终断送了蜀汉的江山。对诸葛亮的忠心，离杜甫创作《蜀相》近千年后的清代诗人纳兰性德，还颇有看法。他在《咏史》一诗中写道："劳苦西南事可哀，也知刘禅本庸才；永安遗命分明在，谁禁先生自取来!"出身贵胄之家的纳兰性德，受到明代以来异端思想的影响，对忠君的态度，分明不同于诸葛亮，也不同于杜甫了。

从政治和伦理思想发展的轨迹看，杜甫深受儒家思想的影响，他在安史之乱前后，看不惯许多主政者各怀鬼胎，为争夺个人私利蝇营狗苟，因而高度肯定诸葛亮"鞠躬尽瘁，死而后已"的责任心，肯定他坚贞顽强的斗志。这在唐代，有着深刻的现实的意义，杜甫的心情也可以理解。他着意点染的武侯祠外森然挺立的柏树，不就是诸葛亮忠贞实现统一中原理想的映照吗！

第五、六句，一写诸葛亮经天纬地的雄才大略，一写诸葛亮坚贞忠悫的优秀品德，这是杜甫对这位历史人物的一生，作了最扼要最全面的概括。仇兆鳌说："'天下计'，见匡时雄略；'老臣心'，见报国苦衷。"（《杜诗详注》）仇兆鳌很准确地把握住这两句诗所要表达的内容。

我们知道，在四川，杜甫还写了多首赞扬诸葛亮的诗，常被人传诵的有《八阵图》：

功盖三分国，名成八阵图；
江流石不转，遗恨失吞吴。

以及《咏怀古迹五首（其五）》：

诸葛大名垂宇宙，宗臣遗像肃清高；
三分割据纡筹策，万古云霄一羽毛。
伯仲之间见伊吕，指挥若定失萧曹；
运移汉祚终难复，志决身歼军务劳。

这两首诗，格调悲凉，也都对诸葛亮作了高度的赞扬。但它们只着眼于评论其相才与军功，反不及《蜀相》那样，能够全面地歌颂其才略与品德。所以，就杜甫所写评价诸葛亮的作品而言，我认为以《蜀相》对诸葛亮一生的概括最为扼要而全面，艺术水平也最高。

杜甫在热情激动地赞美诸葛亮以后，忽然笔锋一转，写下了让人震撼的两句：“出师未捷身先死，长使英雄泪满襟。”

这十四个字，振聋发聩，成为杜甫这首咏史诗最感人、最具经典意义的诗句。

据史载，刘备死后，诸葛亮为完成统一中原的愿望，率兵六出祁山，多次讨伐魏国，在陕西一带与魏军对垒。而指挥魏军的司马懿，就是筑寨修垒，坚守不出。蜀汉军队则后劲不继，师老无功，诸葛亮也操劳过度，不幸在五丈原病逝。可惜这盖世无双的英豪，出师未捷，赍志以殁。这永恒的遗憾，感动了世世代代的历史人物，包括像杜甫在内的有志而不获骋的人士。

在中外古今的历史上，有多少英雄人物，他们也满怀理想，期望鞠躬尽瘁，匡时救国。但在残酷的现实面前，或郁郁而终，或功败垂成。他们仰视孔明，感怀身世，只能满襟涕泪，同声一哭。在唐顺宗时期，提倡改革时弊、推行新政的王叔文，被宦官和藩镇反对，终于失败。据《旧唐书·王叔文传》记，当他得悉回天乏力时，“但吟杜甫题诸葛亮祠堂诗末句云‘出师未捷身先死，长使英雄泪满襟’，因歔欷泣下”。仇兆鳌也说《蜀相》这诗，“结（句）作痛心酸鼻语，方有精神。宋宗简公归殁时诵此二语，千载英雄有同感也”。宗简公即宋代有名的爱国名臣宗泽。他力主抗击南下侵扰的金兵，多次领兵取得战斗的胜利。他极力反对“主和派”的投降主张，可是遭到多次的阻挠，后来不幸患上背疽，临终前，也悲愤地吟诵杜甫的这两句诗。像宗泽和王叔文那样的悲剧性人物，千百年来，我们难道还见得少吗？杜甫《蜀相》的这两句，之所以影响深远，感人肺腑，正由于它概括了历史上许多失败的英雄人物悲剧的心态，道出许多人想要表达而又未能准确表达的感情，因此，它成为具有典型性价值的历史名句。

杜甫从寻访武侯祠入手，概括描写和评价历史人物，概述诸葛亮的功勋，这当然是咏史诗。至于怎样写咏史诗，袁枚认为，咏史有三体，“一借古人往事，抒自己之怀抱”，“一为隐括其事，而以咏叹出之者”。（袁枚所说的第三体，实际上是用典的问题，兹不赘。）这样的区分，无论科学与否，但他指出了一点：诗人无论是借古人往事以抒发怀抱，还是隐括其事，亦即只就一时一事而咏叹之，都必须注入诗人自己的情感。如果咏史之作，只是罗列往事，“便成廿一史弹词，虽着议论，无隽永之味，又似史赞一派，俱非诗也”（《随园诗话》）。吴乔也说：“古人咏史，但叙事而不出己意，则史也，非诗也。”（《围炉诗话》）他们的见解，很有参考价值。

杜甫的《蜀相》，之所以饮誉诗坛，成为咏史诗的典范，就在于他在追怀作为审美客体的诸葛亮的时候，倾注满腔情感，他是在借古人之往事，抒自己之怀抱。当然，诸葛亮是经过历史波涛的淘洗后留下来的千古英雄人物。杜甫虽然被称为“诗圣”，在文坛上一直高悬赤帜，而平生则穷愁潦倒。区区一个“左拾遗”，没有留下一丝政绩，与“功盖三分国”“万古云霄一羽毛”的诸葛亮，实不可同日而语。但是，杜甫自信，他是有理想和能力的，本来是可以“致君尧舜上”的。在《望岳》一诗中，他不就表现出“会当凌绝顶，一览众山小”的气概吗？说白了，他是认为自己可以和诸葛亮同站在一条起跑线上的，可是，命运之神却始终没有给他施展才华的机会。他时运不济，命途多舛，后来混得个小官，又逢安史之乱。对唐王朝，他也像诸葛亮对蜀汉那样，矢志不移，忠心耿耿，但始终无济于事。后来还因为营救房琯，触怒肃宗，又遭贬谪。他羡慕诸葛亮和刘备的嘤鸣友声，君臣遇合。而自己虽然也像诸葛亮那样，经历过“两朝”，忠于唐玄宗和唐肃宗两代帝王，而得到的却是一次又一次的冷遇与抛弃。所以，当他在寻访武侯祠，怀着无比崇敬之情凭吊诸葛亮的时候，何尝不是借他人之酒杯，浇自己心中之块垒。为什么这首咏史诗，读来让人荡气回肠，这正是和杜甫在诗中每句都在咏史、每句又都在抒发自己的怀抱有关。

严羽说：“盛唐诸公之诗，如颜鲁公书，既笔力雄壮，又气象浑厚。”(《答吴景仙书》) 何谓雄浑？司空图认为：“反虚入浑，积健为雄，具备万物，横绝太空。”(《二十四诗品》) 唐代诗人在创作的时候，很自然地把内心真实感情的律动，与历史和现实广阔深远的时空融为一体，于是，作品便呈现横绝太空的雄浑之气。杜甫的诗作，当然也具有同样的时代风格。但若就他个人创作风格而言，我认为，用“沉雄顿挫”四字来概括，似乎更准确一些。其中，《蜀相》这一首，便很能展示他诗作“沉雄顿挫”的创作风格。

所谓“沉雄”，是说诗风既深挚和沉郁、沉着，又眼界阔大、胸怀古今。像《蜀相》一诗，杜甫从寻访武侯祠，写到进入祠中，写到对诸葛亮的缅怀和崇敬之情，再对比想到自己与历史上有才之士失败的遭遇，感情真挚，格调沉郁，流注着一股悲凉之气。

综观杜甫的诗作，不难发现，他的视野从不狭窄。在创作中，他往往把个人的苦难和忧伤，放置在广阔的时空背景里。像《登岳阳楼》把自己“老病有孤舟”的凄凉境遇，与“吴楚东南坼，乾坤日夜浮”的宏大背景结合起来；像《旅夜书怀》，把自己的“危樯独夜舟”和“天地一沙鸥”的孤苦伶仃，放在“星垂平野阔，月涌大江流”的视野中；像《登高》，杜甫又以“风急天高猿啸哀”等景象极其旷阔的四句，衬托他自己“百年多病独登台”的苦况。在《蜀相》，作为写历史人物的咏史诗，它区区几句，“檃括其事”，便能高度浓缩地回顾诸葛亮辉煌的一生和高贵的品德。但是，杜甫又不仅只注视诸葛亮一个人，而是放眼古今，看到了许许多多英雄人物的悲剧命运。显然，对现实生活的切身感受和对历史深邃的思考，让他的目光显得阔大而沉郁。纵横捭阖的描写和压抑的心情融汇在一起，形成沉雄的独特风格。

所谓“顿挫”，是指作品中所展现的意象和语言的节奏，不断地起伏变化，跌宕不定。这实际上是作者感情激动和内心矛盾的外化。就《蜀相》而言，杜甫在第一、二句，写自己怀着恳切崇敬的心情寻访武侯祠。第三、四句写进入祠宇，看到清幽的景色，想到人去祠空，落寞之情，油然而生。这一来，热切切的期盼，跌落冷清清的怀抱中，感情出现了转折。第五、六句，诗人从低回中，想到了诸葛亮卓越的功勋和忠贞的品格。“万古云霄一羽毛”的光辉形象，猛然在他的思绪中激动地飙起，诗的情韵出了新的变化。但是，杜甫又从诸葛亮的丰功伟绩，立刻想到他无力回天的结局，更联想到历史上多少英雄人物的遭遇，联想到现实生活中多少有志之士的悲剧，于是，对诸葛亮无限景仰之情，呈现为大幅度转折，转为一阵凄怆、一缕悲凉。整首诗，韵味忽抑忽扬，忽起忽落。作者情感的曲折变化，在诗歌语调和节奏上，便呈现出顿挫跌宕的韵味。

“沉雄顿挫”，是杜甫对待人生的态度以及思想的矛盾，纽结在诗歌作品中从而显示出的独特风格，它在盛唐的诗坛上，具有标志性的意义。

说刘长卿《长沙过贾谊宅》

三年谪宦此栖迟，万古惟留楚客悲；
秋草独寻人去后，寒林空见日斜时。
汉文有道恩犹薄，湘水无情吊岂知？
寂寂江山摇落处，怜君何事到天涯？

我国历史悠久，各朝各代，官家私家，对出现过的人和事不断记录，积累的文字资料如汗牛充栋，这为历代的诗人墨客，提供了大量的创作素材。在唐代，诗坛中有些人甚至专门咏史，像汪遵写过咏史诗 61 首，胡曾写过 152 首，周昙写过 80 首，但多是记录史事，押了韵说故事，乏善可陈。

诗歌创作，是为了抒发感情的。诗人如果以历史事件或人物为题材，只能像袁枚所说："借古人往事，抒自己之怀抱。"所以，咏史诗，也可称之为怀古诗，关键就在于"怀"。换言之，如果不是借史事以抒发自己的情怀，那只属当时的一批"老干体”诗歌。纵观唐代咏史或怀古的诗作，刘长卿的七律《长沙过贾谊宅》是很值得推许的一首。

刘长卿可能生于公元718年前后。在他青少年时期，唐王朝还处于相对稳定的阶段，但社会矛盾日渐积累，逐步激化，乃至后来爆发了安史之乱。刘长卿在公元755年，参加了科举考试，还未发榜，安禄山起兵叛变，天下大乱。接着是唐肃宗即位，刘长卿才登上了进士第，并在唐肃宗手下，当了江苏长州县的县尉，管理当地治安。据知他颇有才干，但常妄议朝政，“刚而犯上”。《唐才子传》载：“长卿清才冠世，颇凌浮俗，性刚，多忤权门，故两逢迁斥。”

刘长卿第一次被贬至潘州南巴，即现在广东的茂名电白一带，估计还未到任，就被放回。第二次，则在大历八年（768）秋天，他在湖北的鄂岳当差，又得罪了上级，被贬至浙江的睦州。总之，他屡遭整肃，仕途蹭蹬。所以，他的诗也多写到怀才不遇，宦境凄凉。由于《长沙过贾谊宅》诗中写到“秋草”“寒林”，估计这诗，是他第二次被贬谪，由鄂经湘赴浙，在长沙时，怀着失落的心情写成的。

从诗题看，意思很明白，刘长卿无非是说他到长沙后，访问了贾谊的故居。

贾谊是汉代名臣，少年得志，二十一岁即被征召为博士，旋被任命为太中大夫，很受汉文帝器重。他写过《治安策》《过秦论》《论积贮疏》等著名的奏疏、论说，提出过不少有利于维护和强化汉朝中央政权统治的建议，这就触犯了灌婴、周勃等权贵集团的利益。《汉书·贾谊传》记：“天子议以谊任公卿之位，绛、灌、东阳侯、冯敬之属尽害之，乃毁谊曰：雒阳之人，年少初学，专欲擅权，纷乱诸事。”在众口铄金的情况下，汉文帝也逐渐疏远了贾谊，把他调往远离权力中心的长沙。

贾谊怀才而被贬，历来受到和他具有类似经历者的同情。诗人刘长卿，不也是和贾谊一样，因得罪了权臣而无辜被贬吗？在他的诗集里，我们可以看到许多和贬谪有关的诗，像《初贬南巴至鄱阳》说“地远明君弃，天高酷吏欺”，像《重送裴郎中贬吉州》说“同作逐臣君更远，青山万里一孤舟”，格调慷慨而伤感。等到他到了长沙，知道这里有贾谊的故宅，便登临访问，触景伤情，写出了这首很能动人心魄的诗篇。

诗的起句是“三年谪宦此栖迟”，这并不费解。贾谊确实在长沙，栖留了三年。应该说，作者落笔，直叙史事，似还平实。但仔细体味，这句的最后，使用“栖迟”两个平声字，声音由高到低。当人们念到句末“迟”这一低音字时，语势语气，必然拖长，就像乐句之末，节拍延长，旋律下行，这便表现出诗人沉吟低回的情态。

但是，第二句“万古惟留楚客悲”一下，诗的情绪，突起变化。在前句，刘长卿不是说贾谊在长沙居留了三年吗？三年的时间，说长不长，说短不短。宋代的苏轼，也多次被贬，他从京师贬到廉州，还长达十三年之久呢！而刘长卿写贾谊被谪“三年”，下句对应的词语，却是“万古”。万古，是指一代又一代，没有尽头，属于模糊性的表述。它和上句准确记录的“三年”，形成了对比。跟着又说“惟留楚客悲”，意思是指来此访问的人，唯一留下的感受，就是一个“悲”字。这“万古”和“唯一”比衬，情绪的跌宕，也十分强烈。在刘长卿的诗作中，我们发现他经常运用“一”与“多”对立统一的艺术手法，像说“孤城上与白云齐，万古荒凉楚水西”（《登余干古县城》），让“孤城”与“万古”对应，同样收到互相比衬的效果。

按说，一代又一代的人，到一个地方访问参观，留下的印象会是多种多样和千差万别的。有觉新奇，有怀遗爱，有感零落，有仰高风。但刘长卿强调，人们来到贾谊的故宅访问时，所得到的唯一感受，就是“悲”。这样的写法，并不合理，刘长卿却正是要以这不合常规情理的写法，让读者在心灵中产生强烈的反应，从而突出他所要展现的情怀，达到他所追求的艺术效果。这“悲”字，是贯串全诗的纽带，也是诗人抒发感情的焦点。

有意思的是，刘长卿所强调的“悲”，不是一般之悲，它是“楚客”之悲。

如果我们也先从语调的角度看，“楚客悲”三字，声音一个比一个上扬。到了“悲”字，迸发为平声的最高音。就诗句的音乐性而言，人们念到句末的“悲”字，作为乐句，一定也是节拍拖长，旋律上行，达到音阶的最高点。它和首句之末“栖迟”的声调下行，又形成了鲜明的对比。可以说，刘长卿在创作时，让首句低回的意韵，和次句凄厉的情绪，形成鲜明的落差。这表明，刘长卿在创作时，就从各个方面，包括声调的运用在内，着意给人以强烈的刺激。

“楚客悲”，楚客，这词语典故，当然是指屈原，但又妙在它并不只是单指屈原本人。我们知道，屈原在楚国的发祥地长沙，痛苦地写了怀想家国的《怀沙》。后来汉代的东方朔，哀悯屈原的放逐，在《七谏》中有“上葳蕤而防露兮”的句子。南朝谢灵运便在《山居赋》中说：“楚客放而防露作。”从此，这屈原被放逐到长沙一事，被压缩为“楚客”一典。汉代的贾谊，因被贬谪到长沙，又写过痛悼屈原的诗赋，人们同情他的遭遇，认为他的命运与屈原相似，因此也称他为“楚客”。其后，“楚客”便成了被贬谪流放到湘楚一带怀才不遇者的代名词。唐宋时期，“楚客”一词用得更广泛，凡是失意者，即使没到过长沙，也可称之为“楚客”。像岑参《送人归江宁》“楚客忆乡信，向家湖水长”，像刘禹锡被贬朗州，即说“楚客欲听瑶瑟怨，潇湘今夜明月时”等均是。

刘长卿在长沙访问贾谊故居，这诗所指的“楚客”，从正面来说，当然是指贾谊。但是，这里用典的妙处，又在于它并非单指贾谊，而是包括万古以来，与屈原、贾谊有类似遭遇的人。说穿了，刘长卿在这诗里所指的“楚客”，其实也包括他自己。正由于他觉得自己和贾谊一样，对朝廷忠心耿耿，却落得贬谪的下场，而且也来到了长沙，所以他十分悲伤。他为贾谊伤心，为像屈原那样忠而见谤的人士伤心，更为自己的遭遇和处境伤心。显然，他去访问贾谊故宅，是伤心人别有怀抱。这就是这首怀古诗所怀的深层意涵，也是刘长卿以种种艺术手段，强化“悲”字的用意所在。

诗的第三、四句，“秋草独寻人去后，寒林空见日斜时”。这是刘长卿写他在访问贾谊故居时，看到的景象和感受。

刘长卿写他来到这里的时间，已是深秋。他先写在贾谊故宅庭园里看到的草。这草，是秋天的草，它和青草、春草，有所不同。在南岭以北，秋风起处，草色萧瑟，显得凄清惨淡。宋玉不是在《九辩》中说过“悲哉！秋之为气也，萧瑟兮，草木摇落而变衰”吗？这句话，形象地概括了秋天的特点，于是，“宋玉悲秋”以及“草木摇落”，成了人们共同认知的典故。在杜甫的《咏怀古迹五首》里，就出现过“摇落深知宋玉悲”的句子。

刘长卿在贾谊故宅访问，直到黄昏。那时已经没有其他访客，只剩下他一个人，独自在寻寻觅觅，缅怀贾谊的遗风遗迹。于是，他写自己的寂寞惆怅之情油然而生。不过，在这里，“人去后”一语，是有双关的意味的。它也可以让人把“人去后”，理解为指逝去的贾谊。刘长卿写他在明知贾谊已逝的情况下，还要独自在秋草中寻找陈迹，这适足表达他对贾谊怀想的深切。

跟着，刘长卿写他环顾四周的景象。所谓“空见”，是指心情落寞，徒然看到寒风中的林木，在斜阳下形影相吊。这一联，他极写贾谊故宅一派凄冷的景色；也在顾影自怜，写出自己在俯仰之间悲凉的心态。在上文，我们曾引征过刘长卿《登余干古县城》一诗。当他描写古城的空寂时，出现过“官舍已空秋草绿，女墙犹在夜乌啼”的句子；在《酬张夏别后道中见寄》一诗中，他写到自己“谪宦在天涯”时，又出现“暮雪同行少，寒潮欲上迟”“只畏生秋草，西归亦未期”等句。很清楚，刘长卿惯于以秋天或寒冷的景色，衬托自己凄戚的情怀，从而形成了他特有的沉挚而又委婉的风格。

刘长卿这颔联的巧妙之处，还在于描写贾谊故居景象的时候，蕴含着与贾谊有关的典故。这一点，古代的评论家是已经看到了的。据知，贾谊写有《鹏鸟赋》，其《序》中有云：“谊为长沙王太傅三年，有鹏鸟飞入谊舍，止于坐隅。鹏似鸮，不祥鸟也。”赋中还写道：“四月孟夏，庚子日斜兮，鹏集予舍。”于是，他说问卜的结果是：“野鸟入室兮，主人将去。”施补华指出：刘长卿的“‘人去’句，即用《鹏赋》‘主人将去’；‘日斜’句即用‘庚子日斜'。可悟运典之妙，水中着盐，如是如是”(《岘佣说诗》)。王闿运也即认为，《长沙过贾谊宅》一诗，“运典无痕迹”(《湘绮楼说诗》)。确实，刘长卿在写贾谊宅的景色中，暗含着贾谊用过的语言，不露痕迹而饱含深意，这不能不说是他用笔精巧的地方。

用典，是刘长卿这首诗的创作特色。诗中提到“楚客”，提到“秋草”“日斜”“人去”等，都是微妙地运用典故。所谓典故，是过去发生过，而且是一般知识分子都懂得的事。刘勰在《文心雕龙》中称为“事类”，他说：“事类者，盖文章之外，据事以类义，援古而证今者也。”他认为，在创作时运用典故，有着把从前发生过的事，推论到今天发生的事的作用，这实际上是一种以古论今、具有隐性的比喻。赵翼也说：“古事已成典故，则一典已自有一意，作诗者借彼之意，写我之情，自然倍觉深厚。”(《瓯北诗话》)他认为，由于古事已成为压缩性的语言，它可以引导审美受体从认知中产生丰富的联想。像刘长卿在诗中写到“秋草”和“日斜”的典故，它既是表现贾谊故宅的景色，又暗含贾谊在其作品中使用过的意象。这就一箭双雕，适足以过去发生过的事“写我之情”，从而更深刻地表现出诗人对贾谊的怀念。试想想，如果刘长卿把这两句写为“芳菲独寻”或“空见夜来”之类，没有暗合贾谊在《鹏鸟赋》中的词语，就不能让读者领略其丰富的内涵，也减弱了诗的艺术价值。

在过去的诗歌创作中，不少人喜欢用典。用典，有利有弊。有人通篇用典，而且用生僻的典。像李商隐的牡丹诗：“锦帏初卷卫夫人，绣被犹堆越鄂君……石家蜡烛何曾剪，荀令香炉可待熏。”令人读来，一头雾水。即使勉强解通了，流动的思绪半途塞车，也失却在感情上共鸣的意义。但是，如果典故为人们所熟悉，情况便不同了。例如一说“滥竽充数”或“东郭先生”，人们就知道这是形象地讽刺冒牌货。一说“凿壁偷光”，就知道指勤读苦学。在古人，这都是一般的常识。诗人运用人们熟悉之典，读者在审美过程中，并不会产生思路堵塞的现象。何况，在格律诗字数、句数有严格规定的情况下，用典，不仅可以省去许多语言上的“开支”，而且还能领略到味外之味。

其实，使用“日斜时”的意象，也是用典，它和上句“人去后”对应，同样有着语意双关而又更深一层的意味。它既明指诗人访问贾谊故宅，时近黄昏，同时，人们也可以联想，这句诗，又是刘长卿以夕阳的昏暗，比喻他对唐代时政的看法。在封建时代，太阳，往往是皇帝乃至整个朝廷的比喻。像《尚书·汤誓》中说“时日曷丧，予及汝皆亡”，它所说的“日”，指的就是夏桀，这就有典故的性质。在宋代，辛弃疾的《摸鱼儿》，有“休去倚危栏，斜阳正在烟柳断肠处”之句，据罗大经说：“闻寿皇（指宋孝宗）见此词颇不悦。”因为宋孝宗这家伙，也懂得“斜阳”是对他的讽刺。显然，刘长卿所说的“日斜时”，也不是只从时间的角度着眼那么简单。在唐肃宗、唐代宗时代，尽管安史之乱结束了，但李唐王朝已不可避免地江河日下，逐步式微。这趋势，正是“日斜”的写照。面对如此可悲的政治气候，刚直的刘长卿无能为力，他来到了长沙，只能眼睁睁地看着唐王朝每况愈下的政局。“空见”两字，也正好表达他无可奈何的心态。清代黄叔灿云：“秋草一联，怀古情深，有顾影自悲意。”（《唐诗笺注》）我想，只有觉察到刘长卿在创作上处处用典、处处运用语意双关的艺术手法，让情景、典实与自己的身世和时代相融合，才容易理解他怀念贾谊的真谛。

接下去，诗的第五句是“汉文有道恩犹薄”，这是刘长卿对贾谊的遭遇发表自己的看法。

首先，刘长卿承认，汉文帝刘恒，算是“有道”之君。他执政以后，在混乱的政局中，尽量采取宽容和不折腾的政策，轻徭薄赋，与民休息，经济有了很大的发展，出现了历史上所谓的“文景之治”。司马迁对他的评价是：“蠲除肉刑，开通关梁，广恩博施，厥称太宗。”（《史记·太史公自序》）就这一点而言，贾谊遇上了幸运的机会，使他能一展才华。但是，即使他提出过许多有助于汉文帝巩固统治的方针政策，而当这“有道”的汉文帝，一旦受到各方压力，为了维持自己的利益，也不得不薄情地让贾谊做出牺牲，把他赶出了权力中心，让他沦落天涯，让他凄惶忧伤。这句话，说得很委婉，它的意思是，贾谊碰上了有道之君，得到的竟还是如此薄情的对待。退一步说，如果碰上了无道之君，他的命运，又将如何？那岂不是更不堪设想吗？

请注意，这句诗，是话里有话的。刘长卿对贬谪他的唐代宗，不也是说过“地远明君弃”吗？他对软弱无能的唐代皇帝，也只敢说是“明君”，可见，作为封建时代的人臣，岂敢对皇帝说半个“不”字？在这里，刘长卿表明了对贾谊遭遇的怜悯与同情，也有意让读者看到，他对包括唐王朝在内的所有最高封建统治者，是怎样的失望与怨懑。

和第五句对应的是“湘水无情吊岂知？”这句话，刘长卿写得很沉痛。在上句，他议论贾谊的遭遇，接下来，便议论贾谊在长沙的情况了。他知道，贾谊被贬往长沙，想到了屈原和自己有相似的命运，十分伤感。据《汉书》记载：“谊既以谪去，意不自得，及渡湘水，为赋以吊屈原。”在赋中，贾谊写道：“共承嘉惠兮，俟罪长沙；侧闻屈原兮，自沉汨罗。造托湘流兮，敬吊先生。”

对贾谊这一段伤心史，刘长卿感同身受，因为他自己当下也被贬，路经长沙，而且，他认为自己的遭遇和贾谊相似。在《新年作》一诗中，他就说过：“岭猿同旦暮，江柳共风烟；已似长沙傅，从今又几年。”不过，当他议论贾谊在经过湘水凭吊屈原时，竟然以设问的语气，认为那滔滔湘水，江流日夜，冷漠无情，哪管人间是非曲直？而且，屈原已殁，他哪里还知道后人会同情他和纪念他？所以，刘长卿觉得，贾谊凭吊屈原，也是枉然。本来，纪念古人，回首前尘，乃是人之常情，这句诗，刘长卿竟说了反话。而这故意让人感到愕然的议论，正是背面敷粉，使人增添对天地无知、历史无情的感伤。

很明显，这颈联奥妙之处，在于刘长卿向读者抒发议论时，同样寄寓着自己的反思。在明处，他是叹息贾谊的不幸；在暗里，他是为自己伤悲。至于说，贾谊徒然去凭吊屈原，也等于说，自己去凭吊贾谊也是徒然而已！不过，所谓徒然，只是表达自己无可奈何的心态，并非真的说没有必要凭吊古人了。在刘长卿的诗集里，他也写过不少凭吊屈原以及贾谊的诗，像说“愁中卜命看周易，梦里招魂读楚词；自笑不如湘浦雁，飞来即是北归时”，像说“孤城背岭寒吹角，独树临江夜泊船；贾谊上书忧汉室，长沙谪去古今怜”。至于他所写的这首《长沙过贾谊宅》，不正是也在凭吊贾谊吗？刘长卿在诗中说，贾谊凭吊屈原，没有多少意义；那么，他凭吊贾谊，空见寒林秋草，又有多少意义呢？明明知道“吊岂知”，却又偏偏去凭吊，真是情不自禁，欲哭无泪。这一副颈联，刘长卿写得很委婉，但又十分深刻。后世的杜牧曾经说到，社会的普遍情况是："后人哀之而不鉴之，亦使后人而复哀后人也!"(《阿房宫赋》)人们一代一代地为前人伤心，而又一代一代无奈地重复着前人走过的道路，这就是为什么会出现"万古惟留楚客悲"的原因。

诗的最后两句是："寂寂江山摇落处，怜君何事到天涯?"刘长卿着重铺垫自己设问的地方和时间，就空间而言，那是在"寂寂江山"，指的是一片寥廓、远离繁华的地方。本来，在贾谊故宅，他要向贾谊设问，也应围绕着故居的环境着笔，例如说"寂寂庭园萧瑟处"之类。但是，刘长卿竟用"江山"一语，"摇落"一典，把眼光放得更悠远。他以更广阔的时空作为设问的背景。这一来，诗句涵盖的意义，又不仅仅是对着贾谊一人，而是面对广阔的时空。不错，他在思怀怜悯贾谊，推而广之，也在思怀怜悯和贾谊有同样遭遇的人。换言之，所谓"怜君"，这"君"，所指的既是贾谊，也包括所有和贾谊有同一命运的人士，特别是还包括刘长卿自己！他在问贾谊，也是在自问，到底为什么会来到这远在天涯的地方？至于这原因，他没有说，也不必说。显然，运用明知故问的写法，正是要表达"同是天涯沦落人"的心曲。金圣叹在《贯华堂选批唐才子诗》中也说："'怜君何事'者，先生正欲自诉到天涯之故也。"他也是看到了刘长卿设问的用意的。

"怜君何事到天涯?"刘长卿还用得着说穿吗?他早就说过："独醒空取笑，直道不容身。"(《负谪后登干越亭作》)谁叫他"独醒"？谁叫他"直道"？在这里，他出人意料地采用设问的方式，作为全诗的结束，正好表现他对忠而见谤者的无限同情、无限感伤。委婉的口吻，既回应了上文强调的"楚客"之"悲"，又有一唱三叹，让人感受到含情不尽、余味无穷的艺术效果。

从刘长卿在整首诗的构思看，诗的开首两句，把悲伤的情绪，明确地表达得突兀而强烈。但是，当转入对贾谊故宅景物的描写和缅怀时，写法却极尽委婉含蓄之能事，连涕泪、怨恨之类的字句也没有出现。诗人只让读者跟着他沉思、怀想。甚至在第五句和第七句，还连续用反问和疑问方式，表达极其迷惘的情态。这相互对立又互相映衬，让不同的思绪相互缠绕的写法，正是《长沙过贾谊宅》一诗的创作特色。也可以说，这首诗代表了刘长卿诗歌创作的风格。

历代诗坛，对刘长卿评价颇高，像张戒在《岁寒堂诗话》中说："其得意处，子美之匹亚。"子美就是杜甫，老实说，就诗歌创作总体的水平来说，刘长卿的成就，怎可以与杜甫相提并论？不过，张戒也是说得颇有分寸的，他只说"其得意处"，亦即指刘长卿诗作中最精彩的部分，可以达到杜甫的高度。像这首《长沙过贾谊宅》，作为怀古诗，就真可以和杜甫《蜀相》和《咏怀古迹（五首）》等诗相匹亚。

不过，即使同样是怀古、咏史，刘长卿的诗风，和杜甫不尽相同。像在《蜀相》，杜甫带着崇敬的心情寻访武侯祠，尽管也写到在祠堂里，看到"映阶碧草自春色，隔叶黄鹂空好音"，他满怀惆怅，但和刘长卿写贾谊故宅只剩"秋草""寒林"的那种萧瑟悲凉的意韵，大不一样。杜甫歌颂诸葛亮经天纬地的才能，赞美他忠心耿耿的品德，更为诸葛亮等英雄人物"出师未捷身先死"感到伤心。人们读了《蜀相》，总会感到杜甫在痛惜前贤中，又贯穿着一股慷慨沉雄的气概。又如在《咏怀古迹五首（其三)》中写到王昭君不幸的遭遇，开首一句，竟是“群山万壑赴荆门”，诗人以奔腾而来的雄伟群山，烘托一位独抱琵琶、远赴异乡的女子。很明显，杜甫即使在写昭君“分明怨恨曲中论”时，其中也贯注着豪宕的气势。

你说刘长卿的咏史之作，就没有慷慨激昂的格调吗？也不全是。例如他曾写有《送李中丞之襄州》一诗，其中有“独立三边静，轻生一剑知；茫茫江汉上，日暮欲何之”之句，便说明他尚存雄健的一面，所以，在到访贾谊故宅时，出现“万古惟留楚客悲”那样的激亢之句，也不是偶然的。但是，统观他总体的创作风格，正如李东阳说：“凄婉清切，尽羁人怨士之思。”(《麓唐诗话》)他对事物的观察往往精妙入微，像“细雨湿衣看不见，闲花落地细无声”(《送严士元》)，以春天渐老的景象，衬托“青袍今日误儒生”的惆怅，委婉而妍秀。这格调，确又与杜诗有着较大的区别。

从刘长卿的诗风看，“可以通津杜公”(《昭昧詹言》)。换句话说，杜甫是诗坛盛唐气象的代表性人物，而刘长卿，则是沟通、衔接从盛唐到中唐诗风变化的桥梁。这也难怪，刘长卿比杜甫小十多岁，在青少年时期，他也和杜甫一样，经历过天宝年间一段开放的盛景，胸中尚萦绕着家国的情怀，“唯有家兼国，终身共所忧”(《湖南使还留辞辛大夫》)。可是，从青年以后，直到去世，长期以来，他看到的只是唐玄宗后期乃至肃宗、代宗、德宗三朝，唐王朝逐步走向经济崩溃、政治窳败、太监专权、藩镇割据的局面。胡应麟说：“文章关气运，非人力。”(《诗薮》)人民悲惨和社会沉沦的态势，让刘长卿壮志消磨、怨恨交加，他更多时候与失意者同病相怜，悲叹命途多舛、无能为力。于是，尚存一缕“慨当以慷，忧思难忘”的意气，与失落苦闷、欲说还休的情愫，纽结缠绕，起起落落。这让他的诗歌创作，有时显露像杜甫那样关心社会、慷慨沉郁的风骨，有时则呈现出追求孤寂清幽的韵味。在这意义上，刘长卿的创作，也真可以说是由盛唐气象转入大历诗风的津梁。

说张继《枫桥夜泊》

月落乌啼霜满天，江枫渔火对愁眠；
姑苏城外寒山寺，夜半钟声到客船。

在过去，我们对历史环境的理解，过分强调政治和经济的问题。其实，我们更应从诗人所处的文化环境中，注意观察、了解当时的文化现象，这才可能发现作品隐藏的奥秘，品味诗词创作的美妙所在。

有一首诗，写得很美，并且广泛流传，却又不容易了解它蕴含的意思。这就是上引张继的《枫桥夜泊》。所有唐诗的选本，几乎都选上了它，人们公认这是一首好诗。《大历诗略》说它“高亮殊特，青莲遗响”。明人周珽对它的评价是：“看似口头机锋，却作口头机锋看不得。”（《唐诗选脉会通评林》）更值得注意的是，它流传到日本。日本“三尺之童，无不能诵是诗者”。俞陛云说“唐人七绝佳作如林，独此诗流传日本，几妇稚皆习诵之。诗之传与不传，亦有幸与不幸耶”（《诗境浅说续编》）。多年前，我曾到过苏州的寒山寺。记得一进寺门，便看到寒山和拾得的画像，这两个人，衣衫褴褛，形容古怪。不过，现在寺门外已属市廛，车水马龙，再没有清幽宁静的景象了吧。

《枫桥夜泊》写的是在枫桥这地方晚上泊船的情景。在过去，作客他乡，路途险阻，半路上停留泊船或投宿，这叫“羁旅”。张继这首诗，写游子在寒山寺附近的枫桥夜泊，孤独凄凉，可以说是唐诗中以羁旅为题材的代表作。据说，“枫桥”原名“封桥”，后因张继的这首诗，改“封”为“枫”，可见它影响之大。

不过，过去的评论者，对这诗的第一句，就有不同意见了。有人说它很不妥，认为月落时，怎么会有乌啼呢？因为乌鸦的啼鸣，只是在月出的时候，是月的光惊动了乌鸦，所以会有“乌啼”的情景。如苏东坡的词“月皎惊乌栖不定”、曹操的“月明星稀，乌鹊南飞”、王维的“月出惊山鸟”，都是如此，月亮的光刺激了乌鸦的神经系统，所以它才啼叫。而月落时，乌鸦倒是不会啼的。按此说法，张继这诗，一下笔，便有杜撰之嫌。有人则给张继打圆场了，说“乌啼”原指地名，张继是说月儿落在乌啼村的方向。一检古籍，枫桥之西十多里，真有一乌啼村。不过，这样的解释，实在大煞风景。

对于“霜满天”，人们倒没有提出什么异议。但较真起来，这三个字才是真正有问题的。古人以为，霜是从天上落下来的，所以有“霜降”的节令，《春江花月夜》也说“空里流霜不觉飞”，此外还有“六月飞霜”的成语。其实，霜是在地上生成的。古人在夜凉如水的月夜，觉得冷，月色迷蒙，地面有霜，就以为霜是从天上飞下来的，这完全是误解。在这里，我指出人们一直不知道“霜满天”不合现实生活的情况，是要从反面说明，解诗不能过于执着呆板，否则，一点味道都没有了。

实际上，张继说的“月落”，只说明夜已深，它与下文“夜半钟声到客船”的“夜半”相对应，是从视觉感受枫桥夜色的凄迷。乌啼，是诗人听到有乌在啼。乌鸦睡得不安稳，偶然啼叫，这一如在羁旅中半睡半醒的旅客，是诗人从听觉感受到枫桥之夜的忐忑难安。至于“霜满天”，则从总体上感觉到这里寒气逼人、凄清寂寞。若就科学性而言，它并不准确。但文艺作品容许虚构，这也是创作的常识。

在现代的电影创作中，有所谓“蒙太奇”手法，即把不同画面组接在一起，让观众悟出其画面以外的意思。我国的诗词，也经常运用类似“蒙太奇”的做法。在《枫桥夜泊》中，月落、乌啼、霜满天，也是把三个不同画面、三种不同感觉组接在一起，它们之间没有连接词。这一来，实景与实景之间，留下了空隙，给读者腾出了想象的余地，让读者体悟到这里客观环境的孤独凄凉。

第二句，“江枫渔火对愁眠”，人们又有争议了。有人说，江南地区，是没枫树的，因此，“江枫”是指两个地点，一为江桥，一为枫桥。是江桥和枫桥的渔火，对着愁眠的人。这解法，实在也大煞风景。

其实，江枫不过是泛指江岸的树，它们是否是枫树，夜里也看不清楚。而且，在古代江南，凡树叶分叉的，例如山楂树，都叫枫。至于诗人认为江边的树是枫树，乃因“枫”树和别离有关。枫树很美，秋天叶子变红。游子在外，看到美景，反会触目伤心。所以古人写别离时，一般都会写到枫树，如楚辞《招魂》“湛湛江水兮上有枫，目极千里兮伤春心，魂兮归来哀江南”。又如写江南美景的《春江花月夜》，有“青枫浦上不胜愁”之句。《西厢记》长亭送别也写到“晓来谁染霜林醉，总是离人泪”。所以，张继写江枫，只是因为它总与别离有关。他看到江边有一片模糊树影，而自古以来“枫”与别离有关，成了人所共知的符号，这符号沉淀在诗人的情感中，让他认为那就是枫树。至于江岸的树到底是不是枫树，实在也不必深究。张继觉得，满江岸那些意味着别离的树，陪伴着他这离乡别井的旅人，让羁旅的伤感油然而生。

渔火，指的是渔船的灯火。两三渔火，在江上闪烁，分外鲜明，也分外映衬出江面上的寂静。所以杜甫《春夜喜雨》有“野径云俱黑，江船火独明”之句，用渔火衬托出夜的深沉。而渔火，是捕鱼者用以捕鱼的灯火。鱼儿见了灯火，会聚在船旁，渔人便下网捞鱼。有渔火，说明渔人一直没有睡觉，这和诗人在船上一直睡不着一样。于是，渔人与羁旅者，在寂静中互相映照。

上面两句，一句视野向上，天空中有迷蒙的光，而树上乌啼数声，在寂静中又透露出不安宁的意韵；一句视野向下，江面上也是一片迷蒙，几点渔火，打破黑暗，而光的闪烁，又反衬出江面上分外黑暗。这景象，让愁苦的羁旅者更是忐忑难安。诗人在一俯一仰之间，既写落寞凄清之景，也写出羁旅者落寞凄清之情。而这凄清之情，实际上又是诗人内心烦躁的一种表现。渔火不定的明灭，乌鸦不安的啼鸣，也就是羁旅者烦躁心情的一种外射。

按照一般的写法，写了枫桥的景色，诗人便会较多地抒写主观的感受。张继却与众不同，他在用几组画面从各个角度写旅人在宁静中的烦躁不安以后，到诗的第三、四句，语势虽转，却依然是描写客观的景况。而描写的角度，则转从听觉上着力。在一片宁静凄清的夜里，寒山寺传来了钟声，这又更显出枫桥的沉寂和客况的凄凉。在游子半睡半醒的“愁眠”中，钟声敲起，也使人无法入梦。就创作技巧而言，自然流畅的转换，视觉感受成了听觉感受的铺垫，从而突出地表现钟声韵味的悠远。

也正因为张继如此强调寒山寺的钟声，这引起了人们对钟声的注意。有人认为，张继的写法，违反真实。人们怀疑，在半夜，寺庙里怎么会敲钟呢？欧阳修在《六一诗话》指出：“句则佳矣，其如夜半不是打钟时。”这一来，所谓“佳”，就被打了折扣。其实，对佛寺是否会有“夜半钟声”，也不必深究，佛教有不同流派、不同规定。例如密宗深夜不睡，是可念经打钟的；禅宗则不同，夜半不打钟，但也有例外，在深夜打的，叫“无常钟”“分夜钟”。寒山寺属禅宗寺庙，也许张继听到的钟声，就属例外的敲钟，所以，说他写得不真实，不见得有道理。

我们一再指出，文艺作品是容许虚构的，且不说张继听到的夜半钟声未必是虚构。其实，以有声衬托无声，以声音反衬宁静，会有很好的效果。这一点，诗人们是有体会的，所以王籍有“蝉噪林愈静，鸟鸣山更幽”的写法，杜甫有“春山无伴独相求，伐木丁丁山更幽”的写法。同样，张继写枫桥景色的冷清、旅客的孤独，那钟声，也让夜色显得更宁静、更凄冷，让“愁眠”者愁上加愁。总之，对抒情诗的理解，是不能过于拘泥的，如果像有些人把乌啼、江、枫，都理解为地名，那么，这诗就出现乌啼、江桥、枫桥、姑苏、寒山寺五个地名，整首诗便很呆板，根本谈不上有什么美感。

应该说，《枫桥夜泊》确是一首好诗，它情景交融，把旅人的凄清的苦况写透了。但让人不容易解释的是，在唐诗无数的佳作中，为什么唯独它能流传久远，产生国际影响，乃至于寒山寺也因此更有名声呢？这不能不让人仔细思考。

在张继稍后，诗人张祜，也写了一首《题金陵渡》：

金陵津渡小山楼，一宿行人自可愁；
潮落夜江斜月里，两三星火是瓜洲。

这首诗，也写羁旅，也写旅人的愁眠，也写月落、黑夜、灯火，也显得宁静悠远，但远不及《枫桥夜泊》流传之广之远，这是为什么？难道真如俞陛云所说，这是“有幸与不幸”的问题吗？

上面说过，人们都评论这诗写得宁静苍凉，而稍带怨闷压抑，但清代乔亿的《大历诗略》，对《枫桥夜泊》的评价，却颇为独特。乔亿认为它“高亮殊特，青莲遗响”。说它“高亮”，明显是说它风格明朗，使读者神清气爽的意思。为什么乔亿会有这样的感受呢？这不能不引起人们的思索。明代的周珽，更说它“看似口头机锋，却作口头机锋看不得”。所谓“机锋”，是佛教禅宗用语，说是语带双关，使人觉悟的意思。周珽说它有口头机锋的意味，但它又是诗，不能视为一般的口头机锋。为什么周珽也会有这样的感受呢？

张继这一首诗，最早的版本，见于唐代高仲武所编的《中兴间气集》，题目却是《松江夜泊》。其后宋代《吴郡志》也载有此诗，题为《晚泊》。一般说来，最早的版本往往是最可靠的。可见，张继的这首诗，应写于松江，即在今上海一带，而不是写在江苏苏州。这一来，他怎么会听到“姑苏城外寒山寺”的钟声呢？而且，在江南一带，寺院很多，正如杜牧云：“南朝四百八十寺，多少楼台烟雨中。”在姑苏，寺院也很多，即使张继是在枫桥半夜闻钟，这钟声，也未必就是寒山寺发出的钟声吧！但是，张继却坐实它是来自“寒山寺”，为什么会如此呢？

依我看，奥妙就在于“寒山寺”这三个字。

寒山寺是佛教的禅院。汉代以来，佛教传入中国，发展很快。佛教讲求因果报应，认为有因必有果，有生必有死。归根结底，它要研究怎样对待生和死，是研究如何获得进入天堂门票的学问。为了进入天堂，人们想出不同的渠道，不同的办法，从而佛教便衍生出不同的流派，例如华严宗、净土宗、密宗、禅宗等等。有些流派，很讲究清规戒律，甚至用自残的方式，来表现对佛祖的虔诚。在唐代，信仰佛教的人很多，我们知道，韩愈不就曾上书给皇帝，反对迎接佛骨吗？他不惜冒风险反对佛教，恰好反过来说明了佛教影响力之大。

在佛教诸多门派之中，禅宗的影响力最大。禅宗的特点，在于将佛教中国化、世俗化。它讲求“明心见性”“即心即佛”，认为不用有诸多讲究，也不必拘泥清规戒律，只要思想通了，一旦明白一切皆空，便算是修成正果。空，也就是“无”。当懂得世界一切的存在，其实都是不存在的，“有”，其实也是“无”的；当能彻底明白万事皆空，一切皆无，一切均由心生，便是“觉悟”，觉悟便能成佛。总之，把客观存在否定得越彻底，道行就越高。

如何能做到“觉悟”，禅宗初祖达摩，讲究“面壁”，即对着墙壁苦苦地思考。而二祖、三祖、四祖、五祖，讲究遁迹山林，在荒野中静心修养以悟道。六祖惠能则认为不必有什么讲究，认为随时随地都可以悟道，这叫“放下屠刀，立地成佛”。无论在山林、在凡间，即使吃肉喝酒，放浪形骸，像济公那样，“酒肉穿肠过，佛祖心中留”，只要“悟”了，就成佛了。唐代有名的和尚寒山，便是禅宗一派的人物。

寒山寺是纪念寒山和尚以及他的徒弟拾得和尚的。据说，寒山是盛唐时代人，出身官宦人家。在武则天执政期间，他也做过官。后来看破红尘，大历年间，隐居于天台山的寒岩，当了和尚，所以他又号寒山。此人终日疯疯癫癫，穿得破破烂烂，整天穿个木屐，到处闲逛。他每到寺院讨饭，常与和尚们打打闹闹，或者和牧童唱歌玩耍，毫不正经。寺院的厨子，名叫拾得，他把剩饭剩菜放在竹筒里，留给寒山，寒山背起来便走，两人一点也不计较，慢慢也成了师徒。

拾得，原是和尚们在路边捡来的孩子，稍长大，寺里分配他当了厨工。他受了寒山影响，两个人放荡不羁，成了一唱一和的一对疯僧。他俩自言自语，独行独笑，快快活活。他们“自乐其性”“率性而为”，还说“对景无心”，对一切事“不粘不着”。结果，两人都成了佛。佛教徒说他俩是文殊菩萨和普贤菩萨的化身，民间则称之为和合二仙。至今，二人的画像，依然在山门供奉。

寒山、拾得这两人的行为，很像后来《济公传》里的济公。其玩世不恭、疯癫古怪的行为，其实是在纷争的环境中对现实的否定，是以看破一切的人生观，来求得灵魂的安慰。寒山有诗说：“生为有限身，死作无名鬼，自古如此多，君今争奈何。”（《手笔》）总之，他认为一切都是空的，生和死是谁都要经历的，人一旦死了，便万事皆空，因此，他提倡人们在有限的生存时间里，应与世无争，无忧无虑，“率性而为”，自由自在。当然，这就没有什么值得发愁的事情了。

当我们明白了寒山寺的命名，是为了表示崇拜和纪念寒山以后，便知道“寒山寺”这三个字特具的含义，便可以知道张继《枫桥夜泊》的第三、四句所蕴含的意味了。其实，古代旅客离家，总是心情愁闷的，无论作者是在松江夜泊，是在黄河夜泊，还是真的在苏州夜泊，都是一样的。当作者偶尔听到钟声，便联想到佛寺，又联想到寒山寺，联想到寒山对人生的主张，于是产生了对人生感悟的情感。在诗里，诗人没有提到寒山本人，他什么也没说，只写听到从寒山寺传来的钟声，点到即止，让读者自己体味。不错，钟声会让失眠的旅客增添惆怅，同时，它又告诉旅行者，愁什么呢？看看寒山是怎样对待人生的吧！生为有限身，应自乐其性，不要自寻烦恼才好。

在中唐时期特定的文化环境中，许多人对寒山的观点态度有所理解，当人们看到张继的描写，仿佛听到从寒山寺飘过来的钟声，便感受到这钟声带着寒山特有的禅意。这钟声，无疑是劝世的警钟，它不是音波的简单振动，而是包含深刻的寓意。它告诉人们：要和寒山一样，懂得人生是虚幻的，不必过于执着，倒应以开朗的随便的态度对待生活。显然，张继特别点明，这钟声，是寒山寺的钟声，是提醒人们要像寒山那样旷达、“自乐其性”的钟声，是提醒人们不要发愁的钟声。听了这有独特含义的钟声，那些羁旅失眠的游子，便应该豁然开朗，站在更高的层次去体悟人生。也正因为张继在诗里表现出如此超脱的态度，所以，乔亿说它“高亮殊特”，周珽也说它有机锋而不易见。至于《枫桥夜泊》能在日本得到知音，我想，这和日本人的性格有关。日本人深受禅宗思想的影响，认为生命短促，像樱花那样，一时灿烂，便走向凋谢、走向空寂，所以能够体悟这诗的意味！

这首诗，有两个动词，它的运用，很值得人们注意。

其一是“江枫渔火对愁眠”的“对”字。这字下得极妙，它描写出这组画面：江枫和渔火，分别对着愁眠的旅客。不错，在这景色的衬托下，羁旅者感到分外寂寞凄清。而作者用“对”字这一动词，又表明江枫、渔火和羁旅者，它们之间，并不相干。江枫、渔火，只是客观的存在，它们只是和愁眠者相互对着，所以诗人没有使用“伴愁眠”“惹愁眠”“照愁眠”等带有主观的具有感情色彩的字眼。这不同于李白诗“相看两不厌，唯有敬亭山”；不同于辛弃疾说，“我见青山多妩媚，料青山见我应如是”。李白和辛弃疾，都要表现主客观之间互有感情的联系，而张继使用没有感情色彩的“对”字，倒是江枫渔火归江枫渔火，愁眠归愁眠。这是愁眠者自愁，客观世界，本与愁眠者无关，只是愁者自作多情而已。

其二，“夜半钟声到客船”的“到”字，同样没有感情色彩。钟声是自然而来，弥漫扩散。至于客船里的人听不听得见，与钟声无关。诗人没有使用“绕客船”“扰客船”“入客船”之类让钟声带有主动色彩的字眼。到者自到，听者自听，钟声是钟声，客船是客船；物是物，我是我，客观事物和人的主观意识，是两回事。在这里，诗人使用这没有表情的“到”字，又让读者想到，人生在世，本来就应物我两忘，因此，人们不应为客观事物所烦扰。

我认为，张继在这首诗中，使用这两个没有感情的动词，与

“愁眠”作对比，联系到他对寒山寺的强调，可见并非偶然，而是有其深刻的内涵。只是这似乎是诗人信手拈来，平淡无奇，让人们不易觉察其中蕴含的奥妙而已。过去的诗词创作，讲究“炼字”，即反复锤炼选择诗句中某一个字，像王安石“春风又绿江南岸”一句的“绿”字，是经过反复推敲修改才确定的，这炼字的故事也广为人知。张继在《枫桥夜泊》连续使用没有感情色彩的“对”和“到”字，我想不会没有经过思考，只是它们平淡得如此自然，像是毫不经心，看似平常却奇崛，这正是炼字的功力达到了最高的境界。

如果把《枫桥夜泊》看成一般的风景诗，这难以说明它会广泛流传的原因。至于为什么张继会写出这样深刻的作品，这又需要我们把他的经历和中唐时期社会的文化背景结合来思考。

张继在天宝年间中过进士，大历年间还在世。他出生稍后于寒山，对寒山是了解的。而他劝谕人们要“自乐其性”，也并非偶然。他也和寒山一样对现实不满，由此发展到想离开这苦恼的现实。

我们在上面说过，佛教在唐代的社会影响愈来愈大。特别是禅宗六祖惠能，强调“顿悟”可以成佛，表示可以很容易取得进入天堂的门票，信奉佛教者愈来愈多。许多诗人，也从不大信佛，转为虔诚的佛教徒。像王维，最初并不信佛，后来信了。白居易也是如此。传说他见到鸟窠禅师住在树上，认为这很危险。鸟窠禅师说：你在此地，水火交煎，更是危险。白居易当初并不理解，后来经过宦海浮沉，明白了水火交煎的真意，便信仰佛教了。他从入世的官宦变成出世的隐者，有诗云：“空山寂静老夫闲，伴鸟随云往复还。”(《香山寺》) 更自号为香山居士，表示离开现实的意愿。

不是有人说张继的《枫桥夜泊》“高亮殊特，青莲遗响”吗？青莲，是佛祖座前莲花，梵名优钵罗。李白晚年，对佛教也是相信的。他有诗云：“宴坐寂不动，大千入毫发。”（《庐山东林寺夜怀》）这句诗，简直是说对人生“顿悟”了。他还自称：“青莲居士谪仙人，酒肆藏名三十春；湖州司马何须问，金粟如来是后身。”（《答湖州迦叶司马问白是何人》）金粟如来指维摩居士之前身，维摩，意为净名，即纯洁大居士。你看，李白简直把自己看成佛教中人了。显然，《大历诗略》说《枫桥夜泊》是“青莲遗响”，这是看到了其中具有佛教禅宗的意味的。

关于张继生平事迹，由于材料缺乏，我们知之不多。但从他的一些诗歌作品中，我们大致可以知道他所处的环境和思想感情。看来，他是一个自命清高，不肯同流合污的官员。在《感怀》一诗中，他说过：“调与时人背，心将静者论；终年帝城里，不识五侯门。”五侯，是指当时的权贵。张继说自己不合时宜，也不肯结交权贵，显然是对现实生活不满。在《酬李书记校书越城秋夜见赠》一诗里，他又说：

东越秋城夜，西人白发年；
寒城警刁斗，孤愤抱龙泉。
凤辇栖岐下，鲸波斗洛川；
量空海陵粟，赐乏水衡钱。
投阁嗤扬子，飞书代鲁连；
苍苍不可问，余亦赋思玄。

请注意，诗的最后两句“苍苍不可问，余亦赋思玄”至为重要。“思玄”是张继的汉代祖先张衡所写的《思玄赋》。张衡是位很了不起的科学家、文学家，他因得罪朝廷，不受重视，乃作《思玄赋》。这首赋的后面写道：“超逾腾跃绝世俗，飘遥神举逞所欲。”张衡说，他要脱离烦恼的现实社会。所谓“逞所欲”，意思是想怎么样就怎么样，这和“自乐其性”的观点相通。张继说“余亦赋思玄”，他也想和他的祖辈张衡一样，飘然出世，不为现实世界所羁绊，这一点，也与寒山的想法，有其相通之处。到后来，张继还写了《归山》一诗，说自己“心事数茎白发，生涯一片青山；空山有雪相待，古道无人独还”，出世的思想非常明显。所以，他在《枫桥夜泊》中，特别点出“寒山寺”的做法，绝非偶然。不管《归山》写在《枫桥夜泊》之前还是之后，它都说明，像寒山那样自乐其性的出世观念、时代的文化潮流，一直潜藏在张继的意识之中。

有趣的是，唐以后诗坛上还有《枫桥再泊》一诗，人们说是张继的作品：“白首重来一梦中，青山不改旧时容；乌啼月落桥边寺，欹枕犹闻半夜钟。”我们一查，其实它是宋代人孙觌写的《过枫桥寺示迁老》。不过，这首诗，简直像是《枫桥夜泊》的注释。关于寒山寺的钟声有什么含义，《再泊》的第一句，便说清楚了。它指出：人生在世，就像一场梦。人必然要老，只是青山不改。山是山，人是人，两者互不相干，也就是“对景无心”。孙觌说，从前他在枫桥听过寒山寺的钟声，便悟出这样的道理了。可见，古代一些有悟性的人，也已明白张继点出寒山寺的钟声，并非仅是说夜深人静，这飘过来的夜半钟声，使静夜更静、愁人更愁的问题；也明白这首诗，不仅是风景诗，而且有更深的含义。

说韦应物《滁州西涧》

独怜幽草涧边生，上有黄鹂深树鸣；
春潮带雨晚来急，野渡无人舟自横。

在文坛上，很少有为了一首诗争夺冠名权而打起笔墨官司的。唯有韦应物这首《滁州西涧》所说的西涧，到底属于什么地方管辖，引起了争论。王士禛说："西涧在滁州城西。"不过，他也说："昔人或谓西涧潮所不至，指为今六合县之芳草涧，谓此涧亦以韦公诗而名。滁人争之。"（《带经堂诗话》）据闻就在前几年，两个邻近的州县，还因为韦应物所说的那条"西涧"，到底应隶属哪县哪区管辖而争论不休。如果这样的争论，是为了增加景点的收入，让它在节假日人山人海，这一来，旅游部门的收入是增加了，而韦应物地下有知，不气得一佛出世，二佛升天才怪！

我没有到过滁州，更不知道这涧在什么地方，不过，小时候，倒知道滁州的风景是不错的。因为背诵过收在《古文观止》

里的欧阳修的《醉翁亭记》。这名篇说："环滁皆山也，其西南诸峰，林壑尤美。望之蔚然而深秀者，琅琊也。山行六七里，渐闻水声潺潺，而泻出两峰之间者，酿泉也。"我不知道韦应物所说的那条西涧，是否就是欧阳修所说的"酿泉"。就这诗的命名来看，所谓西涧，不过是说它是在滁州的西边，也许是连名字都没有的一条溪涧。在唐代，这溪涧还可以行舟，可以通往附近的河流。但它应与"酿泉"有所不同。"酿泉"之侧，"有亭翼然"，欧阳修可以在那里请客饮酒，醉得胡天胡地。但韦应物所说的西涧，却是比较荒凉的去处。在涧边，还有"野渡"。到如今，沧海桑田，这山涧不知是否存在，但千百年来，滁州早就被一诗一文擦亮了招牌，这不能不说是文化史上的异数。尤其是韦应物的诗，以区区二十八个字，描写的又是野外一处很普通的溪涧，竟能起到如此轰动的广告效应，吸引了历代如此众多的诗人墨客，这实在匪夷所思。正因如此，更值得我们认真探索它的奥秘和艺术价值。

《滁州西涧》是韦应物的代表作，这首诗，似乎写得闲散平易。但韦应物一生，却过得很不平淡。他出生于公元 731 年，卒于 791 年，经历过唐玄宗、肃宗、代宗、德宗等帝王执政的年代。这一时期，政治气候风云诡谲，社会动荡，更是唐王朝由盛变衰的历史性时刻。

据知，韦应物出生在贵胄之家，《旧唐书》说："议者云自唐以来，氏族之盛，无逾于韦氏。"在世家光环的照耀下，韦应物在十五岁时，便当上唐玄宗的御前侍卫，一直当到二十岁。这段时间，他显赫得很，也荒唐得很。据他后来回忆："少事武皇帝，无赖恃恩私；身作里中横，家藏亡命儿。"更可恶的是，他还

“朝提樗蒲局，暮窃东邻姬；司隶不敢捕，立在白玉墀”。他赌博淫邪，为非作歹，连自己也承认自己是个骄横霸道的恶棍。可是，安史之乱爆发，唐玄宗垮台，树倒猢狲散，他便哀叹，“武皇升仙去，憔悴被人欺”（《逢杨开府》）。他的生活，一下子从天上跌到了地下。

社会和命运的巨变，让韦应物的人生观、价值观，起了彻底的变化，他很诚恳地说，“忽见杨开府，论旧涕俱垂”，并后悔“读书事已晚”，决定“把笔学题诗”。后来，他写诗的兴趣一发不可收拾，竟成为著名的诗人。宋代的评论家范季随说，韦应物的诗“清深妙丽，虽唐诗人之盛，亦少其比”（《陵阳室中语》）。而促成他思想变化的主要原因，正是在安史乱中和乱后，他看到了人民生活的痛苦，看到了“空城唯白骨，同往无贵贱”（《睢阳感怀》）的惨况，感受到“萧条孤烟绝，日入空城寒”（《广德中洛阳作》）的凄凉。这让他遽然梦觉。火与血的经历，唤醒了他的良知，洗涤了他的灵魂。其后，他做过几任地方官，看到了人民被压迫被欺凌的种种情况，也常挺身而出，为民请命，却反受到权贵的诽谤和迫害。他几次辞去官职，退隐不仕，但有时身不由己，被命复出。而传统拯民于水火的理念，以及生计的困窘，也让他一次又一次踏上官场。到唐德宗建中四年（783），他被任命为滁州的地方官。

韦应物当官，是比较注意亲民的，他说自己“出入与民伍，作事靡不同”（《答畅校书当》）。在滁州，他当了一年多的刺史，也想有所作为，但看到景象荒芜，无能为力，“风物殊京国，邑里但荒榛”（《答王郎中》）。他看到了人民艰苦地耕作，可是，“仓廪无宿储，徭役还未已”。他知道这很不合理，“方惭不耕者，禄食出闾里”（《观田家》）。面对残酷的现实，他总结了自己一生为官种种不堪的遭遇，只能悲叹：“世事茫茫难自料，春愁黯黯独成眠；身多疾病思田里，邑有流亡愧俸钱。”（《寄李儋元锡》）作为封建时代的官吏，能够认识到俸禄来自民众的供给，这样的反思，实属深刻和难得。他一直想为百姓解决困难，却一直受到诸多掣肘。他想过甩手不管，又不忍拂袖离开。总之，长期以来，他想退隐不仕，希望身心宁静，远离尘俗。而现实的处境，又让他身不由己，进退两难。

《滁州西涧》一诗，正是韦应物在出任滁州刺史时，或任满赋闲，在滁州稽留时写的作品。

诗名《滁州西涧》，写的也是西涧的景色。在滁州，韦应物是经常到西涧的，也写下不少和西涧有关的诗，像《西涧即事示卢陟》《西涧种柳》《乘舟过西郊渡》《再游西郊渡》《简寂观西涧瀑布下作》等。有些诗，还写到他在西涧的活动，像说“归来景常晏，饮犊西涧水”（《观田家》），“日夕临清涧，逍遥思虑闲”（《郊区言志》），等等。看来，他对滁州城外的这条西涧，是有着特别的感情的。

现存韦应物的作品近600首，然而，千古以来，最为脍炙人口的，却是《滁州西涧》这首似乎是纯粹描写西涧的风景诗，而且似乎是写得萧散冲淡、语不惊人的区区四句的七绝。

这首诗，以四个画面描写滁州西涧的景色。按理，西涧应有许多景物可以描写，例如附近有瀑布。在《寄全椒山中道士》一诗中，韦应物还提到“涧底束荆薪，归来煮白石”，提到“落叶满空山”之类。起码这里有得是飞流、云树、岩峦、空山、落叶。但是，当韦应物描写西涧的景色时，他首先着墨的，却是涧边的幽草。幽草不是鲜嫩优美、青翠欲流的小草、芳草，而是生长在涧边的芦蒿之类的野生植物。它们密麻麻、绿油油、乱糟糟，自然自在地茁壮成长。它自生自灭，并非有人着意栽培。西涧岸边，有浓密的幽草掩映，显得宁谧疏放，自在自然，让周遭充满着土气息、泥滋味的野趣。

老实说，溪涧之边，幽草丛生，这景象十分平常，况且，韦应物也没有着力刻画这幽草的形态，只用一个很普通的“生”字，说明幽草的生长和存在。但出人意料的是，在这首句之首，作者即下“独怜”两字。怜，是怜爱、喜爱的意思。更有意思的是，他还强调，这“怜”，是“独怜”，是他唯一的排他性的钟爱。在这里，韦应物面对这很平凡很自然的客观景象，却鲜明地强调自己的主观感受，这不能不引起读者的注意。而且，这诗的开始，即以“独怜”领起，它便贯串全诗，表明诗人最喜爱的，正是诗中所提到的种种图景。

诗的第二句是，“上有黄鹂深树鸣”。诗人写黄鹂鸣于深树，至于这里的树是什么树，他没有说，只说这里有一大片树林。浓密的枝叶，成了黄鹂的安乐窝，可以任由鸟儿得其所哉，自然鸣叫。它们是怎样地“鸣”？诗人也没有写。但他特别点出，这鸟儿是黄鹂，也另有一层意味。在《听莺曲》一诗中，韦应物曾写道：“流莺日日啼花间，能使万家春意闲。”流莺是指黄莺，黄莺即黄鹂，显然，韦应物一向觉得，黄鹂的啼唤，会给人“春意闲”的感受。而且，鸟鸣则山更幽，黄鹂的鸣声，也衬托出西涧的幽静。

这一句，写的既是一幅涧岸的图景，而又和上句有着联系。因为诗人特意在这句之首，点出“上有”两字，这表明“黄鹂”

的“深树鸣”，是在涧边幽草之上的。于是，西涧的景色，上上下下，连成一片，从而透露出整条西涧幽闲宁静的意蕴。再者，从黄鹂的“鸣”，韦应物也透露他在西涧观望景色时，还是晴天。因为只有在晴天，鸟儿才会啼鸣。总之，诗人不着痕迹地表明：下雨前这里静悄悄，他也在这里从天晴待到夜雨。

这诗第一句和第二句，有什么独到之处吗？老实说：没有。韦应物只是以平易的笔墨，描写滁州西涧很平常的景色。如果要说这两句诗有什么值得咀嚼之处，就在于诗人首先就声明，他最喜爱的，恰恰是这里最普通最平易的郊野风光。

第三句，诗人把笔触转到写涧水：“春潮带雨晚来急。”春天，潮水涨满，加上阵阵的雨，天上的雨水和涧里上涨的潮水汇合起来，水势更大，水流转急。这时天色已晚，四下昏暗，周遭一片寂静。而雨声水声，哗啦啦地直响，打破了昏夜里无声的寂静，却又让人感受到这杳无人迹的西涧，显得更加寂静。请注意，韦应物在这幅雨中西涧的图景里，以“晚来”亦即以昏黑的夜色为背景，又以“急”字描写水流湍急的状态，使得这幅图景，虽然也和上面写到涧边草生、深树鹂鸣一样，一切自然而然地发生，但是，由于诗人以“急”字形容涧水的流势，而不用“晚来涨”“晚来畅”或“晚来满”之类的写法，这一来，西涧的夜晚，在寂静中又带有空漠、凄清和不安定的气氛，呈现出另外一种野趣。

元代的杨载在《诗法家数》中指出：“绝句之法，要婉曲回环，删芜就简，句绝而意不绝。多以第三句为主，而第四句发之。”又说：“至如婉转变化工夫，全在第三句，若于此转变得好，则第四句如顺流之舟矣。”这是杨载总结了前人创作的经验之谈。这说法，类似所谓“起、承、转、合”，它无非是指主客观事物的矛盾，必然有开始、发展、转化、结束几个阶段。绝句虽然是短诗，也要表达诗人思想感情以及观察事物视野转变的过程。否则，一览无遗，缺乏变化，必然让人感到乏味。这就是杨载所说绝句的第三句，应“婉曲回环”的原因。

韦应物在《滁州西涧》的第一、二句，写了西涧的静态。在第三句，诗人便转过笔锋，突出地描写这条西涧的动势。那春潮，夹着雨水，汹涌而来，让人看到那股不可遏止的动力。在“带雨”和“晚来急”的气氛中，他让审美受体，听到雨声沙沙，看到流水滔滔，而四野无人，只剩潮声雨声，格外显出荒野的空寂。特别是，韦应物把“急”这一入声字，用于句末，“入声短促急收藏”，在声调和语势上，都会增添强烈的动势而又给人萧瑟幽冷的感觉。可以说，这是诗人以动写静的一幅图景。

据《唐诗品汇》引述谢枋得的意见说：“‘春潮带雨晚来急’，乃季世危难多，如日之已晚，不复光明也。”谢枋得这沦于穿凿附会的看法，受到了许多人的讥笑，甚至被为认为是不懂诗，是在痴人说梦。当然，把韦应物对景色的描写，牵强地和政治扯在一起，实在荒唐可笑。

但是，我认为，谢枋得注意到“春潮带雨晚来急”这幅画面，它所描写的景象和作者流露的情绪，不同于这首诗前边的两句，却不能不说他独具只眼。不错，这《滁州西涧》的第三句，和第一、二句一样，都是写西涧的景色，而且这一切，也都是自然而然地发生的。但是，写在涧中的潮水，带雨急流，确和前面两句那种幽静宁谧的描写，有所不同。纵观韦应物的诗作，他是写过对夜雨的感受的，像《幽居》说：“微雨夜来过，不知春草生；青山忽已曙，鸟雀绕舍鸣。”这一种夜来听到绵绵春雨的心情，和“幽草涧边生”“黄鹂深树鸣”的韵味，就颇切合。然而，韦应物在《滁州西涧》的第三句，写的却是潮急雨骤，这分明是另外的一番景象。这一点，连批评谢枋得的沈德潜，也是觉察到的，他也认为《滁州西涧》“起二句与下半无关。下半即景好句”（《唐诗别裁》）。其实，这诗的第一、二句，怎能与下半“无关”？沈氏的评说，当然是片面的。但是，沈德潜毕竟看到这诗上半，与下半有不尽相同的一面，这也不能不说他颇有会心。我认为，如果把这首诗的几个画面，视为诗人只为写风景而写风景，看不出他在写景中抒发感情的复杂性、多样性，这反而是比较浅层的理解。

在春潮带雨、溪流湍急的情况下，韦应物引出了第四句：“野渡无人舟自横。”

这句诗，历来被人们传诵，备受赞扬，但对它的理解并不一样。也许，一些人未必理解韦应物描绘这幅画面的真谛。不是传说有人把这句诗作为画题，让画家们去描绘吗？于是，有人画了一条船，船头有小鸟站着，表示船上没有人，所以鸟儿可以在船上歇息；又有画家画了船上有人，这人是舟子，他斜躺在船上吹笛，表示无人需要渡河，舟子闲得无聊，便吹笛自娱。据说，后者强调“闲”的画法，更受到人们的嘉许，认为它符合画题的神韵云云。当然，如果单抽出这句诗，孤立地作为画题，画家和评论者着眼于“闲”，也未尝不可。但如果把韦应物《滁州西涧》整首诗所要表现的意趣联系起来，那么，强调无人，或者强调悠闲，却是胡扯。

要知道，韦应物写“野渡无人舟自横”，是“春潮带雨晚来急”带来的景象。它的前提，是夜雨连绵，潮水湍急。野渡，是荒村的渡口，本来就很冷落，没有多少人来往。在雨中的夜晚，没有人冒雨出行，那系在涧边的野渡用以载客的小船，更是无人问津，连撑船的舟子，也不知躲到哪里去了。于是，这空无一人的小船，便在河溪上受到涧水的冲湍，横在溪涧中，晃晃荡荡。不错，表面上，这种景象是“悠闲”的。但是，暮色昏暝，夜雨连江，独有这只空荡荡的小舟，在水面上横过来、横过去，可怜巴巴，任由风吹雨打。显然，与其说它单纯地表现“闲”，不如说，它在摇晃中，又透露出一种无可奈何和萧瑟清冷的情调。

这首诗的前三句，如果从摄影的角度看，韦应物的艺术构思，也是微妙入神的。他入眼的前三幅画面，都是滁州西涧的全景或中景。而在第四句，却是出现“舟自横”的特写镜头，这也怪不得人们对它特别注意。即使从拍摄的角度看，在夜色迷蒙中，一条无人的小船，横躺在溪涧中，随着潮水摇荡，这画面，确是很能表现出荒郊野趣，也从来没有诗人捕捉过这样独特的画面。

问题是，为什么韦应物会特别喜爱并且着意描写滁州西涧这一种野趣？这需要我们作进一步思考。

在第四句这最受人注目的诗句里，“舟自横”的形象，又是其中的点睛之笔。试问，潮水急涌而来，势如奔马，那无人的小舟，怎么没有被冲走，而是“横”在水中呢？这只能有两种解释：一是在下雨前，舟人把船的[illegible]头，紧系在岸边。当受到潮水冲碰，水势时急时缓，小船也就靠在岸边摇来晃去，没被冲走。从对岸看过来，它不就是“横”靠着吗？一是舟人把船杆竖直，固定在河床中，用绳索绑住船舷。这样，潮去潮来，小舟也依然独自“横”在水面上摇晃。总之，尽管春潮汹涌，这空无一人的小舟，没有随波逐流。看上去，还颇似悠然自得。当然，无论小舟是怎样的“横”，它也绝非横亘不动，而是在水面上摇摆不定。这句诗，紧接着第三句，也是以动写静，进一步描绘滁州西涧呈现出自然而然的野趣。可是，在昏黑的夜色里，在渺无人迹的野渡，在春潮的推涌中，这小舟无人料理，孤孤单单，可怜巴巴，任由潮水颠簸。这又让人在寂静中，感觉到它的无奈与无助，感觉到它的孤独与凄清。

以上四句诗，展现了各自独立却又互相联系的画面。在第一、二句，韦应物写白天涧边之景，第三、四句，则是写晚上涧中之景。这种种景色，有所变化，却是郊野寂静的自然生趣的概括，诗人以淡淡的笔触写来，就像在读者面前铺开了一幅水墨画。正如清代黄叔灿说：“闲淡心胸，方能领略此野趣。所难尤在此种笔墨，分明是一幅画图。”（《唐诗笺注》）

确实，以“闲淡心胸”看待事物，是韦应物表现思想感情重要的一面。我们发现，他的诗作，往往喜下“自”这一语。像说“百草无情春自绿”（《金谷园歌》），“芳树自妍芳，春禽自相求”（《拟古诗十二首（其十二）》），“万物自生听，太空恒寂寥；还从静中起，却向静中消”（《咏声》），等等。所谓“自”，有着自然而然的意味。凡属顺应事物自身的发展，没有人为的、刻意的追求，这就是他说的“自”。《滁州西涧》写幽草在涧边生长，写黄鹂在深树啼鸣，写春潮带着夜雨在流湍，包括“野渡无人舟自横”，这一切，是郊野自然地表现出的生态和环境，诗人把这些画面组合起来，表现出郊野天然的、自由自在的意味，这就是人们所说的“野趣”或“天趣”。

不过，《滁州西涧》这首诗独特之处，是作者在闲淡心胸中，又流露出一丝无奈的情怀；在描写自由自在的景色中，也表现出一些并不自在的痕迹。韦应物在写了滁州西涧各种空寂的景象以后，把目光聚焦到“野渡无人舟自横”之句。那无人理会的小舟，在幽涧里不得已地打横浮着的画面，便隐约地透露出诗人心底不自在的愁绪。由于“野渡无人”，一舟自横，这“自”字，便隐含着独自、孤独的韵味。不错，小舟横浮，似也悠然，但是，它在春潮夜雨中，被系在岸边，固定在涧中，这是一种不由自主的状态。在韦应物看来，不系之舟，才是最为自由自在的，他说过：“世事波上舟，沿洄安得住？”（《初发扬子寄元大校书》）又说过：“为报洛桥游宦侣，扁舟不系与心同。”（《自巩洛舟行入黄河即事寄府县僚友》）所谓“扁舟不系”，语出庄子，“泛若不系之舟，虚而遨游者也”（《列御寇》）。韦应物所艳羡的人生状态，是能像没有被束缚的舟船一样，随意浮游。因此，他在滁州西涧看到那小舟被系，不为人用，独自横着的情景，其实是另一种孤寂无聊的野趣。

韦应物以冲淡的笔墨，不加雕琢地描绘滁州西涧的画面，这是许多人都能领会的。其实，这首诗的艺术构思，又是精妙入微的。作者在第一、二句，先在读者面前铺开西涧的静景，再在第三、四句，以动景来表现西涧的静景，两种不同静态景色的结合，构成了《滁州西涧》这首诗独特的意境。特别是，诗人以雨夜潮急的背景，衬托那在涧中无人自横的孤舟，这静景又融入了冷意，耐人寻味。据知欧阳修也很喜欢这首诗，甚至在《采桑子》一词中，还照搬其中的一句：

残霞夕照西湖好，花坞蘋汀。十顷波平，野岸无人舟自横。

我们很难说欧阳修的词写得不好，但袭用了韦应物的这句诗，韵味则大异其趣。在夕照中，在花光蘋影里，岸阔潮平，那船儿横躺在镜子般的湖水里，只显出西湖的优美。把这样风雅的图景，说成“野岸”，实在也不很贴切。由此可见，只有把《滁州西涧》的前三句，和“野渡无人舟自横”联系起来，才能够理解这首诗独特的意趣。

《滁州西涧》是一首山水诗，写的是自然界的风景。自然界形体、线条、色彩所呈现的审美形态，是客观的存在。但诗人选择什么角度，观察什么事物，如何展开视野，如何理解客观的自然景色，却和他主观的思想感情有关。简言之，山水的客观形象，刺激了人的大脑，启动了情感之泉的阀门，触发了贮存于大脑皮层中的文化沉淀，刘勰说“物色之动，心亦摇焉”，石涛也说“山川使余代山川而言也，山川脱胎于余也，余脱胎于山水也，搜尽奇峰打草稿也，山川与余神遇而迹化也”(《中国画论类编》)。作画与写诗，道理是一样的。诗人写景物，不能不受自然界客观形体、线条、色彩的制约，同时又以自己的心境观察自然界。因此，在诗人笔下的自然界的形象，往往是他心境的投影。

韦应物在描写滁州西涧的景物时，是经过选择的。他明明在诗的开始，就说“独怜”他所选取的风物。这就是：既最爱草生涧边、鹂鸣深树那种自由自在的风致；也最爱春潮夜雨、溪流湍急、孤舟自横那种在自然而然中又夹杂着不和谐的律动。这后两句所表现的自由中不自由的景象，和前两句是有差异的，但同样是属于自然呈现的一种静态。在现实生活中，折中的灰色的境界是存在的，平淡的静和动中的静，融合在一起，便另有一种滋味。所以，韦应物从诗的开始，便把自己这奇妙的主观感受，直接告诉审美受体，表明他最爱的，就是滁州西涧这动静融合的独特野趣。

为什么韦应物特别钟情于西涧的野趣？个中缘由，一些评论者是感觉到了的。顾乐说它“写景清切，悠然意远，绝唱也”（《唐人万首绝句选评》），桂天祥也说它“沉密中寓意闲雅”（《批点唐诗正声》）。他们都觉察到《滁州西涧》有所寓意，在悠然闲雅中又有沉密，亦即在冲淡萧散的描写中，有着让人沉思的一面。当然，所谓寓意，并非如谢枋得所说有什么政治寄托。但韦应物“独怜”西涧的野趣，分明是他特定的思想感情的投影。

上面说过，韦应物经历过安史之乱，觉今是而昨非，便希望对百姓做些有益的事，但往往事与愿违，让他一再希望退隐，“日夕思自退”（《高陵书情寄三原卢少府》）。他曾叹息：“流水赴大壑，孤云还暮山；无情尚有归，行子何独难。”（《拟古诗十二首（其一）》）他多么向往大自然，隐逸于山林，啸歌于郊野，过着自由自在的理想生活。话虽如此，实际上，他受到种种掣肘，包括如何解决生计的问题，让他实在无法摆脱现实的羁绊。他常到滁州西涧，最喜爱看到这里自然自在，却又会出现孤寂无奈、不由自主的情景。至于韦应物是触景生情，还是神与景汇，我们无法细考。但可以肯定，这诗中所展现的野趣，正是他心境的折射。

韦应物这首诗，在艺术上的高明之处，就在于他以冲淡闲雅的笔墨，不露痕迹地透露复杂的心理状态。不错，他写的只是风景，只是野趣，却能让审美客体从特定的意象中，感悟到“象外之象”，达到了诗歌创作的最高水平。因此，顾乐说它“绝唱也!”看来并不算过分。人们不是常说，韦应物冲淡的创作风格，近晋代的陶渊明吗？其实，不可能有绝对的平淡。龚自珍说：“莫信诗人竟平淡，二分梁甫一分骚。”诗人那种貌似平淡的笔触，往往是“绚烂归于平淡”，是经历过激烈的思想斗争，看透世情，心态反为淡然的表现。不过，那一分牢骚之气，明眼人还是觉察得到的。在“野渡无人舟自横”的意境中，我们多少可以看到韦应物牢落无助的心影。

在文学史上，人们也往往会把韦应物和刘长卿并称，认为他们的创作，是诗坛上从盛唐气象到大历诗风过渡的标识。确实，曾经短暂地看过开天时期的繁荣，却长期处在黑暗的溷藩中，伤黯失望的情绪，笼罩着他们。具有儒家思想却又深受道家思想影响的士人，内心纠结，失落无助，感情的天平，往往更多向道家的方面倾斜。韦应物常和道士们相处，受道家影响更深。“道法自然”，希望归隐，获得大自然的野趣，是这类失落者的共同追求。实际上，“独善其身”地退隐，也是对个人价值认知的一种取向。然而，他们又未能摆脱儒家所谓忠君济世思想感情的牵扯。于是，向往自由自在，又意识到无法绝对自由自在。那“不系之舟”，在摇摇摆摆中，其实还是被牵掣着的，这是他们在心底里无法解开的纠结。桂天祥不是看到韦应物这诗有“沉密”的一面吗，这说明他对此也有所觉察。

韦应物“独怜”滁州西涧的野趣，在创作这首诗歌的时候，他未必有什么寓意。如果有，诗中呈现的意境，也不过是他审美取向的流露，是他在滁州任职时心态的外化。由此，这首诗，很可能写于他已离职，在滁州闲住了半年，既想回家，又等调任，正感进退维谷的时候。我认为，能够在艺术上冲淡地写出荒郊风物的野趣，不着痕迹地概括了历代不得意者的典型心态，这正是韦应物的《滁州西涧》一直被传诵、被视为“绝唱”的原因。

说司空曙《云阳馆与韩绅宿别》

故人江海别，几度隔山川；
乍见翻疑梦，相悲各问年。
孤灯寒照雨，深竹暗浮烟；
更有明朝恨，离杯惜共传。

近来，常有机会应邀参加校友的聚会，多有感怀，特别是毕业了五六十年的校友回校聚会时，我看到了许多动人的情景：有人见面大声呼唤，互相拥抱；有人三三两两，喁喁细语；有些可能曾是初恋或暗恋，旧时本是同巢鸟终于劳燕分飞的同学，或是假装忘记，或是互相取笑；至于那些多年不见，又久不互通微信的同窗，竟然忘记对方的名字，一问之下，才紧紧握手，彼此细看脸上的皱纹、头上的白发。在喧喧哏哏中，有人热泪盈眶，有人忘形大笑。这时候，我和同学们执手言欢，不期然又会想起司空曙的《云阳馆与韩绅宿别》，感受到悲欢离合的滋味和友情的温暖。

朋友相处，是社会生活的一大内容，是人际生活的重要方面。当然，古今不同，形态各异，但是，重视作为“五伦”之一的友情，一直是我国的精神传统。在我国古代的诗坛上，抒发友情，也一直是热门的创作题材。

古代诗人之所以重视抒写友情，原因是多方面的。主要是许多人要谋取出路，势必离乡别井。一人在外，四海飘零，孤独感油然而生。于是，朋友间相互支持，相濡以沫，便成为人生的一大慰藉。加上际遇的穷通，人情的冷暖，只有同在溷藩中打滚的朋友，才最能相互理解。因此，友情是诗人在孤寂人生中的甘露，是在人海载沉载浮中可以歇脚的港湾，是在郁闷压抑的氛围中可以透气的窗口。当我们明白友情对人生的意义，就可以知道我国古代诗坛出现大量抒写友情的诗歌的缘由。

司空曙生活在公元720年到790年间。和许多大历年间的诗人一样，少年时代，看到盛唐繁荣的岁月；刚进入青年时期，安史之乱爆发，又看到中唐社会大混乱、经济大衰退的景象。司空曙的生涯，主要在这时代的转折点中度过，他和许多诗人一样，惊悚、失落、苦闷、彷徨，乃至于只寻求个人的解脱，抚慰内心的矛盾。于是，创作的题材往往比较狭窄，更热衷于描写个人的境遇，感情真挚，深婉雅淡，形成了所谓“大历诗风”。司空曙也被视为“大历十才子”之一。

关于司空曙的生平，我们所知不多。看来他为躲避中原的兵荒马乱，从家乡广平流落到江浙一带，居住了一段颇长的时期。中年后考试登第，到各地做过官吏，又往往因得罪权贵，常遭贬斥，东奔西跑。《唐才子传》说他“磊落有奇才”，“性耿介，不干权要，家无甔石，晏如也”。看来，他饱历沧桑，感情丰富，常遭逆境却又能淡然处之。发为诗歌，便显现为情思纠结复杂，而又能以流畅平淡的语言表现出来的独特风格。

有意思的是，在现存司空曙170多首作品中，以送别亲友为题材的诗，其数量竟占近三分之一。这实际上也反映了在动乱时期，知识分子到处奔波，生活很不安定的现实。许多人不得不“却认他乡是故乡”，为了生活频繁地奔走。纵观司空曙写友情的诗作，多数是写别离的题材，也多写得情真意切。可以说，抒发友情，是司空曙平生创作的重点。其中，《云阳馆与韩绅宿别》，则是他写得最好也最被后人传诵的一首。

司空曙的好友韩绅，有些版本作韩绅卿，据说是韩愈的叔父，曾任陕西泾阳县令。云阳是泾阳县中部一个小地方；云阳馆，应是这小地方的驿馆。本来，司空曙更多的时候，在江南一带生活，但也有机会前往当时的首都长安。像三十九岁时，得悉将被贬到江陵任县丞后，他便上长安，登秦岭，写了《登秦岭》一诗，说“南登秦岭头，回首始堪忧”。泾阳，在八百里秦川的范围里，离长安较近。不知是什么原因，司空曙也到了泾阳，而且，偶然在泾阳辖下的云阳“招待所”里，遇见了韩绅。

“故人江海别，几度隔山川”，这诗开首两句，先叙述朋友从前和别后的情况，似写得平顺闲淡，明代的唐汝询还说，“此诗本中唐绝唱，然‘江海’‘山川’未免重叠”（《唐诗解》）。他对这两句颇有微词。其实，据说眼睛不大好用的唐汝询，是看漏了眼了。从表面上看，“江海”和“山川”确是同义词，但司空曙所说的“江海”是实写，因为他曾在江南一带长期居留，江南交通多用舟船。看来，韩绅也曾在江南居留，“江海”当是特指他和韩绅分别的地点。司空曙在二十四岁到长安考试落第时，曾说过“欲归江海寻山去，愿报何人得桂枝”（《下第日书情寄上叔父》）。显然，他说“归江海”就是归江南。至于“山川”，则是泛指。所以，这两句用词，并不重叠。

我们要注意的是，第二句“几度隔山川”，在平顺的叙述中，蕴含深意。司空曙是要告诉读者，他和韩绅，彼此是互相思念的，是希望常能见面的。可是，他们明明有几次本来可以见面的机会，也许彼此都到了相距不远的地方，却又山川相隔，无法沟通，失诸交臂，这就倍感失落。不错，这句诗，确实只是平平道来的叙述性语言，却又宛曲地说明相见之难，流露出彼此对相见的渴望和友谊的深厚。这就是司空曙用“几度”的缘故。如果用“一去”“从此”之类的词语，便无法传达出这特别的意味。

更重要的是，司空曙强调几次和韩绅差不多可以相见，却又无法相见，错过了机会，正在十分惋惜的时候，意外地在云阳驿馆，见到了亲密的朋友韩绅，这就非同小可。它也清楚表明，在那被认为是“绝唱”的三、四两句出现之前，司空曙已预先作了铺垫。也说明司空曙写这似乎是顺手拈来的作品时，在艺术构思方面，是有过全盘考虑的。

“乍见翻疑梦，相悲各问年”，这两句，确是精彩之极。而“乍见”，又是全首诗的“眼”，是司空曙写和韩绅相遇的规定情境。如果一千多年前，像今天那样，可以使用微信，或者有电话相互沟通，约定彼此见面的时间，那么，即使是时常思念和多年不见的老朋友，相遇的一刻和相聚的情绪，以及司空曙的感受，必然完全不同。显然，这首诗，正是环绕在“乍见”的独特情况下展开。而且，他也知道，这次相聚，只能有一个晚上的时间，第二天就要分手，非常仓促，这叫“宿别”。

描写朋友相见一刻或是别离一刻的图景，往往最能表现和抒发友情的深挚。但司空曙的《云阳馆与韩绅宿别》，它不同于只写送别，或者只写相遇的作品，而是围绕着意外遇见，短暂相处，而又即将别离的特定情景，抒发悲欢离合复杂的感受。正由于司空曙能在短短的篇幅中，写出故人相聚一刻的百感交集，从而让这首诗成为千古流传的佳作。

看来，司空曙抒写友情的作品，对特定时刻的选择，是很注意的。像他写“悠悠多路岐，相见又别离”（《送程秀才》），又写“逢君喜成泪，暂似故乡中；谪宦犹多惧，清宵不得终”（《酬郑十四望驿不得同宿》），等等，都着眼于写乍逢乍别的情景。其实，杜甫也曾注意到选择这特定的时刻来抒发感情，在《送路六侍御入朝》一诗中，就写过“更为后会知何地？忽漫相逢是别筵”。可惜，杜甫对此，并没有作进一步的展开描写。

司空曙写这次和韩绅见面，首先使用“乍见”一词，而不用“一见”“忽见”之类，这是因为“乍”字的本义，还包含了突然、骤然，和带有意想不到的惊愕的意绪。如果换了另外一词，实在无法表现出早就盼望有机会相见，却在毫无思想准备的情况下，忽然见到故人的那种惊喜交集的情感。正是这意外的相逢，让他们简直不敢信以为真，反而怀疑这是不是在做梦。所以，不要看轻这似乎很平凡的“乍见”一语，正是它具有的爆发性含义，这感情波动强烈的振幅，为下面出现“翻疑梦”的异常感受，提供了前提条件。

与司空曙处在同一时代的戴叔伦，也写过取材和司空曙极似的诗，题为《客夜与故人偶集》，兹录如下：

天秋月又满，城阙夜千重；
还作江南会，翻疑梦里逢。
风枝惊暗鹊，露草覆寒蛩；
羁旅常堪醉，相留畏晓钟。

这首诗，题目上说到“偶集”，也写到怀疑是否在梦中相见，但它并没有表现出突然相遇的神态，这一来，既没有让人感知对故人感情的真挚，也没法表达出对“偶集”的惊讶。这样，即使戴叔伦也抓住了最能表现友情的时机，却没有惊人之笔，显得平平无奇。相比之下，我们便可以发觉司空曙强调“乍见”的重要性。它既包含了戴叔伦题目所说的“偶集”，而“翻疑梦”三字，又简洁地包括了“翻疑梦里逢”的五个字。更重要的是，有了“乍见”这感情色彩非常强烈的语词，便让审美受体陡然一惊，感受到作者和韩绅在初见的一刻，所产生的特殊而又复杂的心态。

亲友之间，意外重逢，翻疑是梦，这也是诗人们常有的情感，但写法各有不同。杜甫的《羌村三首》，写在乱离中他突然回到家中，“妻孥怪我在，惊定还拭泪”，“夜阑更秉烛，相对如梦寐”，传神地表现和抒发夫妻之间，在生死未卜的情况下忽然见面的情景，感人肺腑。宋代晏几道的《鹧鸪天》的“从别后，忆相逢，几回魂梦与君同，今宵剩把银釭照，犹恐相逢是梦中”，细腻地写出了恋人在久别后，相见时感慨而又温馨的场面。但司空曙在写和韩绅意外相遇时，则是“相悲各问年”，他们悲伤地互相询问彼此的年纪，这样的处理，实在高明得很。

上面说过，戴叔伦写朋友“偶集”，只有“翻疑梦里逢”一句，再没有展开。司空曙则选择一个看似平凡的细节，具体地表现他和韩绅见面时的情景。

首先，他写故人相见时的情感，不是兴高采烈地“相欢”，不是执手问候的“相看”，却是“相悲”，这很反常。而且，他们见面后互相询问的，竟是一个看似平常但又让人意外的问题：“各问年。”为什么司空曙只选择“各问年”这一细节，来展示故人乍见之悲？这似乎很矛盾，也很令人费解。然而，正是这让人意外的问题，让读者感受到这首诗的艺术魅力。

为什么故人相见，首先悲伤地各问对方年纪？想深一层，却一点也不奇怪。这正好表明，挚友分别多少年，时间太长久了，彼此的年纪，已记不清了。更重要的是，分别后，多年没有相晤的机会，“白发催年老，青阳逼岁除”，彼此容颜已改，差不多认不出了。于是，诗人写他们见面时，竟撇开其他话语，只突出选用他们互相询问对方年纪的举动。通过“问年”，同忆旧容，追怀逝去的青春，感叹世事的沧桑、宦途的险巇，这就是“相悲”的缘由。于是“各问年”，这简单的互相询问，包含了多少辛酸！当他们知道了彼此的年纪，往事历历，奔来眼底。显然，这“各问年”的细节，看似平平无奇，其实是在彼此问答中，牵动回忆，引发今昔对比等种种联想。

在诗中，描写两人相遇的具体细节，是表达感情深厚的有效通道。像杜甫在《赠卫八处士》中写道：“昔别君未婚，儿女忽成行；怡然敬父执，问我来何方……”他想起卫八处士，过去只是一个光杆司令，等到二十年后再见面时，看到他儿女成行，个个天真可爱的样子。生活变化的具体细节，便勾起诗人心中种种酸甜苦辣的滋味。同样，司空曙只写他和韩绅“各问年”，语虽简约，却是内涵丰富而又可以让读者具体看到的情景。他们种种复杂的心理状态，通过简单的话语，也就呈现在人们的眼前。方回说，司空曙这首诗，“三、四一联，乃久别忽逢之绝唱也”(《瀛奎律髓》)，纪昀还进一步评述：“四句更佳。”这是有道理的，因为，这一联中所展现的细节，它既是在特殊的情况下产生的心境，又有普遍的意义。即使在今天，现实生活中也存在类似的情况，我们经常看到久别后忽然相遇的老同学、老朋友，在聚旧时，也会彼此问起生活的现状，回忆年轻时代的种种往事，在回忆中体味人生，加深友谊。因此，司空曙写的这一联，情意真挚，并且具有典型性意义。

当写了故人乍见，悲从中来以后，司空曙也没有进一步写他和韩绅怎样互相倾诉，而是转过笔锋，直写他们晚上在云阳驿相聚的情景，那就是诗的第五、六句：“孤灯寒照雨，深竹暗浮烟。”

按理，这诗的颔联，作者直接描写他和故人乍然相见悲从中来的情状，那么，在颈联，该会从这方面作进一步的发挥。像与司空曙同一时代的李益，也写过一首意趣与此相近的五律《喜见外弟又言别》，在写到两人相遇以后，便说“别来沧海事，语罢暮天钟”，大家唠叨了好半天，这是承接在见面相认后，顺流而下十分自然的动态。但是，司空曙却在写和韩绅“各问年”后，立即打住，接下去，写的却是晚上室内的情景。这一来，在颔联和颈联之间，似乎脱节；而且，在第五、六句的图景中，也没有人物出现。这样奇特的处理，等于在诗中留下的是一大片空白。而这空白，却是不写之写，是我国传统艺术中特有的虚写。

本来，挚友久别重逢，一定有说不尽的千言万语。在相聚后的一段宝贵时光，他们做些什么？是回首前尘？是互相抚慰？是携手长谈？这一切，司空曙都不写，说实在的，也写不胜写。司空曙在创作技巧上的高明之处，正在于引而不发，只让读者驰骋自己的想象，去感受这对故人久别重逢难以言传的心境。这样做，比直接叙写他们的友情，更能驱动审美客体对意象进行再创造，获得更大的艺术效果。

那天晚上，云阳驿外，天在下雨，滴滴淅淅；客房里，只有一盏孤灯，映照出外面的雨水。在这里，司空曙下一“寒”字，特别能显出他炼字的功力。

首先，司空曙写在屋里只有一盏灯。一灯的烛光，不可能是明亮的。何况，他形容这灯，不用“一灯”，而是“孤灯”，强调它是一盏茕茕孑立的孤独的灯。这灯发出微弱的光，摇摇曳曳，已经足够表现出屋子里一片凄清的景象。紧接着，司空曙强调这灯发出的光，竟是“寒”的。这“寒”字，用得非常灵活，读者可以理解为它发出的光影，寒浸浸地照见窗外的雨水；也可以理解为孤零零的灯，照见窗外晚上显得格外寒凉的雨水。其实，烛光和雨水的“寒”，也都是在屋里的人心底凄寒的折射。于是，尽管司空曙在诗句里，没有写到屋里面有人物出现，但是，在读者的心头，却感悟到在这空荡荡的画面后，俨然出现两位故人凄然对坐的模样。况且，这“寒”字，是承接着第四句的“相悲”而来的，于是，诗意通体，连成一气。显然，司空曙下这“寒”字，绝非信笔为之，而是经过认真的思考。这做法，就是人们所说的“炼字”。

在诗词创作中，字和句的选择是重要的。胡仔说：“句法以一字为工，自然颖异不凡，如灵丹一粒，点铁成金也。”（《苕溪渔隐丛话》）当诗人把意象化为文字符号，大脑皮质紧张活动，会有多种信息在记忆区域中闪烁。而哪一个符号，更能恰切地表达意象，诗人要经过一番选择、过滤、扬弃、确认。这一个过程，前人称之为“炼”。炼字，并非追求采用怪僻的词语，而是需要写出新意。清代的庞垲说，能“言当前之心，写当前之景”(《诗义固说》)，便是炼出了新意。他认为用字用句，凡能恰切地表达诗人在特定情景中的心态，就可以称之为“新”，就是炼出了好句。实际上，他是把“真”和“新”联系在一起的。沈德潜也说：“古人不废炼字法，然以意胜不以字胜，故能平字见奇，常字见险，陈字见新，朴字见色。”(《说诗晬语》) 他所说的平、常、陈、朴，是指寻常的字眼。当它的文字组合，其意象能出人意料，这就炼出了“新”。人们都知道，王安石写的“春风又绿江南岸”，“绿”字很平常，但没有人用它直接地表现过春天欣欣向荣的生意，这就是出新。同样，司空曙以“寒”字作动词用，让本来有一丝微弱热力的灯，反照出窗外雨水之寒，照见室内环境之寒，照出两位挚友心境之寒。无疑，这“寒”字，是常见的，却能透露出人物之情、所处之境，这就有了新意，是司空曙在炼字方面的妙着。

第六句，“深竹暗浮烟”，诗人写窗外的竹丛，暗暗地浮起烟雾。有些版本，“深竹”作“湿竹”，在没法判断哪种版本才是司空曙原作的情况下，我认为，从对偶句需要工整的角度看，以“深竹”对应上句的“孤灯”，似乎更贴切一些。

按理，在孤灯下，屋子里的人，怎能看到窗外竹丛浮起了烟雾呢？在黑夜里，雨脚如麻，打在竹叶上、地面上，它溅出的水珠，也不能形容为烟雾。以我看，这句诗，是写在屋子里，两人对坐，直到雨停。这时，窗外不知从哪里飘来一片烟雾，让竹影朦胧。司空曙写他和韩绅乍然相逢，一宿即别，他们共话沧桑，同感往事如烟，前路茫茫。这句诗微妙之处，正在于诗人以眼中夜雾的暗暗浮起，恰切地表现他和韩绅心头上的伤黯迷惘之情在一阵阵泛起。

这第五、六两句诗，分别写室内与室外两个画面。两幅图景，也都没有人物出现。但是，读者分明感受到画面之外人物的存在，感受到一对挚友孤灯对坐，西窗话雨的情感。这一联，就像电影拍摄中出现的“空镜头”。所谓空镜头，是画面上没出现人物，而观众却可以透过画面中出现的自然景象，感悟到作者或导演所要传达的主观情感，这是电影艺术家们一种高明的艺术技巧。司空曙这首诗中颈联的写作方法，与电影“空镜头”的处理，如出一辙。请注意，这首诗，在颔联与颈联之间，已留出一大片空白。在颈联中，又出现两组“空镜头”，这用“虚”的手法，十分奇妙。而以虚写实，重视让审美受体发挥主观能动性，正是我国传统艺术的创作特色。

诗的最后两句是，“更有明朝恨，离杯惜共传”。这是“相悲”情绪进一步的贯注。本来，两位故友寒灯夜话，互诉离情，已经很伤感了，但一想到明朝立刻又要分手，恨别之情，更让他们倍感伤悲。在百感交集中，只能互相传递酒杯。这离觞，是惜别的酒，又是苦酒。至于在对坐中，他们有没有对话，说了些什么话，司空曙也完全没有写，而只以共传离杯的细节，传达出故友乍然相见又即将分手时的惜别之情，其中多少感慨，多少唏嘘，尽在不言之中，让人回味无穷。

胡震亨说：“司空虞部，婉雅闲淡，语近性情。”（《唐音癸签》）司空曙曾任虞部郎中的官职，他的诗歌确实多是性情之作，语言优雅而平易，含义婉转而含蓄。《云阳馆与韩绅宿别》一诗，最能体现他诗作的特色。

大历年代，才子们的作品缺乏宏大叙事的胸襟，更多抒发个人细腻真挚的情怀。在创作形式方面，律诗的体裁，经历了长期的摸索发展，诗人们对格律的工整、声调的协调、语言的把握，技巧愈趋成熟。因此，尽管闲淡写来，也显得形神优雅。上面提到的李益，写过《喜见外弟又言别》一诗：

十年离乱后，长大一相逢；
问姓惊初见，称名忆旧容。
别来沧海事，语罢暮天钟；
明日巴陵道，秋山又几重。

这诗向来被认为与司空曙的《云阳馆与韩绅宿别》，是大历时期写离情的双璧。李益写他和外弟相见相别的规定情景，也和司空曙与韩绅乍然见面随即分离的情况一模一样。至于感情的真挚，语言的平顺，结构在一气呵成中又委婉含蓄，和司空曙的写法，也很相近。但仔细分析，这两首诗所表达的情绪，又因亲朋之间的关系和感情的深浅不同而有所不同。在李益，他和外弟只是幼时的玩伴，十年离乱，各不相见，谈不上是挚友深交。乍然相遇，在互通姓名后，才想起了旧时的容颜，于是促膝详谈世事的沧桑，也想到天明时又要分手，不禁感慨系之。显然，李益和司空曙的这两首诗，在创作水平上难分轩轾。但由于他们相见的对象以及情谊的深浅不同，因而在诗里表达的感情明显有着不同的分寸。这正好说明，在中唐诗坛，诗人们对语言的运用及律诗创作技巧的掌握进一步成熟。

但是，进入中唐时代，在社会生活愈不稳定，政治环境愈趋严酷的情况下，大多数人颠沛流离。加上权贵争权夺利，主政者频繁更迭，许多为官作吏的士人，动辄得咎。他们既看不到社会发展的前景，更看不到个人未来的命运。悲凉之雾，遍及华林。因此，大历才子们的诗作，大都写得流畅而低调，委婉而含蓄。司空曙多写送别之作，正是当时官场状态的反映。像《峡口送友》“峡口飞花欲尽春，天涯去住泪沾巾；来时万里同为客，今日翻成送故人”，又如《别卢纶》“有月多同赏，无秋不共悲；如何与君别，又是菊黄时”，都写得情调低迷。在《云阳馆与韩绅宿别》中，司空曙抓住了和挚友在一天之内乍逢又别、疑梦疑真的特定情景，最能呈现迷惘悲凉的复杂心态，而他们“相悲”的真情实感，又以凄迷的景色为衬托，委婉含蓄地表达出来。可以说，这首诗的风格典型地反映了大历诗坛的特色。

江淹说：“黯然销魂者，唯别而已矣!”在过去，亲朋相别，再聚难期，黯然魂销，实在是难免的。不过，在不同时期和在不同的社会思潮影响下，即使同样以亲朋相别为题材的诗歌，也会表现出不同的格调。在盛唐，写送别亲朋的诗歌也不少，像王维说：“劝君更尽一杯酒，西出阳关无故人。”(《送元二使安西》)这一杯别酒，请元二珍惜故人的友情，并没有多少伤黯的情绪。又像高适的《别董大》，还说：“莫愁前路无知己，天下谁人不识君!”他送给董大的，是安慰和鼓励。如果把这类以别情为题材的作品和司空曙的这首诗作一比较，很容易看到盛唐和中唐诗坛格调的变化。

说卢纶《塞下曲》

其一

鹫翎金仆姑，燕尾绣蝥弧；
独立扬新令，千营共一呼。

其二

林暗草惊风，将军夜引弓；
平明寻白羽，没在石棱中。

其三

月黑雁飞高，单于夜遁逃；
欲将轻骑逐，大雪满弓刀。

其四

野幕敞琼筵，羌戎贺劳旋；
醉和金甲舞，雷鼓动山川。

卢纶的《塞下曲》，又题为《和张仆射塞下曲》，全诗一共有绝句六首。但一般选本，像《唐诗三百首》等，多只选录上引的四首。这是有道理的，因为这组《塞下曲》的第五首，写的是将军在胜利后打猎消遣的场面。接着的第六首，则是比较空泛的歌功颂德之作。这两首，不选也罢。

至于从《塞下曲》第一首到第四首，这四首绝句，则完整地描述了一场战役的场景，作者豪迈地通过一场战役的描绘，抒发战胜顽敌、平息叛乱的喜悦之情，它完全可以视为独立成篇而又连贯的叙事性组曲。因此，选取这四首构思完整的绝句也就够了，就足以说明卢纶的创作，为什么在中唐的诗坛中，能独标赤帜了。

在唐诗中，所谓“塞下曲”或“塞上曲”，原是乐府旧题。诗人们选用这样的题目，一般和描写边塞将士的情况有关。卢纶的这一组诗，是他与张仆射唱和之作。这张仆射，指的是张延赏，他是中唐时期颇有名声的人物。据知他在辅佐唐德宗施政以及平定叛乱等方面颇有功绩，在贞元元年（785）被封为左仆射，三年后即去世。又据知，卢纶约生于公元737年，约卒于800年，可见，这组诗，应是他写于五十岁左右，属于他晚年的作品。可惜，我们不知道张延赏的诗写的是什么内容，但从卢纶的唱和中可以看出，张诗所写的，无非是以下两个方面：或是他得意得很，自我吹嘘一番；或是他对一位武官的封侯拜爵，祝贺一番。从卢纶和诗的内容看，更有可能是后者。因为张延赏是个文官，而卢纶的《塞下曲》，写的分明是武将。因此，这奉和之作，应是他在张延赏的启发下，对某一将领的立功受奖给予热烈的歌颂。谁知道，始作俑者的张延赏，其诗早已湮没，实在没法让人延续对它的欣赏。倒是卢纶的和诗，被广泛流传，成为唐代边塞诗中至为雄健奇悍的作品。

绝句，属诗歌创作中篇幅至为短小的体裁，尤其是五绝，整篇只有区区二十个字。因此，一般来说，绝句最适宜通过描写生活中的细枝末节，抒发作者细腻微妙的感受。在唐代，王昌龄是写边塞题材最多也是写得最好的诗人，他往往捕捉住边塞上某些景色、一些乐音，在片刻的感悟中，表现边疆将士的生活和情绪。当然，王昌龄也用过绝句的体裁来描写战争的过程。像《从军行（其五）》“大漠风尘日色昏，红旗半卷出辕门；前军夜战洮河北，已报生擒吐谷浑”这首七绝，写得较好。另一首五绝《从军行》“大将军出战，白日暗榆关；三面黄金甲，单于破胆还”则不见得有什么出色之处了。这两首诗，算是直接描写了战事，但只表现战士或将领的气势，并没有描述战争的具体场景。至于在唐代诗坛中，也有一些歌颂英雄人物的诗章，但一般都是抓住人物某种特色、某一场景，概括地描画。像“西鄙人”的《哥舒歌》“北斗七星高，哥舒夜带刀；至今窥牧马，不敢过临洮”，像王昌龄的《从军行》“青海长云暗雪山，孤城遥望玉门关；黄沙百战穿金甲，不斩楼兰终不还”，都是如此。

卢纶《塞下曲》的过人之处，不仅在于他合适地采取雄壮的乐府曲调，歌颂一位英武的将领。更重要的是，他以绝句的体裁构成组诗。他不是空泛地、夸饰地给那位将军戴上一堆高帽子，或是以片言只语表现审美客体的勇武，而是通过对一场具体战役的具体描写，亦即通过从誓师、战斗到奏凯的全过程，完整地呈现将军和战士们英勇杀敌的英雄气概。在唐代诗坛上，这是具有创新性的创作方法。由于卢纶把六首绝句构成一组，每首诗既可互相衔接，又可独自存在；换言之，它可分可合。因此，抽去写得比较一般化的最后两首，只剩下前边的四首，便成为描写平叛战役非同凡响的组曲。孙洙编选《唐诗三百首》，也只选取《塞下曲》的前边四首绝句，祛芜存美，让它独立成篇。就编纂的角度而言，实在也是很有眼光的创新之举。

卢纶的《塞下曲》，先写将士誓师的场面。而其一的第一句，又首先写箭。

“鹫翎金仆姑”，金仆姑是传统的名箭，这箭，为保持射向目标的稳定准确，以大鹫鸟坚硬的翎毛作为箭尾，说明它是非同寻常的武器，是将军使用的名箭。而且，后面其二、其三两首，都提到了使用弓箭。这一来，诗人先写名箭的出现，便为后来表现将军的勇武预作铺垫。第二句，“燕尾绣蝥弧”，写的是旗。这旗，不是一般的旗，是有两条燕尾般的飘带的军旗，是象征统帅威严的旌旗。卢纶在写战士出征的时刻，出人意料地首先推出箭和旗这两种“道具”，这艺术手法，实在耐人寻味。

在弓矢、旌旗出现后，第三句是“独立扬新令”。请注意，这句没有主语，但由于第一、第二句先写了主将专用的武器和旗帜，这一来，谁都明白，主将出场了。卢纶强调他“独立”，说他一个人在点将坛上，高高站立，扬起令旗；紧跟着是“千营共一呼”，下面所有的将士，便齐声呐喊。这一人发令，千营将士齐声应和的意象，一气呵成，又前后烘托，形成强烈对比。它既突出领军主帅一个人兀立的威武，又展现万千战士出征的决心。在这里，作者以简练的两句，便刻画出了威武雄壮的誓师场景。在盛唐时期，岑参在《轮台歌奉送封大夫出师西征》一诗中，也写过主将领兵出师的大场面：“上将拥旄西出征，平明吹笛大军行；四边伐鼓雪海涌，三军大呼阴山动。”那战鼓连天、三军大呼的喧闹，确也轰轰烈烈。但卢纶只捕捉住主将在上面发令，下面千营同声响应的细节，简练的刻画，一呼百应的强烈对比，反而更能显出地动山摇的声势。

请注意，卢纶是先写弓箭、旌旗的出现，再写主帅登场发令的。这样的处理，分外能显出主将高大凛然的形象。大家知道，在传统戏曲的武戏表演中，为了突出主要人物的威风，我们常会看到类似卢纶在诗中的表现程序。像演《单刀会》之类的武戏，舞台上先有几个“跑龙套”的高举着旗帜上场；接着，周仓执关羽使用的“青龙偃月刀”，出来一站；然后，在一阵阵锣鼓急槌声中，关羽迈开脚步，登场亮相。当关羽挥手发话：“众将官!”舞台上的演员，立刻齐声应道：“在!”这样的排场方式，分外能表现关羽的气势。卢纶在《塞下曲（其一）》中的写法，和我们看到武戏里大将登场的处理，如出一辙。假如我们把卢纶所写的誓师场面搬上舞台，便明白为什么他只用了区区的四句诗，便能把主将威严的气概和誓师场面磅礴的气势，栩栩如生地呈现在读者的眼前。

《塞下曲（其二）》，就写平叛的战斗了。

如果按照一般叙事的写法，描绘战斗的激烈，赞美将军的神勇，自然会是两阵对圆，两军交锋，刀光剑影，血肉横飞。上引岑参的诗，就正面描写了“虏塞兵气连云屯，战场白骨缠草根”的惨烈场面。

对战争，卢纶是熟悉的。他自己说过“十载奉戎轩”（《东潭宴饯河南赵少尹》）。在名将浑瑊手下，他曾经历过十年的幕僚生涯。浑瑊属九姓胡人，是出身于西北边陲少数民族的唐朝将领。

他非常骁勇，“善骑射，禄山反，从李光弼定河北，射贼将李立节，贯其右肩，死之”。后来又与叛乱的朱泚交战，“瑊中矢，自揠去，被血而战愈勇”（《新唐书·浑瑊传》）。他还多次领兵击退吐蕃、回纥的入侵。在浑瑊的军营中，卢纶也熟悉将士的勇武。在《腊日观咸宁王部曲娑勒擒豹歌》一诗中，就正面写猎豹壮士和豹子的搏斗：“舍鞍解甲疾如风，人忽虎蹲兽人立；欻然扼颡批其颐，爪牙委地涎淋漓。”可见，卢纶完全可以从正面描写两军的交战，在血火交并、轰轰烈烈的搏杀中，展现将军的虎威。

出人意料的是，卢纶描写两军战斗，只选择了一次黑夜伏击小规模作战的场景。“林暗草惊风”，在阴暗的树丛中，风吹草动，忽现敌情。过去说，“风从虎，云从龙”，一阵乱风吹过，让人吃了一惊，以为有老虎出现。当然，这里是战场，不是猎场，这“风”，其实借指有可能敌人埋伏在草丛里，有所动作。紧接的一句是“将军夜引弓”。说时迟，那时快，在黑夜中，这异常的状态，立刻引起将军的警惕。他猛然拉起弓弦。这一句，妙在作者只写“引弓”刹那的动作，没有写放箭。当然，落笔于“弓”字，这有押韵的需要，但更重要的是，他要给读者留下想象的余地。到底将军弯了弓，有没有放箭？是射中了敌人，还是让敌人闻风丧胆，溜之大吉？作者都没有写。只是突出地描绘“引弓”的动作，让读者看到将军准备放箭的“特写镜头”。这就够了，就足以表现将军具有高度的警惕性，以及坚毅地伏击的雄姿。

有意思的是，诗的第三句，转入“平明寻白羽”。卢纶这才补足上句，告诉读者，那将军是放了箭的，他信心满怀，以为一箭中的，黑夜里也用不着上前搜索。隔了一夜，到了第二天，他才前往搜索战果，谁知那射出的箭，“没在石棱中”。原来，这箭并没有射中敌人，倒是因将军用力过猛，箭镞竟射透了石头，让坚硬的石块裂成石棱，那“鹫翎”，也就插进石缝中了。

很清楚，这首诗，卢纶活用了汉代名将李广的典故，据《史记·李将军列传》称，“广出猎，见草中石，以为虎而射之。中石没镞。视之石也”。由于卢纶把这故事的发生地，转化在战场上，情景虽然类似，性质却不一样。在黑夜里伏击，一箭射去，没有射中人，只射穿了石。这带有喜剧性的误会，让人失笑，却说明将军具有无与伦比的神力。如果把这句改为“一矢贯其胸”之类，反而无法展示将军惊人的膂力。在这里，卢纶用了李广的典故，显然是把这将军与汉代名将李广相提并论，但他用典而不囿于典，把《汉书》所载李广白天的猎虎，改为平叛将军夜里对敌人的伏击，意味便完全不同。显然，诗人没有描写沙场的血战，只抓住伏击中误穿坚石的细节，反而力透纸背，意味深长，引起读者不禁联想到“将军三箭定天山，壮士长歌入汉关”的赞叹。

《塞下曲（其三）》，仍写夜战，写的是追击的场面。

“月黑雁飞高”，卢纶又是把环境设置在黑夜里，他使用了“月黑”一词。其实，月亮不会是黑色的，黑色的只是夜空。所谓“月黑风高”，天上黑云密布，月亮发出的微光，只能让人感觉到天色更黑暗、更恐怖。这时，寒气迫人，连原来在地面上栖息的大雁，也远走高飞。有人认为，天寒地冻、月黑风高的时候，雁群早已南飞，不可能有大雁高飞的景象。这说法没有道理，因为不排除有路过这里的大雁，暂时在此栖息。忽然，不知道它们为什么被惊扰了，便乘着黑夜飞起。其实，诗人只用夜色黑暗、大雁飞起的意象，表现战场上出现了异象。所以，紧接着下面一句，便说明大雁惊飞的原因，那就是：“单于夜遁逃。”单于，是匈奴的首领，看来此人连连吃了败仗，损失惨重，气急败坏，便乘着风高月黑的晚上，带领残部连夜逃遁。这就惊动了栖息的雁。雁的飞高，也让唐军警觉，知道了敌人正要逃跑。紧接着，卢纶便转手写唐军的应对：

欲将轻骑逐，大雪满弓刀。

这两句本来很好理解。但竟有人认为“虽言雪满弓刀，犹欲轻骑相逐。一顺看，即似畏寒不出耳”（《唐诗摘钞》）。腐儒解诗，真不可救药。不错，这两句，确是写主帅和将士们，在知道了敌人狼狈逃跑后的反应。首先是，将士们冒雪冲寒，立刻走出营房，弓上弦，剑出鞘，准备杀敌。这时候，天上雪花飞舞，落在弓刀上，显出场景的寒冷和形势的凛烈。面临这特定的时刻，是乘胜追击，还是“穷寇勿追”，谨慎行事？主将需要衡量利弊。卢纶下一“欲”字，正好表现主将在这一刹那，尚未做出决定，他正在踌躇，正在紧张地思考。于是，战斗的进行，出现了片刻的停顿。而这停顿，就像乐曲在旋律进行中出现了“休止符”一样，它不是停止，而是作为旋律发展的蓄势。我认为，最后两句，正是“盘马弯弓箭不发”的写法，诗人有意制造一刹那的“悬念”，他只强调在“大雪满弓刀”情况下，主将有一刻迟疑的思想状态。这似是静止的举动，又正好表现主将在运筹帷幄，思考着如何掌握战机的凝重神态。至于下一步的动作，是“急将轻骑逐”，还是“不将轻骑逐”，卢纶给审美受体留下足够的参与再创造的空间。这引而不发的技巧，正是诗人的神来之笔。

《塞下曲（其四）》很好理解，打了胜仗，大开营门，大排筵席，大肆庆祝。有意思的是，卢纶着“羌戎贺劳旋”一句，他特别说明，这一场战事，是得到包括少数民族在内，各族人民共同支持和拥护的正义之战。所以，当“野幕敞琼筵”之际，边疆的少数民族同胞，也纷纷到军营劳军庆祝。诗人点明了这一场战争的性质，便提高了整首诗的思想价值。

“醉和金甲舞，雷鼓动山川”两句，写得气势飞动。卢纶选择了战士们尽情豪饮，酩酊大醉，连身上的盔甲也不脱下，便手舞足蹈、纵情狂欢的场景。这时候，鼓声震天，山动地摇。这鼓声舞态，把战士们庆祝胜利的壮志豪情，烘托得淋漓尽致。

卢纶以四首绝句，完整地描写这一场如火如荼的战役。在艺术构思方面，他的处理是极其巧妙的。他一开始正面地实写战士战前誓师的场景，最后又正面实写战后凯旋的场景，那“独立扬新令，千营共一呼”和“醉和金甲舞，雷鼓动山川”的场面，极其炽热火爆。至于战场上敌我双方的交手，卢纶却给以“冷处理”。他没有写喊杀连天，血流漂杵，却安排“林暗草惊风”和“月黑雁飞高”的场景。肃杀冷寂的氛围，让人怵惕。这一来，四首绝句，有实写，有虚写。冷和热，又形成了强烈的对比。这巧妙的结构，让读者跟随场景的变化，心潮起伏，一会儿兴奋狂热，一会儿冷静紧张，从而看到整个战役的全过程。

作为描写边塞一场战役的诗歌，按理，应该着重展开对战争场面的描写，然而，卢纶却是采用侧写和虚写的手法。他完全没有写到战场上交锋的炽热状态，没有写敌我的正面冲突，而只在第二和第三首中，通过写我方在黑夜里伏击和追击的两个片段，让读者想象到在整个战役中唐军的机警冷静、勇武制敌。这种以虚写来表现实境的创作手法，实在十分巧妙。我记得在看《三国演义》时，当看到“关羽温酒斩华雄”一回，实在惊心动魄。这一回，罗贯中也没有写关羽和华雄正面交手，只写华雄连斩袁绍军中几员大将。袁军正在惊惶之际，关羽请战，曹操便捧出一盏酒，给他壮胆，关羽说“且慢”，并未接饮。跟着跃马横刀，冲出辕门。这时候，小说写辕门外鼓声大振，“众皆失色”。只见关羽在刹那间，纵马回营，把华雄的首级，掷之于地。这时候，“其酒尚温”。这四个字，便从侧面、从虚的方面，把关羽的神威表现得淋漓尽致，让人拍案叫绝。卢纶《塞下曲》的战斗描写，同样是不从正面描写互相厮杀的场面入手，却能让读者感受到战士的勇武。可见，我国传统中虚实结合的创作方法，无论运用于任何艺术形式中，都能让审美受体感悟到传神之妙。

《塞下曲》前边四首绝句，以描写战争的过程，赞美一位武将的威武，总体的风格，无疑是雄浑的。司空图在《二十四诗品·雄浑》中指出，“返虚入浑，积健为雄”，又说：“持之匪强，积健为雄。”所谓“匪强”，是不强的意思。他认为，诗歌创作之所以能表现雄浑厚实，并不在于每字每句都写得气势昂扬、杀气腾腾。相反，兼之以虚写的笔法，笔力“匪强”，不是让人觉得费尽气力、显山露水，而是不必夸饰，适当留有余地，反而更能表现出雄浑的气势。卢纶的《塞下曲》，在应该正面展现战场斗争的时候，竟只抓住将士“引弓”的细节；在写敌兵夜遁的时候，又只抓住主将考虑是否决定追击的神态。这从侧面虚写战斗，正是司空图所说的“匪强”。陈继儒说：“卢诗奇悍之中，自饶雅致。”（《唐诗选脉会通评林》）奇悍和雅致，本来是对立的，但综合运用，又可以相得益彰。卢纶把战场上的冷静紧张的氛围，与誓师以及凯旋的壮阔雄豪的情景结合起来，显得在奇悍中又饶雅致。显然，这由四首绝句构成的组曲，在章法上“返虚”以“入浑”，便取得了无比雄浑的艺术效果。

明代的文学家李攀龙，在《唐诗训解》中评价卢纶的《塞下曲》时说“中唐音律柔弱，此独高健，得意之作”。从中唐时代总体诗风来说，这看法大致是准确的。就以写边塞题材的作品而论，大多无复盛唐时期王昌龄、王维等人的豪气。当然，盛唐的边塞诗也写到塞外的苦寒、将士的思家、战争的残酷，但会流露出豪情壮志和对胜利的渴望。而在中唐时期，宦官专权，藩镇割据，皇权的交接也乱象丛生。以“大历十才子”为代表的诗人们，一般只在少年时代看到过盛唐的辉煌，他们的大半生，都在极度混乱和苦难的日子中度过。即使谋得一官半职，也目睹官场积弊重重，整个社会出现无可挽回的颓势。在这样的氛围中，诗坛很少出现像盛唐时代那样或力透纸背，或豪气入云，或明静幽远，或波澜壮阔的作品。这一辈诗人，更多的是在互相酬唱中，抒发个人叹老嗟贫的心声。所以，除了在声律的协调、用词的选择等技巧上有所精进以外，诗坛上整体的格调，确如李攀龙所说，显得“柔弱”。就以写边塞的诗作而论，除了像李益的《夜上受降城闻笛》“回乐峰前沙似雪，受降城外月如霜；不知何处吹芦管，一夜征人尽望乡”以及柳中庸的《征人怨》“岁岁金河复玉关，朝朝马策与刀环；三春白雪归青冢，万里黄河绕黑山”等少数诗篇，还算有一些开阔的景象以外，其他以边塞为题材的诗，就气概雄浑而言，真排不上队。在这样的情况下，卢纶《塞下曲》的出现，简直像平地一声雷，振聋发聩。

当然，我们也不能说，大历年代乃至中唐，气概昂扬、关情家国的诗作连一首也没有了。像以清淡闲雅的诗风著称于世的韦应物，不是还写出了“丈夫当为国，破敌如摧山”（《寄畅当》）等豪壮的诗句吗？我国传统的知识分子，从来不乏“时穷节乃见”的不畏专横的风骨，只是或显或隐，或无畏或无奈而已。

大历年间出现不同于盛唐时代的诗风，更多是出于士人们对时局的无奈。他们是“无奈派”！然而，潜藏在骨子里的报国之情，总又会找到宣泄口。像卢纶《塞下曲》这样气势磅礴、歌颂杀敌的作品，正说明尽管中唐时期的诗风或闲淡，或迷惘，但盛唐气象的遗风余韵，依然影响着一代诗人的笔触。明代王世懋说：“时代声调，故自必不可同。”不同时代的社会，确有不同的风气。但时代是不能隔断的，所以，“至于大历十才子，其间岂无盛唐之句？盖声气犹未相隔也”（《艺圃撷余》）。因此，卢纶的《塞下曲》，继承了盛唐气象的余脉，破茧而出，这并非偶然，它是中唐时代不少有志之士典型情绪的折射。

《塞下曲》这首歌颂胜利、满怀激情的边塞诗，出自卢纶之手，也和他的特殊遭际有关。据他自称：“八岁始读书，四方遂有兵。”从少年时期，他已开始经历战火连天的生活。到青年时期，他四处奔走，也参加过几次科举考试，但总是名落孙山。幸而他交游广阔，诗名远播，结识了许多有势力的朋友，得以出任一官半职。生活的奔波，使他注意战乱带来的破坏，认识到平乱的重要性，呼吁“策行须耻战，虏在莫言家”（《赴天德军》）。他特别关注到伤病战士凄凉的景况，在《逢病军人》一诗中，还写到他们“行多有病住无粮，万里还乡未有乡；蓬鬓哀吟古城下，不堪秋气入金疮”。显然，他对军人的情况，一直强烈关注。他在四十五岁左右，又被派往浑瑊的幕中，担任元帅判官一职，他自述“十载奉戎轩”，这说明他有机会长期直接参与军旅的生活。因此，在他的诗集里，有不少赞美将士的诗篇，像“向日磨金镞，当风着锦衣；上城邀贼语，走马截雕飞”（《赠李果毅》）便写得很有气势。像《送韩都护还边》一诗，“好勇知名早，争雄上将间；战多春入塞，猎惯夜登山。阵合龙蛇动，军移草木闲；今来部曲尽，白首过萧关”，也生动细致描绘了老将军凛烈勇武的风姿。

784年六月，唐德宗把平叛有功的浑瑊晋升为侍中。这阶段，卢纶和浑瑊比较接近，曾多次歌颂过他的大将风度：在《奉陪浑侍中登白楼》中，说他“顾盼亲霄汉，谈谐息鼓鼙”；在《九日奉院侍中宴白楼》又说他“说剑风生座，抽琴鹤绕云”。其实，浑瑊参与过的几场战争，战况十分惨烈。据《新唐书》和《旧唐书》的记载，在784年平定朱泚之乱一战中，浑瑊的处境也十分危急。不过，他率领军民，指挥若定，等待援兵，最后内外夹攻，打退了朱泚的包围。当然，当大局已定，胜利归来，诗人尽可以只捕捉住将军气定神闲和英武潇洒的一面，尽情酣畅挥洒。卢纶的《塞下曲》，是一首唱和之作，歌颂的是一位胜利归来立功受爵的将领，自然可以只从表现他在战争中智勇非凡的方面着力。从卢纶陪侍浑瑊几次登楼宴饮，侧重描绘这位主帅威武而又儒雅的风采看，很可能在《塞下曲》这组诗中，那位“独立扬新令”和擅用弓矢的将军，有着浑瑊的影子。

说韩愈《山石》

山石荦确行径微，黄昏到寺蝙蝠飞；
升堂坐阶新雨足，芭蕉叶大栀子肥。
僧言古壁佛画好，以火来照所见稀；
铺床拂席置羹饭，疏粝亦足饱我饥。
夜深静卧百虫绝，清月出岭光入扉；
天明独去无道路，出入高下穷烟霏。
山红涧碧纷烂漫，时见松枥皆十围；
当流赤足踏涧石，水声激激风吹衣。
人生如此自可乐，岂必局束为人鞿？
嗟哉吾党二三子，安得至老不更归？

讨论唐代诗歌，韩愈的作品是绕不开的重要环节。苏轼说，韩愈“文起八代之衰，而道济天下之溺；忠犯人主之怒，而勇夺三军之帅”（《潮州韩文公庙碑》）。这番话，概括了韩愈一生的成就和思想性格。确实，韩愈提倡“古文运动”，反对汉魏以来骈俪浮靡的文风；在写作实践中，写下了《进学解》《师说》等平顺流畅、气势如虹的散文，为中国文学史揭开了新的一页，功不可没。

韩愈也写诗，据钱仲联先生在《韩昌黎诗系年集释》中统计，他写过的诗，计有402首。其中，大部分是他在三十二岁被贬为阳山县令之后写的。而在这之前，他只写了诗84首。以诗的体裁而言，他写的大多数是古体诗，只有少数是近体诗。因此，人们对韩愈诗的评价，也多就他的古体诗创作而言。

说韩愈“文起八代之衰”，人们是一致认同的。但对他的诗歌创作，意见就有分歧了。宋人魏庆之说：“诗之美者，莫如韩退之；然诗格之变，自退之始。”（《诗人玉屑》）还认为他的诗，“豪放奇险”，自成一派。司空图甚至说：“愚尝览韩吏部歌诗累百首，其驱驾气势，若掀雷抉电，奔腾于天地之间，物状奇变，不得不鼓舞而狗其呼吸也。”（《题柳柳州集后序》）这是毫无保留地对韩愈的诗给予很高的评价。

不过，好些人对此不以为然，像沈括甚至说“韩退之（愈）诗，乃押韵之文耳！虽健美富赡，而格不近诗”（转引自《苕溪渔隐丛话》）。他认为韩愈的诗，只是押韵之文，实际上不是诗。这也并非没有道理，即使韩愈写的是不需要按平仄规矩的古体诗，如《读皇甫湜公安园池诗书其后二首（其二）》，写法是：“我有一池水，蒲苇生其间；虫鱼沸相嚼，日夜不得闲。我初往观之，其后益不观；观之乱我意，不如不观完。”你看，这不就像文句连贯而只是押了韵的散文吗？

有趣的是，无论对韩诗褒者贬者，谈起上引《山石》一诗，都认为它确是一首好诗。许多唐诗选本，也很难不把《山石》列入，这是什么道理呢？

韩愈生于公元768年，这年代，正是从盛唐进入中唐，由盛而衰的转捩点，封建体制所带来的腐败和社会的各种矛盾，已经暴露无遗。整个社会向何处去？这是当时思想界和政治家必须考虑的问题，也是命运失落的人士，寻找出路时面临的问题。韩愈出身贫寒，“少家贫不足以自活”（《上兵部李侍郎书》）。他所结交的朋友和弟子，如张籍、孟郊、李翱之辈，也多是贫寒出身。他参加过多次进士和博学宏词科的考试，屡战屡败，却屡败屡战。二十四岁时，得中进士，依然无所作为。后来，韩愈又一次参加博学宏词科考试，侥幸上榜。不久，被推荐到张建封手下当差，才正式进入仕途。

韩愈半生穷愁潦倒，出仕前，多次在人生的道路上碰得头破血流，受到社会上种种羁缚，处境局束，这也让他有机会看到人民的疾苦，产生了希望改变现状和冲出思想牢笼的想法。他认为，当时社会混乱和政治腐败，原因在于包括皇帝在内的统治集团离经叛道，不遵守从古以来的儒家精神。在文坛上，文风的淫靡，正是当时道德沦丧的表现。因此，他提倡“古文运动”，主张改革文风。这要求在文化领域上矫正时弊的改革主张，无疑具有积极的意义。

与此相联系，他在古体诗的创作上，也实践文风改革的主张，力图把散文的写法引进诗坛，从而改变诗歌创作过度追求和谐、优美和具有韵律性的传统。他让自己所写的古体诗，呈现出“豪放奇险”甚至怪异的审美理想。他会从平凡中看到美，更有甚者，从丑陋中看到“美”。正如刘熙载所说：“昌黎诗，往往以丑为美，然此但宜施之古体，若用之近体，则不受矣。”（《艺概·诗概》）至于“施之古体”，是否就能够为读者所接受，还有待于历史的检验。

当然，韩愈的做法，也不失为建立一种特殊的风格，但这往往会让审美受体不知所措，甚至难以跟随着他想入非非。像他写月蚀，竟说是“帝箸下腹尝其皤”（《月蚀诗效玉川子作》）。真好笑，他把月亮的光被遮掩，说成是上帝咬了月亮的屁股，这想法很奇特，也很粗俗。像在地面上看到一滩污秽的水洼，这烂摊子实在不堪入诗，而他竟然也给予吟咏，说是“蛤蟆跳过雀儿浴，此中有鱼何所求”（《赠侯喜》）。至于使用大量僻字怪词，以让人惊异的形象、意象入诗，在他写的古体诗中，比比皆是。而且，从他被贬为阳山令，以后又被贬到潮州等蛮荒之地的过程中，从多次起起落落，最后仕途又较顺畅，乃至被晋升为吏部侍郎的经历中，世事的激烈多变和命运的荣辱无常，折射为他特具的诡异诗风，这便让他古体诗的风格显得变化莫测，愈为“奇险”。

不过，韩愈《山石》这首古体诗，却又有点例外。据知，它是韩愈在贞元十七年（801）九月三日写成的。那时候，他正好通过吏部考试，获得铨选。又在等待任命前，请假回到故乡附近的洛阳旅行。不错，经历了多次落第，他磊落不平，但毕竟得到了赏识，通过了铨选，被任为国子监四门博士。这特定时期的心境，相对是比较平和的。你说他很满意有机会出仕吗？并不是。因为他认识到饱受羁绊之苦。你说他很不满生活的现状吗？也不是。这时的他，刚如愿以偿，和后来因上表痛陈民间疾苦触怒皇帝，被贬到岭南的心态，毕竟大不相同。《山石》一诗，正是他和几位朋友，在心态比较从容的情况下，同游洛阳惠林寺时，于游览过程中有感而发。

韩愈的《山石》，以“山石”为名，其实全篇写的并非山上的石头，只不过诗的首句，是“山石荦确行径微”。由于诗的开头用了“山石”两字，便以此为题。

在晚唐，李商隐也是常以诗句开头两字为题的，像《锦瑟》，并非专咏“瑟”这种乐器。像《日日》，无非是诗的首句说“日日春光照日光”。像《碧城》，也是由于首句是“碧城十二曲阑干”。这样做，有题目的诗，实际上等于没题目的“无题诗”。那是因为李商隐有难言之隐，所以或明说“无题”，或故意以诗的前两字为题而已。

韩愈的《山石》，全诗意思明朗，绝不像李商隐那样不得已闪烁其词，也没有什么不想明言的地方。这首诗，写的无非是黄昏到了佛寺，天明离开，下山游览的全过程。整个旅程，随便从容得很，他也就随便地拈出首句“山石”两字为题。这做法，又适足以表现出他在将仕未仕时特有的心态。

“山石荦确行径微”，这一句，让人感到有些拗口。而“荦确”一词，等于“荦埆”，是形容石头坚硬而又凹凸不平的意思。这词语，在今天普通话中，已经成为不常见的书面语言，非得注释清楚，才能让人明白。好些学者如顾随先生，还作了很详细的分析和考据。其实，似不很必要，因为它只是唐代的日常俗语，至今，这词语还流传在粤语之中。大家知道，粤语保留着许多唐代中原语音、语词和语法的成分。到如今，粤语形容凹凸不平，发音就是国际音标的 lɐt^{5}lɐt^{5}ʧ^{h}ɐt^{5}ʧ^{h}ɐt^{5}，亦即荦荦确确。可见，韩愈在诗的第一句，即以当时的俗语融入，这在当时的诗歌创作中，确是别开生面，却不至于奇险。至于“行径微”，一般理解为山路狭窄，这也固无不可，但我以为，它更多是指山路微茫，甚至是山径看不清楚。这和后面写下雨天以及“黄昏到寺”的景象，是互相联系着的。诗人说，他在攀登的路上，山石凹凹凸凸，四野微微茫茫，让他和几位“驴友”走得颇为艰难。

诗的第二句，韩愈就写他好容易到达惠林寺了。“黄昏到寺蝙蝠飞”，寺，是指在洛阳之北的惠林寺。据知，这寺院原是唐宗室李憕在768年建成的别墅。安史之乱爆发时，李憕战死，其子李源，看破世事，便茹斋礼佛，带发修行，成为居士，并把别墅改建为佛寺。当韩愈在801年前往惠林寺投宿时，这寺已经有了三十多年的历史，实际上已逐渐荒废破落了。韩愈在黄昏时分到达，天色明显已经昏暗。而他到达寺门的时候，引起他注意的，竟是“蝙蝠飞”。那情景，当然是实写，也让人感觉到寺院破落的景象。

古代诗人，在写黄昏时刻的情景时，往往以归鸟、栖鸦的形象，烘托夜色的凄清，像杜甫的《羌村三首》，写他到达家门，是“柴门鸟雀噪”；像《野望》有句云“独鹤归何晚，昏鸦已满林”；宋代词人秦观的《满庭芳》则写“寒鸦数点，流水绕孤村”；元代散曲家马致远写荒野的黄昏，用的是“枯藤老树昏鸦”；清代的纳兰性德，写黄昏时候的寂寞，用的也是“昏鸦尽，小立恨因谁”。然而，韩愈不说是“黄昏到寺昏鸦栖”之类的词语，偏偏说的是“蝙蝠飞”。

在民间，蝙蝠的“蝠”，与“福”字形似且谐音，人们往往把它用作表示吉祥的图案。而实际上，它的形象丑陋，让人讨厌。它的出现，往往意味着荒凉与空落，甚至有点恐怖。所以，白居易说：“千年鼠化白蝙蝠，黑洞深藏避网罗；远害全身诚得计，一生幽暗又如何!”（《洞中蝙蝠》）宋代的朱继芳说：“千年白蝙蝠，来往扑人衣。”（《失题》）明代的张治说：“旧壁龙蛇落，空堂蝙蝠飞。”（《草市庙》）很明显，在黄昏出现“蝙蝠飞”的形象，不会是可爱的，甚至是可怕的。韩愈写它的出现，只能给人以野寺荒凉的感觉。而他偏偏让这丑陋的东西，出现在诗句中，正恰好符合他常常“以丑为美”的审美观念。在《送文畅师北游》一诗中，他也说：“昨来得京官，照壁喜见蝎。”蝎子，从来是人们都厌恶的丑类，他竟然说“喜见”，这和把蝙蝠写入诗中的做法，同出一辙。显然，他写到自己和李景兴、侯景、尉迟汾几位同游的朋友，在暮色中走过崎岖的山路，到达惠林寺，来到了可以歇脚投宿的地方时，只带着平常心，并没有半点喜悦的心情。

到了惠林寺，韩愈便写：“升堂坐阶新雨足。”这句写得很平淡，却很有趣。走上佛寺，进了佛堂，一般人会首先拈香拜佛，至少也应多看菩萨几眼吧！但诗人完全撇开不写，他的动作竟是“坐阶”！这很让人意外，他怎么连凳子也不坐，在湿漉漉的天气中，一屁股就坐在石阶上，去看寺外的雨景呢？这说明，他来到惠林寺，并不存心拜佛，只是投宿而已。他在崎岖的小径中走得累了，又急着想看看寺外的景色，既不讲究礼节，也懒得搬个凳子，直接坐在寺门的石阶上。在这里，我们不要忽视“坐阶”的意味，这出人意料的举动，正好说明作者来到佛寺里，毫不拘束、随随便便的神态。

他坐在石阶上，看到了什么？看到的是“新雨足”，那春雨下够了。至于如何表明外面的雨水已经下够了呢？诗人简单地用

“芭蕉叶大栀子肥”作回应。芭蕉和栀子花，吸收了足够的水分，自然显得叶厚花肥。这就是他所看到黄昏寺外的景色，很单纯，也很自然。当然，韩愈在这句中，下一“肥”字，以形容动物的词语去形容植物，很奇妙也很有趣。在这很随便的视觉描写中，又多少表现出诗人用词考究的创作特色。

接下去，韩愈便写僧人来接待他了：“僧言古壁佛画好，以火来照所见稀。”那和尚向他殷勤介绍，说墙壁上有很值得看的佛画，并且点起火把，照着墙壁，让他参观。据说，惠林寺收藏了大画家吴道子的作品，“佛画好”可能是事实，但韩愈说自己的反应是“所见稀”。有学者认为，“稀”是珍稀的意思。我想，这是对韩愈心情的误解。如果韩愈对佛画真有兴趣，作为文士，下面该有所表示才是，但他却就此打住。我认为，这里说的“所见稀”，“稀”是稀少的意思，无非是说他在火光的映照下见到的佛画，只是很稀少的部分，他也只是随便看看，没有多大兴趣。

我们知道，韩愈一贯反佛，早在贞元十六年（800），亦即在创作《山石》的前一年，他刚写过反佛的诗歌：“浮屠西来何施为，扰扰四海争奔驰；构楼架阁切星汉，夸雄斗丽止者谁?”（《送僧澄观》）可见，他不可能认为“佛画”有什么珍稀可言。当然，和许多唐代诗人一样，韩愈也和佛教徒有所来往，但相比其他的诗人来说，友好者实在不多。据刘克庄统计：“唐僧见于韩集者七人，惟大颠、颖师免嘲侮。”“如惠、如灵、如文畅、如澄观，直以为戏笑之具而已。”（《后村诗话》）从他一贯的态度看，惠林寺的寺僧殷勤邀他看佛画，他是不看佛面看僧面，敷衍一下，凑趣凑趣。

跟着，韩愈便写在寺里吃饭留宿的状况："铺床拂席置羹饭，疏粝亦足饱我饥。"这里用笔平淡而简单，甚至粗糙。看来，惠林寺平日并没有多少来客，所以，客房里床要重新铺设，席子要拂去尘埃，待客的羹饭，也是粗糙的。而作为客人的诗翁，也不予计较，只要塞饱了肚子，得过且过，便算了事。这也说明，韩愈和他的几位朋友，本来就没有参观佛寺的打算，只是把这地方作为旅游的落脚点。

顺笔下去，韩愈便写晚上的情景："夜深静卧百虫绝，清月出岭光入扉。"在山野的夜晚，总会虫声唧唧，但在这里连虫声也没有。见到的只是月亮，它幽幽地从岭上升起，那凉浸浸的月光，也照进房子里。这一切，显得周遭一片死寂。这在荒山中，也一切正常。但你说在这平凡中，韩愈就没有发现一些愉悦之处吗？也不是。那雨后芭蕉的油绿和栀子的肥大，那照进房里的月影，不是也有一点清雅而平常的野趣吗？而从作者以白描的手法，写他夜到山寺投宿的经过，读者也可以感受到，韩愈一直本着随遇而安，一切顺其自然的心态，度过了黄昏和夜晚。

以上十句，韩愈写的是冒雨上山，和到达惠林寺投宿的全过程，每一句，连续地表达一个场景，除了个别词句，如"荦确""肥"等较不寻常以外，其他并没有惊人之处，这和他后来专门使用"奇险"的写法，大不相同。所以，这夜宿荒寺的情景，实在没有让人感到有什么特别。而其妙处，也正在于韩愈有意让人感到在投宿寺庙，随遇而安的心境中，在没有什么特别之处中，隐藏着诗心。

从"天明独去无道路"开始，韩愈便写自己一早起来，出寺游山去也！

值得注意的是，本来，他是和几位朋友一起同到惠林寺的，当然也是一起住在寺院里的。但这诗很妙，在投宿和游览山景的过程中，韩愈绝口不提其他人的存在，而且在天明时，还强调“独去”。显然，他强调自己独来独往，不受拘束。结果，一个人乱闯一气，不知道东南西北，在山坡上看不见道路，走到哪里算哪里。而诗人写“无道路”的山景，也和诗的首句“行径微”有所联系。这些地方，人迹稀少，自然是行径稀微，乃至连道路也没有。

这一来，韩愈便说自己“出入高下穷烟霏”。他上了坡，又下坡，东转西转，像是无头苍蝇，到处乱撞。但倒也无拘无碍，随心所欲，顺马由缰，走尽了烟雾迷茫的去处。

蓦然，他写到自己眼前一亮，发现了美景：“山红涧碧纷烂漫。”这让他的心境发生了变化。按照一般诗人的写法，既然上文写到在山坡上胡乱地迷茫地寻路，忽然发觉景色尽变，红色的山，绿色的水，对比强烈，按道理，他应该会多描写几句，展示山花灿烂、绿水潺湲，甚至还可以多写几句直接抒发自己欣悦的心境。谁知道，他竟只用“纷烂漫”三个字便打发了。看来，他心情不错，却又觉得，这也不是什么奇异的风景。这“纷烂漫”的轻描淡写，正好表达出他随便观景的平常心态。下一句，说是看到不少大树了，“时见松枥皆十围”。这些树，肯定是又高又大的老树，佳木森森，那虬龙撑天的姿态，一般诗人肯定会赞叹描绘一番，但韩愈并没有给予特别的描写，只以“皆十围”一笔带过。

倒是在溪涧里摸着石头过河的场面，韩愈写得颇为有趣。“当流赤足踏涧石，水声激激风吹衣。”他竟然像个喜欢玩水的孩子，首先面对着流动的溪涧，跟着脱了鞋袜，光着脚板，然后踩着溪涧里的石头。这三个连续动作，活画出他欣悦甚至有点天真的野趣。接着，他还破例加上一句写自己踩着涧水过河的细节：水声激激，脚下的溪水流速湍急，哗啦啦地直响；山风阵阵，把他身上的衣服，也吹得飘飘然迎风拂起。这情景，韩愈用了两句加以描写，在全诗是不多见的。而这有野趣的场面，又安排在全诗写景的最后。可见，韩愈很注意要用这两句表达他既随便又欣悦的情愫。

很明显，在《山石》中，韩愈对他这次旅游情景的描写，分为两个不同的阶段。上半段，写他黄昏到达惠林寺投宿的情景；下半段，写他在天明时遛出寺门游览的情景。两段的心境，有人强调它的不同。吴学濂《增评韩苏诗钞》认为，这诗“前半篇极用沉厚笔，下半篇极用平淡笔，正是浓淡相极、险夷并行之作法”。这诗确是有上下两半。但说前半沉厚，却不是事实。我认为，上下两半段，都是用“平淡笔”，只是上半段写在入住寺院时，用不大有趣的平淡笔，下半段写离开寺院游玩时，用颇为有趣的平淡笔而已。当然，诗的上半和下半，情调也有所对比，那是颇没趣和颇有趣的对比，并不是“浓淡相极”的对比。这首诗，最值得注意的特点是：无论颇没趣和颇有趣，韩愈都觉得无所谓。于是，这就蕴含着顺其自然的心态美。这淡然悠然的美，就是别具一格而又不易被人觉察的！再加上韩愈以散文化的写法，连贯地，流畅地，一句一景，叙述他旅游的过程，像拉洋片一样，把一个一个画面延续起来，让人感悟到它是一幅视野开阔的长幅图卷，从中展示出他在整个旅游过程中优哉游哉的心境。

如果说，上半和下半的情味有所不同，不过是上半写寺院比较荒芜局促，下半写寺外生意盎然而已。对此，韩愈也都不太在意。连词语的运用也很普通。当然，至于说“栀子肥”，以“肥”形容花朵，确有些出人意料，却不见得过于雕琢。和后来李清照“绿肥红瘦”之句相比，反更近于自然，少了些刻意修饰的痕迹。方东树说，《山石》“不事雕琢，自见精彩，真大家手笔”，又说它“夹叙夹写，情景如见，句法高古。只是一篇游记，而叙写简妙，尤是古文手笔”（《昭昧詹言》）。这评价，颇为准确到位。

从平凡中看到美，这是韩愈特具的审美眼光。像说“天街小雨润如酥，草色遥看近却无”，那蒙蒙小雨，那迷茫草色，都很平常，但在韩愈看来，早春的小雨，有酥油般的润泽；早春的草色，似有还无，给人以梦幻般的感受。本来，在首都的天街，早春时节，烟柳画楼，可写之处，不一而足。可是，韩愈却从最一般最平凡的小雨和草色中看到美。于是，这似是很随意的描写，便显现出早春天气特有的意境。《山石》一诗，也是如此，而那寺内寺外呈现的平凡之美的意韵，正好是诗人自由自在心态的折射。

在韩愈用了十六句，分别夹叙夹述写宿寺之景和出寺之景两个方面以后，笔锋一转，竟然出人意料地发出一番感叹：“人生如此自可乐，岂必局束为人鞿？”（鞿，是束缚、羁绊的意思。）现在，我们可以明白他宿寺和游山的意思了。

就宿寺的描写而言，他只在寺院里看雨看画，吃了就睡，没什么讲究，只随随便便，率意为之。就天明出寺的描写而言，也只信马由缰，走到哪里算哪里。当看到花，看到树，看到溪涧流水，心情放松，兴之所至，便赤足踩水。总之，在惠林寺的内内外外，食宿简陋也罢，景色愉悦也罢，他的心情绝对放松，没有什么难堪之处，也没有过度的兴奋。一切随随便便，身心没有半点局束，绝对没有受到外力的羁绊，这就是他认为的人生最高境界！显然，韩愈以平淡的笔触，写他宿寺游山中平淡的心情和景色，全是为了说明“人生如此自可乐”，一辈子平平淡淡、随随便便，就是最快乐的事。这首诗，从上山宿寺，天明游山，一路放手写来，真像是一篇散文化的流水账。而韩愈采用这种自由挥洒的形式，正是为他要表达讨厌“局束”，以及不满“为人鞿”的感情所决定的。

诗的最后两句是：“嗟哉吾党二三子，安得至老不更归？”韩愈不是天明时“独去”游山的吗？当他体会到随意所之，一切顺其自然，心境不受“局束”的乐趣时，忽然记起了和他同游的朋友，于是又很自然地把自己的感受告诉他们，也等于向他们发出了号召。但他又想到，实际上，在现实生活中，这样的愿望，未必能够实现，于是不由得发出怎样才能永远留在这里，永远保持随心所欲状态的感叹。

这最后的几句，韩愈直接以议论入诗，这和一般抒情诗的写法，大异其趣。我们暂且不论其得失，总之，想写什么，就写什么，想怎样写，就怎样写，毫不计较文与诗的区别，这恰是韩愈古体诗创作的特点。就他以理入诗的做法而言，对后来宋代诗坛的风气，也是有所影响的。

相对于韩愈所写其他古体诗而言，《山石》一诗，用词遣句并不“奇险”。如果要评论这诗的风格，倒是用韩愈自己的话，说它“横空盘硬语，妥贴力排奡”（《荐士》），亦即用词刚健有力，结构妥帖晓畅，似乎是更准确一些。但是，在他所有的古体诗中，能达到这样水平者，也并不多。多数的诗，特别是那些以丑为美的诗，尽管自成流派，终究颠倒奇崛，让人啮牙结舌，老实说，我是爱不起来的。

我们说过，在中唐时代，韩愈对社会革新也有所追求，但在政见上与王叔文等并不一致。因此，在“永贞革新”失败后，他竟斥责王叔文，说什么“国家功德高且厚，天位未许庸夫干”（《永贞行》），并且对老朋友柳宗元、刘禹锡因亲近王叔文而被贬逐，竟然表现出幸灾乐祸的姿态。他推崇儒家，拼命谏迎佛骨，“欲为圣明除弊事，肯将衰朽惜残年”，这做法，无非是认为必须恢复儒家思想的统治地位。与此相适应，他认为要推动文化改革，在散文写作方面，非恢复到像西汉文章那样流畅易懂、刚健有力的文风不可。

在诗坛上，就诗风发展的态势看，中唐时期许多诗人，确实失去了盛唐时期诗人那种开朗乐观，敢于直面人生的气概，人们从社会特别是从个人命运的失落中，看不到前景，于是委顿消沉、纤弱浇薄之风，也在诗坛上弥漫。与此相对应，一些渴望改变政治现状的诗人，也从不同的方面，追求改变诗坛的风气。由于经历、性格和审美理念的不同，诗坛里便出现不同的流派。像刘禹锡、白居易等，就写了不少“讽喻诗”，或直接，或委曲地针砭时弊，同情人民的疾苦。在诗歌语言上，则走向平易浅近的一路，像白居易在创作时，不是有过让“老妪能解”的故事吗？他们也勇于向民间吸收养分，像刘禹锡，不就写了不少近于民歌风格的“竹枝词”吗？

韩愈说过：“不用文则已，用则必尚其能者。能者非它，能自树立，不因循者是也。”（《答刘正夫书》）显然和主张文风革新一样，他也主张改变诗风，要求诗歌创作要有独创性，不能因循守旧，要敢于突破时尚的颓风。这有其积极意义，也说明中唐时期的封建专制政权，即使严酷处置参与“永贞革新”的官员，但主政者已是四面楚歌。时代的洪流，让他们无法遏止人们冲出思想牢笼的愿望。反映在诗歌创作中，有革新思想的诗人，便追求创作个性化，追求与俗流不同的、独特的，甚至出格的审美理想。于是，韩愈便注意在平凡中看到美，甚至在丑陋中发现“美”。在古体诗的创作中，则着意追求意象的雄怪奇险，乃至于出格，常常让观者莫名其妙，不易接受。至于那一帮追随韩愈的诗人，如孟郊、樊宗师等，走的就是怪诞奇诡、诘曲盘纡的路数。正如欧阳修所说：“元和之际，文章之盛极矣，其怪奇至于如此!”（《唐樊宗师绛守居园池记跋》）不错，他们在古体诗的改革上，希望打破传统，但又闯过了头，走向了过于“前卫”的道路。至于如何全面评价他们在古体诗上改革的得失，以及文风与诗风出现矛盾的问题，不是这短文能说得清楚的，容后再议。

说张籍《节妇吟》

君知妾有夫，赠妾双明珠。
感君缠绵意，系在红罗襦。
妾家高楼连苑起，良人执戟明光里。
知君用心如日月，事夫誓拟同生死。
还君明珠双泪垂，恨不相逢未嫁时。

“恨不相逢未嫁时”，这千古流传，缠绵悱恻，写尽了人世间痴男怨女在暗恋中痛苦的诗句，您想得到是张籍写的吗？

而张籍，却是韩愈的学生和亲密朋友。韩愈强烈要求恢复儒家道统，张籍还嫌他推行得不够，在《上韩昌黎第二书》中，他向老师提出意见：“今执事虽参于戎府，当四海弭兵之际，优游无事，或不以此时著书，而曰俟后，或有不及，曷可追乎？”可见，张籍是很看重推广儒家学说来管治社会的。上引这首诗，题名为《节妇吟》，涉及对妇女贞节的看法。从这里，也看到他对儒家思想的重视。

不过，也有人认为，《节妇吟》不是专写妇女婚姻爱情问题的诗，因为它还有一个副标题“寄东平李司空师道”。据说是藩镇李师道，知道张籍的名气，想邀请他去当幕僚。而张籍不齿当时藩镇割据、大搞分裂活动的现实，不满李师道横蛮霸道、鱼肉百姓的行为，却又不敢开罪于他，便巧妙地以女性自喻，说自己已经“嫁”了别人了，不能再“嫁”给他了。这就很委婉也很得体地回应了李师道的“追求”，也得到了那军阀的理解云云。如果这事属实，那么，《节妇吟》便是一首含蓄的讽喻诗。

张籍出生于公元766年，据知是贫寒出身。早年一再求职，也充当过幕僚之类的低级职务，但始终过着贫穷的生活。白居易说：“独有咏诗张太祝，十年不改旧官衔。”（《重到城七绝句·张十八》）太祝，是办理祭祀的小官，这职位，张籍当了十年之久。也正由于他长期蹭蹬，到处漫游，所以能看到下层人民的疾苦，写下了不少同情人民悲惨生活的诗作。后来，他受韩愈、白居易等人的推荐，得到迁升，但是，除了诗歌创作受到人们推重以外，在仕途上，他始终没有多大的作为。

看来，张籍的性格比较奇特。据说他“性诡激”（《旧唐书·张籍传》）。他受业于韩愈，受知于韩愈，却又敢于批评韩愈，认为韩老师对儒家思想推行不力，就这一点而言，他显然比韩愈更加激进。在诗歌创作方面，他走的也不是韩愈“奇险”的一路，相反，他更接近白居易、王建、元稹等人平顺流畅的作风。有些作品，用情的激越和描写的深刻，又超乎一般人的想象。像《野老歌》写老百姓日夜辛劳，收获粮食，却是“苗疏税多不得食，输入官仓化为土”。像《筑城词》写人民被逼服徭役，筑建城墙，结果是“力尽不得抛杵声，杵声未尽人皆死；家家养男当门户，今日作君城下土”。张籍揭露人民辛苦耕耘的粮食，在官仓里化为尘土；悲叹筑城的役夫，力尽筋疲，在杵声中死去，化为城下的尘土。粮食和丁壮，俱以化作尘土的结局来形容命运的悲惨，可见，他敢于揭露现实的矛盾，其目光的尖锐，感情的悲愤，描写的深刻，远非一般诗人所能及。看来，史书说他性格“诡激”，并非没有道理。正因如此，他才会别开生面，让人意想不到这位极其尊崇儒家的诗人，竟写出了《节妇吟》，写出了“恨不相逢未嫁时”这震撼人心的名句。

张籍的《节妇吟》，以“节妇”为名，写的却是一位少妇思想感情的矛盾，是她在理智与爱情问题上，内心的痛苦挣扎。总的来说，张籍是通过少妇的举动和独白，从侧面描写一双男女相会的场景，从而展示出封建时代有关人性复杂的问题。

这诗的第一句：“君知妾有夫。”张籍开门见山，通过少妇的口，表明了在场景中两个人物的关系。

首先，这女子，是已经出嫁了的少妇。其次，那男子，知道女子是有丈夫的。更妙的是，连那女子，也是明明知道对方已经了解到她是已婚的。显然，他们之间，其实早已相识。但是，两人在相处之际，却产生了微妙的关系。那男子，竟然做出了一个异乎寻常的举动，这就出现了诗的第二句：“赠妾双明珠。”

明珠，是珍贵的装饰品。从古以来，凡是男性对女性表示好感，总是会通过赠送一些新鲜或珍贵的礼物，来表示特殊的情意的。在今天，男性在情人节送给女朋友一朵或一束玫瑰花，或者给她送上戒指耳环，等等，这醉翁之意，不言而喻。在我国古代，男性还没有给情人送玫瑰花的习惯，但以送上装饰物品，包括香罗帕之类的东西给对方，表示爱慕之情，则是彼此心照不宣的通例。汉乐府诗不是有过“何以结相思，双珠玳瑁簪”之句吗？张籍在《寄远曲》一诗中，也写道：“美人来去春江暖，江头无人湘水满……兰舟桂楫常渡江，无因重寄双琼珰。”在《节妇吟》中，少妇说，那男子送给她一对明珠。请注意，这里诗人用的是“双明珠”一语，分明点出了那男子有希望与她成双成对的意味。明知对方是有夫之妇，这男子却采取了大胆的举动，用意何在？少妇当然是心知肚明的。

接下去，张籍便写少妇的反应了：“感君缠绵意，系在红罗襦。”你看，让人想不到的事发生了，这已婚的少妇，对男子的爱意和举动，竟然是接受的，而且内心是很感动的。诗人下“缠绵”两字，这非同小可。显然，在当时，两人相逢的时候，男方总不可能没头没脑地把明珠递将过去，便算了事。这两位宝贝，既然早就互相认识，他们有了私下在一起的机会，肯定还会说些什么体己话、悄悄话的。但是，张籍对他们之间眉来眼去的情景，一概不写，只点出那少妇感受到男子“缠绵”之意，这就够了。从她内心独白这一句诗里，读者也可以想象出他俩相会时的言谈举止。

有趣的是，当少妇得到“双明珠”，感受到“缠绵意”的时候，竟然还大胆地做出了“系在红罗襦”的动作。罗襦，是绸制的短上衣，是富贵人家才穿得起的衣服。白居易在《秦中吟十首》其一《议婚》中就写过：“红楼富家女，金缕绣罗襦。”在这里，张籍点出这女子所穿衣服的名贵，也为下文写她的身份，预作铺垫。

在古代的诗词里，写男子向女子示爱，遭到断然拒绝的情景，我们是不难看到的。像汉乐府的《陌上桑》和辛延年的《羽林郎》，都写了这样的题材。辛延年写贵为皇家侍卫的羽林郎，“昔有霍家奴，姓冯名子都”，在大排档上“依倚将军势，调笑酒家胡”。这羽林郎也向胡姬赠送礼物，诗中写胡姬说：那家伙“贻我青铜镜，结我红罗裾”。但她的态度是：“不惜红罗裂，何论轻贱躯!”结果，冯子都自讨没趣。《陌上桑》一诗，则写好色的使君，自以为有权有势，派手下前去试探采桑女子罗敷，问她“宁可共载不?”罗敷便劈头劈脑骂了回去：“使君一何愚！使君自有妇，罗敷自有夫。”跟着便把自己的丈夫夸耀成天上有、地下无的男子汉，以更大的气势，压住了使君，让对方灰头土脸地走开。

张籍写《节妇吟》中的少妇，则大异其趣。她把明知“妾有夫”的那位“君”，递将过来示爱的那颗珠，系在自己的红罗襦上。这一动作，含情脉脉，分明是表示她接受了对方的情意了，否则，她要么立即奉还，要么把明珠“藏入红罗襦”。然而，她竟然当着对方的面，系上了明珠，表示喜爱与亲昵。这举动，就不能不让那男子有会于心，喜出望外。下一步，将会出现什么景象呢？会不会有“待月西厢下，迎风户半开”之类的许诺呢？对此，张籍没有写。但是，没有写，不等于说少妇只把明珠系上，便算了事。在这里，张籍留下了一段空白，他以虚写的手法，让读者自己想象当时出现的场面，想象那男子以为鸿鹄将至的神情，想象少妇系上双明珠时的举止和内心世界。

很明显，从诗的结构看，少妇把明珠系在红罗襦以后，场景的发展，便告了一个段落，出现了一次戏剧性的“停顿”。而当审美受体正想再看事情如何发展时，意外又发生了，张籍笔锋忽变，他让少妇直接向那男子发话：

妾家高楼连苑起，良人执戟明光里。

这少妇，态度忽然发生变化，她矜持起来，郑重地表明自己的身份，告诉他，她的家世，是谁也惹不起的。就门第而言，她住的是高楼，不是一般房舍。而且，这高楼连接王室宫苑，明说她的出身十分高贵。在唐代，门第之分是非常重要的。张籍的好友元稹，不就是为了攀登门第，便抛弃了所爱的崔莺莺吗？而当时，人们对此竟给予同情，还说元稹是“善为补过者”呢！（唐传奇《会真记》）

进一步，少妇又说，她的丈夫，是在明光宫侍候皇帝的近卫军，这手执方天画戟的人物，谁敢给他戴上绿帽子？少妇这番话，说得很严厉，与“感君缠绵意”的神态，判若两人。其实，在张籍笔下，那位赠珠的男子，也未必不知道她的身份，否则，何以知道她是已“有夫”的呢？显然，他是怀着一线的希望，也许还觉察到少妇对他也有好感，于是明知而故犯，上前去求爱。这位老兄真可谓吃了豹子胆了。但在唐代，风气开放，社会上男男女女产生婚外情者，不在少数。因此，那男子想吃天鹅肉，如果双方你情我愿，偷情幽会，也并不担心会受到什么严重的谴责。除非对方的丈夫，像俄国的普希金那样，向情敌提出决斗。而这种情况，似乎在唐代很少发生。所以，拈花惹草，偷吃沾腥，这在当时一夫多妻合法化的婚姻制度中，对男子来说，不过属于一桩风流韵事而已。

当然，对那少妇来说，情况便有所不同了。你说她对那献殷勤的男子，没有好感吗？当然不，他们的心灵之间，确实是碰出了火花。否则，她像罗敷那样，回他一句“使君一何愚”就是了。但是，经过了短暂的“停顿”，少妇冷静了下来，她回心一想，这感情之花，结不了果。客观时势，种种拘束，容不得她有非分之想。首先，她不能不考虑对方和自家的身份。一比之下，对方是没有优势的。而且，她又没有像卓文君那样不顾一切和司马相如私奔的勇气。加以她对自己的丈夫，也可能还是有感情的，甚至不忍出现“但见新人笑，那闻旧人哭”的纠葛。这一来，衡量得失，她只能拒绝对方的追求。而若要他死了这条心，又只好以气势压过去，向他表明：你攀不起我，别痴心妄想！于是，她便像《陌上桑》中罗敷那样，首先提醒对方要注意她的身份。罗敷对那耍流氓的使君说：“东方千余骑，夫婿居上头。”“腰中鹿卢剑，可值千万余。”丈夫有这样的地位和威猛，您这野猫子惹得起吗？而张籍写《节妇吟》的那女子，也强调她丈夫是“执戟”的，这不也是等于“亮剑”了吗？

写到这里，读者都以为那男子没戏了。谁知道，张籍的笔锋又再一转，在他的笔下，那少妇和罗敷并不相同。罗敷是摆明家世，吓退“使君”了事。而张籍写那收下了异性馈赠的少妇，在标榜一番自己的家世以后，竟还有话向人家表白：“知君用心如日月。”

这句话，语带双关，说得很妙。一方面，对方可以理解为她如日月那样，洞察一切，非常清楚知道他对她的情意；一方面，也可以理解为她告诉那位男士，您的用心，像日月那样光明正大，对她而言，无可挑剔。总之，您说她是在委婉地安慰对方也可，说她是在让对方有台阶可下也可，无论如何，她向男子施加压力以后，又给以安抚，表示同情的理解，也希望得到对方的谅解。

紧接着，在口气稍为缓和以后，这节妇就明确地表白："事夫誓拟同生死。"这话斩钉截铁，等于对那位男士宣告：我们别再痴心妄想了吧，彼此各行各路，好聚好散。

按常理，在少妇旗帜鲜明地表态以后，"戏"就完了。在一般的情况下，她会回头便走。而那男子则白赔了一双明珠，无可奈何。谁想到，张籍写到这里，忽然笔锋又第三次转折，安排了一个非常动人的细节。这就是"还君明珠双泪垂"。

在上面，张籍写到，少妇是很感动地系上了明珠的，而在她说了一番决绝的话之后，便把系在红罗襦上的明珠摘了下来，交还送珠的男子。这摘下明珠和奉还明珠的细节，必然是有一个动作稍为缓慢的过程，总不能随手扯下，随手掷还。但这过程，张籍又没有写，却突出地说那女子"双泪垂"地把明珠交还给对方。这里下一"双"字，十分有味。那一双亮晶晶的珠泪，对着那一双亮晶晶的明珠，互相映衬，含意微妙深远。如果张籍直写"还君礼物请收回"，甚至说"还君明珠心内愁""还君明珠泪暗流"，没有了双明珠与双泪垂的前后辉映，那么，少妇内心的隐痛，便不能表现得如此细腻动人。

张籍写少妇在表示不得不忠于自己的丈夫之后，垂泪还珠，就已经描画出她的思想斗争激烈到何等程度了。这可怜的少妇，确实是真心实意爱上了那赠珠的第三者的。既欲"事夫"，又感"君意"，让她左右为难。然而，理智毕竟占了上风，这还珠的细节，已足够表明她的态度了。而更让人震撼的是，张籍还写她直接吐露了心声："恨不相逢未嫁时。"这分明是告诉对方，其实在她的心里，更爱的是他，而不是名义上的丈夫！但是，相见恨晚，在种种条件的约束下，她只能把爱情埋在心里，只能慧剑斩情丝，留下了永恒的遗憾。

这“恨”字，用得极佳，它非常准确地表现出人物内心咬啮的痛楚。据知，有些版本，“恨不相逢”作“何不相逢”。这一来，以反问的语气作结，虽然也能表现出少妇惆怅之情，但不足以写出她心底里刻骨之痛。“恨”与“何”，一字之差，感情轻重的分量，大不相同。

“恨不相逢未嫁时”，这具有经典意义的诗句，概括了少妇内心的真情实感，更是概括了中外古今多少痴男怨女，在理智与感情的激烈斗争中，不得已痛苦地做出抉择的典型心态。不错，拒绝了对方的爱意，交还了象征爱情的双明珠，这举动，似是无情，但其中又有多少难言之隐。不错，奉还明珠以示决绝，似是寡情，但“流泪眼看流泪眼，断肠人对断肠人”，哪里是真的无情？这正如清代的纳兰性德所说：“人到情多情转薄，而今真个不多情。又到断肠回首处，泪偷零。”（《山花子》）多情却似无情，这正是在婚姻问题上，理智与爱情之间，两难选择最为痛楚的表现。在这里，张籍能够展示人的思想的复杂性，可见他对人性问题也有相当深切的理解。

《节妇吟》的体裁，属叙事性的古体诗，写的是封建时代男女在爱情婚姻问题上的纠葛。语言明畅易懂，但却很能表现出人物思想矛盾的两难状态。

我国古代诗坛，民歌写男女追求爱情，非常炽热大胆。但在封建时代，人们受到礼教的束缚，往往不得不屈从于种种压力，灿烂的爱情之花，往往结不了果。因此，诗坛上的爱情诗，多是表现相爱者进退两难的凄苦心情。而恰恰是这种两难的描写，更能让审美受体产生对弱者的深切同情，唤起对封建礼教的憎恨。

有意思的是，在生活中，人们最愿看到美满的婚姻，而在文学作品，包括在诗歌中，人们更愿看到的，倒是有情人遭受种种曲折与磨难。人们乐意观察被丘比特之箭射伤的心，这不是残忍，说到底，是关注怎样解决矛盾，怎样抵受创痛，关注的是作者对人性和情感的真实描写。因此，以爱情婚姻为题材的诗歌，越能揭示受伤的心的痛楚、颤动，也就越能打动读者，获得同情。读者也可以在同饮爱情的苦酒中，得到“美”的享受。

作为表现情感纠葛的诗歌，如果是抒情诗，审美主体直接抒发“两难”的苦恼，是很能触发审美客体的共鸣的。像宋代石孝友写的《卜算子》：

见也如何暮？别也如何遽？别也应难见也难，后会难凭据。
去也如何去？住也如何住？住也应难去也难，此际难分付。

这首词，是了不起的白描之作，它写出诗中的主人公和相爱的人相见恨晚，进退两难，那踌躇忐忑的感情，动人心魄。

和石孝友的词不同，张籍的《节妇吟》，写的也是两个人相爱，却又不可能如愿的感情纠葛，但巧妙的是，他不是直抒胸臆，而是客观地叙述两个有情人相见的情景。其中，又只从女性的方面着眼，没有出现男子的形象。特别是，张籍通过诗中赠珠、系珠、还珠的动作细节，展现两人情绪的变化。这三个动作，贯串全篇，起起落落，既曲折地表现出女主人公两难的心态，也让读者通过想象，“看”到那男子忽甜忽酸的尴尬情景。这具有戏剧性的写法，结合女主人公的独白，生动地让人们感受到有情人不能成为眷属的苦恼。在全诗中，张籍把描写情与理冲突的结果，归结为一个“恨”字，这让古往今来失去了机会的有情人，欲哭无泪，刻骨铭心。

在陈尚君教授辑校的《全唐诗补编》中，我们还看到有一首唐代不知名作者的诗：

君生我未生，我生君已老；
君恨我生迟，我恨君生早。

看来，这类在爱情上深感遗憾的情况，在唐代普遍存在。许多人不得不屈从于命运，但内心又不可能没有痛苦的挣扎。因此，不妨说，张籍的《节妇吟》，不仅是在恨海情波中具有典型意义的诗作，而且，它还曲折地照射出许多人，包括一些原来希望有所作为的人士，感到生不逢时的心态。

节妇，本来是封建时代给予已婚妇女的最高荣耀，认为妇女对丈夫“之死矣靡它”，才最符合儒家宣扬的礼教精神。话虽如此，其实，在宋元以前，妇女出现婚外恋或寡妇再嫁的行为，既不少见，人们对此也并不苛责。但不作追究，并不等于推崇。所以，历代对符合儒家道德标准的妇女，也纷纷给予表扬。而表扬人数的多少，又适足以说明不同时代的统治者对封建礼教推行的程度。中山大学历史系董家遵教授，曾根据《古今图书集成》中所录历代节妇烈女的人数做过统计（见下表），我们从中可以窥见中国古代社会中封建礼教推行的轨迹。

东周至清前期节妇、烈女数量变化表

朝代	节妇	烈女
周	6	7
秦汉	23	19
魏晋南北朝	29	35
隋唐五代	34	33
宋	152	122
元	359	383
明	27 141	8 688
清（清初至雍正时）	9 482	2 841

很清楚，被表彰为节妇烈女者，在宋以后，才突然出现三位数，此后愈演愈烈。但不管怎样，节烈、贞节，从来是封建统治者用以规范女性的金箍。

问题是，在张籍笔下，那位少妇面对追求她的第三者，尽管最后没有出轨，但实在已经心旌动摇，对自己的丈夫二三其德了，而根本不是“我心匪石，不可转也；我心匪席，不可卷也”(《诗经·邶风》)的作风。按理，张籍把这首诗的题目，写作《少妇吟》或《还珠吟》之类，不就可以了吗？谁知他竟偏偏把那位动摇分子称为“节妇”，这岂不是让人大跌眼镜！

这一来，一些评论者便开骂了，明代的高棅，引南宋刘辰翁的话说，这诗“好自好，但亦不宜‘系’”(《唐诗品汇》)。当然，他没有完全否定《节妇吟》，但认为张籍不宜写那少妇系上了别人送来的明珠，因为这举动，很难说是“节妇”的行为。唐汝询就不客气了，他直截了当地说：“系珠于襦，心喜之矣，以良人显贵而不可皆是以却之。然还珠之际，涕泣留连，悔恨无及，彼妇之节，不几岌岌乎？夫女以珠诱而动心，士以币征而折节，司业（指张籍）之识浅矣哉!”（《唐诗解》）无疑，他们都认为少妇的举动，明明是失节的行为，而张籍竟说她是“节妇”，十分离谱。

不过，张籍这首诗，影响实在太大，不好抹杀。于是有人发觉，《节妇吟》是有个副标题的，称它全称应是《节妇吟寄东平李司空师道》，说是李司空想招聘张籍，而张籍则对这军阀不感兴趣，却又不敢直接拒绝，便委婉地以节妇自喻，告诉对方，他不是对李司空不动春心，只可惜自己已接受了别人的许诺。于是，《节妇吟》不过是一首讽喻诗，而且其创作技巧也是相当高明的。

不错，中唐时期，诗坛上也流行讽喻的写法，据说朱庆馀准备参加科举，先把作品送给文坛大佬们过目，这叫“温卷”，为的是首先博取人们的青睐，有利于以后被录取云云。据说，朱庆馀便写过一首诗送给张籍：“洞房昨夜停红烛，待晓堂前拜舅姑；妆罢低声问夫婿：画眉深浅入时无?”（《近试上张水部》）这等于以讽喻的方式，以新妇自譬，羞人答答地向张籍征求意见。而张籍，也颇知趣，回赠一首，说是“越女新妆出镜心，自知明艳更沉吟；齐纨未是人间贵，一曲菱歌敌万金”。他同样是以比喻的方式，表示对朱庆馀的赏识。就当时诗坛流行的写作手法而言，张籍对勾搭他的李司空，也并非没有以“节妇”自喻的可能性。当然，如果真的是这样，《节妇吟》也不失为一首写得颇为巧妙的讽喻诗。

不过，即使如此，也无法解释，为什么张籍把那位思想动摇，笑着系珠，哭着还珠，行为已经出格的少妇，称为“节妇”！所以，卫道先生们争相“喷”他，也不是没有道理的。

有学者查证，在四库本《张司业集》和四部丛刊本《张司业诗集》中，张籍的这首诗，只题为“节妇吟”三个字。至于有关张籍辞却李司空邀聘的传说，是在宋代才有人煞有介事地传播的。而且，说这诗原有“寄东平李司空师道”的副标题的说法，也出现在二百年之后的宋代。有趣的是，那位李司空，究竟是同样当过司空的哥哥李师古，还是后来也当了司空的弟弟李师道？不同的版本和传说，人言人殊，实在也没有弄清楚。至于说张籍辞聘一事，所用证据，无非是姚合在《赠张籍太祝》一诗中说道：“甘贫辞聘币，依选受官资。”由于张籍文名颇著，到底他除了辞却李司空之聘，还有没有辞却另外的人之聘，唐代也没有史料可以佐证。又据知，张籍《节妇吟》这诗写于805年，他在806年出任太祝。这段时间，他正在京中待任，这和姚合所说“依选受官资”的说法正合，这又何来有表示已“嫁”，亦即表示已受聘于别家藩镇的意思呢？

无论如何解释，即使真的是张籍以此婉辞李司空的追求也罢，也没法理解他为什么把明明思想动摇，实际上已钟情于第三者的少妇誉为“节妇”！这只能说明，张籍心目中的“节妇”，其实有他自己的标准。

封建时代，在维持宗法制度的情况下，儒家学说作为社会的主导思想，一直把男女婚姻问题，作为人之“大防”。因此，强调妇女要“三从四德”，强调要对丈夫贞节。贞者，正也；节者，坚定也。因此，对丈夫坚贞不二，“非礼勿视非礼勿听非礼勿言”，从来是儒家规范妇女思想行为的标准。但是，即就孔子孟子而言，也知道“人”，既有作为社会人的一面，也有作为自然人的另一面。因此，孟子一方面认为“逾墙钻穴，则国人皆贱之也”，一方面也承认“食、色，性也”，承认人的本能和感情的存在。要解决这一对矛盾，儒家便在《毛诗·大序》中提出：“变风发乎情，止乎礼义。发乎情，民之性也；止乎礼义，先王之泽也。”可见，儒家还是承认“情”的存在的。但是，话虽如此，人性中的情，如果像山洪般暴发，不可收拾，那么，礼义的堤坝，果真能够阻挡得住吗？所以，言者谆谆，听者藐藐，这就是在宋以前的一千多年历史上，被封建统治王朝给予贞节的称号者，从来不超过两位数的原因。

在封建时代，历史还有这样一个规律，凡是把某些话题喊得最凶的时候，恰好是社会出现问题最多的时候。宋元明清的统治者，眼见在小手工业、商业日益发展，人际交往日益频繁的时候，越来越多人在婚姻和爱情问题上，冲破了礼教的藩篱，为了巩固自身统治地位，便不得不大力提倡儒家道统，鼓吹妇女贞节。这就是越是临近封建社会末期，全国各地贞节牌坊越是多如牛毛的原因。

在唐代，则是另一种情况。那时，儒道佛三家激烈地争夺舆论阵地。中唐时代，政治局面极其混乱，特别是佛教势力极为强大，到处兴建佛寺，甚至连皇帝也崇佛。这就出现了土地流失，人口消减，劳动力和兵源严重短缺的问题。这一点，正是统治集团中的一部分人，坚决反对佛教，强烈要求以儒家道统管治社会的根本原因。韩愈和他的学生，包括李翱、张籍等在内，正是其中的代表。为了反对当时迷情佛教的狂潮，他们竭力宣扬儒家的学说，维护礼教的信条，反对感情用事。李翱说：“情本邪也！

妄也!”(《复性书》中篇)张籍说得更严重，认为:“至于人情，则溺乎异学，而不由乎圣人之道！使君臣父子夫妇朋友之义沉于世，而邦家继乱，固仁人之所痛也。”(《上韩昌黎书》)很明显，张籍所反对的情，只是“溺乎异学”之“情”。至于男女情感的存在，他是承认的。既然儒家也认可“发乎情，止乎礼”，因此，在《节妇吟》中，那少妇虽然“发乎情”，思想出了格，内心一直在挣扎，但还是没有在行动上出轨，最终还是屈从了命运的安排，这就是“止乎礼”。在张籍看来，既然少妇没有越出封建规范容许的范围，因此，对少妇的心态，还是值得他给予同情的理解，也值得给予“节妇”的名衔。就这一点而言，在唐代的张籍，反比那批把封建礼教推到极致的宋儒明儒，对人性的理解，更为宽容一些。宋儒们既无法否定《节妇吟》的艺术成就，便只好说它是别有所指的讽喻诗。沈德潜甚至在《唐诗别裁》中，还说明自己不选录这首名诗的原因:“玩辞意，恐失节妇之旨，故不录。”

张籍敢于揭示封建时代女性思想感情的矛盾，尽管她不得不服从命运的安排，但张籍敢于让她悲叹“恨不相逢未嫁时”，这表明，他实际上也是很同情这位无可奈何的少妇的。其实，在张籍的作品中，许多诗篇，像《征妇怨》《送远曲》《白头吟》等，都表达了对妇女不幸遭遇的同情。特别是在《离妇》中，他直白说出被抛弃的女子的痛苦:“为人莫作女，作女实难为。”在《别离曲》一诗中，他让已婚的妇女说:“忆昔君初纳采时，不言身属辽阳戍……男儿生身自有役，那得误我少年时。”在《妾薄命》中，又指出丈夫和妻子志趣完全不同，“人生各各有所欲，讵得将心入君腹”。很明显，张籍一直同情妇女悔婚，却又只能在“恨”中度日的遭遇。因此，他真实写出了《节妇吟》中少妇内心挣扎的全过程，同情她最终不得不“止乎礼”，这并不是偶然的。

在文学史上，像张籍那样一直接近下层人民的作家，尽管他们深信儒家思想，但由于能够体察人民悲惨的生活和内心世界，特别是在父权社会中妇女地位的低下，而且这些作家，他们的内心也会产生情与理的冲突，于是，他们聪明地抓住儒家提出的“发乎情，止乎礼”的空隙，尽可能揭示人间难以遏止的“情”，以及揭示在种种条件下，“发乎情”却不可能实现的苦恼，从而写出了具有人性光辉的作品。

说白居易《赋得古原草送别》

离离原上草，一岁一枯荣；
野火烧不尽，春风吹又生。
远芳侵古道，晴翠接荒城；
又送王孙去，萋萋满别情。

中唐时期，诗人白居易一生写了三千多首诗。除了两首长诗《长恨歌》《琵琶行》名震遐迩，连皇帝也说“童子解吟长恨曲，胡儿能唱琵琶篇”外，最受人瞩目的，就是上引的这首五律。而在这八句诗中，“野火烧不尽，春风吹又生”两句，竟流传至今，成为人们常常引用的经典性的语言。要知道，这千古风行的两句，却出自只有十五六岁的少年诗人之手。

在文坛上，当人们谈到白居易的这首诗时，都少不了引用唐代张固在《幽闲鼓吹》中记述的传闻。据称在贞元三年（787），十六岁的白居易来到了长安，准备参加科举考试。到京后，他拜见前辈著名诗人顾况，献上这首诗。这位顾况可不是等闲人物，严羽说："顾况诗多在元、白之上，稍有盛唐风骨处。"（《沧浪诗话》）要想得到他的青睐，白居易实在是大不易的。

顾况一见到"白居易"这个名字，便倚老卖老，开玩笑说，京城"米价方贵，居亦弗易"！谁知打开诗卷，看到了"野火烧不尽"两句，大为惊异，便说："道得个语，居亦易矣！"从此，他对白居易另眼相看，到处揄扬，这也为后来白居易顺利地考上科举，起了推毂的作用。但关键是，这首诗确实也写得好，由不得人们不赏识这少年诗人的才华。

从题目看，所谓"赋得"，是诗人们常用的术语，无非是说找到了一个写作缘由的意思。或者是几个人找到共同的写作题材，命题写诗；或者是作为对付考试，预作的一些练习题。如果作为习作，写以送别为题材的诗，可能是真的给某人送别，也可能是在假想中给某人"送别"，如此而已。白居易在这首诗里，到底是要给谁送行？诗中并没有说明具体的对象，所以我们实在也不知道他要送给谁。有个别学者，认为这诗是白居易送给少年时代的恋人，一位名字叫玲珑的姑娘的。依我看，这不可能，因为从整体的情调看，这首诗和给女性送行沾不上边。而且，诗中提到被送者为"王孙"，他应是有些身份的男性。那位玲珑姑娘虽然玲珑可爱，但身世贫贱，怎能和"王孙"两字连得起来？我认为，这首诗确是送别诗，是少年白居易，通过送别这一题材，来表现自己当时的人生观以及气度的诗章。其实，在没有充分证据，确定白居易何以"赋得"的情况下，我们更重要的，是要吃透诗中所贯注的思想感情，以及探讨与之融合的艺术技巧。

以"送别"为题，也必然会提到分手时的场景。

在古代，送别的地方，无非是江河边或陆路上。在河边，人们往往以波纹水影，衬托别情，像李白说“孤帆远影碧空尽，唯见长江天际流”（《黄鹤楼送孟浩然之广陵》），王昌龄说“流水通波接武冈，送君不觉有离伤”（《送柴侍御》），等等。如果送客的出发点在陆路上，那么，便往往以路边的柳树，或者以地面的青草，来抒发别离的心境。据说唐代离开长安的人，多从灞陵出发，那里种有许多柳树，送行者便会折下柳条，让上路的人用作马鞭；柳、留谐音，当然也有作为留念的意思。像王维说“渭城朝雨浥轻尘，客舍青青柳色新”（《送元二使安西》），像刘禹锡说“长安陌上无穷树，唯有垂杨管别离”（《杨柳枝词》）。至于在离别时写到青草的诗句，也有许多，像李煜写“离恨恰如春草，更行更远还生”（《清平乐》），牛希济说“记得绿罗裙，处处怜芳草”（《生查子》），等等。这些以青草为背景的诗句，写得如此妙曼，让人增添对草的怜爱。白居易写的这一首诗，也是以草的景色，作为送别时的规定情景。

诗的第一句：“离离原上草。”离离，是茂密的意思。把草的茂密和送别相联系，似较早出现在《楚辞·招隐士》的名句中：“王孙游兮不归，春草生兮萋萋。”但也有学者认为，“离离”出自《易经·离卦》，《彖》曰“离，丽也”，“百谷草木丽乎土”，并引证《正义》的解释“离，谓附着也”，以及《说文》段注的意见，认为“离”是“草木着土”。按此解释，白居易的这句诗是说：附着在土原上的草。这判断，作为一说，可资参考，但从整首诗所体现的意境看，“离离”释为茂盛、茂密，似更妥帖一些。而且，白居易自己在《早秋曲江感怀》中，也写过“离离暑云散，袅袅凉风起；池上秋又来，荷花半成子”。所以，离离作浓密解，是可从的。

在这里，要留意诗题上的“古”字。题目要求作者写的是“古原草”，而不是一般的芳草地。既然提出了“古”，便要求诗中所写的，应和“古”有所联系。所谓古原，是从来就存在着而又没有人管理的荒草地，它自自然然，年年岁岁，没有受到人为的栽育操作，倒是经历过历史风霜不断的洗礼。这一来，它必然出现了共同的规律：该生长的季节便生长，该枯萎的季节便枯萎。这就是诗的第二句：“一岁一枯荣。”

不过，这“古原”，也可能是指在长安的乐游原。李商隐不是曾有《乐游原》一诗吗？诗曰：“向晚不适意，驱车登古原。”这古原，指的就是在长安东南的一块高地。据说汉宣帝曾在这里经营过苑林，后来虽已废置，但长安人也把这一带较高的地块称为“古原”。如果白居易在诗上说的“古原草”，是特指这块古原上的草，那么，倒说明这首诗果真是他在十六岁到达长安时才写下来的。这确是他在血气方刚的年纪，写给一位将要离开长安的朋友的诗。

当然，白居易所说古原上的草“一岁一枯荣”，那是湘粤交界五岭以北的情况。在岭南，越是往南生长的草，冬天越是不会枯萎的。春天，它青青如玉；深秋，草尖则稍蘸鹅黄；入冬，它也黄而不枯，依然生长。白居易说它随着冬春季节的变换，年年生长，年年枯萎，是就我国广大地区的情况而言的，这也是人们普遍认知的自然规律。

“枯”与“荣”，两字并举，字义则刚好相反。按理白居易说“枯荣”，改为“荣枯”，意思也是一样的。但是，把“荣”

作为韵脚，放在“枯”字的后面，分明是以“荣”作为这诗表达的重点，亦即从草经历过“枯”后，再现其“荣”，这才引出了“野火烧不尽，春风吹又生”的颔联。

就创作而言，白居易要给朋友送行，选取什么样的景物作为送行的背景是自由的。他可以根据需要和感受选择。例如在古原，他可以选写朝树暮云，可以选写野花簇簇，可以选写莺燕分飞，甚至可以写风吹草低见牛羊之类，但是，白居易偏偏选取了漫山遍野最为常见而又平凡的草。当然，选取草，也是由题目“古原草”所规定的。至于侧重写草的哪些方面，就要看诗人的眼光和思想水平了。众所周知，人们是可以从许多方面或不同的角度，去抒写草和别离的关系的，上引李煜和牛希济的词句，不是也能够很好地把草和别情联系起来吗！

白居易选取草作为送行的背景材料，他看重草在哪些方面的特质呢？原来是“一岁一枯荣”。

的确，这是古原草和别的植物有所不同的地方。如果是古原上的树，它会叶生叶落，却未必每年只经历一次，若受风吹雨打，木叶便不是一岁一枯荣的问题了。很可能，白居易在送别时，最触目的便是青草。草，确有每年枯荣的问题，这是它不同于其他植物的本质和生长规律。而白居易之所以选取草为着眼点，应和他所送者的境遇有关。在下面，诗中不是有“又送王孙去”的句子吗？这“又”字，说明王孙离开这地方，已经不是一次了。而且，诗人给王孙送行，也不是一次了。看来，这趟离别，那位王孙有些不太乐意的情绪。于是，白居易看到眼前的“古原草”，便托物寄意，从草的枯荣规律中，看到世事不可能一成不变，而是要受到规律和命运的制约，以此暗喻，劝说王孙敞开胸怀，乐观地对待人生浮沉荣枯的遭际。在分手的过程中，眼前青草的形象，正好成为诗人抒情的背景和寄托。

在颔联，白居易写草丛被野火焚烧。这又照应到题目上标明的“古原”的环境。因为，只有在郊外的原野，才会出现野火焚烧的问题。

冬天，气候寒冷，草已枯黄，一旦野火横焚，火乘风势，风助火威，郊原上的枯草，尽成灰烬，这景象，让人惊心骇目。若是别的物体，哪能经受大火毁灭性的摧残！郊原上的草，就不同了。在地表上，那一丛丛的草莽，会荡然无存，它的命运，当然是“枯”了。那熊熊野火，能把草叶草茎尽行焚烧，但是，它能烧进泥土，能毁灭草根吗？所以，草虽“枯”而实未枯，这就是“烧不尽”。当春天一到，春风一吹，在泥土里的草根，又开始萌芽，破土而出，勃发生机，欣欣向荣。曾被焚毁、被扼杀的芊芊芳草，表现出强大的生命力，也展示出物体生生不息的规律，以及倔强向上的精神。

和颔联相联系，诗的颈联，“远芳侵古道，晴翠接荒城”，便进一步写原野的草得到了春风润沐，浴火重生的景象了。远芳，是说野草特有的芬芳的气息。这草香，弥漫到荒原的道路上。晴翠，则是诗人从视觉着眼，写原野的草一片翠绿。在阳光下，它带着鲜亮的光彩，连绵不断，直到那遥远的地方。荒城，可能是那位王孙将要前往的去处。这句的“接”字，是说这里的重生的芳草，到春天，便和荒远处连接起来，成为一体。这两句诗，和王勃告诉离人“天涯若比邻”的用心相似，它有着抚慰那位王孙的意味。

从这诗的上面几句看，白居易抒写的主体是古原上的草，因此，也可以认为它属于以送别为由的“咏物诗”。在这里，有必要探讨如何创作“咏物诗”，以及为何颔联的“野火烧不尽”两句能够家传户诵这两个问题。

“咏物诗”，是诗人以物体、事物作为抒情对象写成的作品。它必然要使读者感受到诗中所咏的究竟是哪一种东西。如果诗人咏的是草，却让人理解为花，或者不知所云，当然是失败之作。因此，诗人对他所咏之物，要观察入微，要让所咏之物，形神俱似。王夫之说，咏物要“即物达情”，这是咏物诗创作的一个原则。

不过，物体哪有什么神和情？如果所咏的是哺乳类的高级动物，人们还可以看到它们简单的表情；假如咏的是植物或器物，那又有什么神情？如果说它们有情，说穿了，那其实是诗人的情的反射。至于说梅花坚强清高，牡丹雍容华贵，它们的“神”，成为人们共识，这也不过是历代的人带着自己的感情，与审美客体某些特点相遇合，形成传统的文化沉淀。同样，白居易所咏的草，本身也不可能有什么感情。不错，它一岁一枯荣，它春风吹又生，但这仅仅是大自然的规律，并无“神”或“情”可言。但读者又分明感受到，诗中的草，贯注着生意勃勃和坚强不屈之气，这是为什么？

清初的廖燕，总结了前代咏物诗的创作经验，认为“借彼物理，抒我心胸”(《意园图序》)，是“咏物诗”取得成功的主要途径。

说白了，聪明的作者，描写客观物体，无非是借题发挥。由于诗人对审美客体有不同的认识，观察物体时，又会有不同的角度和带着不同的情绪，因此，他眼中之物，在作品中的具体呈现，实际上是他内心世界的投影。换言之，高明的作者，是懂得通过物象折射自己的心象的。袁枚曾在《随园诗话》中说过一桩故事："有人咏《风筝美人》，诗曰：'薄言妾命风吹纸，瘦到腰支骨是柴。'鲁星村云：'切则切矣，何穷薄乃尔！'"在题咏者看来，画着美人的风筝的物，是薄命女人的写照。但鲁星村同时看出，这题咏者眼中的风筝，其实说的是题咏者穷薄的自己。

不过，对同一事物之"理"的认识，又会因不同心胸的人而异。例如咏风筝，其单薄的纸片骨架，是它属性的一面；而向上攀升，则是其属性的另一面。这一来，薄命文人可以借其单薄寄寓身世，而《红楼梦》里的薛宝钗，也可以写出"好风凭借力，送我上青云"的句子，从它上升的特性中，表达她要攀上贾二奶奶宝座的心胸。显然，懂得写咏物诗的作者，是懂得通过描绘"物"的意象，来抒发自己的思想感情的。由于诗人在不同时期，思想感情有所变化，他选择的"物"和呈示的意象，也有所不同。像白居易就写过《雨中题衰柳》一诗："湿屈青条折，寒飘黄叶多；不知秋雨意，更遣欲如何?"这时他所咏的柳，则是伤黯情怀的寄托。

青年时代的白居易，饱读诗书，《新唐书》也说他"世敦儒业"，深受儒家忠君仁爱思想的影响。当社会乱象丛生之际，他常思改革，积极进取。从他中进士后，十年之间，三登科第，迹近清贵，那时候，他对前景充满乐观的精神，有着克服种种困难的信心。他敢于为民请命，写了大量《新乐府》，"惟歌生民病，愿得天子知"(《寄唐生》)；他同情人民疾苦，当雪天拥裘自卧时，便想到"稳暖皆如我，天下无穷人"(《新制裘衣》)。这种精神，继承了杜甫在《茅屋为秋风所破歌》中那种悲天悯人的可贵品质。可以判定，在815年亦即在他三十八九岁以前，坚强地对付困难，乐观地看待前景的心态，在他思想和性格中，占据主流地位。据王世贞在《艺苑卮言》记载:“白极推重刘(禹锡)‘雪里高山头早白,海中仙果子生迟’‘沉舟侧畔千帆过,病树前头万木春’,以为有神助。”可见,在文学创作方面,白居易也一向重视具有乐观向上精神的作品。至于他在政坛上被排斥,贬为江州司马,消极之情渐萌,遁世之念顿起,那是后来的事。而写《赋得古原草送别》的时候,他少年得志,壮心勃勃,当看到古原上的草,便借其“物”理,抒其心胸,也让将要别离的朋友,对前景充满信心。

本来,要描写草的意象,是可以从许多方面着手的,即使是写草的枯荣,也可以有不同的着眼点。孟浩然曾写过“林花扫更落,径草踏还生”(《春中喜王九相寻》),他说那些路上的草,被人践踏,毕竟还会萌发生机。这与白居易对待草的荣枯命运,看法相近。但是,用词遣句所显示出的诗人的精神面貌,就大不一样了。

如何看对待植物枯荣,实质上是如何唯物地对待事物发展消亡的问题,还包括如何对待人生的问题。荣与枯,兴与亡,生与死,是物质运动和人世间无可避免的规律。至于人们如何去理解它,面对它,则因人、因时而异。纵观白居易的诗篇,他曾多次提出对荣枯的态度。像在818年贬放江州时,在《遣怀》一诗中,他就写道:“荣销枯去非无命,壮尽衰来亦是常。”在822年,他写道:“扰扰生还死,纷纷荣又枯。”(《重感》)到晚年,白居易笃信佛教,便有诗云:“荣枯事过都成梦,忧喜心忘便是禅。”(《寄李相公崔侍郎钱舍人》)在不同的时候,对待事物荣枯的态度,是随着作为审美主体的诗人的人生遭遇变化而变化的。白居易在写《赋得古原草送别》)时,恰好是豪气满腔,敢于面对困难,准备施展才华的时候,因此,他对荣枯的态度,便表现在对待“古原草”的看法和写法上。

当然，白居易写这首诗，把情景规定为古原上的草，便不可能像孟浩然那样，以写庭院里的草被踩复苏，来表达荣枯。但让人万万意想不到的是，他选择了野火焚烧茅草的狂烈意象。

本来，古原上的草，在寒风萧瑟，气候干燥，严霜咬啮，土冻如铁的环境下，它要不萎不枯地活下去，也难。或者，人们在入冬时，到土原上芟割荒草，拿去作为过冬的燃料或饲料，也是会让草“枯”了的。可是，草的根部还存在，到第二年，它不也能“荣”了吗？这一来，白居易不也可以把第三、四句，写为“野草割不尽，春风吹又生”吗？

值得注意的是，白居易在古原上，面对着“离离原上草”，联想到“枯荣”时，偏偏选择了野火烧荒的意象，这真是神来之笔。首先，土原上确是会有野火的，无论是人为纵火，还是燥极而自燃，在冬天，这是现实生活中常有的事，白居易选择野火焚烧作为草原之所以“枯”的原因，是合理的。一旦火势燎原，火光冲天，热浪逼人，那景象，真让人惊心骇目。当然，凡是露在地面上的草茎草叶，经野火一烧，尽成灰烬。可是，即使野火再猖狂，再猛烈，毕竟它无法烧进泥土，春天一到，土下草根，便茁发新芽，春风一吹，它便重新焕发生命。而正是由于白居易选择了野火焚烧的意象，使得古原草被外力的摧残，显得严酷到极点；而它经受过火的洗礼，浴火重生，又显得顽强到极点。这一来，白居易选择野火燎原而春草复生的意象，让草“枯”与“荣”的对比，也显得更加强烈。于是，诗人便借草之“物理”，抒发其豪迈的“心胸”。既借此劝喻王孙，更要表达他对前景强烈的自信。

白居易是精通声律的，从他晚年在家中养着樊素等大批歌伎，以及在《琵琶行》中对琵琶声音的描写看，他有很高的音乐修养，知道如何通过声律来强化诗歌的意象。请看，诗的第三句“野火烧不尽”五字，只有“烧”属平声，其他都是仄声。而第四句“春风吹又生”，声律的安排则完全相反。五字中，除了“又”字外，其他四个字，全是高昂向上的平声。如果说，第三句声音给人的感觉是“抑”，那么，第四句声音给人的感觉是“扬”，从而产生旋律上行、音高激越的意韵。于是，这最为重要的两句诗，声音与意象互相配合，进一步产生了强烈的艺术效果。

白居易的诗，人们都认为它在平顺浅近的语言中，蕴含着深意。胡应麟说：“乐天诗世谓浅近，以意与语合也。若语浅意深，语近意远，则最上一乘。”（《诗薮》）何文焕也说，白居易的诗，“极平淡，亦极新异。宜顾况之倾倒也”（《历代诗发》）。至于“野火烧不尽，春风吹又生”这两句诗，历来受到评论者的重视，评说它具有“语近意远”的最上乘水平，这是人们都会同意的。但是，它所指的“意”，到底是什么？人们便有不同的理解。俞平伯先生之父清末探花俞陛云于《诗境浅说》中说：

> 此诗借草取喻，虚实兼写，三四句承上荣枯而言。唐人咏物，每一有仅于末句见本意者，此作亦同之。但诵此诗者，皆以为喻小人去之不尽，如草之滋蔓。作者正有此意，亦未可知。然取喻本无确定，以为喻世道，则治乱循环；以为喻天心，则贞元起伏。虽严寒盛雪，而春意已萌，见智见仁，无所不可。一篇《锦瑟》，在笺者会意耳。

俞探花指出人们对“野火”两句，有不同的理解，这说明我国传统的文艺创作，具有不同于其他民族文化的特点。这就是，审美主体一般都注意给审美受体，在接受作品呈现的意象中，留下“虚”的空间，让读者依据并结合自身的生活体验，在大脑皮质细胞中进行再创造。这就是王昌龄所说让读者“张之于意，而思之于心”。亦即司马光所谓“古人之诗，贵于意在言外，使人思而得之”。但由于读者生活经历不同，对作品意象的理解，也会有所不同。这就是俞探花所谓“取喻本无确定”“见智见仁，无所不可”的意思。

俞老太爷提出咏物诗“取喻本无确定”的意见，当然是对的，但说它“见智见仁，无所不可”，便值得商榷了。不错，具有意境的作品，会给读者营造“再创造”的空间，但并不是让读者胡思乱想，“无所不可”，而是会或显或隐地向读者呈示理解作品意象的指向。

王定保在《唐摭言》中指出，刘光远学李贺的诗，“尤能埋没意绪”。我们且不管这说法能否说明李贺的创作的特点，但诗人“埋没意绪”的做法，在传统诗词的创作中，确是存在的。所谓“埋没意绪”，不等于没有意绪，而只是诗人把自己的意绪埋藏起来而已。至于诗人如何以隐性的方式，暗示或透露自己的意绪，引导审美受体再创造的方向，则可以或在诗中营造某种气氛，或“于末句见其本意”。例如元稹的《行宫》，作者并没有直接批判唐玄宗，却以“寥落”“寂寞”等词，引导读者在脑海中呈现唐代衰亡的意象，从而引发出兴亡之感。当然，《行宫》是“咏史诗”，但在隐藏意绪中，引导读者再创作的方向，其做法和“咏物诗”是共同的。

同样，白居易《赋得古原草送别》这首诗，虽然以送别为题，既没有说送的是谁，也没有明显表现他的意绪，但如上所述，从诗的第二句韵脚落于“荣”字，以及第五、六句以轻快的笔调写春草重生的景象看，白居易的意绪，其实也并非完全埋没。至于说“末句见本意”，这诗的末句“萋萋满别情”，虽有惜别之情，但芳草萋萋，是形容草的茂盛，与首句的“离离”相照应。有人把萋萋与凄凄联系起来，说这首诗是表现朋友离别时凄楚的伤感，我觉得，这似未必符合诗人的意绪。至于说它为“喻小人去之不尽，如草之滋蔓”，这种“会意”，与白居易所要引导的乐观方向，刚好相反。它只属牵强附会，颠倒黑白。如果白居易真的把草喻为“小人”，他还会在第五句和第六句中，以“远芳”“晴翠”等美好的词语，去形容“小人”的滋蔓吗?

白居易在送别之际，借“野火烧不尽，春风吹又生”的意象，抒发情感。他的着眼点，在于写“原上草”的历劫重生。就具体的意象而言，这无疑是白居易在送行时，看到了古原现场景象而产生的意绪。但是，它包含的意义，却远远超过描写现场景物的本身，人们会从白居易描写春草历劫和枯荣的意象中，联想到自然和社会等诸多方面，联想到种种事物发展变化生生不息的规律，联想到新生力量的成长，即使身处最严酷的环境，倍受外力的摧残，也不能遏止、不可战胜。因此，这两句诗，具有广泛性、深刻性和典型性意义。

从整首诗看，白居易使用的语言是浅近的，但由于他描绘和抒发的意象，概括了时空运动的规律，从而又具有哲理性，形成“语近意远”的艺术特点，因此，这首诗，特别是“野火”“春风”两句，便被人传诵不衰。

说元稹《行宫》

寥落古行宫，宫花寂寞红；
白头宫女在，闲坐说玄宗。

在中唐，诗坛名声最大的，自然是白居易。而在当时，能与白居易齐名的，则是元稹。

元稹和白居易诗风接近，被称为“元白体”。他俩是好朋友，据白居易在《元稹志》说，当时元稹的诗，也轰动海内外：“自六宫、两都、八方，至南蛮、东夷国，皆写传之。每一章一句出，无胫而走，疾于珠玉。”白居易的话，未必是夸大的。据说唐穆宗当太子时，知道妃嫔们都会念元稹的诗，后来当上了皇帝，又看到了他写的《连昌宫词》和其他一百多首诗，“大悦，问稹安在”，当得知元稹“今为南宫散郎”后，“即日转祠部郎中，知制诰”(《旧唐书》)。看来，元稹的诗作，竟流传进内宫，而且能成为升官的垫脚石，足见影响之大之广。

元稹，字微之，一生写了许多诗，他告诉白居易，自己从十六岁开始，到三十三岁时，已有诗八百余首。在《全唐诗》里，也存诗二十八卷，数量不可谓不多。但是，说实在话，他真正写得好，到现在还被传诵的诗，并不算多。

在文学史上，元稹真正备受赞扬的，是他悼念亡妻的《遣悲怀》三首和《离思（其四）》。那“贫贱夫妻百事哀”和“曾经沧海难为水”之句，到如今，也是脍炙人口并具有经典性质的名言。

除了这几首写得情真意切的诗外，他受到诗坛瞩目的，就是长诗《连昌宫词》，以及上引的短诗《行宫》了。这两首诗，均抒写唐玄宗旧事，具有咏史性质。而在这同属一个题材而一长一短的两首诗中，又以只有区区四句二十个字的《行宫》，最受人嘉许。清代诗评家潘德舆甚至认为：“寥落古行宫二十字，足赅《连昌宫词》六百余字，尤为妙境。”（《养一斋诗话》）这话没有错，《行宫》的思想内涵和艺术水平，的确高于《连昌宫词》。

为什么《行宫》这首短诗，竟有此扛鼎之力，这值得我们仔细探讨。

元稹生活的年代，正是在安史乱后。那时，李唐王朝侥幸站稳了脚跟，却又一落千丈，无法恢复过去的辉煌。包括唐肃宗在内，后续的几任帝王，即使有些人想有所作为，但都一筹莫展。更多的皇子皇孙，或是疯狂享乐，或是庸碌无能，唐室无日不处于风雨飘摇之中。朝政腐败，宦官专权，军阀割据，人民困苦，构成了整个中、晚唐险恶的环境。党派内讧、边患窜扰的状态，也像梦魇般压抑在人们的心头。这年代，整个统治集团，包括许多士大夫，或惶惶终日，或竭力搜刮。然而，也有不少来自下层的和有正义感的知识分子，是看到了社会窳败和人民生活困苦的，当他们有机会进入统治阶层以后，也会和一些希望稳定整个王朝利益的政治集团联合起来，力图有所改革。这一来，整个中、晚唐时期，改良派的士大夫和以宦官为代表的特权集团的斗争，也从来未中断过。

元稹出身贫寒，据他对皇帝说："臣八岁丧父，家贫无业，兄母乞丐，以供资养。衣不布体，食不充肠，幼学之年，不蒙师训。"(《同州刺史谢上表》)后来，他考上科举，得到赏识，当了几任地方官，并在朝廷任过要职，最后还官至尚书左丞。他也看到当时社会的黑暗和人民的痛苦，在诗歌中写到"强豪富酒肉，穷独无刍薪；俱由案牍吏，无乃移祸屯"(《旱灾自咎贻七县宰》)。在政治上，他有改革的追求，但也从个人的利益出发，常被名缰利锁束缚。他有正直的一面，狠切地揭露过宦官的罪行，于是被罢被贬；有时，则又依附宦官，由此得到升迁。你说他很虚伪吗？却不是，因为无论对宦官是攻击还是依赖，他都是真心实意的，还自以为是在为朝廷做好事哩！这情况，和他对待婚恋问题的态度，一模一样。他的确深情地爱着妻子韦氏，所以，韦氏亡后，他能写出感人肺腑的《遣悲怀》。而转眼间，甚至在娶妻之前、妻在之时、丧妻之后，又爱上了别的女子，制造了不少绯闻。我认为，他深爱韦氏，完全出于真心，但是，深情和专情，在他完全是两回事。何况，在当时，一夫多妻是合法的。而且，士子为了改变命运，抛弃糟糠、攀附高门的婚恋行为，在法理上，也被认为是情有可原的。总之，元稹的行为，仕宦是如此，婚恋亦如此。他的性格和表现，实际上反映出中、晚唐时期，许多知识分子思想的复杂性与动摇性。

《行宫》一诗，是元稹在元和四年（809）写成的。那时，他正在洛阳当监察御史。唐王朝在洛阳所建的行宫，名为上阳宫。元稹在《行宫》里所说的“古行宫”，指的就是这里。值得注意的是，这诗的最后一句，还直接点了唐穆宗老祖宗唐玄宗的名，抒发了一番对世事和兴亡的感慨。

在封建时代，许多王朝，规定在文艺作品中，不准涉及本朝皇帝的事情，不准提及本朝皇帝的名字和出现其形象，否则，要受到极为严酷的惩罚。后来明朝的成祖皇帝还规定，“但有亵渎帝王圣贤之词曲驾头杂剧”，岂止不准刊行，“敢有收藏的，全家杀了”（《元明清三代禁毁小说戏曲史料》）。不过，在中、晚唐，倒是例外，人们可以直接谈论本朝皇帝唐玄宗和杨贵妃的种种得失，甚至还可以公开谴责。像元稹在《胡旋女》里就说过：“翠华南幸万里桥，玄宗始悟坤维转；寄言旋目与旋心，有国有官当共谴。”陈寅恪先生在《元白诗笺证稿》中，指出：“唐人竟以太真遗事为一通常练习诗文之题目。”可见，唐代人对先帝的批评，无所忌讳。所以，当唐穆宗读到元稹狠批他老祖宗的《连昌宫词》后，不仅没有生气，反而立即给他加官晋爵，让他能自称“今日俸钱过十万”了。

我认为，唐王朝之所以如此开放，究其原因，是儒道佛三教分立，儒家的思想，并不占绝对的统治地位。更重要的是，人们包括封建集团的最高统治者，都认识到当下危机重重，感知杜甫所说“忆昔开元全盛日，小邑犹藏万家室；稻米流脂粟米白，公私仓廪俱充实”的好日子，已经一去不可复返。当安禄山叛变，

“渔阳鼙鼓动地来”时，各种矛盾迅速并持续爆发，弄得山河破碎，整个封建体制一蹶不振、摇摇欲坠。也幸亏当时的帝王和宰辅们，明智地前后对比，有所醒悟。严酷的社会局面，以及延续封建统治的强烈要求，迫使最高统治集团不得不进行反思，不得不思考是谁端起了祸水，犯了极其严重的错误，不得不对“天宝之乱”罪魁祸首的种种行为，有所认识，有所鉴戒。

在封建时代，能具有反思精神，也是不简单的。这也是唐王朝虽然每下愈况，却仍能延续其统治，乃至长达一百多年之久的原因之一。元稹也有过改革的意愿，他的《行宫》，乃至后来写的《连昌宫词》，或含蓄，或鲜明地批判唐玄宗，也表明他在诗坛上，也参与到反思的行列，写出了具有代表性的反思作品。

其实，元稹在写《行宫》之前，早就写过和上阳宫有关的诗了，这诗就名为《上阳白发人》，而且标明是“和李校书新题乐府十二首”之作。

李校书即李绅，他写过《上阳白发人》一诗，但失传了。据韩愈在《顺宗实录》记载，贞元二十一年（805）三月，“出后宫三百人于安国寺”。可见，李绅写了那首有关上阳宫人的诗，是和“永贞革新”改革旧政、释放宫女的政策有关。

有意思的是，早就和元稹结交的白居易，也写过《上阳白发人》。显然，元、白两位是受到李绅的启发，于是竞相写了同一题材甚至同一题名的诗歌。据白居易在诗中原注云：“天宝五载已后，杨贵妃专宠，后宫人无复进幸矣。六宫有美色者，辄置别所，上阳是其一也。贞元中尚存焉。”白居易明确地说明，他创作这诗的题旨，在于“愍怨旷也”。他为那些被驱逐到上阳宫，并被监禁起来的宫女打抱不平。同样，元稹的《上阳白发人》，也写到“十中有一得更衣，永配深宫作宫婢；御马南奔胡马蹙，宫女三千合宫弃；宫门一闭不复开，上阳花草青苔地”。显然，元稹和白居易一样，也是怜悯一辈子被幽禁的宫女，对王叔文推行的“永贞革新”表示支持。

当元稹来到了洛阳，再一次吟咏唐玄宗旧事的时候，其心态，和当年写《上阳白发人》时，又有所不同了。

首先，从诗的题目看，只有“行宫”两字。而这时，他在洛阳所见到的，正是唐高宗时所建的那座宫室，那也是他在几年前，曾经吟咏过的“上阳宫”。按理，这诗也应以“上阳宫”命名。但是，元稹却把宫室的名称虚化，只以“行宫”一词概括，让它成为一般性的泛指，这意味着，此诗并非只就“上阳宫”而写。显然，在诗的题目命名上，元稹有着深远的考虑。

“寥落古行宫”，从诗的首句开始，元稹便把句中的主语，落实在“宫”字上面。

本来，帝王的宫室，该是富丽堂皇的，但是，诗人以“寥落”一词形容行宫，是要让读者感知，这里是冷清清、静悄悄的去处。跟着，诗人再下一“古”字，表明这里是过去帝王所建的宫室。据知，上阳宫确是在唐高宗时代建成的。在唐玄宗时代，它也被派上了用场。几十年过去了，这座宫殿已被废置不用，真的成为老古董了。于是，面对着寥落的“古”宫，诗人便告诉读者，这虽是一首写行宫的诗，但是行宫已经成为历史的陈迹。这一下子就展现了与兴亡有关的念头。

元稹在“宫”字之前，再下一“行”字。我们知道，古代帝王，正常在京城里居住的地方，称为宫。行宫，则是指帝王到外地巡视或游乐的住所。这一类专供皇帝享用的居室，各朝各代，在各地建有不少。像在盛唐时期，并非只在洛阳才有上阳宫，在临潼，不是还有著名的华清宫吗？元稹把他面对的审美客体，只称为“行宫”。那么，他所说的，便泛指皇帝在都城以外的所有宫室。这一来，这诗所指的地方，既是具体的，你可以理解为上阳宫，又是模糊的，你可以理解为包括了唐王朝帝王其他的居所。这样做，便让这诗的指向，更具广泛性。于是，在这句诗的五个字里，实际上包含几个不同层次和内涵的形容词，也让读者从一开始便明白诗人描写这“行宫”的用意。

当元稹把他所要描写的行宫，作了整体性的描画以后，便引导读者，把眼光移进行宫的里面。

进入即使是古旧的行宫，依然是可以看到以往留下来的许多东西的，起码还有树木椅桌之类。但元稹让读者注目的，是古行宫里的花儿。这就有味了，因为，寥落的古行宫日益破旧，它已没有生机。但是，古行宫里的花，还在生长着，因为它毕竟是有生命的存在，它依然随着季节变换，开出了红色的花朵。

在这里，作者偏偏选择了红色的花，而不说花具有其他如黄呀、白呀之类的别种颜色，这除了押韵的需要以外，还有深意在焉！人们都知道，在我国传统的审美观念中，红，是代表热闹、热烈和充满生命力的颜色，其他诗人不是写过“日出江花红似火”“红杏枝头春意闹”等诗句表明红色所展现的意趣吗？元稹写，在宫苑里，依然盛开着鲜丽的红花，这正好和日益衰败的古行宫，构成对比。再者，按惯例，花也是和女性相互联系的，人们从来都用鲜花比拟女性。既然行宫里还有鲜花，也意味着这古行宫里面，还有女性存在。这一来，便为下一句诗中宫女的出现，预先作好铺垫。

不过，元稹又立即对读者说明，这红花，却是寂寞地开放着的，它活自活，红自红，没人陪伴，没人赏识，更不存在杜秋娘所谓“花开堪折直须折”（《金缕衣》），提醒人们及时争取幸福生活的问题。它只在冷冷清清、孤独地顾影自怜。其实，作为植物的红花，并没有感觉，说它寂寞地开放，不过是诗人把自己对古行宫的感受，寄寓在花的上面。于是，行宫周遭寥落的环境，与色调热烈的花，又构成了对比。相形之下，反更显出这古行宫的凄冷与寥落。

紧接着第三句：“白头宫女在。”元稹在描写了古行宫里的环境以后，笔锋又一转，让读者把目光从“宫花”推进到古行宫里面的“宫女”。这些宫女，是白了头上了年纪的宫女。从下一句写宫女聊天的情况可以看出，留在行宫里的宫女，也不是只剩一个人，而是还有好些人，否则，就没有互相交谈的可能了。上文提到，在唐顺宗时，不是还释放了尚幽闭宫内的三百宫女吗？元稹明白地说：被禁闭在行宫里的宫女们，都是老宫女。诗人强调她们是“白头宫女”，既和第一句的“古行宫”相互照应，又和第二句的“寂寞红”相互映衬。当然，在唐王朝鼎盛的年代，宫女们有过如花的红颜，而红颜易老，白发如霜，加上如今行宫寥落，面对寂寞但仍盛开的红色花朵，不是更显出她们都成了凋敝的残花吗？诗人在第二句末，让“红”字与第三句首的“白”字紧紧连接，这景象，似是顺手拈来，其实分明也是着意的安排。

请注意，这句的“在”字，下得极佳。你看，宫花也在，宫女也在，但宫花尚红，宫女头白了；行宫仍在，宫女仍在，但行宫寥落，宫女也寂寞了。更重要的是，宫女仍在，而过去到过行宫游乐玩耍的主人，那位宫女需要对他殷勤侍候，甚至“承恩望幸”的皇帝，却化为尘土，全都不在了！于是，这“在”字，实际上等于宣示许多方面“在”与“不在”的变化，包含着几许沧桑之感！

还要注意的是，在诗前面三句，诗人让“宫”字三次重复出现，这做法，打破了近体诗用字重复的禁忌。于是，从“行宫”，到“宫花”，再到“宫女”，这每句连贯出现重复使用过的字，便让读者感到，诗人是有意引导着人们的眼光，紧随着他的笔锋，步步深入。可见，元稹的这首短诗，在选择意象和遣词用句方面，虽给人以率性而为的感觉，实际上颇费心思。

到了第四句“闲坐说玄宗”，元稹便直奔题旨了。承接上句，他写那些在古行宫里，摆开了龙门阵，唠唠叨叨的人，正是那些闲极无聊的白头宫女。

在过去，当玄宗皇帝来到行宫的时候，这些宫女，管你老的少的，俊的丑的，忙得一佛出世，二佛升天。如今，这些宫女人老珠黄，曾经沧海难为水，无所事事，于是随随便便，东拉西扯，说着唐玄宗的往事，打发空虚的日子。诗人使用“闲坐”一语，是指明这些宫女不是一边工作一边说话，而是“坐”了下来，懒懒散散地聊天。这种聊天，既不是集体座谈，又不是正儿八经地学习讨论，而是“闲坐”，是轻轻松松，絮絮聒聒，啰里啰唆，你一言，我一语，东一句，西一句地围绕着玄宗的话题瞎扯。这些白头宫女，也许有些人连唐玄宗也没见着，没碰着。在“后宫佳丽三千人，三千宠爱在一身”（《长恨歌》）的情况下，她们不过是顶着宫女头衔的低贱婢女。杜牧不也在《阿房宫赋》中说过“有不得见者，三十六年”吗？当然，小杜说的是秦朝，而实际上，所指也包括唐朝。不过，元稹单挑出玄宗来说事，也正是因为他在掌权的前半期做过些好事，让百姓过了几天好日子，后来却胡天胡地，犯了不可饶恕的错误，把唐朝弄到崩溃的边缘。真是“成也萧何，败也萧何”。这一段难忘的往事，宫女们都是亲身经历过的。于是，唐玄宗成了众矢之的，成为人们茶余饭后的话题，这也是作者有意的安排。

在《行宫》里，元稹只是撷取了一个生活的片段，以白描的手法，平淡地描绘了一幅留在古行宫里的老宫女，过着闲散生活的图景。这幅图景，究竟要说明什么？元稹不设答案，只任由读者想象。至于在这寥落的古行宫里，寂寞的老宫女，面对着寂寞的红花，闲悠悠地说了些有关唐玄宗的什么事情？诗人也没有写。也许，她们在唠叨唐玄宗在某月某日来到行宫游乐，有过什么趣事、丑事，或琐事；也许说到他和杨贵妃、梅妃乃至虢国夫人之间的纠葛；也许说到他英年的得意和晚年的昏聩。诸如此类，不一而足，元稹只任由读者发挥自己的想象力，去思考“闲话”的内容。

但是，无论她们说了些什么，这曾经繁华而现在已经寂寥的行宫，曾经有过青春年华而现在已经白了头的宫女，一经诗人整合，读者就从简单而平淡的画面背后，体悟到它蕴藏着丰富的内涵，寄寓着复杂的情感，让人意识到人世盛衰的变化。

在这里，诗人在写宫女们“闲坐”的基础上，选择了一个“说”字，来表现老宫女聊天的情状。

这“说”字，是很寻常的动词，它并不带任何感情色彩。诗人以它表述宫女们的谈话，显得很平静、很随意。元稹对她们说话的表情，也不作任何描写，只是客观地记录这些宫女的举动，任由读者自己想象宫女们有什么样的表情。更让人意外的是，实际上，元稹连宫女的表情也没有写，她们只像局外人那样，聊聊往事。

但是，想深一层，元稹下这似乎是很轻巧的“说”字，又有千钧之重。

在过去，盛唐气象，如花似锦，当王朝有“鲜花着锦烈火烹油之盛”的时候，即使宫女或可有时间“闲坐”，她们有胆量在牙缝里说皇帝的半个不字吗？或者有心情拿宫禁的往事来开涮吗？而现在，日居月诸，盈虚变化，一切都不同了，那曾不可一世的玄宗，竟成为可怜的白头宫女用来打发时光的话靶。这行为的本身，便有着说不出的滋味。显然，当过去沉重并且可怕的历史被翻了过去，成为人们消闲的谈助时，这本身，实在就相当可悲！诗人没有写宫女带着感情地“说”，而且，连他自己，也不带感情去描写宫女的“说”，这表明，人们对惨痛的经历，虽然没有淡忘，但头脑已经麻木！

头脑麻木，这比什么都要凄凉！正如鲁迅先生在《祝福》里，写那可怜的祥林嫂，老是对人说“我真傻，真的……”，然后把自己极其悲惨的命运，像说别人的故事那样，反复向人诉说时，她的心，已经麻木到连痛苦的感觉也没有，这让人情何以堪！

元稹的《行宫》所写的白头宫女，是经历过虚度青春和国破家亡的痛苦的。当一切已成过去，连痛苦的感觉也麻木了，只在空落落的行宫里，以不堪回首的往事打发时光。因此，元稹越是把宫女的表情淡化，越是写她们不把玄宗当作一回事来扯谈，实际上越是说明她们对往事都已麻木！同时，作者对玄宗那一段历史，在经过深刻思考和过滤以后表现出的淡薄心态，也说明他自己在思想上产生了变化，是经历过沉重的沧桑之感后情感的异化。所以，他看似以平静平淡的笔触写古行宫里的景象，其背后，实在是隐藏着一丝不易觉察的黍离之悲。

这一点，便让《行宫》的二十个字，胜过千言万语，让评论家赞叹不已。宋朝著名学者洪迈说："白乐天《长恨歌》《上阳宫人歌》，元微之《连昌宫词》，道开元宫禁事最为深切矣。然微之有《行宫》一绝……语少意足，有无穷之味。"（《容斋随笔》）沈德潜也说这首诗"'说玄宗'，不说玄宗长短，佳绝!"（《唐诗别裁》）为什么语少而意反足，而不是说语愈多则意更足呢？为什么不说玄宗的长短，而意反佳呢？这都很值得我们思考。而元稹，恰好是要求读者对此进行深入思考。

元稹的《行宫》，是以"闲坐说玄宗"的宫女，作为主要的审美客体。

在唐代，诗坛从来有描写宫女的传统，像王昌龄写得最好的《长信秋词（其三）》："奉帚平明金殿开，且将团扇共徘徊；玉颜不及寒鸦色，犹带昭阳日影来。"把宫女得不到皇帝宠幸的幽怨，写得入木三分。与元稹处于同一时代的王建，竟还写了《宫词》一百首，其中有写到帝王宫廷的荣华生活，更多是抒发宫女们的怨恨之情。其中的一首《宫人斜》，更写到宫女命运的悲惨："未央墙西青草路，宫人斜里红妆墓；一边载出一边来，更衣不减寻常数。"王建以辛辣的笔触，谴责帝王的荒淫。宫女死了一个，埋了一个，又载来新的一个，轮番接替。总之，宫女的数目一个也不能少，以满足帝王的私欲。当然，写宫女的怨恨，往往也是诗人们怀才不遇，借以抒发自己对统治者的怨怼之情。

至于白居易的《长恨歌》和《上阳白发人》，以及元稹也写过的《上阳白发人》，连同那首《连昌宫词》，都历数唐玄宗的失德，对唐王朝错误的施政和奢侈的生活，作了生动而详细的铺陈描述，并且历数玄宗种种错误的行止，态度鲜明地进行谴责与批判。就诗歌的写作手法而言，它们都采用了“赋”的传统。

“赋”，和“兴”“比”不同，据郑玄在《周礼·春官·大师》中注云：“赋之言铺，直铺陈今政教善恶。”中唐时期，在变文和传奇小说等叙事性文学蓬勃发展的影响下，诗坛也逐渐更多地采用赋的创作手法。白居易所谓“诗到元和体变新”，亦即侧重于“体物写志”，“叙物言情”，即以叙述的形式，用浅近的语言来表达作品的思想内容。同样，在《行宫》一诗，元稹虽然也只描绘了一个画面，写的也是宫女在“说玄宗”这么一件小事，但既然以叙事的面貌出现，这实际上也是“赋”，是“叙物言情”的赋，不过它是以很简约的笔触来表现而已。

和《连昌宫词》不同的是，《行宫》对所叙的事，点到即止。正因如此，元稹便给读者留下了足够的空间。他只告诉读者，宫女在“说”。至于说的内容，说的神态，诗人一点也没有写。其实，安史之乱，首先让千万百姓生活惨痛、流离失所，也导致唐王朝和唐玄宗命运的变化。在行宫里，玄宗的行为，也一定给宫女们留下深刻和痛苦的记忆。但风云的变幻，世事的沧桑，血火的锻炼，荣辱的更替，经过岁月洪流的淘洗，一切已成过去，只是成了宫女茶余饭后用以打发日子的话题。

在明代，杨慎写过著名的《临江仙》一词，他在淋漓尽致地慨叹了“滚滚长江东逝水，浪花淘尽英雄，是非成败转头空”以后，不就说到“古今多少事，都付笑谈中”吗？《行宫》的意味，与此相近。不过，元稹的写法，却显得态度平静，也更含蓄，耐人寻味。

您说元稹是纯客观地描叙古行宫吗？也不是，诗中出现“寥落”和“寂寞”两词，已多少流露出凭吊的情绪。但当写到“白头宫女”的表现时，则只是写宫女平静地在“说”，而把经历过的痛苦，竟视为像与她们无关的故事那样，只简单地以“说”字表露。这样做，反而愈能让人产生种种联想，甚至会由此想到各朝各代，历史上发生过的大大小小的事情，转眼间，白云苍狗，只成了“摆龙门阵”的资料。于是，在表面上淡薄回忆的后面，又蕴含着多少无奈，多少感伤！人们还可以从中想到更多的人生体验。所以，元稹在《行宫》里，不像杨慎那样强烈地抒发感情，也不像《连昌宫词》《上阳白发人》那样，有着明确的批评指向性。然而，“不着一字，尽得风流”，诱发人们有更多和更深的思考，从而达到诗词最高的艺术境界。

我国传统的诗词，常有“境界”的称谓。境界亦即意境。王国维说，“词以境界为上”，认为诗作有意境（境界），是诗词创作的最高水平。早在唐代，王昌龄已提出“诗有三境”，即物境、情境、意境。

如何能让创作有意境？王昌龄认为要“张之于意，而思之于心”。这就是说，作者要铺陈自己的想法，从中能让读者产生联想。这联想，由作者描写的意象产生，又超出了作者描写的意象的范围，这就是意境。司马光说“古人之诗，贵于意在言外，使人思而得之”。梅圣俞也说，所谓意境，是“外者得于心，览者会以意”。说白了，所谓有意境，无非是审美主体，将对审美客体的认识和感受，以文字符号为媒介传达出来。而作为审美受体的读者们，则把文字符号，反射到自己的大脑皮质细胞中，转化为意象。由于读者自身的生活经历和体验的不同，在大脑中反射和联想而获得的意象，能自行构成甚至超出了作者设定的范围，这就出现诗的意境。所以，作者的“不写之写”，在虚写中，含蓄地隐去主观色彩，启发读者自行体悟作品的含义，这比淋漓尽致的铺陈，要高明得多。

元稹曾向人说过他对诗歌创作的想法：“常欲得思深语近，韵律调新，属对无差，而风情宛然，而病未能也。”（《上令狐相公诗启》）最后一句，自然是客气话。他所谓“语近”，是指语言所要表达的意思很浅近；所谓“思深”，是指诗中所含蕴的韵味很深远。像《行宫》这首诗，他只是平淡地写古行宫的寥落和寂寞，尤其是不带任何形容词记叙宫女的“说”，这就是“语近”。然而，却让读者由此各自在头脑中，联想到更深更多历史和人生的问题，在平静语调的背后，隐藏着他混合着的一丝冷诮与伤感，这就是“思深”和“风情宛然”。因此，《行宫》这诗，虽然短小，却能使人回味无穷，进入了诗词的最高境界。

说刘禹锡《石头城》

山围故国周遭在，潮打空城寂寞回；
淮水东边旧时月，夜深还过女墙来。

中唐时代的刘禹锡，被杰出诗人白居易称为“诗豪”。若是别人客气地吹捧他，也就罢了，而传闻是出于白居易之口，便非同小可。不过，我相信这话是真的。因为在刘禹锡去世后，白居易写过两首《哭刘尚书梦得》的诗，其一云：“四海齐名白与刘，百年交分两绸缪；同贫同病退闲日，一死一生临老头。杯酒英雄君与操，文章微婉我知丘；贤豪虽殁精灵在，应共微之地下游。”刘禹锡，字梦得。白居易认为他与自己齐名。曹操对刘备说过：“天下英雄，唯使君与操耳!”白居易把刘禹锡和自己的水平，比喻为刘备与曹操。在诗中，又直称他为“贤豪”。可见，白居易佩服刘禹锡，确是事实。

据知，刘禹锡常与白居易一起唱和，他们曾一起吟咏南京古城。刘禹锡在《金陵五题》自序云，“他日友人白乐天掉头苦吟”，看到刘禹锡先写成的诗，“叹赏良久，且曰：‘《石头》诗云：潮打空城寂寞回。吾知后之诗人，不复措辞矣。’”显然，这是说白居易不敢和他比个高低，索性不写了。“《石头》诗”就是《石头城》，《金陵五题》的第一首。

此外，刘禹锡还写过《西塞山怀古》一诗。据《唐诗纪事》载：“长庆中，微之、梦得、韦楚客同会乐天舍，论南朝兴废，各赋《金陵怀古》一首。刘满引一杯，饮已即成，曰：‘王濬楼船下益州，金陵王气黯然收；千寻铁锁沉江底，一片降幡出石头。人世几回伤往事，山形依旧枕寒流；今逢四海为家日，故垒萧萧芦荻秋。’白公览诗，曰：‘四人探骊龙，子先得珠，所余鳞爪何用耶？’于是罢唱。”微之即元稹，也是中唐的著名诗人。他们四人相约写诗酬唱，又是刘禹锡拔得头筹，其他三人包括白居易，也只好敛手。这传闻，也是特意贬低众人而抬高刘禹锡的地位，但未必是事实。因为，据《唐故处士韦君墓志铭》载，韦楚客只活了三十四岁，早在元和九年（815）病逝。而刘禹锡这首诗，是在长庆四年（824）出任和州刺史，经过西塞山时写的。那时候，韦楚客已死了多年了，何来能参加酬唱的活动？显然，《唐诗纪事》所载，并非很准确。不过，诗坛不止一次传出白居易夸奖刘禹锡，表示甘拜下风的佳话，也说明人们认同刘禹锡在诗史上的崇高地位，特别是上引的《石头城》，历来被视为唐代诗坛的名篇。

刘禹锡出生在公元772年，原籍洛阳，有人还认为他是匈奴人的后裔。在安史之乱期间，他的父亲避地江南。刘禹锡整个青少年阶段，就在苏州度过。他饱读诗书，才华出众，二十一岁即中进士，与柳宗元、韩愈等交游密切。这一时期，虽然安史之乱已经平定，但整个社会的政治经济每况愈下。表面上，唐王朝还维持统一的局面，实际上日渐分崩离析，正如《红楼梦》所说：外架子还在，而“内囊尽上来了”。在唐德宗主政的二十多年间，宦官专权，藩镇割据，统治集团争夺利益，四分五裂。

唐德宗死后，唐顺宗即位，改元“永贞”。这时候，由王叔文掌握大权。他目睹时弊，决定推行改革，这损害了宦官藩镇和贵族集团的利益。刘禹锡坚定支持王叔文的政见，积极加入“永贞革新”的行列。谁知唐顺宗是个短命皇帝，即位只有一年，就不明不白地死去。朝廷中腐败的保守势力，则乘机反扑，“永贞革新”彻底失败，王叔文被赐死，刘禹锡也被贬外放。这一来，他奔波各地，四海飘零，当过几回不同州县的地方官。到 824 年，他从四川的夔州，调往安徽的和州。据他在《金陵五题》的小序中说：“余少为江南客，而未游秣陵（金陵），尝有遗恨。后为历阳（和县）守，跂而望之。适有客以金陵五题相示，逌尔生思，欻然有得。”可见，第一，刘禹锡的《金陵五题》，是在安徽和县当差时写的；第二，他未到过金陵，颇引以为憾。他是在某位朋友让他看到有关金陵的五首诗以后，感慨万千，才根据自己的感触和对历代兴亡的理解，也写下了以金陵为题材的五首诗。

金陵，即现在的南京。这里地势“龙蟠虎踞”，人们传说它是“王气”所钟，是最适宜作为首都的地方。所以，唐代之前，东吴、东晋、宋、齐、梁、陈等六朝，都在这里建都。这几个王朝，实际上都很短命。唐朝不少诗人，有感于盛衰兴废，也往往以金陵作为诗歌创作的题材。在刘禹锡之前，李白便写过《登金陵凤凰台》，说“吴宫花草埋幽径，晋代衣冠成古丘”。在刘禹锡之后，韦庄写了金陵城里的《台城》，说“江雨霏霏江草齐，六朝如梦鸟空啼”。至于刘禹锡，也写过五律《金陵怀古》，以及七律《西塞山怀古》，后者还直说到“金陵王气黯然收”哩！

所谓“怀古诗”，怀想的无非是从前的人和事，或者通过描绘景物的变化，展现历史的流逝。如果说，刘禹锡的《西塞山怀古》，更多是通过“王濬楼船下益州”一事，忆述兴亡，那么，《金陵五题》则是通过对金陵的景物描写，展现这古都的变化。这“五题”，从几个不同的角度描述金陵，它们之间互相映照，而又各有重点。实际上，它们是由五首“七绝”合成的组诗。其中，第二首《乌衣巷》和第三首《台城》，侧重通过金陵城里特定的地点，抒发怀古之幽情；第四首《生公讲堂》和第五首《江令宅》，则是想念曾在金陵住过的古人。

至于上面所引的第一首，以“石头城”为题，乃是刘禹锡对金陵古都，首先作全面性的鸟瞰。诗人由它统领其后的四首，表达对金陵整体性的感受。按说，对一个城市作概括性的描述，用只有区区二十八个字的绝句来表现，实在是颇为困难的。但是，刘禹锡竟能从大处着眼，小处落墨，仅仅抓住自己对金陵独特的感受，便能总揽全局，让《石头城》成为整组诗中最佳的一首，千古流传，广为传诵。

《石头城》的首句是“山围故国周遭在”。石头城，即金陵；故国，指故都，金陵曾是唐以前六个王朝的首都。周遭，是周围的意思。金陵几面环山，它们包围着金陵。刘禹锡感到，城外的山和周围的环境，景色依然存在，现在和过去，也没有什么区别。这首句，作者在句之末，下一“在”字，用以表现四围的山陵亘古存在，显得简练有力。也让读者感觉到诗人像在天空上，遥瞰金陵；感觉到他高屋建瓴，目光涵盖古今。

就音调而言，这句之末，连续安排的“周、遭、在”三字，声母全是塞擦音。发音时，舌尖与齿背形成窄缝，气流从窄缝中冲出，摩擦成声，声带并不振动，显得语势沉稳。而这首句以平实的语调出之，又正是刘禹锡所需要表达的意绪。他并不想对过去历史的回忆一开始便过于情绪化，而只是要表现自己在感怀，在沉思。于是，这似是平平道来的一句，情感深挚，让诗一开始，便呈现出司空图所谓“沉着”的韵味。从这句诗中，也让人感知作者是从上而下，俯视金陵，所以能够看尽金陵周遭依然存在的山，也让人感察到诗人胸罗全局，气度不凡。

如果说，“山围故国”是俯视一个静态的画面，那么，第二句“潮打空城寂寞回”，则是从平视的角度，展现一幅充满动态的图景。刘禹锡写汹涌的潮水，波涛滚滚，正向城边拍击过去。在这里，我们首先要注意刘禹锡选择了“潮打”的意象。按说，他可以说“浪涌”或“潮涨”之类的词语，但这些，和“潮打”的意味，性相近而实不同。要知道，潮水每天有涨有落，是年年岁岁日日夜夜的自然现象，是月亮对地球上的海水产生引力的必然结果。而潮水对河岸的冲擦，也只是一种自然力。但是，刘禹锡把它奔腾到城边的现象，说成是“打”，这就把潮水拟人化了。这一来，潮水并非无知无觉，而是用气用力，它猛烈地拍击堤岸，砰的一声，发出巨大的声响。就炼字的技巧而言，这一“打”字下得极好，用它来形容潮水对城墙的冲击，真是力透纸背。

过去，在金陵这六朝金粉之地，处处莺歌燕舞，车水马龙。六朝兴旺的时候，在喧闹的市声中，潮水拍岸的声音，早被压下去了，谁也没有注意那汹汹涌涌的潮声。但是，当六朝繁华已成过去，国破家亡，金陵已是“空城”的时候，潮水打将过去，那空空荡荡的城，就产生空谷传声的效应，发出了訇然巨大的声响。这显示金陵沦落了，衰败了。整个空空荡荡的城市，倒成了潮声拍岸时的巨大共鸣箱。这潮声的强烈回响，又正好展现整个金陵城的空落和死静。

另外，按照物理现象，冲击力愈大，反作用力也愈大。既然说潮水猛力打击堤岸，那么，对潮头回转的描写，应该像苏东坡在《念奴娇》所说的那样“惊涛拍岸，卷起千堆雪”，才是合理的。可是，刘禹锡却写这潮水对应的动作，竟然是“寂寞回”。那汹涌的浪头竟是寂静地转过身，无奈地回过头，又融入到河水里去了。无疑，这状态，和实际出现的自然现象是矛盾的。不过，我们知道，文艺创作，不同于物理学研究。文学评论的任务，是要从对诗歌出现不合理表象的分析中，展示创作艺术的奥秘。在艺术作品中，作者显示意象之间不合理的状况愈大，往往留给读者进行再创造的空间也愈大，在他们脑海中出现“象外之象”的可能性，也就愈大，从而产生良好的艺术效果。至于作者以“寂寞”来形容潮水的退下，这当然是匪夷所思。作为自然界的液体物质，潮水无所谓有“寂寞”或者“兴奋”的问题。显然，诗人这写法，是又一次以拟人化的手法描写潮水。换言之，是诗人把自己寂寞的心情，寄寓在潮水中，是他看到空城的寂寞，无限惆怅，便把内心失落的感受，赋予本是无知无觉的潮水。于是，他便连潮水的向后消退，也看成带着“寂寞”的情思。

请注意，这诗的第二句，前四字，写潮水猛烈的冲打，后三字，说潮水寂寞而回。在短短的一句诗中，意象之间，呈现出强烈的反差，它一把揪住了读者的心。这让人拍案叫绝的技巧，刘禹锡在创作中是经常运用的。像《金陵五题》中同样被人嘉许的第二首，题为《乌衣巷》，第一和第二句就是：

朱雀桥边野草花，乌衣巷口夕阳斜。

朱雀桥，是秦淮河上正对朱雀门的桥，这里曾经是“市列珠玑，户盈罗绮竞豪奢”的地区。而现在，桥边长满了开花的野草，再没有人到此问津。至于那乌衣巷，曾是南朝门阀贵族聚居的地区，过去到处是香车宝马，冠盖如云，如今已经沦落，在巷口，看到的只是斜阳残照。这两句，每句的上四字和下三字，也形成了意象的反差，这和“潮打空城寂寞回”的写法，如出一辙。所以，《乌衣巷》也让读者印象深刻，它和《石头城》一样，成为唐代诗坛的名篇。

其实，按刘禹锡在诗序中所说，他并没有到过金陵，只是“跂而望之”而已。这句诗，表明他在想象中，从平视的角度，看到了河岸上潮水汹涌而来又静静退回的状态。同时，他又从听觉方面，听到了“潮打空城”的訇然声响。这一来，在短短的一句中，想象中的听觉和视觉感受，交汇在一起，让审美受体在大脑皮层中，听觉区和视觉区同时接收到强烈而复杂的信息。于是，在诗人的引导下，读者感悟到原来是六朝繁华、王气所钟的金陵，如今只剩下巷陌萧条的景象。显然，这一句，写的是作者想象中破落了的金陵，其中又寄寓着对六朝历史的追怀和惋惜之情。明代的王鏊说：“‘潮打空城寂寞回’，不言兴亡，而兴亡之感溢于言外，得风人之旨。”（《震泽长语》）这评价是准确的。这一句诗，汇集视觉听觉的感受，言简意赅，情理交融，确是神来之笔，难怪刘禹锡引以为豪，还说白居易等人看到了这一句以后，便“叹赏良久”，“不复措辞”。从他的记录里，那飘飘然自诩的样子，也跃然纸上。

诗的第三、四句是：“淮水东边旧时月，夜深还过女墙来。”两句一气呵成，连贯地写金陵城上月色的状态。这和第一、二句，分别写金陵周遭的山、金陵河岸的水，在写法上有所变化。

刘禹锡写那月亮，从秦淮河东边升起，这分明是从仰视的角度，看到明月当空，照见了整个空城。这两句，就其与第一、二句的关系而言，正如《唐绝诗钞注略》所说：“三、四语转而意不转，只愈添一倍寂寞景象，笔妙绝伦。”所谓“语转”，是指第三、四句所描绘的意象，已从山势和潮水，转而为月亮，并且，观察的视角也有所变化。但是，从表现金陵只剩下空城而言，却又是“意不转”。我认为，作者这深一层转进的艺术构思，实在值得学诗者借鉴。

秦淮河横贯在金陵的中心，金陵城是秦汉以来兵家必争的龙兴之地，南朝门阀贵族后来也聚居在这秦淮河一带，此地遂日渐繁华，成为人们流连忘返的地方。李白在《留别金陵诸公》便写道：“黄旗一扫荡，割壤开吴京；六代更霸王，遗迹见都城。至今秦淮间，礼乐秀群英；地扇邹鲁学，诗腾颜谢名。”刘禹锡说，从前在淮水东边升起的月亮，横空而过，它一定照见过六朝时代的文采风流，照见过高冠峨髻的人影，照见过轻歌曼舞、纸醉金迷的景象。但是，如今的金陵，只是一座“空城”。那依然从淮水东边升起的月亮，也一定照见当下的秦淮河畔。至于它能见到什么呢？刘禹锡没有写，也不必写，他又留下了一片空间，任由读者纵情想象。

最妙的是，刘禹锡明确地点出，这月亮，是“旧时月”。这就有意思了！本来，月亮是亘古的存在，今天的月，也就是从前的月亮，它一点没有变化。在自然界中，月亮并没有新旧今古的区别。而刘禹锡却强调，那月亮，是“旧时月”，这岂不是多余而且不合逻辑的吗？然而，正如上面所说，艺术的分析，是需要从作品出现的矛盾中，探索为什么会出现这特殊的现象，并且还原作者的思想感情，才能体悟到作品的艺术魅力。在刘禹锡看来，他在想象中所“看”的月亮，是旧时已经出现过的月亮，也就是经历过年年岁岁，照见过金陵六朝豪华的月亮。但如今月光依旧，人事全非了。因此，这一个出现在“旧时”和今天的月亮，正是历代兴亡盛衰的见证。

也由于刘禹锡吟咏的《金陵五题》，意在发思古之幽情，他回想前尘，便一再使用“旧时”这词语。像《乌衣巷》说：“旧时王谢堂前燕，飞入寻常百姓家。”至于月亮的圆缺，周而复始，是固定不变的。它发出的光芒，不像太阳的光那么猛烈，而是幽幽的、淡静的，这更容易引发诗人今昔对比的遐想。李白说：“今人不见古时月，今月曾经照古人；今人古人若流水，共看明月皆如此。”（《把酒问月》）姜白石也说，“旧时月色，算几番照我，梅边吹笛”，“何逊而今渐老，都忘却春风词笔”（《暗香》）。他们都以月亮的不变，见证今昔的变化。不过，刘禹锡在《石头城》一诗里，却不像李白、姜夔那样说得那么直白。他在诗中的第三句，重点只落在“旧时月”一词，这既能让读者感觉到他怀古的用意，也为牵出诗的第四句，留下引线。

“夜深还过女墙来”，这是刘禹锡在想象中，“看”到那“旧时月”在当今的情景。女墙，是城墙的垛，城垛在城墙的最高处，是留着空隙，以便人们观察城外动静的短墙。夜深了，月亮西下，城墙隔住了月色，但月的光，依然透过女墙之间的空隙，照进空城。月影横斜，余光冉冉，也表明诗人从斜视的角度，看到空城里斑斑驳驳的光影。

这句诗，似乎很易理解，却未必容易觉察诗人遣词用句的深意。俞平伯先生之父清代探花俞陛云说，这诗“后二句谓六代繁华，灰飞烟灭，惟淮水畔无情明月，夜深冉冉西行，过女墙而下，清辉依旧，而人事全非”(《诗境浅说续篇》)。这评说颇为精警，但还有进一步深化的余地。

不错，明月和潮水一样，无所谓有情还是无情的问题。无论是旧时还是今时的月亮，它从淮水东边升起，夜深了，也一样“冉冉西行”。月的光线，也依然透过城垛的空隙，斜照城内。俞探花说它“无情”，也无不可。但是，仔细推敲，刘禹锡在诗句里下“还过”两字，这是说月色在夜深之际，又特地透过城墙的空隙，依依不舍地回照金陵。这“还”字，分明也有着留恋的意味。联系到作者曾说过潮打空城，竟是“寂寞”而回，那么，这“旧时月”，就不是“无情明月”了。不错，它的确只是照例运行，却又包含着有所依恋，有所留情，有着人性化的一面。当然，这月亮也和江潮一样，都是自然界的客观存在，只是刘禹锡把自己的感情，投射到月亮和潮水中而已。因此，《石头城》一诗，似乎只是客观地描绘金陵总体的夜景，其实，又是不着痕迹地渗透了作者的主观情感。在这首诗里，刘禹锡的笔触是淡淡的，而包藏着的兴亡之感，却是浓浓的。我们也知道，刘禹锡曾写过有名的《竹枝词》：“东边日出西边雨，道是无晴却有晴。”

晴与情，语意双关。由此看来，他写夜深还过女墙的月亮，写拍打空城寂寞的潮水，不也都是“道是无情却有情”吗？这让人觉得客观事物似是无情，却又微妙地贯注着感情的写法，也可以视为《石头城》这首怀古诗的创作特色。

刘禹锡一生，经历过许多磨难，但他并不屈服，并且志存高远。在《秋词》中，他写道：“自古逢秋悲寂寥，我言秋日胜春朝；晴空一鹤排云上，便引诗情到碧霄。”倔强的意志，让他在困境中依然胸襟广阔，所以，《石头城》的第一、二句，便透露出雄健气度。但是，刘禹锡毕竟目睹中唐时期的种种乱象，感慨由盛而衰的历史规律，加上他有志不获骋，处处受排挤，也不免心情抑郁。所以，诗的第三、四句，便以一痕月色，寄寓悠远幽婉的心情。这种种复杂的情绪，纽结在一起，便让全诗呈现沉雄深挚的风格。加上刘禹锡在和县“跂而望之”，以不同的角度，从俯视、平视、仰视、斜视等方面，想象观察和描绘金陵这一个空城的总体，于是，《石头城》作为《金陵五题》的第一首，正好笼罩其后四首怀古诗，总括了全组诗的题旨。

我国历史悠久，怀古，素来是古代诗坛的重要题材。对往事的回忆，既能抒发情思，也可让人在反思中吸取历史经验和教训。中唐期间，以金陵为怀古对象的诗作纷纷呈现，除刘禹锡外，白居易、元稹、许浑、唐彦谦等人，都写过多首与金陵有关的怀古诗。这现象，和安史之乱后，唐王朝由盛而衰，迅速走上没落的道路有关。诗人忧心忡忡，六朝兴亡历史的阴影，涌上了心头，作为六朝首都的金陵，正是六朝盛衰变化的缩影。当诗人们反思社会现实，金陵的命运，便正好作为他们以古喻今的投影。

历代封建王朝的最高统治者，都选择有“王气”亦即被视为天命所钟的地方建都，以期永久巩固王朝的统治。就在刘禹锡生活的年代，唐德宗相信天命，认为“奉天（今陕西乾陵）有天子气，宜高大其城，以备非常”（《资治通鉴》），并且遣派壮丁和军士在此筑城，一时扰扰攘攘，劳民伤财。其实，所谓“王气”“天子气”，都是自欺欺人之谈。六朝在金陵的更替衰败，不就正好说明这块风水宝地，对希望“万世而为君”的专制者而言，实际上是毫无意义的吗？

刘禹锡是诗人，又是具有朴素唯物主义思想的哲学家。他并不相信什么“天命”“王气”那一套胡话。他认为：“天恒执其所能以临天下，非有预乎治乱云尔；人恒执其所能以仰夫天，非有预乎寒暑云尔。”所谓天，是自然客观的存在，它和王朝的政治行为并无关系，“故德与怨，不归乎天”（《天论》）。他甚至说“怒人言命，笑人言天”（《祭虢州杨庶子文》），这大胆而又有理性的言论，在唐代诗人中并不多见。不错，不少诗人也写到金陵的兴衰，人们多从对现实的不满，发思古之幽情，情调忧怨凄楚，但很少人能像刘禹锡那样，直斥“金陵王气黯然收”与“天命”毫无关系。所以，“人世几回伤往事，山形依旧枕寒流”（《西塞山怀古》）。另外，在《金陵怀古》一诗中，他更说：

兴废由人事，山川空地形；
《后庭花》一曲，幽怨不堪听。

至于《金陵五题》，在其中《台城》一题中，也说到曾为六朝皇宫的台城，会走向残破衰败的原因：

台城六代竞豪华，结绮临春事最奢；
万户千门生野草，只缘一曲《后庭花》。

后庭花，是乐曲名，历来被诗人们视为统治者纵情声色、奢侈腐败的象征。很清楚，当刘禹锡在抒发怀古之情，思考金陵之所以零落的时候，他直指，这是由于专制统治者的失德。他认为，兴与废，盛与衰，全由人事造成，根本不存在什么“正气”“天子气”之类的问题。可见，他在怀古的时候，又兼有理性的思考。

清代的诗评家朱庭珍认为：“凡怀古诗，经上下千古，包罗浑含。出新奇以正大之域，融议论于神韵之中。则气韵雄壮，情文相生，有我有人，意不竭而识自见。”（《筱园诗话》）他认为怀古诗的作者，要有阔大的胸襟和卓越的见解，要把理性的思维和抒情的韵味融于一体，才能写出既概括历史经验，又具有个性特色的作品。刘禹锡的怀古诗，包括以《石头城》为首的《金陵五题》，正是纵览千古，并且把“议论”和神韵融合起来的杰作。

说柳宗元《江雪》

千山鸟飞绝，万径人踪灭；
孤舟蓑笠翁，独钓寒江雪。

在江畔湖边的树下，或在一叶扁舟的舷边，手执渔竿，凝神静气，等待鱼儿上钩。这表面悠闲，心底渴望，亦即外静与内动矛盾统一的活动项目，中外古今，不知让多少人士神往。

因此，在我国古代，有不少人手执钓竿，便闻名遐迩，像姜太公、严子陵等。不过，如果你以为他们只是想吃生猛海鲜的饕餮之徒，那就错了。那姜太公钓鱼，其实大脑在紧张地运转，他正想着种种文韬武略，并且等待时机，看哪位仁君愿者上钩。至于严子陵，早年曾和刘秀合作，也素知其人的脾气。刘秀后来当了皇帝，一山能容二虎吗？于是他索性辞去一切官职，回家钓鱼，躲避名利场上的纷扰。据说他和刘秀同睡，不知不觉间，把一条腿压在皇帝身上。太史便奏称：夜来出现“客星犯帝座”的天象，这不就可以理解为对他“越位”的警告吗？所以，严子陵思前想后，明哲保身，赶快回到富春江钓鱼了事。而他表面的闲静，不过是掩盖害怕功高震主，落得身首异处的复杂心境。

在诗坛里，与钓鱼有关的名句名篇，更不在少数。孟浩然就写过“坐观垂钓者，徒有羡鱼情”，说那不自由的钓翁，很羡慕在水里可以自由自在的游鱼。早在柳宗元之前，诗人张志和，不也写过有名的《渔歌子》一诗吗？诗曰：“西塞山前白鹭飞，桃花流水鳜鱼肥；青箬笠，绿蓑衣，斜风细雨不须归。”这诗的场景，当然写得很美，诗人心态也很悠闲。实际上，张志和对当时的社会现状，是十分不满的。他辞了官去当渔翁，洒脱地当逍遥派，不过是表示远离钩心斗角的尘俗，更喜欢过着优哉游哉的生活，图个自得其乐。其性质，也和严子陵志趣相近。后来，元代的散曲作家，如白朴和白贲，都写过渔翁的生活。其中白朴的曲子更负盛名，他写道：“黄芦岸白蘋渡口，绿杨堤红蓼滩头。虽无刎颈交，却有忘机友，点秋江白浪沙鸥。傲煞人间万户侯，不识字烟波钓叟。”（《双调·沉醉东风·渔父》）他特别强调渔父“不识字”，可以无忧无虑，可以傲视王侯，正是要表现识字的知识分子对现实生活的反感。白贲也竟然自喻：“侬家鹦鹉洲边住，是个不识字渔父。”（《正宫·鹦鹉曲》）依我看，古代诗坛有这么多骚人墨客喜爱写钓鱼或渔翁生活的题材，绝非把钓鱼仅仅视为可消磨时光的活动，更不像现代人那样，把钓鱼作为一种比赛项目来表现身手，而是以这外表平静、淡然悠然的姿态，遮掩着种种不易言明或不想言明的隐衷。

柳宗元的《江雪》，写的也是渔翁垂钓。他似乎也是客观地拍摄了一幅风景画，连像张志和“不须归”那样多少具有主观色彩的字句也没有。整首诗，明畅易懂，也比张志和的《渔歌子》写得更短。因此，许多诗歌选本，乃至过去一些教科书，一般都会把《江雪》选入。宋代的范晞文，在《对床夜语》一书中，甚至说：“唐人五言四句，除柳子厚《钓雪》一诗之外，极少佳者。”这话说得有些过了头，王之涣的《登鹳雀楼》，王维的《辛夷坞》，不也是五言四句吗？难道就不及《江雪》了？

不过，这几首同是五言四句的佳作，确又透露出唐代不同时期的诗人，各自具有典型意义的心声，都是各尽其妙、极为难得的佳作。别看柳宗元的《江雪》，似乎写得很浅近，描绘的景色也很简单，但它所包含的思想内涵，以及难以言喻的情绪，甚至比上述王之涣和王维的那两首诗，更加复杂。如果比喻它是一幅画，那么，柳宗元似乎只用几笔简单朴实的线条，便表现出他具有高度的艺术性技巧。

在中国文学史上，柳宗元和韩愈齐名。据知他生于公元773年，比韩愈略少几岁。他们处在同一时代，在文学主张方面，他们是一致的，大家都反对骈俪浮靡的辞章，要求恢复“西汉文章”那种朴实简劲的文风。但他们诗歌的创作风格，则完全不是一路，这是很有意味的现象。更重要的是，他们归属于不同的政治集团，坚持的也是不同的政治路线。他们在当时的文坛上都享有盛名，也彼此相识，但是，道不同不相为谋，他们虽不至于势如水火，而内心不无芥蒂。所以，后来柳宗元倒了大霉，韩愈还出言不逊，冷嘲热讽一番。

我们知道，韩愈出身贫寒，参加了多次科举考试，却多次失败，后来靠着别人的推荐，才得到一官半职。他的早期生活，实在是倒霉的。

柳宗元刚好相反，他少年得志，二十一岁即进士及第，风光得很。到三十岁左右，又进入监察御史的行列。而且，他出身于上层社会，世代簪缨。其父柳镇，担任过不同州县的地方官，柳宗元便跟随父亲到各个地方生活考察。他深入社会，结交广泛。在藩镇割据，战乱频仍，朝政腐败的中唐时期，他对社会各阶层的状况，都有所了解。特别是，他很同情百姓艰难困苦的生活。后来，他写出了《捕蛇者说》等名篇，能够透彻地描叙下层人民的悲惨命运，这绝对不是偶然的。

在“永贞革新”的政治斗争中，柳宗元同情并跟随王叔文的革新主张，王叔文主政时，他和刘禹锡等人，都属王叔文政治集团的重要成员。但所谓“永贞革新”，不到一年，即告失败，王叔文被杀，凡是追随过他的人，纷纷被贬到边远的地方，柳宗元被贬为永州司马。韩愈则支持以宦官为首的俱文珍集团，反对革新。当然，韩愈也是个有正义感的人，由于他反对皇帝把佛教推崇到荒唐的地步，写了有名的《谏迎佛骨表》，皇帝大怒，也把他贬到南蛮之地。不过，韩愈后来还是被召回起用。与其相比，柳宗元就没有这么幸运了。

永州，即今湖南零陵。在唐代，这里地势崎岖，荒僻贫瘠。所谓州的“司马”，属于管理地方财税、治安的小官。在永州，柳宗元一直待了十年之久。十年后，他奉召回到当时的首都长安，人们以为他会受到任用了。谁知抵京不到两月，又被派到比永州更远离政治中心的广西柳州，就任柳州的行政长官。官爵算是升了，生涯却更艰苦了。在柳州，柳宗元生活和工作了四年左右，便客死异乡，终年才四十七岁。

一个有着“革新”抱负的人，却遭受不断的严酷打压，沦落天涯。如果不是他有不朽的诗文传世，如果不是老百姓一直怀念他，在柳州还建了“柳侯祠”，他真是应了那句老话：“永世不得翻身!”

在《登柳州城楼寄漳汀封连四州刺史》一诗中，柳宗元写道：“城上高楼接大荒，海天愁思正茫茫……岭树重遮千里目，江流曲似九回肠。”在《别舍弟宗一》，他写道：“一身去国六千里，万死投荒十二年。”在生命的后期，柳宗元作于柳州的这些诗句，道尽了他多年以来内心的不平和郁闷。

《江雪》是柳宗元被贬到永州的时候写的，题目命名很简单，就是要告诉读者，他下文描写的是深冬时江上的雪景，希望人们特别要注意到江上的雪，所以在全诗二十个字的最后，就以“江雪”两字收束回应题目。在诗中柳宗元并没有直接描写雪景，可是，由于诗人以“江雪”为题，当读者的视觉一旦进入诗的意象时，便感受到全诗所写的就是江上的雪景。

这诗的第一句“千山鸟飞绝”，是作者从江面仰视山上的景象，“千山”说的是无数的山。第二句“万径人踪灭”则是作者从空中俯瞰，说的是江岸上无数条路。无疑，“千山”和“万径”相对成文，是夸张的写法，但是就表面看，这两句诗却是不合理的，因为诗人立足于江面上，无论如何他实在是无法看到所有的山和所有的路的。他写的是当然是实景，却又是只从眼前的景色出发，推想到眼睛看不见的无限之景。

第一句诗写山上鸟儿绝迹，它们都飞不动了，躲起来了；第二句说路上不但没有行人的踪影，连路上的足迹也被大雪湮灭了。这无非意味着天气极端寒冷，从上到下全是白茫茫空荡荡的一片。本来在山上和在路上，人们看到或者注意到的首先应该是石、岩、草、木等物，如果作者直接写大雪铺天盖地，乃至冷得“千山冻木折”“万径冰岩裂”之类，不是也能够表现天气的严寒吗？为什么他偏偏选取体积渺小，并且会飞会动的“鸟”和“人”，以看不见物和人的踪影，来表现天气的寒冷呢？加上从作者所处的位置看，他怎能既仰视千山又俯视万径呢？这不都是不合常理的吗？

在文学创作中，有些描写似是不合常理的，但这些反常的写法，往往更能让读者得到更合理而深刻的领悟。像《红楼梦》写到病危的林黛玉听到前边响起了乐声，知道她所爱的贾宝玉正和薛宝钗举行婚礼时，冷笑着说：“宝哥哥你好!”这时候作者写内心十分痛楚的她，反应不是哭，竟然是“笑”。这似是不合常理的描写，反而让读者更能感知黛玉悲苦欲绝的心情。

同样，读者明明知道柳宗元观察景色的视角也是不合常理的，但从这夸张的描写中，读者会感知他要描写的其实不仅是眼前，还是他所能感知的整个天地；他只强调看不见会动的物与人，而把其他一切撇开，也似是不合常情，但是只有会动的物与人，才能感知天气的冷暖，因此只写山中路上“鸟”与“人”的不见，反能更合理地让读者见出天气的奇寒。

和诗的第一、二句展现无垠的天地相反，第三、四句却是“孤舟蓑笠翁，独钓寒江雪”；与“千山”“万径”对比的，是“孤”和“独”。于是，柳宗元在极其广阔的背影下，又极其突出地写了一叶扁舟；在扁舟中，又突出写了一位老者：他竟然穿着仅能抵挡风雪却不能御寒的斗笠蓑衣。作者特意下“蓑笠”一语，在人鸟绝迹的奇寒天气里，难道这渔翁就没有一丝冷的感觉？更有意思的是，柳宗元写这老翁在扁舟上唯一的行为是垂钓。钓的是什么？原来是最后的一个字：雪！

这就妙了，柳宗元才写千山万径，连一点会飞会动的东西也没有，接着却马上写到，在比山上路上更为寒冷的江面上，一个人正在活动着，垂钓着！这活动着的一个人，既是对岸上一切“灭绝”的反衬，也不能不将读者的眼光全部吸引到这渔翁的身上。

你说柳宗元只是用文字生动地描画了一幅寒江雪景吗？又是，又不是。

说它是，是因为它的确客观地描绘了江中的雪景。在那二十个字当中，甚至没有任何主观抒情的色彩。说它不是，那是因为在它似是极为简洁的画面背后，流动着、蕴含着复杂的情感。这种情感，越像没有，越是耐人寻味，否则，范晞文就不会给予这首短诗以极高的评价了。清代的马湘帆则说这诗“诗中有画，千万孤独，两两对说亦妙”（《唐绝诗钞注略》）。说它“千、万”与“孤、独”两两相对，这不难理解。但马湘帆只着眼于它“诗中有画”，把它的妙处，说成是有诗意的风景描写。看来，他实在还未搔着痒处，未看到这首短诗的奥妙。

《江雪》，是柳宗元在被贬到永州的时候写的。那时期，他带着一肚子悲愤和怨怼，来到了穷山恶水的边远地方。在永州，他不是写了《永州八记》吗？据他说：“自余为僇人，居是州，恒惴栗。”“是岁，元和四年也。”（《始得西山宴游记》）这几篇散文，是他初到永州不久的时候写的。柳宗元自称是“罪人”，而且常常担惊受怕。可见，他感到这里的自然环境，以及自己所处的政治处境，是非常恶劣的。

《永州八记》写的多是永州山丘溪涧的秋色。《江雪》则是一幅严冬江上的图景。但它们有一个共同点，就是都力求传达出“寂寥无人，凄神寒骨”的意韵，这也是柳宗元在万死投荒中的精神状态。换言之，在永州，他感到十分孤独。

人们常说，“诗中有画，画中有诗”，诗与画，确有可以相通的共同点，但是，它们毕竟是不同的艺术体裁，从而又有着不同的特质。画面可以有诗意，但画是不能动的；而诗，诗人既可以把主观的感情，能动地注入审美载体，还可以写出审美客体的活动，从而指向性地引导读者，通过诗中的意象，进入更高更远的意境。像《江雪》写渔翁“独钓寒江雪”，读者就可感觉到渔翁有时在晃动钓竿，有时在探望水底，于是，读者感受到渔翁在动。而这些动作，又和渔翁的心动有所联系。至于渔翁的心动，则和柳宗元的心灵状态有关。因为，他选取这样的画面，绝非偶然。正如意大利的哲学家克罗齐所说，诗的美，“不是物理的事实，它不属于事物，而属于人的活动，属于心灵的力量”。在这里，柳宗元虽然以“江雪”为题，写的也是江上的雪景，它分明是一幅静景，但是，透过诗中的意象，我们可以“看”到诗人内心情感的流动，也可以理解为他“看”到渔舟，随波逐流，缓缓移动。这状态，是美术家在图画里无法表达的。当然，读者也会跟随柳宗元的诗笔，想到这周遭的环境，实在是十分恶劣，而渔翁，偏偏在万籁俱寂中，不畏惧刺骨严寒，这是多么的孤独。而越是表现出他的孤独，便更让人感受到他那狷介倔强的精神境界！这深层的意味，在图画里能够表现吗？

这独钓寒江的渔翁是谁？柳宗元没有说，他只是以诗笔描绘这幅静静的图景，却让人感悟到：这其实是作者的思想感情的外化，是他被贬到永州，“寂寥无人，凄神寒骨”心态的诗化。再想深一层，这严峻的氛围，难道仅仅是指自然的环境吗？特别是，在这样恶劣的天气中，渔翁为什么还独自在寒江上垂钓？这一切，加上柳宗元在政治方面自嘲“僇人”的处境，不能不让读者产生种种联想。

在传统诗词创作中，对语法结构，没有严格的规定，甚至可以呈现为模糊性。像“独钓寒江雪”一句，读者可以理解为在雪花纷飞中，渔翁独自垂下钓竿，也可以理解为渔翁在寒江里钓的是雪。然而，江水里实在不可能有雪的存在，说他在钓雪，等于形容他不过是在孤舟里，下意识地垂下钓竿，至于钓到了什么，实在不在乎。因此，清代的王尧衢认为：“江寒而鱼伏，岂钓之可得？彼老翁独何为稳坐孤舟风雪中乎？世态寒冷，宦情孤冷，如钓寒江之鱼，终无所得。子厚以自寓也。”（《古唐诗合解》）这判断，值得我们参考。显然，强调在恶劣环境中的倔强，是柳宗元致力于抒写“寒江独钓”的一个方面。

其实，在柳宗元的作品中，除了《江雪》写了渔翁的活动以外，还有另一首写渔翁的诗，题目就叫《渔翁》。如果把它和《江雪》对读，会发现一些很有意味的问题。

且看《渔翁》：

渔翁夜傍西岩宿，晓汲清湘燃楚竹。

烟销日出不见人，欸乃一声山水绿。

回看天际下中流，岩上无心云相逐。

这首诗，提到“清湘”“楚竹”，表明作者也是在永州时写的。又《永州八记·始得西山宴游记》，提到“望西山”“过湘江”。《渔翁》首句的“西岩”，当即西山。据知《永州八记》写于永和四年（348）九月间，《渔翁》写的也是秋景，那么，它的写成，也应在这一时期。诗的前四句，写的是这渔翁在秋江里，摇着小舟逍遥自在的情景。

关于这首诗的后两句，评论家有着不同的看法。宋代的惠洪说：“此诗有奇趣。然其尾两句，虽不必亦可。”（《冷斋夜话》）连苏东坡也主张也把后两句删去。不错，诗的前四句，已经足够表现出诗人在山水间游览的乐趣了，就此收束，确也优雅清丽，余味无穷。但是，他们忘记了，后面两句，正是柳宗元要表现自己在被贬到永州时毫不在乎的态度。所谓“回看天际下中流，岩上无心云相逐”，其诗意，分明脱胎于陶渊明《归去来兮辞》：“策扶老以流憩，时矫首以遐观”，“云无心以出岫，鸟倦飞而知还”。但是，那种悠然的心态，其实是“帝乡不可期”“惆怅而独悲”的另一种消极抗争的表现形式。

如果说，《渔翁》写的是渔翁在清澈的秋江上，显得悠然自得，那么，《江雪》则写渔翁在极其恶劣的环境中，不畏严寒，依然“独钓寒江雪”，显得傲然孤峭。而这两种姿态，实际上又是一脉相承的。值得注意的是，在极冷的天气中，鱼儿潜在水底，是不可能上钩的；若说钓的是寒江上的雪，则更是虚幻。所以，这渔翁在孤舟上垂下钓竿，也并非图钓个什么，他只是寂然悄然，心如止水。他的脑海，就像“千山”“万径”那样，一片空白。而在空白的背后，则是五味杂陈的。

不过，柳宗元在《江雪》中，仅仅要表现出渔翁的孤峭和倔强吗？这并不尽然。他似乎又想通过这幅静景，表现出自己的淡定空虚的一面。他似乎看透一切，于是顺其自然，随意垂竿，浑如入定，而根本不在乎是钓鱼还是钓雪。这状态，和他早就具有佛学思想，应是有所联系的。

柳宗元说过：“吾自幼好佛，求其道，积三十年。”（《送巽上人赴中丞叔父召序》）所以，在永州，他经常生活在寺院里。在《禅堂》一诗中，他写道：“万籁俱缘生，窅然喧中寂；心境本洞如，鸟飞无遗迹。”那最后的一句，不是和“千山鸟飞绝”，颇有相似之处吗？在《晨诣超师院读禅经》中，他也说：“真源了无取，妄迹世所逐”，“澹然离言说，悟悦心自足”。如果从禅悟的角度看，《江雪》写在寒冬中，万籁俱寂，鸟飞绝迹，这渔翁在江上垂钓，也不在乎钓到了什么，只顺性而为，无所求取，这淡定空静的心态，不也是“悟悦心自足”的写照吗？显然，四野皆空，垂钓也空，万念俱空，这不是又比“云无心而出岫”，在禅悟方面，有了新的进展吗？

还有一点，是过去人们没有注意到的，那就是柳宗元在《江雪》的第一、二句，以“绝”“灭”两字收束。当然，这两字，同属唐韵入声的“屑”部，选择这两字，有押韵的需要。但是，如果仅仅为了押韵，那么，诗的第一、二句，不是也可以写作“千山鸟飞竭，万径人踪缺”吗？为什么柳宗元只选择了“绝”

和“灭”这两个字呢？仔细一想，这还有没有别的原因呢？我们知道，“绝灭”一语，乃是佛家用辞。佛家所谓“绝灭”，具有涅槃、圆寂、寂灭、灭度，万念皆空，脱离苦海的意思。深受佛家思想影响的柳宗元，着意在具有关键性意义的字中，选取“绝灭”一语，似乎未必仅仅是出于押韵的需要。其中，有没有更深一层的意思，从而隐约地传达禅悟的意味呢？这看法，未敢必是，聊供参考。

回过头来看，即使柳宗元在诗中透露出襟怀淡定，感悟到一切都归于空虚、空静，其韵味，实际上又是他在严酷的环境中，表现出的倔强狷介心态所派生的。这一切，了无痕迹地融合在一起。因此，在这宁静而简约的“图景”中，其实具有无限的张力，它包含出世与入世交集的复杂情感，可以让读者产生丰富的联想。这一点，也正是《江雪》之所以被认为在唐代五言四句的诗中，具有独特的“美”之所在。

《江雪》到底要抒发什么情绪？是侧重于表现孤峭的品格，还是侧重于感悟了无挂碍的人生？这一点，柳宗元只提供了一个似是客观的图景，只给了一个“空寂”与“孤独”的方向，便任由审美受体，根据自身的生活经验去思考，去体会。读者可以侧重于某一方面，或者可以兼而有之。总之，作品并没有提供明确的方向，而更多的是表现出题旨的模糊性。

毫无疑问，它是一首抒情诗，但诗人只作景物的描写，至于他的“情”，反而是比较隐蔽的，这就给予人们以诗意模糊的印象。这一来，也让读者有了无限的想象空间，让读者根据自己的生活经验参与其中，进行再创造。

我国传统的诗词创作，早就注意到运用虚实结合的创作方法。所谓“虚”，实际上是注意到要留出空间；是认识到作为审美受体的每一个人，各自具有主观的能动性；是觉察到每一个读者，是可以根据审美主体提供的意象，进行再创造的。传统的评论家，不是有所谓“诗无达诂”的说法吗？因为，对诗的“美”的认识和理解，不可能有最终的结论。不同时代具有不同生活体验的读者，会在作者所提供的意象引导下，在各自的大脑皮质中，浮现不同的印记，从而各自形成种种的感受。这些感受，当然可能具有普遍性，也不排除可以因人而异。因此，诗人的作品越具模糊性，越能让读者具有更多自主选择的余地。随着诗歌创作艺术水平的发展，愈来愈多的诗人，会更圆熟地掌握“虚”写的运用，他们会有意识地埋没自己的意绪，只通过意象的创造，给读者提供想象的空间。正如司马光所说：“古人为诗，贵于意在言外，使人思而得之。”（《温公续诗话》）

在中唐时期，格律诗的创作技巧，愈趋成熟，更多的作者，会在创作时有意埋没自己的意绪。他们或是明智地，或是不得已地采用貌似模糊和虚的写法，重视让审美受体“思而得之”。与柳宗元处在同一时期的元稹，不是也写过著名的《行宫》一诗吗？这诗也和《江雪》一样，五言四句。前文说过，在诗里，元稹到底想说明什么，他没有明白表露，而是只撮取一个生活的片段，让读者自行获取答案。至于宫女们“闲坐说玄宗”，说些什么呢？诗人没有打听。但是，无论她们说了些什么，曾经繁华而现在已经寂寥的行宫，曾经有过青春年华而现在已白头的宫女，这种种意象，一经诗人整合，读者就从简单平淡的画面背后，体悟到它蕴藏着丰富的内涵，寄寓着复杂的情感。这样的写作思想和艺术技巧，和柳宗元写的《江雪》，不是如出一辙吗？

注意到让审美受体发挥主观的能动性，这是处于封建专制时代的作家，逐步认识到人的价值在文化上的表现。

说李贺《金铜仙人辞汉歌》

茂陵刘郎秋风客，夜闻马嘶晓无迹；
画栏桂树悬秋香，三十六宫土花碧。
魏官牵车指千里，东关酸风射眸子；
空将汉月出宫门，忆君清泪如铅水。
衰兰送客咸阳道，天若有情天亦老；
携盘独出月荒凉，渭城已远波声小。

在诗坛上，人们把李白称为“诗仙”，而把李贺称为“诗鬼”。仙与鬼，都是在人们幻想中出现的虚无缥缈的形象。但“仙”，给人的印象是潇洒飘逸、天纵豪放的；而“鬼”，它的出现，则会让人感到凄苦悲愁、阴森压抑。

李贺，字长吉，人们称他为“诗鬼”，首先是觉得他在创作上具有极丰富的想象力，遣词命意，浮想联翩，而又奇诡突兀，令人惊异。其次是，他的作品，大多数都写到了神仙和鬼魂。其中，作品直接涉及鬼魂者，又有近三十首，超过了他作品数量的十分之一。这样的创作情况，在传统诗坛上，不能不说是异数。因此，人们把这“为人纤瘦，通眉、长指爪”，形象清奇，呕心沥血地创作意象怪异的诗歌，又只活了二十七岁的短命诗人称为“诗鬼”，也是颇为恰切的。

不过，在李贺笔下，那些闪烁出现的鬼魂意象，让人惊异的同时，又呈现凄美冷艳的特色。读他的诗，很容易和蒲松龄的小说《聊斋志异》联系起来。小说中出现狐或鬼的形象，往往既让人怕，也让人爱。清代的王渔洋写过《题聊斋志异》一诗：“姑妄言之妄听之，豆棚瓜架雨如丝；料应厌作人间语，爱听秋坟鬼唱诗。”这诗最后的两句，正是从李贺的《秋来》“秋坟鬼唱鲍家诗，恨血千年土中碧”的意象引发而来。可见，把写狐鬼的《聊斋》和李贺的诗联系起来，是不少读者共同的感受。

在李贺笔下出现神仙鬼魂的诗作中，上引《金铜仙人辞汉歌》是最为著名的一首。至于李贺为什么要选择这样的题材，为什么要写这一首让人费解的诗，诗的命意何在，曾引起评论者诸多的揣测。其实，李贺在这诗的前面，首先写了一段序文，已经或显或隐地流露出他创作这诗的旨趣。且录如下：

> 魏明帝青龙九年八月，诏宫官牵车西取汉孝武帝捧露盘仙人，欲立置前殿。
>
> 宫官既拆盘，仙人临载，乃潸然泪下。唐诸王孙李长吉遂作《金铜仙人辞汉歌》。

这一段话，很有意思。李贺表明，这首诗，取材于历史传说。习凿齿在《汉晋春秋》中，有注云：魏明帝命令“徙盘，盘拆，声闻数十里。金狄或泣，因留于灞垒”。这里所说的盘，就是汉武帝在长安神明台上建造的铜盘。金狄，是指具有北方民族模样的铜人。又据《三辅故事》载：“汉武帝以铜作承露盘，高二十丈，大十围，上有仙人掌承露，和玉屑饮，以求仙也。”可见，汉武帝为求长生不老，便以金属铸成了仙人的形象，把它高高竖起，让它伸开手掌，捧着铜盘，以便承接夜间的露水。然后把收集到的露水和玉屑拌搅在一起，作为一种莫名其妙的健康饮料，供他享用。当然，服用这种奢侈品，并不可口可乐，也没有让这位万岁爷长生不老。这位祈求万寿无疆的皇帝，好歹活到六十九岁，终于僵了，见鬼去了。不过，汉武帝能够铸造巨大的金属物体，也充分说明当年的汉王朝冶金能力的先进，以及国力的强大。

对汉武帝谋求长生的愚昧做法，李贺并不认同。这一点，我们在《苦昼短》一诗中可以看得很清楚。李贺写道：“神君何在？太一安有？”神君和太一，都是传说中主寿的神仙，李贺以反诘的句式提出，表明他根本不相信这些鬼话。在这诗的最后，李贺还激动地表示他对服药求仙的做法非常反感：“何为服黄金，吞白玉？谁是任公子？云中骑白驴。刘彻茂陵多滞骨，嬴政梓棺费鲍鱼。”他问道：服食丹药，有什么用？那传说中所谓成了仙，得了道，在天上骑着白驴，终日游逛的任公子，根本是不存在的。更重要的是，他直指，汉武帝刘彻不是整天喝着仙人掌上的露水，以求长生吗？最终，汉武帝还是把尸骨遗留在茂陵里。那秦始皇不是一直派人寻求不死之药吗？最后得到的，还不是一个死！人们也只好在他的棺材里放满鲍鱼，掩盖尸臭。在这里，李贺还特地把汉武帝端出来，作为讽刺的箭垛。可见，他一直对服食化学药品、谋求成仙得道的荒唐行为，明确地表示反感。

可是，《金铜仙人辞汉歌》的金铜仙人，明明是汉武帝谋求长生不老，制作营养饮品的重要工具，为什么反对求仙的李贺，偏偏要选它为创作的题材，而且通篇带着凄楚的情绪，去描写金铜仙人的遭遇呢？这就涉及作者的创作思想和创作技巧的问题。

请注意，李贺在诗序的最后，写上了“唐诸王孙李长吉遂作《金铜仙人辞汉歌》”的一句。

很奇怪，金铜仙人辞汉是汉代的事。如果长吉先生姓刘，是刘彻的王孙，因而为金铜仙人的被拆感到悲伤，这还可以理解。但是，李贺分明姓李，与汉朝毫无血统关系，何以偏偏要在诗序中摆谱，晒出自己“唐诸王孙”的头衔呢？

我从来未见过，诗人在创作时，会首先亮出高贵的谱系，来表明自己的身份的，只有李贺是例外。这是为什么？弄清楚这一点，对理解这首诗的含义，大有帮助。

李贺确是“唐诸王孙”，据《旧唐书》载：“李贺，字长吉，宗室郑王之后，父名晋肃，以是不应进士。”郑王，是唐代开国皇帝李渊之子李元懿，与唐太宗李世民是同辈的兄弟。所以，李贺可以堂而皇之，标明自己是“唐诸王孙”。不过，从李元懿被封为郑王开始，到李贺在公元790年出生时，差不多有百年之久，其间又经历过十二任皇帝的统治。说实在话，郑王的后裔和当政的皇帝，只不过是远亲，而且关系越来越疏远。所以，李贺的父亲并不受到重视，只在“边上从事”（《太平广记》），充当不三不四的角色。到李贺出生时，李晋肃更是家道中落了。

至于李贺，倒是很有才干的。据说他七岁能诗，名动京师，连韩愈、皇甫湜看到了他的作品，也惊讶不已，还“于缙绅之间，每加延誉，由此声华籍甚”(《剧谈录》)。作为文学青年的李贺，思路奇特，自命不凡。从他所写的二十三首《马诗》中，可以看出，他常以骏马自喻，像第四首说“此马非凡马，房星是本星；向前敲瘦骨，犹自带铜声”，那真是铮铮铁骨。第五首说，“大漠沙如雪，燕山月似钩；何当金络脑，快走踏清秋”，这分明期望能快马加鞭，获得成就。从这些诗作中，可以看出这血气方刚的年轻人，有着远大的理想和强烈的自信心。

然而，越有才华、越有抱负的人，也往往越容易遭人嫉妒。有人便以李贺的父亲名为晋肃，这“晋”字与进士的“进”字同音，犯了忌讳，便认为李贺不能报考进士科。这一招，等于斩断了李贺上升的官路。尽管韩愈“惜其才，为著讳辩录明之，然竟不成事”(《剧谈录》)。后来，他只能被推荐为奉礼郎，只能在这从九品亦即最低层的官阶上打滚，郁郁不欢地在长安待了三年。最后，到元和八年（813），他便辞职回到故乡昌谷。《金铜仙人辞汉歌》这首诗，正是他在回乡路上写的。

在归途上，李贺心情很不好，在《春归昌谷》一诗中，他说自己“思焦面如病，尝胆肠似绞”。他悲愤地吐露自己的心境和处境：“知非出柙虎，甘作藏雾豹”，“韩鸟处缯缴，湘鯈在笼罩”。他知道，处在受制约受束缚的牢笼中，即使他能力再大，也没法有施展的余地。他自嘲不是“出柙”的虎，只好甘心做隐藏在云雾里，不让人发现的豹。这里他所谓“甘作”，实际上是很不甘心，他起码认为自己是头凶猛的豹子，却受形势所迫，不能不豹隐而已。在有志不获骋，只能充当卑贱小吏的情况下，在中、晚唐最讲究身份门第的环境中，李贺便亮出自己的底牌，声明自己再倒霉，毕竟还是唐王朝的金枝玉叶，即使辞去了那食之无味的九品芝麻官，成为两袖清风的闲散人员，也不能被人轻觑。

更重要的是，李贺在诗序中，亮出自己属于李唐王朝的龙子龙孙的招牌，这和他选取金铜仙人辞汉这一传说作为创作题材，有很大的联系。那金铜仙人，原是汉武帝铸造的显示国家强盛的标志。后来曹魏篡汉，硬是要把金铜仙人搬到洛阳，“仙人临载，乃潸然泪下”。很清楚，魏明帝迁铜人确是事实，史有明文；而金铜仙人流泪，则纯属虚构。但金铜仙人被拆迁这事件的本身，正说明王朝兴亡的问题；金铜仙人流泪，正好表达出黍离之悲。

兴亡问题，在传统诗坛上，从来是诗人最关心的创作题材。“君子之泽，五世而斩”的历史规律，像噩梦般缠绕在人们的心头。在唐代，即使是国力鼎盛时期，李白登上凤凰台，也禁不住发出“吴宫花草埋幽径，晋代衣冠成古丘”的慨叹。到中、晚唐，面对山河零落，社会经济和封建体制破绽百出，当“内囊尽上来了”（《红楼梦》语）的时候，兴亡问题，备受关注，也往往是诗人们着笔最多的题材。白居易、刘禹锡、元稹诸人，无不发出思古之幽情，写出了不少动人肺腑、有关兴亡问题的诗章。

诗人抒写兴亡之感，或是直抒胸臆，或是通过记叙某一段史实，描绘某一处有代表性的景色，寄寓自己的感情。而李贺选择的，却是一个历史传说。他创作《金铜仙人辞汉歌》的旨趣，并不在于批判汉武帝求仙保命，而是为汉朝的灭亡感到伤悲。

金铜仙人，是汉朝在鼎盛时期铸建的。它被魏国拆迁，标志着曾经盛极一时的汉室，最终也宣告灭亡。显然，金铜仙人被拆被迁的事件，是汉朝灭亡的缩影。这历史细节的本身，联系着家国兴亡的大事。加以在传说中，还有金铜仙人竟然会流下眼泪的异象，这正是人们怀念前朝，内心痛苦，从而产生的想象。李贺选择了这近于虚妄的历史传说作为创作的题材，既使作品具有高度的概括性和象征性，又很适合他擅于发挥奇思妙想的创作个性。显然，即使就题材的选择而言，我们也可以看到李贺才华的一斑。

李贺这鬼才，面对着唐朝让他绝望的政局，面对着似乎摆弄出中兴模样，却又终日服食丹药，像汉武帝那样追求长生不老的唐宪宗，脑海中不禁出现了唐王朝灰飞烟灭的预感。因此，当离开长安东归时，行经洛阳，便写有《铜驼悲》一诗。诗中写道："客饮杯中酒，驼悲千万春。生世莫徒劳，风吹盘上烛。厌见桃株笑，铜驼夜来哭。"铜驼，也是在汉代铸造的，高九尺，安放在洛阳金马门外，是唐代人们经常聚集宴饮的地方。李贺预感到国事颓唐，眼前的好景，也将风流云散，这铜驼，也将有"夜来哭"的黍离之哀。

因此，当自命身份高贵，满怀壮志，最后却和金铜仙人一样，无可奈何地离开了长安的他，在回归家乡的路上，百感交集，便选取了金铜仙人不得不离开长安的传说，寄寓着他作为落魄王孙的心情，以及浓重的兴亡之感。他之所以要在诗序中，标明自己是"唐诸王孙"，正是表明他在写汉代衰亡寓言的时候，眼前出现的，是唐代政局一蹶不振的阴影。作为身上流淌着李唐宗室血液的王孙，有所预感，心怀隐忧，便不能不产生切肤之痛。

在唐代，诗人们还有以"汉"喻"唐"的习惯。像白居易说"汉皇重色思倾国"，亦即"唐皇重色思倾国"，这是唐代诗人们不言自明的共识。李贺面对这与汉代兴亡联系着的传说，表明自己的身份，分明是以“摆谱”的姿态，表明自己对待皇朝兴衰的立场。实际上，也暗喻作为与唐朝有着血统关系的他，面对着宪宗治下的社会和政经现状，忧心忡忡，认为有可能出现汉朝那样分崩离析的局面。

当我们了解到李贺之所以在诗序中，正儿八经地标明“唐诸王孙”所包含的复杂心态，那么，在《金铜仙人辞汉歌》的艺术构思上，许多隐晦难明的问题都可以迎刃而解了。

诗的第一句：“茂陵刘郎秋风客。”茂陵，是安葬汉武帝的陵寝。按传统惯例，人们把最高统治者的坟墓，尊称为陵。这里使用茂陵一词，指的是追求长生，却不免走向死亡的汉武帝。刘郎，就是汉武帝，他姓刘名彻，故曰刘郎；秋风客，指的也是汉武帝，因为他曾写过《秋风辞》，悲叹“欢乐极兮哀情多；少壮几时兮奈老何!”为人生易老，表示伤感。谁知道，他自己最终也成了秋风般的过客。李贺点出写过《秋风辞》的作者，人们也知道他说的是谁。

这句诗，似乎并不费解，但是，在一句七个字中，竟然重复使用同一个人的三种称谓，这不是让人觉得奇怪和累赘吗？对此，前人是有所注意的。黄周星认为：“徽号甚妙，使汉武闻之，亦当哑然失笑。”（《唐诗快》）至于到底妙在什么地方？黄周星没有说明，但称皇帝为郎，没上没下，确让人很难理解。王琦就对李贺的写法，不以为然了。他说：“以古之帝王而渺称之曰刘郎，又曰秋风客，亦是长吉欠理处。”（《李长吉歌诗汇解》）他认为李贺的写法，既重复，且欠妥。其实，只要仔细分析，便可以发现，这写法，正是李贺思路奇谲巧妙的地方。

这句诗，称汉武帝为茂陵，当然有对死者尊崇的意思；而称汉武帝为刘郎，则多少含有亲切的意味；至于说写过《秋风辞》的汉武帝，最终还是被玉皇大帝揪走，成为秋风之客，这又显得对一心一意追求长生的汉武帝，怀着几分同情和惋惜的情愫。李贺把三种称谓，排列在一起，融合为一句，这奇妙的写法，恰好表现出人们在汉武帝身上，纽结着又敬又爱又惋惜的复杂情感。

诗的第二句："夜闻马嘶晓无迹。"意思是说，晚上听到马嘶的声音，可是到了早上，看不到有任何的踪迹。这句话，似乎很容易懂。关于马嘶，大家也知道和汉武帝有关。这位皇帝老子十分爱马，据《史记·大宛传》载，汉武帝知道大宛国出产汗血宝马，便派李广利领兵索取，为此还打了几场硬仗哩！

但是，这句诗，没有主语，到底是谁听闻到马嘶？是谁发现早上不见有任何的蛛丝马迹？对此，人们又有不同的理解。据传说："甘泉宫恒自然有钟鼓声，候者时见从官卤簿等，似天子卫仪。"(《汉武故事》) 按此说，"夜闻马嘶"者，指的是长安的官民。但王琦却认为："谓其魂魄之灵，或于晦夜巡游，仗马嘶鸣，宛然如在，至晓则藏匿不见矣，何能令人畏服如生时耶?"(《李长吉诗歌汇解》) 这是说，那马嘶，是汉武帝的鬼魂自己听到的。还有学者认为，这是天上神马，迎接汉武帝仙去。如此等等，数百年众说纷纭，而人们都没有从李贺这诗整体的艺术构思中，来考虑谁"闻"的问题。

其实，就从诗题名为《金铜仙人辞汉歌》看，这诗明明是以金铜仙人为主体。在整首诗中，李贺也都把金铜人格化，把它看成有血有肉的活人。很明显，这"夜闻马嘶"，听到汉武帝的魂魄在夜中徘徊，晓来却不见其踪迹的人，正是那即将被拆迁的住户——金铜仙人。只有它才敢亲昵地用对美男子表示爱意的口吻，把神武的大帝刘彻称为“刘郎”。弄清楚这一点，连王琦说李贺在诗的第一句有“欠理处”的判断，也可以纠正。至于“夜闻马嘶”的意象，李贺在创作中，也曾使用过，在《夜坐吟》一诗中，他说“踏踏马蹄谁见过，眼看北斗直天河”。可见，他不过是把自己的情怀，融入金铜仙人之中，让它夜闻马嘶而已。

看来，在李贺的想象中，这金铜仙人，还具有女性的身份。这一点，我们在诗的第三句，可以感受到他这一创作的手法。

诗的第三句是：“画栏桂树悬秋香。”按照李贺在诗序中的叙述，他说“魏明帝青龙九年八月”，诏令拆迁铜仙。八月是秋天，也正是桂花开放的季节。问题是，在帝王的宫苑里，栽满奇花异草，为什么李贺却只突出了桂树，写在汉武帝宫苑的画栏里，依然充满着桂花的香气呢？这写法，大有深意。

我们发现，在李贺的诗作中，当写到女性形象的时候，诗人便往往以桂花陪伴着衬托着她们的出现。且举数例如下：

> 玉轮轧露湿团光，鸾佩相逢桂香陌。（《梦天》，写嫦娥出现）
>
> 翩联桂花坠秋月，孤鸾惊啼商丝发。（《李夫人》，写李夫人出现）
>
> 玉宫桂树花未落，仙妾采香垂佩缨。（《天上谣》，写仙女）
>
> 妾家住横塘，红纱满桂香。（《大堤曲》，写浣纱女性）

山头老桂吹古香，雌龙怨吟寒水光。(《帝子歌》，写女仙）

李贺把桂树、桂花、桂香，和女性联系起来，这是有道理的。传说月亮中有桂树，嫦娥住在种有桂树的月宫。由嫦娥而联想到仙女，因此，以桂树秋香，或表现或衬托诗中出现的人物形象，便让读者也很自然地触发对女性的联想。

从李贺写作的惯例看，在《金铜仙人辞汉歌》里，他让汉室宫苑的画栏桂树悬香，显然和衬托女性的形象有关。而且，在下文还出现“忆君”的词语。这一切，都说明他有意把金铜仙人视为女性。由此，也可以推知，为什么诗的第一句，会出现“刘郎”那样亲昵的称谓。弄清楚这一点，那么，李贺被人说用语“欠理”的地方，以及到底是谁“夜闻马嘶”的难题，都可以得到合理的解释。

我更看重的是，在这句诗里，李贺竟使用了“悬”字。他说在宫苑的画栏上，悬挂着秋天桂树的香气。

谁都知道，香，属气体，作用于嗅觉。若说“画栏桂树飘秋香”或“满秋香”，以“飘”“满”之类的动词，来呈现气体的存在，这是合适的。但李贺却用了只适用于视觉、作用于固体的动词：“悬”。这一来，及物动词性质不可思议的变化，让人震撼。它可以让读者强烈地感知，桂花的香气，竟像一匹布那样，悬挂在画栏上。于是，整个庭院，呈现为凝固、死静，像被幕布笼罩遮盖，纹风不动，却又依然散发着香气并且让人依恋的氛围。显然，李贺把嗅觉和视觉打通，充分调动和促进审美受体在大脑中处于不同位置的皮质细胞，相互沟通，碰击融合，从而强化对意象的感知。这种创作手法，正是后来钱锺书先生所说的“通感”。

跟着，“三十六宫土花碧”。据知汉朝帝王有离宫别馆三十六所，土花即苍苔。土花碧，是说青苔长得很好。李贺详列汉宫的数目，却略去汉宫中所有的一切，只突出翠碧的青苔。而青苔之所以长得好，是因为这里没有人迹，更没人管理。这等于说，汉朝所有的宫苑，剩下的，只有一片荒芜与空虚。

这第三、四两句，在李贺笔下，是写“夜闻马嘶”的金铜仙人，在天晓时，她眼中所见的宫中空寂和心中所感的情状。本来，这金铜仙人曾经看到的，是奢华热闹的宫苑，如今，只剩下一片凄清、空虚与荒芜，整个宫苑的气息凝固不动。虽然香还在，但人已空，四处像死一般寂静。

“魏官牵车指千里，东关酸风射眸子。”牵车，即辖车。那魏国的官员，管辖载着金铜仙人的车子，奔向千里以外的洛阳。洛阳在长安以东，金铜仙人也被乘载着、牵拉着，从东关出发，离开长安城。这“走千里”浩浩荡荡的动势，和上面表现宫苑空落凝固的氛围，构成强烈的反衬。

这时候，李贺转过笔锋，首先写金铜仙人在走出东关那一刻的感受。她觉得，东关的风，猛烈地迎面吹来，像箭一样射进了她的瞳孔。她感到那风的滋味是酸的，把她的眼珠刺激得特别酸痛。本来，风的本身，是没有气味的。当然，诗人也会以内心悲苦的感受，把风直接形容为“悲风”，像曹植在《野田黄雀行》，就说过“高树多悲风”。而李贺，却把风写成“酸风”，这风成为一股有滋味的腐蚀性气体，它直接把金铜仙人眼睛刺得酸疼。而眼的酸疼，又和她离开长安时内心的酸楚，连在一起，从而让读者更直接地感知金铜仙人的凄苦。加上李贺使用“射”字，以箭一般的尖锐强劲来表现酸风吹来的动势，这些极具刚性的词语，给读者以强烈的官能刺激，印象也特别深刻。

在传统诗歌的创作中，有些诗人很看重“炼字”。贺贻孙说道：“炼字如壁龙点睛，鳞甲飞动，一字之警，能使全句皆奇。”(《诗筏》)我们知道，诗中的“字”，实际上是诗人把眼中或心中的意象符号化。诗人在进行创作时，大脑皮质紧张活动，会有多种信息在记忆区域中闪烁。而哪一个符号更能恰切地表达意象，诗人需要经过一番选择、过滤、扬弃，最后确认。这过程，前人称之为“炼”。李贺在创作中，对“字”的运用是煞费苦心的，李维桢说他“只字片语，必新必奇，若古人所未经道，而实皆有据案，有原委”(《昌谷诗解序》)。像这句以“酸”形容风，以“射”描写风的尖利，以及上句以“悬”形容香的凝固，十分新奇，也很恰切，这就是李贺在“炼字”方面下足功夫，搜索枯肠，获得的让人猛然一振的结果。

紧接着的第七、八两句是：“空将汉月出宫门，忆君清泪如铅水。”这是李贺回过头来，写金铜仙人在被拆卸和被载出宫门时的情感。破晓时分，残月在天，她觉得自己徒然带着月色，离开了宫门。过去一切，不复存在，就只剩下眼前的月色。在这里，作者使用“汉月”一词，极为佳妙！按说，当金铜仙人被拆离开长安时，已进入曹魏时代。但是，在金铜仙人的眼里，这月亮，依然是在汉武帝时，陪伴着她用铜盘承接露水的“汉月”。历史无情，时代过去，而月亮还是过去的月亮。李贺特意把月亮形容为“汉月”，这既写出了金铜仙人对故国的依恋，也寄寓着他自己对世事沧桑的感慨。随即，诗人直接让铜人表示，她忆念汉武，滴下了铅水般的两行清泪。有意思的是，她携带着的盘，原用于向上承接露水，而现在，携盘独出的她，则是滴下铅一般的泪水。上无露水，下滴泪水，两者比衬，益增忉怛。于是，金铜仙人沉重凄婉的心情，以及李贺对历史沉重的思考，也随着铅一样沉重的泪水，传达到读者的心中。谁都知道，金铜仙人不过是一个巨大的物件，它并无知觉，但李贺把它人化，甚至女性化，让无情物变成有情人。那么，作为有情人的诗人，他内心的沉重与痛楚，便渗在金铜仙人的泪水中。

下面，李贺写金铜仙人被拖出了东关，走在咸阳道上。“衰兰送客咸阳道，天若有情天亦老。”兰花，也是女性比喻。这时候，金铜仙人看到曾经和她在一起，如今也变得衰老的伙伴，在路旁给她送别。作者下一“客”字，意味深长。旧时“本是同巢燕”，想当初，金铜仙人和伙伴们在一起，同属汉宫的主人。现在，她不得不离开，反被视为客人了。这身份的陡然变化，给了她强烈的刺激，让她伤心到极点，而李贺正选择这一关键的时刻，写下了震古烁今的一句：“天若有情天亦老。”从而让整首诗表现的悲怆情绪，到达高潮。

李贺明明知道，苍天是没有感情的客观存在，它根本不管人间冷暖。但是，他进一步推想，竟让金铜仙人悲苦地吐露心声。她仰视苍穹，感到天际茫茫漠漠，于是发出悲凉的感叹，她觉得，如果苍天有思想，有情感，看到她那悲苦遭遇的历程，也会惊心骇目，风云变色，连容颜也显得衰老。当然，李贺这异想天开的推想，实在不可思议，但展现的感伤和失落之情，强烈到极点。同时，李贺把“老”字这表现有生命物体的词语，用于亘古不变的天，这奇特的思路，不能不让人拍案叫绝，以至于后来毛泽东主席在诗作中，便直接搬用了这一名句。

在到达情绪的高潮后，李贺便把笔调放缓，写金铜仙人离开了长安，渐行渐远的心境和情况。诗的最后两句是："携盘独出月荒凉，渭城已远波声小。"就艺术构思而言，李贺又一次点出"盘"和"月"。他着意点明，金铜仙人独自上路，可是一直携带着用以承露的铜盘。那月亮，是过去夜夜陪伴着她，现在依然跟着她走在路上的月亮。在旷野中，月色荒凉，这也是她心境荒凉的写照。这细节的处理，细腻地透露出她对故国和汉武帝默默的深情。这时候，诗人写她知道离开了长安，渐行渐远，渭水奔流的波声，也就越来越小了。这收束的一句，李贺从金铜仙人的听觉着眼，写她舍不得离开，又不得不离开，一路上想念长安的心态。其写法，就像音乐家创作一首乐曲，在作为尾声的乐句中，让节奏延长，旋律下行，乐音越来越弱，于是余音袅袅，收到了语不尽而意无穷的艺术效果。

杜牧在为李贺诗写的序文中说："鲸呿鳌掷，牛鬼蛇神，不足为其虚荒诞幻也。盖《骚》之苗裔，理虽不及，辞或过之。《骚》有感怨刺怼，言及君臣理乱，时有以激发人意。乃贺所为，得无有是。"我认为，杜牧这番话，是对李贺诗歌的思想内容和艺术风格最为准确的评价。

在《金铜仙人辞汉歌》中可以看到，李贺选择并利用了一个虚幻荒诞的历史传说，这金铜仙人的形象，也属牛鬼蛇神一类。而在这传说中，他又只撮取金铜仙人在某个早上离开汉宫的一个片段，通过细腻的叙述，寄寓着非常复杂的情感。这既包含着浓重的历史沧桑感，又渗透着作为李唐后裔的李贺，对中晚唐危机四伏、败象已呈的忧思，更混合着李贺自己怀才不遇，身心颓毁的悲伤。他不是也和金铜仙人一样，满怀忧愤伤感而又无可奈何的情绪，不得不离开长安，东去洛阳吗？这种种感情，交织在一起，便萌发为离奇古怪的幻想，写出了这首让人惊叹的诗章。

可以说，李贺的创作，确是继承屈原磊落不屈、“感怨刺怼”的传统，而在诗作中，又表现为特有的怨郁凄艳的个性。沈德潜也说，李贺的诗，“依约楚辞，而意取幽奥，辞取环奇”（《唐诗别裁》）。就这首《金铜仙人辞汉歌》而言，李贺取材于一个光怪陆离的传说，把一件无知无觉的物件，写成一个感情细腻的灵魂，遣词用句，变化莫测。神奇的想象和幽深典奥的意韵，确实和楚辞一样，贯注着作者对历史、对现实，以及对个人命运的满腹牢骚。在《金铜仙人辞汉歌》中，金铜仙人默默地离开长安的心态，也正是李贺带着复杂的心情，辞去奉礼郎之职东去洛阳的写照。换言之，这金铜仙人，甚至可以视为李贺的象征。

李贺的诗歌，在艺术构思以及在遣词用句方面，都独具一格。如果用司空图把诗歌风格区分为二十四品的做法，透视李贺诗歌创作的风格，他应列入“悲慨品”一类。《诗品》对“悲慨品”的定义是“大风卷水，林木为摧”，这是说，作者个人的命运，像遭遇狂风摧毁一样，十分悲苦。但是，他并非只为自己叹老嗟贫，而是心怀家国，考虑的是“大道日丧，若为雄材？”正由于雄才无法施展，便使得“壮士拂剑，浩然弥哀”。从李贺一些名作，像《雁门太守行》《老夫采玉歌》，以及这首《金铜仙人辞汉歌》等诗作中，我们都可看到他面对“大道日丧”的中唐政局，抒发悲凉的心声，这属于李贺作品风格的主要方面。然而，他的诗作，意象的美艳与悲慨又融在一起，他既喜欢采撷色彩斑斓的华美辞藻，又常使用鬼、泣、血、死等字眼，形成悲慨与艳丽矛盾统一的诗风。显然，李贺毕竟是年轻人，即使在失望中，对生活、生命难免还有所期许，也还力图在现实中看到美，或者力求以艳丽的色彩，装饰他不愿看到的现实。这就是他在诗歌中大胆运用奇妙的想象力，并且在遣词用句中，出现金、香、琼瑶、凤凰之类美丽辞藻的另一原因。矛盾心态的混合，让李贺的诗作表现出独特的个性。王世贞说："李长吉师心，故尔作怪。"(《艺苑卮言》)他也看到了李贺复杂的心态和创作风格的关系。

在中唐，韩愈在文学创作方面，反对淫靡骈俪之风，提出了"唯陈言务去"的主张。这反映了在封建专制政权危机重重的情况下，文坛上出现了一股希望革新，要求冲破思想牢笼的思潮。在诗坛上，追求创作个性化，也是许多诗人普遍的愿望。于是，有人走奇险一路，有人走通俗一格，所谓"郊寒岛瘦""元轻白俗"，正是中、晚唐诗人追求创作个性化，在诗坛上异彩纷呈的体现。李商隐曾说，李贺常常骑着驴，带着幼仆，背着破囊，一边走，一边思考，每每想到好的句子，便投进囊中。晚上回家，便把诗句串联成篇，以致让他母亲十分担心，说"是儿要当呕出心乃已尔!"(《李长吉小传》)可见，李贺在诗歌创作上苦心孤诣，刻意求新，作诡谲之辞，发奇幻之想，以华美艳丽之句，藏哀愤孤激之思，从而在诗歌发展史上，获得一席重要的地位。当然，人们对他的做法，有褒有贬。但我更注意的是，像李贺这类带有极端性诗风的出现，说明中、晚唐时期的传统诗坛，在追求人性化、个性化的道路上，有人走得很远。

说杜牧《山行》

远上寒山石径斜，白云生处有人家；
停车坐爱枫林晚，霜叶红于二月花。

在我国，凡是读过《古文观止》的人，都会对其中收入的《阿房宫赋》一文，叹为观止。它开头四句：“六王毕，四海一。蜀山兀，阿房出。”吐气如虹，震古烁今。在铺排阿房宫的壮丽和揭露秦始皇的荒淫奢侈之后，该文结尾提出“族秦者，秦也，非天下也!”“秦人不暇自哀而后人哀之，后人哀之而不鉴之，亦使后人而复哀后人也!”这一番议论，力透纸背，让人怵惕，发人深省。而这名传千古的文章，原来出于当年只有二十三岁的杜牧之手，让您不能不相信，文坛上果真有横空出世的天才！

杜牧不仅文章写得好，而且，诗歌创作也绝佳。在诗坛上，人们常把“诗圣”杜甫和他列在一起，称之为“大杜小杜”。这并非由于杜牧占了与杜甫同姓的便宜，而是因为他的诗作，确实达到了很高的水平。他倾慕杜甫，也写过一些关心人民疾苦、批判社会窳败的诗章。但若就创作的风格而言，他和杜甫相距很远，倒是和具有浪漫精神的“诗仙”李白颇有接近的地方。正如管世铭所说：“杜紫微（牧）天才横逸，有太白之风。”（《读雪山房唐诗序例》）但李白的诗，写得豪迈天纵；杜牧的诗，则写得英气逼人。李白的诗，可以浮想联翩，升天入海；杜牧的诗，则脚踏实地，气韵俊爽，却又想象奇崛，能发人之所未发。刘熙载说：“其诗雄姿英发，细读杜牧，人如其诗，个性张扬，如鹤舞长空，俊朗飘逸。”（《艺概》）特别是，在晚唐诗风淫靡的大环境中，杜牧独树一帜，更让历代的读者刮目相看。就对诗歌体裁的掌握而言，杜牧以绝句写得最好，上引的《山行》，正是他所写的七绝中，至为脍炙人口的一篇。

《山行》是一首描写秋山景物的风景诗。怎样写风景诗，这是值得人们仔细研究的问题。

我们知道，缘情而发，是诗词创作的本质。感情是主观的，这就是所谓“情由心生”。但感情的产生，又和客观事物联系在一起，是客观事物，触动了人的生理和心理机制，即所谓“触景生情”。而当作者需要通过诗词这种特定的文学体裁，或是抒发感情，或是阐发理念时，最有效的办法，是将事物具体的形象，摄入眼帘，进入大脑，把情、理和作为审美客体的景物，结合起来，这才有助于审美受体对审美主体的认知。否则，作者抒发的情，会显得空洞无物，成为概念化的抽象口号，成为魏晋时代那样枯燥无味的“玄言诗”、和尚诗。

为此，我国古代的评论家提醒诗人，要注意把心中的感情，与眼中所见的景象，融为一体，亦即所谓“情景交融”，这是在创作中，作者的主观世界如何与客观世界融会贯通的问题。景物，固然是客观的存在，当诗人要在创作中描写在生活里看到的景物时，也必须贯注着自己对景物的态度和感情，才有可能取得感动读者的效果。同时，他所描写的景物，也应该是具体的，是读者可以感受得到的动作或形象，否则也不可能收到情景交融的效果。

关于风景诗如何创作的问题，王昌龄在《诗格》中早就说过："事须景与意相兼始好。"后来，宋代词人姜夔在《白石道人诗说》中也说要"意中有景，景中有意"。明代的诗论家谢榛，在《四溟诗话》中说得更明确："夫情景相触而成诗，此作家之常也。"谢榛所谓"作家之常"，说明这应是常识性的问题。话虽如此，却并非每个诗人都充分注意。翻开历代诗人的作品，为写景而写景的现象，所在多有。

杜牧的《山行》，写的全是景，但又全是情的透露。下面，我们且看看杜牧是如何在描写风景中抒发自己的感情的。

杜牧的《山行》，短短四句，写的无非是作为驴友，在山上行走时看到的景色。从诗中出现"枫林""霜叶"等词看，可知他写的是秋天的山景。在我的家乡广东，现在就只有旱季和雨季。一年之中，春夏秋冬，四季之分，并不明显。可是，在广东以北，情况便不同了。在秋天，天气凄清肃杀，所以宋玉悲秋，开口便说："悲哉，秋之为气也!"贾岛的《忆江上吴处士》说："秋风吹渭水，落叶满长安。"人们还传诵"秋风秋雨愁煞人"的诗句。总之，秋天给人的印象是冷落寂寥的。

看来，杜牧对秋天的态度，和许多人不同。他曾说："溪光初透彻，秋色正清华。"（《题白蘋洲》）他的另一首名篇《九日齐山登高》，首句即说“江涵秋影雁初飞”，把秋天写得如此明静美好。看来，他对临近寒冬的秋天，倒是一直充满喜爱之情的。所以，《山行》写的，便是完全与别人不同的秋山之景。

《山行》的第一句“远上寒山石径斜”，他提到山，提到石径，便直接点明“山行”之题。“远上”是说山路的绵长，也等于说这山在遥远幽深之处，倒未必是形容山势的高峻。他以平顺的口吻，道出“远上”两字，可见更多是从遥望、遥远的方面落墨。至于诗人是否要到这遥远的山里去，或者只是在路上看到远山的景象，这并不重要。他只是要给读者一幅全局性的阔大画面。

“寒山”，是指秋天的山。这时候，远远的山，有寒意了。不过，杜牧下“寒山”一语，并不是指山的荒凉。确实，在秋天的山上，有些树木已经落叶，但像松柏之类的树木，却显得更加苍翠。这里杜牧点出一个“寒”字，而不说“远上苍山”，是因为苍山一语，无论在什么时候，对表现山色都是适用的。而“寒山”，是特地点出了有秋意的山，它和下面“晚”“霜”“枫林”都产生联系。并且，山也无所谓“寒”或“暖”的问题，作者把人对秋天的感受，融进山景，也让读者体悟到那远山呈现出的凉风飒飒、疏淡空灵的韵味。

“石径斜”，石径，指这山路是铺上石块的道路，而不是一般的黄泥小路，它没有飞扬的尘土。那白色的石路，静静地躺着，显得洁净舒适。“斜”，写的是路的姿态，它弯弯斜斜而又平缓地进入深山。在这里，诗人强调石径的斜，和山行的状态相呼应，也表明这里的山势平缓地向上，并不高峻险恶，所以还能够行车。

“白云生处有人家”，有的版本，“生处”作“深处”。在无法确定哪一种版本先出的情况下，我认为这里用“生”字，更具神韵。

要知道，凡有白云升起的地方，一定是在山的深处，所以，“白云生处”，实际上已含有“白云深处”的意味。而且，生是动词，白云在山的深处，冉冉升起，整个画面便呈现动感。

在我国，画家们常会用断云横岭的技法，如果他们画深山、高山，只要在山腰或山谷处留下空白，观者自然会联想到这里有云，联想到山岭的高峻或幽深。当然，在画面上留下的那片空白，纯属虚写，却能让观众“看”到云的实体。传统诗词的写作手法，与画理相通。王维在诗里说“白云回望合，青霭入看无”（《终南山》），“江流天地外，山色有无中”（《汉江临眺》），也都是以虚写的云，来表现山的深远。杜牧说山的深处，生起白云，同样是以虚写的手法，留出空间，让读者自己想象。

“有人家”，则说明这山，并非荒山，它与第一句“石径”，也有所联系。有石径，说明山上有人家来往。既有人走的路，又有人家，这山便有人气，有生意，并非一片死寂。可见，这一片秋山，是幽远而不是荒凉的好去处。

以上两句，是诗人在山行中看到的远景，它写得很自然，很平顺流畅，却也没有什么独特之处。如果就这样顺顺溜溜地写下去，很难说它有什么出色之处。但当出现了第三句，就完全不一样了。

在过去，评论家很重视绝句的转折问题，一般来说，转折从第三句开始。元代的杨载说：“绝句之法，要婉曲回环，删芜就简，句绝而意不绝，多以第三句为主，而第四句发之。”他又说：

“婉转变化工夫，全在第三句，若于此处转变得好，则第四句如顺流之舟矣。”(《诗法家数》) 这是有道理的。因为绝句篇幅短小，只宜集中表现一事一物。作者对事物的观察，有一个由浅入深、由此及彼的过程。因此，绝句呈示的意象，也应是流动的、发展变化的。只有如此，才能让读者感受到它是否具有丰富的内涵。

一般来说，绝句往往包括两组意象。第一、二句属一组，第三、四句另属一组。意象与意象之间，就有如何联系又如何变化的问题。人们注意到，评论家所说绝句的第三句需要转折，是针对意象之间的关系而提出的处理方法。它既要与第一组意象有所联系，如果没有联系，便互相割裂；又要有所变化，如果没有变化，就没有发展，就会杂沓雷同。因此，绝句的第三句，往往是作品成败的关键。人们常说，事物的发展，有“起、承、转、合”的几个阶段，亦即有矛盾的开始，矛盾的发展，矛盾的变化，矛盾的结束。绝句的第三句，刚好处在矛盾变化的重要阶段，因而它十分重要。显然，前人对文学作品结构的认识，是符合事物矛盾发展的辩证过程的。

杜牧《山行》的第三句，正处于全诗转折的环节。首先，在上两句，杜牧写他是要“远上寒山”的，而在第三句，他却要“停车”。这说明他这位旅行者，是坐着车子行进的。前面所写的景色，是他在车子上，一边走，一边看到的。可是，眼前出现了一片枫林，他觉得山景太美了，不忍离开，于是停下了车子。这语势，分明是随着诗人行动的变化，忽然转折的。

跟着是“坐爱”。许多人把“坐”，理解为“因”或“由于”的意思。“坐爱”，等于说由于喜爱。这说法，把“坐”作连接词用，当然是可以的，这也是通行的解读。

不过，我觉得，“坐”，是否更可以视为诗人把它作动词用。它说明这位旅行者在停车后，不是站看风景，也不是在路边徘徊观看，而是索性坐了下来，舒舒服服地欣赏枫叶。紧接着，诗人又下一“爱”字，表明他并非走累了，需要休息，而是由于十分喜爱这里的景色。此说如能成立，那么，这一句诗的节奏，便成为“停车坐|爱枫林晚”。“坐”和“爱”，都是动词。

如果把“坐”作连接词用，我总觉得颇为生涩。若按此说，杜牧在这一句，完全可以写为“停车因爱枫林晚”，或“停车为爱”“停车特爱”之类，怎么会使用“坐爱”一词？当然，乐府《陌上桑》，也出现过“来归相怨怒，但坐观罗敷”的句子。这里的“坐”字，固然可作“因”解，更可以作“怪罪”“坐罪”解。若作后者，这“坐”字便不是连接词，而是动词了。因此，我认为，“停车坐爱”的“坐”和“爱”，均是动词，应是可以理解的。

当然，一般来说，七言诗的句式，多采用前四后三的节奏。如果把“坐”作为动词，句子的节奏，便变为前三后四，即把“停车坐爱|枫林晚”，变为“停车坐|爱枫林晚”了。这有点拗口，不过，杜牧常会有意做出不理会格律的写法。沈德潜说：“晚唐诗多柔靡，牧之以拗峭矫之。”（《唐诗别裁》）杨慎也说杜牧“于律诗中特寓拗峭，以矫时弊”（《升庵诗话》）。确实，像杜牧的名篇《九日齐山登高》的第七句，“古往今来只如此”，像《早雁》的第七句“莫厌潇湘少人处”，其中“来”与“如”，“湘”与“人”，平仄俱不合律。难道杜牧不谙声律？当然不是，这只是他有意让句子变换节奏，让作品的韵味显得“拗峭”。我认为，在《山行》的第三句，他把“坐”与“爱”都作动词用，

既是以“停车”“坐”“爱”这三个连续动作，突出表现他对景色的强烈兴趣，也是在第三句这作为转折的关口，突然改变语言节奏。它就像是作曲家处理一首乐曲，在每小节以四拍子流畅地进行的时候，忽然变奏，转为每小节三拍子，从而收到拗峭变化的艺术效果。

杜牧喜爱这里什么样的景色呢？这句的后三字的回应是：“枫林晚。”

请注意，“枫林晚”三字，也包含了三层意思。首先，他爱的是枫树。枫树不同于其他的树，到了秋天，树叶便会发红。其次，诗人强调他爱的是“枫林”。独木不成林，他看到山上的枫树，连成一大片。这气势，真可谓万山红遍，层林尽染，远非只是看到一株半株的树木可比。再次，他所说的“晚”，指的当然是傍晚，否则，这里只是黑漆一片，也无所谓看到枫林或者是别的树林的问题。而在傍晚，夕阳斜照，或者是红霞如火，这时，阳光照到红色的枫林里，便显得愈加美丽。同时，强调“晚”，也表明了他对这里景色喜爱的程度。因为傍晚山行，原该是快点赶路的，可是诗人偏偏停车坐下，忘了时间，不舍离开。可见，这句诗的七个字，包含了几层意思，既简练，又丰满。

不过，这前面的三句，虽然流畅自然中又有拗峭，也只是叙出“山行”的过程。如果没有第四句，那么，这诗的意味，也还是只属一般。而当有了第四句“霜叶红于二月花”，整首诗境界全出。

在这句，诗人说“红于”，不同于说“红如”。它是说：这一片枫林，比二月的红花，更红、更美。按说，二月的红花，已经是够美的了，白居易就说过“日出江花红胜火”。为什么杜牧竟说秋天经霜的枫叶比二月的花更红更美？那是春花，只一朵几朵的红，而枫林，则是红成一片，连整个秋山，也显得红彤彤。这壮丽非常的景色，让观者魂为之夺。

但是，我们更要注意杜牧下“霜叶”二字。他强调，这枫叶是经过了风霜，才变红的。霜气愈冷，它便愈红。它不像春花那样娇嫩，经不起风吹雨打，它比二月的春花，更具强大的生命力。在诗人的眼前，那枫林红得鲜亮，红得顽强，红得让他心情振奋和舒畅。

有了这最后非常鲜丽一句，前面三句写白色的石径，白云袅绕，以及山上小屋，夕阳斜照，便成了秋山的背景和底色，它们起了衬托出枫林像火一般红的作用。于是，这景色，红白相映，有主有从，让读者更感觉到秋山的枫林，美不胜收，也看到了作者“山行”的乐趣，以及他特有的兴奋心境。

就这首诗的艺术构思来看，杜牧的眼睛，好像在拍摄电影。诗的第一句，他首先以全景给远山拍了一个逐步推进的空镜头；第二句，镜头横移，变为全景的逐步后退的空镜头；第三句，镜头忽然推前，出现了有人物在枫林前面活动的中景；紧接着的第四句，摄像机进一步推进，镜头对着红彤彤的枫叶，拍了一幅大特写。于是，杜牧在山行时所见的景物，便全部收入流畅而又跌宕的镜头中。

毫无疑问，《山行》写的全是风景，但是，作者选取什么角度看风景，看到的是什么样的风景，必然和他内心的感情有关。杜牧喜爱的，不是一般的枫林，而是在秋天，经过“霜”的洗礼，那叶子变得更红更美的漫山遍野的枫叶。实际上，这又是他的人生态度的映射：他的命运经历风霜，但他并不气馁，反而更加昂扬，以顽强的精神让自己变得辉煌艳丽。他赞美霜叶，也是他以乐观主义态度对待生命的表现。所以，刘永济先生说："霜叶胜花，常人所不易道出者。一经诗人道出，便留传千口矣。"（《唐人绝句精华》）有了这一句，整首诗，便意态飞动，让人精神一振。

老实说，黄昏时分，景色黯淡，很容易触发人们惆怅迷惘的情绪，所以李商隐叹息"夕阳无限好"，可惜"只是近黄昏"。他还写道："秋阴不散霜飞晚，留得孤荷听雨声。"（《宿洛氏亭》）李商隐笔下的秋天，是一片凄清的景象。又像宋代词人秦观，写黄昏时，便说"斜阳外，寒鸦数点，流水绕孤村"（《满庭芳》）。元代的散曲家马致远，更写过《天净沙·秋思》："枯藤老树昏鸦，小桥流水人家，古道西风瘦马，夕阳西下，断肠人在天涯。"他们同样都把秋天黄昏的景色，写得凄迷欲绝。如果把杜牧的《山行》和秦观等人的诗词作一比较，那么，无论从杜牧取景的角度，还是从他所写的秋天黄昏的画面，都可以看到他这首诗，贯穿着爽朗豪俊的韵味。这一点，清代黄叔灿所辑的《唐诗笺注》提到："'霜叶红于二月花'，真名句。诗写山行，景色幽邃，而致也豪荡。"所谓"致"，就是志趣、感情的问题。不错，杜牧写的是一首风景诗，但又贯注着他自己对生活特有的认识和情感，它确是一首情景交融的风景诗。

秋天，和春天的天气相比，确实是肃杀的，杜牧不也是把秋山说为"寒山"吗？枫林，是灿烂的，这也是事实。但是，秋天和春天，红花和红枫，各有各的美，各有各的红，为什么杜牧却强调经霜的枫林，比春天的红花更红，表示他更喜爱冷风中的枫林呢？这就牵涉到诗人创作的主观情感以及晚唐诗风等一系列问题。

公元803年，杜牧出生在仕宦之家，祖父杜佑，曾任宰相。出身条件的优越，让他饱读诗书，才华出众。在儒家思想的影响下，“老杜”有过“致君尧舜上，再使风俗淳”的梦想；而“小杜”，也发过宏愿：“平生五色线，愿补舜衣裳。”（《郡斋独酌》）他知道时局败坏，所以期待发挥自己“补天”的本事。的确，他也不同于一般只会舞文弄墨的骚客，在年轻的时候，他便继承杜佑的政治才能，喜欢论政谈兵，写过《罪言》《守论》《战论》等策论，还专门研究兵法，注释《孙子》十三篇。他认识到枪杆子和政权的关系，“信知为国家者，兵最为大”（《注孙子序》）。从《阿房宫赋》里，人们便可窥见他目光的远大深刻。在和藩镇展开斗争时，他曾给李德裕提出过战斗的策略。据《旧唐书·杜牧传》载：“牧上宰相书论兵事……李德裕称之。”所以，《唐摭言》也记录了吴武陵对杜牧的评价，说他是“真王佐才”，不同凡响。

唐宪宗时，中央政权在平息藩镇分裂势力的斗争中，取得了几场胜利，不少人看不到唐王朝江河日下的实质，便对政局有所期待，以为还会出现“中兴”的态势。据晁公武评说：“牧善属文，刚直有奇节，敢论列大事，指陈利病。”（《郡斋读书志》）在这一阶段，杜牧在政治机构中，受到上峰的重视。因此，这英年才俊，也被一些假象冲昏了头脑，对政局以及自己的政治前途充满乐观的情绪。发而为诗，便让人感受到他贯注着一股俊爽和奔放的气息。敖陶孙在《曜翁诗评》说：“杜牧诗如铜丸走坂，骏马注坡。”像《山行》一诗，就表现出在跌宕中而又一气呵成的妙境。

杜牧恃才傲物，性情开朗，在四十一岁时，被牛李党争牵连，受到贬谪，但他对自己在政治上的失败并不介怀，竟还写出“忽发狂言惊四座，两行红粉一时回”“十年一觉扬州梦，赢得青楼薄幸名”等诗句，显得风流浪荡，潇洒不羁，依然对生活充满豪放乐观的情绪。在《山行》中，他认为秋山上经历过风霜的枫叶，比春花更红更美，更让他陶醉，也透露出经历过艰辛生活的他，并没有叹老嗟贫，而对前景依然有所憧憬的人生态度。

杜牧的思想是复杂的，他既有被现实假象迷惑的一面，寄希望于唐室中兴；但更多的时候对世风日下的现象有清醒的认识。他发出过“商女不知亡国恨，隔江犹唱《后庭花》”的悲叹，希望改变社会日趋沉沦的风气，以及诗坛淫靡浮华的创作倾向。赵翼说：“杜牧之作诗，恐流于平弱，故措词必拗峭，立意必奇辟，多作翻案语，无一平正者。”（《瓯北诗话》）这判断是准确的。杜牧的诗歌，往往有意改变人们对事物的认识，立意求变求新；在韵律节奏的运用上，在平顺流畅中又有意出现奇拗的和弦，因而让作品显得奇峭不凡，虎虎生风。

在诗歌创作的立意方面，他经常出人意料，出奇制胜，像写项羽的失败，便一反人们对“楚汉之争”的看法，竟然说“江东子弟多才俊，卷土重来未可知”（《题乌江亭》）。又如说“东风不与周郎便，铜雀春深锁二乔”（《赤壁》），完全颠覆了人们在赤壁之战中对周瑜的评价。这些奇特的翻案性的作品，正是他立意奇特拗峭的表现。我们说过，《山行》一诗，写到秋枫和春花。这两者，本来是各有各的美，而杜牧不惜先以平顺的笔调写秋山的景物，继而笔锋忽转，出人意料地强调霜叶的美，让它压倒了春花。这种种表现，正是杜牧在晚唐诗坛普遍渐趋平庸堕落的风气中，以奇拗的具有创新性的立意，力图匡正时弊，扭转乾坤。

在唐代，韩愈等人极力鼓吹儒家思想，这股思潮，也逐步占据统治地位。不过，即使是韩愈自己，包括深受他思想影响的杜牧，无一不在诗歌创作上，出现追求个性化的意图。这种种表现，也折射出即使是在封建礼教的统治下，有些人的头脑像花岗石般顽硬，但在顽石的缝隙中，依然会萌生出横枝野草。因此，诗坛上出现追求创作个性化的倾向，实质上也是当时人们思想感情矛盾复杂的表现，是在专制压抑的环境中，一些诗人对人性追求的折射。因此，在晚唐诗坛普遍萎靡的情况下，杜牧俊爽而又拗峭的诗风脱颖而出，那正像在夕阳西下时，出现了一缕回光返照。

说李商隐《锦瑟》

锦瑟无端五十弦，一弦一柱思华年；
庄生晓梦迷蝴蝶，望帝春心托杜鹃。
沧海月明珠有泪，蓝田日暖玉生烟；
此情可待成追忆，只是当时已惘然。

上引李商隐的《锦瑟》，备受喜爱，却十分费解。金人元好问说："望帝春心托杜鹃，佳人锦瑟怨华年；诗家总爱西昆好，只恨无人作郑笺。"（《论诗三十首（其十二）》）清代王士禛也说"一篇锦瑟解人难"（《论诗绝句》）。这两人的看法，一直被评论者广泛引用。

其实，元好问的话，说得不妥。怎么是无人去作笺释呢？早在宋代，黄朝英就有这样的记录：东坡引《古今乐志》，云"锦瑟之为乐器也，其弦五十，其柱如之，其声也适、怨、清、和"（《缃素杂记》）。按照苏东坡的说法，《锦瑟》这诗，是李商隐描写锦瑟传达感情，中间四句，是表现琴音具有“适、怨、清、和”四种韵味的，这不就是“笺”了吗？后来，“作郑笺”者，比比皆是。

倒是王士禛说对了，这首《锦瑟》，确属“解人难”，因为许多人对它理不清楚，说不明白。有人说，这是一首李商隐怀念亡妻的诗，因为“瑟”这种乐器，只有二十五根弦。李商隐说是有“五十弦”，分明是把二十五根弦，拦腰弄为两半，成为断弦。而“断弦”，是丧妻的代词，所以说这是“悼亡诗”。有人说，李商隐和多个女性感情暧昧，传说他还爱上了令狐楚的侍妾，名字就叫锦瑟，却又不能如愿，因此这是一首欲说还休的爱情诗。有人说这是有所寄托的政治诗，说其第三、四句，是影射死去的唐文宗、唐武宗，第五、六句是暗喻李德裕的被贬，等等。还有人说这是他感怀身世的诗。更有人说它什么都不是，就只是一首让人觉得很美的诗。“虽然在理性上难以说明，可是在感情上是可以感动你的。”有人还搬出了梁启超的见解：“义山的《锦瑟》《碧城》《圣女祠》等诗，讲的什么事，我理会不着。拆开一句一句叫我解释，我连文义也解不出来。但我觉得他美，读起来令我在精神上得一种新鲜的愉快。须知美是多方面的，美是含有神秘性的。”（《中国韵文内所表现的情感》）梁启超是大学问家，岂有解不出之理？只是他忙于政治活动和各方面著述，对一些诗作未下功夫深究而已。倒是黄叔灿说，“此义山年登五十，追溯平生而作也”（《唐诗笺注》），似比较接近作者的原意。

文学作品包括诗歌，其内容所包含的理性，确实难以说明，但它不可能没有理性。否则，人们只觉它音调、文句很美，便认为是杰作，那么，读这些作品，岂不是等同咀嚼毫无养分的“口香糖”那样，只为了过过一时的口瘾吗？当然，这样的作品，也多得是，但它们绝不是像《锦瑟》那样能够脍炙人口、耐人寻味的杰作。

在诗坛上，确有些作品，人们历来推崇，却往往不得其解，弄不清诗人的内心世界，不知道诗中的奥妙，不知道诗人如何运用艺术技巧。究其原因，是人们没有掌握诗中蕴含的美学密码。这密码，是揭示真相的钥匙，是破解假象的关键。我认为，“知人论世”，正是了解和鉴赏文艺作品的门径。

当然，有些文艺作品，可能是作者或随意顺手，胡乱落笔，或闭目按指，敲拨琴弦，连他自己也不知道要表达些什么，只觉得好看、好听，这就够了。其实，在“无意识”的后面，总和作者个人的生活经历，以及和时代、社会的某些潮流，有千丝万缕的关系。作者很可能毫不自觉，却潜藏流动在他的灵魂深处。这一切，可能是毫无影迹，却又起着牵动作者走笔飞采，或者寻宫数调的作用。所谓“无意识”云云，不也是一种看不见摸不着的“意识”吗？所谓“唯美”的主张，不也是特定时代和特定作者生活态度的折射吗？

《锦瑟》这首诗的创作旨趣以及创作技巧，和李商隐所处的时代、诗坛风气、生活经历，有着密切的关系。我们知道，李商隐是晚唐时代的诗人，约生于公元813年。他在《登乐游原》中写道：“向晚意不适，驱车登古原；夕阳无限好，只是近黄昏。”这非常概括地表现出晚唐整个时代日落西山的颓势，也吐露了他自己“意不适”亦即惋惜和迷惘的心境。据知他很有才华，受到大官令狐楚的赏识。离开令狐楚后，他投靠了另一高官王茂元，也被重用，王茂元还把女儿嫁给了他，夫妻间感情很好，可惜王氏早逝。至于王茂元，与令狐楚政见不同。王茂元死后，李商隐便失去靠山。当时，不少人妒忌李商隐的才华，认为他最初受令狐楚家族之恩，却又投身于王茂元，显得忘恩负义，品德不端。人们便冷落他，只让他做些品级较低的闲职。

在中、晚唐，官场上有所谓“牛李党争”，即分别以牛僧孺和李德裕为首的派系斗争。做过李商隐靠山的令狐楚与王茂元，是分属牛党和李党的重要人物。李商隐前后依附过这两个人，便被认为“立场不稳”。总之，在牛李党争中，他左也不是，右也不是，进退两难，十分苦恼。加上他有过许多绯闻，和妓女、女道士都曾相好，还竟敢插手去当上司的“第三者”。种种传闻，未必属实；若说空穴来风，却不全是。试看他写过多首“无题诗”，情感暧昧，因而被视为“品行不端”，也非偶然。当然，李商隐自认是有才能、有抱负、有德行的人。传说他来过敝乡广州，还当过广州都督。有人向他行贿，他不肯收下，说这不是怕被人知道，而是出于自己廉洁的本性。看来，此人不爱财，只爱色，有才能，没运气，是个胸怀大志而不走运的诗人。最后郁郁寡欢，不到五十岁便死了。

李商隐存诗有五百多首。人们不是喜欢称他为“朦胧诗人”吗？其实，他写的许多诗，并不朦胧，甚至敢于直斥时弊，直抒胸臆。像《任弘农尉献州刺史乞假还京》一诗写道：“黄昏封印点刑徒，愧负荆山入座隅；却羡卞和双刖足，一生无复没阶趋。”那时，李商隐正在弘农县出任管理治安的小官，他看不惯吏治腐败，暗无天日，正派人还不得不趋炎附势，天天要向上级跪安。于是，他竟说羡慕那位蒙冤受屈，被斩去双腿的卞和。因为没有了腿，便不必再趴在石阶上，向庸懦腐败的官员叩头了。你看，他对当时黑暗的官场多么厌恶，态度多么激愤，用词遣句，毫不朦胧。不错，李商隐还写了许多“咏史诗”，以古喻今，但也并不朦胧。像说“宣室求贤访逐臣，贾生才调更无伦；可怜夜半虚前席，不问苍生问鬼神”（《贾生》），看起来是嘲笑汉文帝，其实唐代文士都知道，他是在讽刺喜欢求仙问卜、信奉道教的唐武宗，其命意清楚得很。

至于李商隐写的爱情诗，确是颇为朦胧了。像“春心莫共花争发，一寸相思一寸灰”（《无题四首（其二）》），“相见时难别亦难，东风无力百花残”（《无题》）等诗句，都和爱情有关。但这些诗到底是写给谁的？人们确弄不清楚，诗意也有点含糊。说这类诗是朦胧诗，也行。而且李商隐有不少诗是没有题目的，直接以“无题”作为题目，或者以诗的前面两字为题目，例如《潭州》取自“潭州官舍暮楼空”，《日日》取自“日日春光斗日光”之类，而内容则与题目并无多大的关系。这些诗，实际上也属于“无题诗”，是诗人不想让读者很清楚他的想法，任由读者朦朦胧胧地奔驰想象的诗。在这意义上，也可以说，李商隐是我国朦胧诗派的鼻祖。一般来说，李商隐“无题诗”，也多属与爱情有关的诗，它是有所寄托的，李商隐自己就说过：“楚雨含情皆有托。”（《梓州罢吟寄同舍》）只是我们往往还不能弄清楚他要寄托些什么而已。

在中、晚唐，诗人敢于打破初、盛唐的传统习惯，以近体诗的体裁来写爱情，这是诗坛进步的标志。就诗歌创作的角度而言，是人们在封建体制压抑的状态下，对人道主义和对人性有明显追求的表现，是我国文体在创作思想上的新发展。到五代，词人们的创作，便在这基础上进一步开拓，更是多以男女爱情为题材。

话又说回来，正因为李商隐写过不少爱情诗，所以，不少人一直认为《锦瑟》也是有所寄托的爱情诗。而我则认为：它是，又不是。说它是，因为它与爱情有关；说它不是，因为它并非只写爱情，而是比单纯写爱情复杂得多，深刻得多。

首先，我们知道，李商隐的《锦瑟》，约写于唐大中二年（848）。那时，他大约是四十七八岁。而他一生，也只活到四十八岁。也就是说，这首以“锦瑟”为题的诗，属于他生命走到最后阶段时的作品。在他辞去官职，在郑州赋闲隐居的最后几年，他心情很不好。何焯说：“此篇乃自伤之词，骚人所谓美人迟暮也。”（《李义山诗集辑评》）这看法，近年也渐渐被学界认同。但是，李商隐到底是怎样写《锦瑟》的？到底他是怎样运用创作技巧，让这首诗产生非凡的艺术魅力的？这还需要作进一步的探讨。

《锦瑟》以“锦瑟”二字为题。锦瑟，是指装饰美丽的瑟。瑟是乐器，但《锦瑟》却不是一首咏物诗，也不是一首与锦瑟这种乐器完全无关的无题诗。光是题目，已是朦朦胧胧，比较费解。这一点，又正是李商隐所希望达到的艺术效果。

诗的首句“锦瑟无端五十弦”，意思是说，他所面对的锦瑟，无端端地有着五十根弦线。“无端”两字，表现出诗人对这乐器琴弦之多，颇不耐烦并且无可奈何的情绪。

在唐代，瑟，一般只有二十五根弦。钱起有诗云：“潇湘何事等闲回，水碧沙明两岸苔；二十五弦弹夜月，不胜清怨却飞来。”（《归雁》）而这里李商隐所说的瑟，却是古瑟。

古代的瑟，确是有五十根弦的。据《史记》载：“太帝（黄帝公孙轩辕）使素女鼓五十弦瑟，悲。帝禁不止，故破其瑟为二十五弦。”可见，李商隐所说的“锦瑟”，不是唐代那种经过改造，一般只有二十五根弦的瑟，而是有五十根弦的古瑟。这种瑟，李商隐在诗里也多次提及，如说“雨打湘灵五十弦”（《七月二十八日夜与王郑二秀才听雨后梦作》），“因令五十丝，中道分宫徵”（《和郑愚赠汝阳王孙家筝妓二十韵》），等等。

至于为什么李商隐要写那张有五十根弦的古瑟，汪师炜在《诗学纂闻》云：“《锦瑟》乃是以古瑟自况。”又说：“世所用者，二十五弦之瑟，而此乃五十弦之古制，不为时尚。”这判断，说中了诗的要害。李商隐确是以不合时宜的古瑟自喻。因为他写这首诗时，快五十岁了。如果以一弦代表一年，他的生涯，正和古瑟一样。他觉得自己无端地白活了五十年，一年一年地反思，觉得实在没有什么意思。所以接下来便有“一弦一柱思华年”之句。

“思华年”，这三个字，值得注意，它有助于我们找到解开《锦瑟》的密码。

我们说，《锦瑟》不必视为“咏物诗”，可它又和锦瑟这一乐器，有所联系，原因是诗人把每一根琴弦、每一根琴柱，和他自己的五十年华联结起来。他觉得，这一弦一柱发出的乐音，其意韵，正好表达出了他一生的经历。苏东坡说这诗是要表现琴音有“适、怨、清、和”四种情调，却说不清李商隐为什么要抒发这样的情调。他忽略“思华年”这三个关键性的字眼，所以只能算是说对了一半。正由于李商隐以“锦瑟”起兴，所以，也不能说这诗与咏物无关，与对妻子的怀念无关。思妻，便属于爱情的范围。而且，他也确实写过《房中曲》，因瞥见锦瑟而怀念亡妻：“归来已不见，锦瑟长于人。”又说过：“锦瑟惊弦破梦频。”

(《回中牡丹为雨所败》)显然，他在“思华年”的过程中，掺杂着丧妻之痛。

反过来，若说“思华年”全是思妻，却又不是。因为王氏与他会少离多，逝世也早于他八九年。而李商隐是个处处留“情”的情种，他爱上一个女子，失去了，再爱上另一个，甚至同时爱上好几个，但又都不能如愿。因此，以“五十弦”表示年年岁岁思念亡妻，倒也未必。我认为，对《锦瑟》首两句的理解，是李商隐看见了那张有五十根弦的古琴，既觉得自己也像它那样，既不合时宜，又不为世用；当然，也想起自己有过丧妻之痛，想起他和那些爱过的女性，空有一段朦胧凄艳的接触，却通通没有着落。总之，他一生的种种理想和志向，完全无法实现，只能算是无端端地走出了娘胎，无可奈何地白活了一辈子。这就是他抚摸着一弦一柱，引发的对自己一生难以言喻、失落迷惘的怨楚。

李商隐用什么样的艺术手段，进一步表达他“无端”地“思华年”的内心世界呢?

通常，不少诗人，很自然会借助眼前的景物，抒发自己的情绪。而李商隐在《锦瑟》一诗中，对接下去要形容自己思绪的两联，竟是连续用了四个具有神话色彩的典故。这四句，文字优美，可是四句诗之间，似乎各说各的，没有什么联系。这闷葫芦究竟卖的是什么药?一下子让人觉得茫茫然摸不着头脑，于是就有了“一篇锦瑟解人难”的喟叹!

在诗歌创作中，不少诗人喜欢使用典故。所谓典故，是指过去发生的事情。刘勰在《文心雕龙》中，称为事类。“事类者，盖文章之外，据事以类义，援古以证今者也。”他认为在创作中运用典故，可以从这事推论那事，用过去发生的事情，说明今天发生的事情，这会有事半功倍的作用。在过去强调读经读史的时代，对儒生而言，掌握多少历史知识，成了衡量他们学问高下的标尺。当然，用典过多过僻，这“掉书袋”的做法，往往会被讪笑为“獭祭”“点鬼簿”和“堆垛死尸”。这里面，就有用典是否得当的问题。

清人赵翼认为：“诗写性情，原不专恃数典。而古事已成典故，则一典已自有一意，作诗者借彼之意，写我之情，自然倍觉深厚。此后代诗人不得不用书卷也。”（《瓯北诗话》）在典故已经成为一般常识的情况下，诗人适当用典，“借彼之意，写我之情”，是可以通过典故已经形成的形象、意象，以浓缩的语言，表达远比用概念性的话语更能表达的丰富内涵。而且，以彼事写此事，以彼情写我情，还能起着“寄托”的作用，让诗意更含蓄，让审美受体能发挥更丰富的联想力。

为什么王士禛说《锦瑟》“解人难”，很重要的原因，是认为它“獭祭曾经博奥殚”。其实，王士禛未看透这首诗的奥妙，便归咎于李商隐“獭祭”，亦即骂他用典过多过僻。不错，在今天的读者看来，《锦瑟》所用之典，是不容易看得明白的。但在唐代，这首诗涉及之典，其实并不算稀奇，人们多是能够懂得的，而且也有人运用过。（对《锦瑟》中已用典故的解析，笔者在拙著《诗词曲十讲》中有所说明。小文在原有文字的基础上，作进一步增析。）

《锦瑟》的第三句“庄生晓梦迷蝴蝶”，用的是庄子在《齐物论》所说的故事：“昔者庄周梦为蝴蝶，栩栩然蝴蝶也，自喻适志与！不知周也。俄然觉，则蘧蘧然周也。不知周之梦为蝴蝶与？蝴蝶之梦为周与？”按庄子所说，他做了一个梦，梦中化为蝴蝶。睡醒以后，竟糊里糊涂，弄不清梦醒的人，与梦中的人有什么分别。到底庄周是蝴蝶，还是蝴蝶是庄周？总之，浑浑噩噩，迷迷幻幻，梦像是醒，醒像是梦。有关庄周蝶梦的故事，在过去，凡是读过《庄子·齐物论》者，都是懂得的，这没有什么生僻可言。

至于李商隐为什么要在诗中运用这一典故，审美受体就需要仔细体悟。从这诗的第一、二句，可以发现，李商隐从眼前出现的古瑟中，看到了不合时宜的自己。它的琴音，传出了一种莫名其妙的意蕴，如幻如真，亦生亦死。于是，他觉得，他这一辈子，以及他所理解的人生，就是如此。积近五十年的经验，他认为人生无所谓生死，无所谓真假，人与物的存在，只不过是一种幻觉，这就是庄周之所以“迷”。他感到自己的一生，也就是这般的迷惘。这种复杂感情的内涵，可能包括他对唐代晚期政局混乱认知的迷失，可能包括他在爱情婚姻问题上的失意，也可能包括他的丧妻之痛，等等。总之，它涵盖着对人生的失落乃至迷惘等内容。其实，李商隐有诗说过：“怜我秋斋梦蝴蝶。”（《偶成转韵七十二句赠四同舍》）可见，他经常怀着迷惘的感情对待人生。我认为，这句诗根本不是具体说某一事件，而是从琴音的韵味里，感悟到人生的幻灭。苏东坡竟说这句有“清”的韵味，看来他的音乐耳朵并不灵敏。

“望帝春心托杜鹃”，望帝，是古蜀国的国君，据《华阳国志·蜀志》云：“杜宇称帝，号曰望帝……其相开明，决玉垒山以除水害。帝遂委以政事，法尧舜禅授之义，遂禅位于开明，帝升西山隐焉。时适二月，子鹃鸟鸣，故蜀人悲子鹃鸟鸣也。”而《太平御览》引《蜀王本纪》，则又有不同的说法：“荆有一人名鳖灵，其尸亡去，荆人求之不得。鳖灵尸随江水上至郫，遂活，与望帝相见。望帝以鳖灵为相。时玉山出水，如尧之洪水，望帝不能治。使鳖灵决玉山，民得安处。鳖灵治水去后，望帝与其妻通，惭愧，自以为德薄，不如鳖灵，乃委国授之而去。”这两则故事，一说是“让贤”，一说是“后悔”，而“让国”则是一致的。后人又传说，这杜鹃是望帝之魂所化，鲍照的《拟行路难》就说：“中有一鸟名杜鹃，言是古时蜀帝魂。声音哀苦鸣不息，羽毛憔悴似人髡。”于是，“杜鹃啼血”一词，成了表示伤心苦恼的典故，这也为读过有关古籍的人所谙知。《诗文拾遗》还记录了李白的断句：“野禽啼杜宇，山蝶舞庄周。”可见，在李商隐之前，早就有人把庄周梦蝶和杜鹃啼血的典故相互联系起来了。

我们且不考虑望帝为什么苦恼，是失去王位的后悔，是失去所爱者的苦闷，还是失德的忏悔，总之，他失去了原本属于他的一切。在春天，他化为杜鹃，用悲苦的啼声，发泄自己的怅惘和失落之痛。李商隐在诗中使用这一典故，也是用以寄托自己的情怀。他写望帝的万般苦恼，以此作为自己理想破灭和人生失落的写照。上面说过，有人认为李商隐说的望帝，是暗喻唐代的君主，像唐文宗等，也都有大权旁落的情况，而且李商隐的《井络》一诗，也有过“堪叹故君成杜宇”的说法。看来，这寄托的写法，也未尝没有可能。甚至我们还可以想到，那名为望帝的痴情者，有失去了他不应去爱的人的痛苦，而李商隐自己，不也有过这类似的经历吗？总之，我们还可以想象它还包含更多的内容，但这是什么内容，并不重要。重要的是他以这一典故，暗喻自己的心情，暗示曾经有过理想又都失去的悲哀。

第五句，“沧海月明珠有泪”，则是两个典故的综合。一是出自《新唐书》的狄仁杰传：“仁杰举明经，调汴州参军，为吏诬诉黜陟，使阎立本召讯。异其才，谢曰：仲尼称观过知仁，君可谓沧海遗珠矣。”“观过知仁”，语出《论语·里仁》。后来人们以“沧海遗珠”比喻野有遗贤，比喻有才能的人不被当政者赏识，这典故也不算生僻。另外，李商隐又用了《博物志》卷九所说鲛人泣泪成珠的典故。鲛人即美人鱼，传说它往往在月明之夜，对月流泪，眼泪便成了珍珠。李商隐把这两个典故融为一体，用以比喻人才的被遗弃，美好的事物被冷落。在沧海里那被遗弃的珠，泪光莹莹，不知它是鲛人之泪化成，还是这美好的珍珠，就像鲛人的泪痕？诗人把两个典故叠合起来，意思朦胧，含混不清，而这又是诗人正想要达到的艺术效果。他以珠为中介，把两组意象联系起来，让读者感到扑朔迷离，在蜃光幻影中，感受到美好的事物不得其用，只能在苍茫中暗自感伤的迷惘意境。

“蓝田日暖玉生烟”，则用了另一种典故。据《汉书·地理志》说，“蓝田山，出美玉”。中唐诗人戴叔伦说：“诗家之景，如蓝田日暖，良玉生烟，可望而不可置于眉睫之前。”（《与极浦谈诗书》）李商隐直接用上了戴叔伦的意思，和沧海遗珠又有所照应。美玉在蓝田山的泥土中，阳光一照，蒸发出恍惚迷蒙的烟气。美玉的光辉，可以感受得到，但它毕竟又被埋没在土里，不能得到，难以捉摸。玉生烟，明白地告诉人们，这里有玉，它给人以希望；而又告诉人们，这希望能否实现，也很难说。李商隐运用这一典故，也是要表现一种希望幻灭的迷惘心境。这第五、六句，把“珠”和“玉”对举，是陆机早在《文赋》中说过的：“石韫玉而山辉，水怀珠而川媚。”杜甫也在诗中写过：“盈把那须沧海珠，入怀本倚昆山玉。”（《暮秋枉裴道州手札率尔遣兴寄近呈苏涣侍御》）可见，这些典故和写传，早就被文学家运用，李商隐并非始作俑者。

当我们弄清楚了《锦瑟》颔联和颈联所写典故以后，便可进一步研究李商隐创作这诗的旨趣和技巧，领略他在艺术上的高明之处了。

不错，《锦瑟》运用的文字，十分优美：晓梦、蝴蝶、春心、杜鹃，词采丰赡，字语华丽；而明月与泪珠照映，阳光下烟玉迷离，也让人目眩神摇。加以对仗工整，音韵和谐，读来真觉余香满口。梁启超之所以觉得这首诗很美，指的就是这些方面吧。但是，想深一层，它却不是“神秘的”。

我们知道，在近体诗特别是在律诗的创作中，诗人们对整首诗的结构安排，往往会采用这样的方式：诗开头的第一、二句，和结尾的第七、八句，会直接表述诗作的题旨，而中间的两联，则多以对景物的描写，烘托题旨所要表达的意趣。像柳宗元的《登柳州城楼寄漳汀封连四州刺史》一诗：

城上高楼接大荒，海天愁思正茫茫；
惊风乱飐芙蓉水，密雨斜侵薜荔墙。
岭树重遮千里目，江流曲似九回肠；
共来百越文身地，犹自音书滞一乡。

如果我们把它中间的两联抽出，把第一、二句和第七、八句连接起来，那么，就能很清楚地看到，柳宗元写的是他登高望远，引起想念朋友的愁思。中间的两联四句，则是四幅画面，它所写的风景，各自不同，其间也没有联系。有写风吹在水面上的，有写雨打在城墙上的；有写浓密远树的，有写曲折河流的。诗人把这些画面，排列在一起，这就产生组接作用，就像电影蒙太奇的拍摄手法一样，让观众通过视觉，从画面中领悟作者愁思茫茫的情绪。

所谓“蒙太奇”，是指把外表不相连贯的缺乏完整意义的几个镜头、画面，组接剪辑在一起。于是，镜头之间的互不连贯，反留给了观众产生联想的空间，让观众“思而得之”，进行“再创作”，从而让镜头的画面，能够更完整、更深刻地表现出生活场景的情感意念。正如电影大师爱森斯坦所昭示，蒙太奇的对列，不是二数之和，而更像是二数之积。上引柳宗元的诗，中间的两联四句，其实就是四个不相连贯的画面。诗人把它们对列组接起来，再加上开首两句和末尾两句的引导，审美受体便能从中加深对“愁思茫茫”的联想，感受到柳宗元对现实不满所要表达的意境。

李商隐《锦瑟》一诗的结构，也是如此。如果我们也先把颈、颔两联抽出，把首两句和末两句连接起来，即成为：

锦瑟无端五十弦，一弦一柱思华年。
此情可待成追忆，只是当时已惘然。

显而易见，李商隐的意思十分清楚。这是诗人对着锦瑟一根根的弦和柱，联想自己的经历，不禁感慨万千。这感慨之情，岂是等待到以后的岁月才会想起？即使在当时，他的心情，已经是惘惘然无限惆怅的了。

但是，李商隐《锦瑟》的写法与众不同的是：七律中间的两联，不是像柳宗元他们那样，通过文字符号，把自己从视觉中看到的四种不同景色的具体画面组接起来，直接传达给审美受体，从而令其获得对作品意象的认知，而是找出了四个内容不同，并且具有寄托意味的典故，组接起来。典故与典故之间，没有联系，却也留出了足够的空间，让读者在记忆中对故事产生联想和感应，从而获得对作品意象的领悟。这做法，非常独特，它需要读者对故事内容有所了解，在大脑皮质细胞的紧张活动中，把具体故事不同的内容，及其不同的寄托意味进行抽象化，组接起来，才能进一步领悟审美主体所要抒发的情愫。显然，读者对诗中意象的审美过程，比较曲折和复杂。这就是《锦瑟》让人感到它深奥费解的缘故。

李商隐选择了这四个典故，用以传达自己的情绪，是因为它们既有共性，又各有特点。像庄生梦蝶一典，侧重于表现对生死和命运的迷惑；望帝化为杜鹃一典，侧重于表现爱和恨、怨和悔的交织。沧海月明、映珠有泪一典，寄托着贤才不受重视，空负年华的凄楚；蓝田日暖、良玉生烟一典，寓意人生美好的愿望朦胧在眼，却又永远不能实现的悲凉。然而，这四个典故的共同之处，就是“惘然”，是凄惶迷惑的情感，这是四组有寄托的典故的共性。李商隐把这四个故事，排列为四组，以蒙太奇般的手法，把具有神秘色彩以及具有寄托性的四个故事组接起来，从而让观众领悟到他所要表达的思想和情感。我认为，这和一些现代派艺术家在创作时把具体形象抽象化的做法，颇有相似之处。

不过，别忘了，《锦瑟》中这四个意象朦胧的典故，是被诗的前两句和后两句包裹起来的。这四个典故，就像饺子里混合着四种材料和口味不一样的馅。如果把各种馅，各自分开来吃，或者把饺子皮和馅分开来吃，就不是吃饺子了。只有当人们连皮带馅吃下饺子时，才能领略整个饺子那丰厚的滋味。所以，《锦瑟》这首诗，不仅在感性上可以让人感动，在理性上也是可以说明的。全诗的意旨，就是诗人回忆自己年年岁岁，失落迷惘。他的人生，经历过不知是什么滋味的滋味！

回忆自己的一生，年年岁岁，迷迷惘惘，凄凄楚楚地活着，正是《锦瑟》这首诗的题旨。诗人是要把自己比喻为不合时宜的古瑟，然后用迷离仿佛的两联，表现一辈子惘然的心境。这种感情，是难以言传的，他只希望读者读了这首诗，也和他一样迷迷糊糊，产生惘然的感觉，这就够了。事实上，“一篇锦瑟解人难”，因为李商隐有难言之隐。伤心人别有怀抱，他本来并不想让人们清晰地了解他一生的感悟，只想让人意会，不想言传。人们觉得这诗写得很美，却对它的题旨惘然不知，一切不能坐实，只觉得其味无穷。于是，李商隐的写作目的也就达到了。

显然，《锦瑟》难解，却非不可解。当我们了解李商隐五十年来的生活与感情，抓住“思华年”这有总括意义的三个字，明白他运用典故，深情寄托，以及采用组接意象的艺术技巧，从而表达“惘然”的意境，那么，这首诗的美学密码，便可霍然打开。

说许浑《咸阳城西楼晚眺》

一上高城万里愁，蒹葭杨柳似汀洲；
溪云初起日沉阁，山雨欲来风满楼。
鸟下绿芜秦苑夕，蝉鸣黄叶汉宫秋；
行人莫问当年事，故国东来渭水流。

对晚唐诗人许浑的诗作，传统诗坛的评论家，意见分歧。有人认为他写得很好，著名诗人韦庄说："江南才子许浑诗，字字清新句句奇；十斛明珠量不尽，惠休虚作碧云词。"（《题许浑诗卷》）惠休是南北朝有名的诗僧，诗人对他评价历来很高，韦庄竟认为许浑的成就在他之上。但是，稍后于韦庄，也是著名诗人的孙光宪，便开骂了："世言许浑诗，不如不做，言其无才藻，鄙其无教化也。"（《唐诗癸签》）这也不奇怪，不同时代的政治潮流以及诗坛的风气，会导致人们意见的分歧。像陶渊明的诗，在他活着的时候，只被视为"中品"，到宋代才大放异彩。像张若虚的《春江花月夜》，也一直籍籍无名，直到明代才被发现。所以，人们对许浑有不同的看法，是正常的。但有趣的是，大家对他的《咸阳城西楼晚眺》，则一致认为是好诗。特别是诗中“山雨欲来风满楼”一句，更成为晚唐以后具有经典性的、被人们经常挂在嘴边的名句。

更有趣的是，这首诗，不同的版本，有三个不同的题目，有作《咸阳城西楼晚眺》的，有作《咸阳城东楼晚眺》的，有作《咸阳城东楼》的。我没有考订过哪一个版本先出，但想到诗中没有明确写许浑是登上东楼还是登上西楼，即使考证出来，也没有多大意义，反正这老先生登楼以后，有时东望，有时西望，意思也差不多。但诗的第五句，说到看见秦代宫苑，而秦代的阿房宫在咸阳以西。如果咸阳城真有东、西两个门楼的话，那么，许浑登上西楼的可能性会更大一些。所以，我宁愿采取上引的题目。

在传统的诗坛里，写登高远望或登楼远眺的诗，多如牛毛，如《登鹳雀楼》《黄鹤楼》《登金陵凤凰台》，乃至与许浑处于同一时代的李德裕，也写有《登崖州城作》，此外还有李商隐的《安定城楼》、罗隐的《登夏州城楼》等等。就连许浑自己，写得较好的诗，都和登楼有关。像七律《登故洛阳城》：“禾黍离离半野蒿，昔人城此岂知劳；水声东去市朝变，山势北来宫殿高。鸦噪暮云归古堞，雁迷寒雨下空壕；可怜缑岭登仙子，犹自吹笙醉碧桃。”像《秋日赴阙题潼关驿楼》：“红叶晚萧萧，长亭酒一瓢；残云归太华，疏雨过中条。树色随关迥，河声入海遥；帝乡明日到，犹自梦渔樵。”这些诗，都不失为佳作，但也无法与《咸阳城西楼晚眺》一诗能够留下石破天惊的名句相比。

许浑这首诗，第一、二句是：“一上高城万里愁，蒹葭杨柳似汀洲。”我一看，这两句诗，怎么十分眼熟？再一想，就想起了李商隐的《安定城楼》。李诗的开首两句，正是“迢递高城百尺楼，绿杨枝外尽汀洲”。当然，许浑和李商隐这两首诗，后面诗意的发展，并不一样，但它们的首两句，实在十分相似。到底是谁抄谁的？不禁让我愕然！

一查资料，安定城在泾州，即今甘肃省泾川县北。李商隐是在开成三年（838）到达泾州去当幕僚的，《安定城楼》一诗应是他在这一时期的作品。而许浑则多次到过唐朝的首都长安。最后一次，是在大中三年（849），到长安担任监察御史。他在这时所写的《秋日早朝》一诗，说到自己心灰意冷，想念故乡，希望回去过“沧江归去老渔舟”的生活。咸阳就在长安附近，那么，他登咸阳城西楼的这首诗，很可能就是在这时期写成的，那就后于李诗十年了。

不过，在唐代，不存在著作版权的问题，诗人们的诗作也会互相传诵。可能李商隐的《安定城楼》写成在先，让许浑看到了，有所启发，甚至模仿有些词语，或会互相攀比。况且，这诗和《安定城楼》一样，用的是“十一尤”韵。许浑有意挑战李诗，这种可能性，也是存在的。说实在话，李、许两诗，虽然同以登楼望远为题材，但所写之景、所抒之情，则大不相同。李商隐登上城楼后，举目四望，想到“贾生年少虚垂泪，王粲春来更远游”，深感自己怀才不遇。最后又说“不知腐鼠成滋味，猜意鹓雏竟未休”，表现出忧谗畏讥的强烈情绪。而许浑的诗，就大不一样了，他想到的，并不是单纯个人遭际的问题。即以诗的首两句而言，艺术水平也不一样。

李商隐说“迢递高城百尺楼”，纯粹是写安定城楼之高，此外别无深意。许浑在首句要表达的感情却复杂得多。

许浑写“一上高城”，有些版本作“独上高城”。在未能确定版本先后、真伪的情况下，我认为“一上”比“独上”更佳。在这里，许浑强调，他是从来未登过咸阳城楼的，而一旦登了上去，感情和在城楼下完全不同。“一”字落纸，正好能表现出他一上城楼，便陡然一惊，十分意外，惊心动魄。如果用“独上”，就只能表明是他一个人孤单地登城而已。更重要的是，这“一”字，和后面的“万”字，构成了鲜明的对比。本来，许浑写他登上高城，是很简单很平常的举动，谁知他一旦眺望，便产生了万里之愁，这实在让人感到十分意外。何况，即使咸阳的城楼再高，也不能看到万里之外。而所谓看到“万里”，正是诗人把愁无限、恨无边的感情具象化，让读者能深切地感受到他愁怀的浓重。而且，诗人以“万里”这么广大的空间，来表现他的“愁”，也就暗寓了这里所指万里之愁，是对江山之愁、家国之愁。他一上高城，广阔无垠的大好河山，历历在目，而让他感受到的，却是无边无际的“愁”。至于许浑为什么会这样写，便不能不让读者“忽魂悸而魄动”了。

李商隐《安定城楼》的第二句是“绿杨枝外尽汀洲”，这纯是写安定城楼下面的景色。汀洲，这是指水塘中的小丘、沙地，是李商隐从城楼上往下看到的景色。他特写这样的景致，和下面想到离京归隐，“永忆江湖归白发，欲回天地入扁舟”不无联系，但说它有什么深层意味，却不见得。

许浑诗中的第二句是“蒹葭杨柳似汀洲”。表面上，他从咸阳城楼向外望下去，景色也和李商隐所见的差不多，他也见到杨柳，看到汀洲。不同的是，他还写看到了水边的芦苇。强调他见到的，是两种而不是一种植物，这就别有意味。固然，他看到的是咸阳城外之景，但很自然让人将之与《诗经》中“蒹葭苍苍，白露为霜，所谓伊人，在水一方”以及“昔我往矣，杨柳依依，今我来思，雨雪霏霏”等表现怀人情味的句子，联系起来，这就不仅是为写景而写景那样简单了。

还值得注意的是，许浑看到了咸阳城下的景色，竟下“似汀洲”一语。这“似”字，大有深意。在他眼里所见的“汀洲”，并不是李商隐所说一般的沼泽沙洲，而是指他曾经长期居住在江南时所见的景色。所以，他所见到咸阳城楼外的汀洲，和他在脑海中记忆的江南汀洲相似。据知，许浑本来是湖北安陆人，后来随父躲避战乱，长期在润州居住，润州即今江苏镇江一带。有一段时间，许浑还当过润州司马。在他漫长的一生中，虽然也曾到过京、洛、当涂等地任职，但最让他关情的，还是江南那边渔村水乡一带。到晚年，他还特地回到润州的丁卯桥别墅隐居，他自编的诗集，就命名为《丁卯集》。不是有人看到许浑所写的诗，往往都会出现水、江、雨、露的景色，便讪笑说“许浑千首湿”吗？其实，这正和他长期居住在江南，习惯并喜爱江南烟雨的生活有关。

显然，许浑在诗里所说的“汀洲”，并不是李商隐所说的意思。他在这里下一“似”字，等于告诉读者，他在咸阳城头上看到了蒹葭和杨柳，很像是江南那边水中沙洲的景色，于是引发出怀旧之情。所谓“似”，并非是一模一样，而只是说它很像而已。否则，他就会像李商隐那样，写为“尽汀洲”或者“是汀洲”了。说这边的“汀洲”，和那边的“汀洲”相像，这就表现出诗人有一个观察和思考的过程，是由此及彼，引发出对江南乡土的思念。

为什么许浑一上高楼，便有万里之愁呢？这也暗示，他感觉到万里江山，触目所及，并非一片乐土。眼前所见，颇像江南的风物。他想回到江南，却又未能如愿，于是愁心顿起，黯然神伤。显然，这里的“似”字，表面上轻轻落笔，其实包含着颇为复杂细腻的情感。

颔联“溪云初起日沉阁，山雨欲来风满楼”，是最为人们称道的两句。

从表面看，许浑承接上文，进一步写在咸阳城楼看到的景色变化。而他所选择的，是极具动势的场景。向西边望过去，他写的是河溪上的云，那云彩冉冉上升；而太阳，则渐渐下沉，竟像要沉到楼阁之上。这一上一下交替的动势过程，虽然只是缓慢地进行，却又让读者不由自主地感到，摆在前面的光景，则是越来越趋暗淡。

就在这逐渐演变的景色中，许浑笔锋忽转，竟写城头上“山雨欲来风满楼”。这风势，让人感到天动地摇，惊心骇目。这景象，又分明是诗人着意的经营，他让上联和下联在气势上恰好构成强烈的对比。于是，第三句景象相对的静和慢，成为第四句出现的蓄势。就以第四句而言，作者写“山雨欲来”，这“欲”字，下得极妙，它是说山雨将来，却又未来。这时候，狂风怒卷，城楼震撼，意味着山雨即将暴至。于是，这吹得人魂飞魄散的风，又成了山雨即将倾盆泼下的蓄势。

但是，到底在狂风满楼之后，山雨来了没有？是泼瓢而下，还是被风吹散？诗人却没有写。但这并不重要，因为许浑一再以“盘马弯弓惜不发”般的艺术处理，让读者感受到了必然要出现的可怖场景。在这里，诗人一次又一次地运用蓄势的技巧，就像一些戏曲演出包公怒铡陈世美的场面一样。首先，舞台上出现踱着方步的书吏，慢悠悠地出场。跟着，响起一阵“急急风”的乱锤，敲得震天价响，王朝马汉领着一批跑龙套的演员，分立两边。然后，包公踏着鼓点上场，摔袖亮相。那威严刚正的风度，让观众不由得喝彩。接着，包公回过身来，面对观众，举手把惊堂木一拍，大叫一声：“把铡刀抬上来者!”跑龙套的便齐声吆喝：“抬铡刀!”跟着鼓声重新大作，在敲得震天价响中忽然停住，出现了静场。这时候，铡刀还未抬上，但台下观众，已经紧张到极点，人们虽然认为陈世美罪有应得，但又为他捏一把汗，惊惶地预感到人头落地的可怕场面即将出现。老实说，如果舞台上没有运用上述种种蓄势的手法，铡刀的上场，不可能出现如此让人震慑的威力，包公的形象也未必能如此突出地确立。同样的道理，如果许浑上了咸阳城楼，一下子写暴雨扑面而来，没有作两次三番的蓄势，没有写满楼回旋狂撼的风，没有写“欲来”的即将扑向城楼的山雨，这反不能让人感到恐惧，感受不到“黑云压城城欲摧”的严重危机。很清楚，即就运用抑扬蓄势的创作技巧而言，我们也不得不承认许浑手法的高妙。

“风”与“日”两种形象同时出现，用以表现情绪的诗句，曹植曾在《箜篌引》中写过“惊风飘白日，光景驰西流”，也备受称誉。但是，许浑的写法，明显是后来居上。至于柳永在《八声甘州》中写道：“渐霜风凄紧，关河冷落，残照当楼。”李清照在《声声慢》中写道：“三杯两盏淡酒，怎敌他晚来风急。”这些诗作，虽然都涉及日落风急的景象，但和许浑所写的韵味，大异其趣。相比之下，我们能很容易辨别他写“山雨欲来”命意之所在。

“山雨欲来风满楼”之所以成为具有经典性的名句，并不仅是因为许浑在登上咸阳城楼的时候，恰巧碰上如此这般的情况，从而敏锐地捕捉住这一幅图景，巧妙地描绘现场的问题。更重要的是，他所呈示的危机四伏、面临激烈变动的状况，恰好能够概括地表现出当时社会的典型环境，以及人们的典型心态。

诗人在进行创作的时候，他被什么景象触动，从而对审美客体产生何种印象和兴趣，一定与审美主体的生活经历和体悟有着千丝万缕的联系。这一点，无论作者是自觉的有意识的也好，不自觉的没意识的也好，承认也好，不承认也好，总之，无一例外。而每一个人的思想感情，一定要受到客观环境和特定思潮的制约，因此，他们关注审美客体的目光，便各有不同。在许浑，他登上城楼的感受，选择和表现的特定的景象，也和他生活的时代与际遇息息相关。

许浑和晚唐许多诗人一样，处在政局极其动荡的环境中。从少年时代开始，他就因躲避战乱，远赴江南。其后，他怀着满腔热情，北上参加科举考试，多次名落孙山。但他并不气馁，“莫言三尺长无用，百万军中要指挥”（《谢人赠鞭》），自信能够发挥才能，光宗耀祖，可是直到五十岁，才当上宣州当涂尉。当然，他后来也得到提拔，能到朝中任职，却经历多次的政治风波。他也和晚唐时期许多有作为的人士一样，希望能够贾其余勇，澄清乱象。所以，当第一次到达首都长安，他便有“千官共削奸臣迹”（《正元》）的期待。而实际上，他无能为力，无所作为，只能慨叹：“虚戴铁冠无一事。”（《秋日早朝》）他分明知道，政局的混乱，和宦官专权有莫大的关系，在《闻边将刘皋无辜被戮》一诗中，他直接指出："外监多假帝王尊，威胁偏裨势不存；才许誓心安玉垒，已伤传首动金门……"他看到晚唐政局江河日下的症结，却只能终日彷徨。他任职监察御史，按理应司弹劾之职，无奈举步维艰，如临深渊，左右为难，于是很快就想退出政坛。在《秋日早朝》中，竟强烈地产生"沧江归去"的愿望。这说明，正是处在政治的中心，让他更能看到朝政日薄西山、风雨飘摇的景象。

我们不排除许浑在登上咸阳城楼的时候，确实刚好碰上日落风狂，他立刻捕捉住这一刹那的景象，大笔抒写。因为，这眼前出现的一切，正好和他内心萦回的种种恐惧焦虑的情绪密相切合，于是，笔底便涌出危机四伏、大厦将倾的意象。有趣的是，有人对许浑的写法不以为然，姚鼐认为："'溪云'一联固警句，然必当是咸阳景色耶？大抵用晦（许浑）诗，似先得句，而后加题附合者然，此其病也。"（《五七言今体诗钞》）按照姚鼐的说法，像"山雨欲来风满楼"的情况，并非咸阳城楼所特有，便觉得这显不出自身的特色。这议论，迂腐得很。不错，这一联所写日沉阁风满楼的情景，也非咸阳城楼所独有，它确具共性，是许多人在许多地方许多时候都会碰见的现象。但是，人们并不在意他所写的是否就是咸阳城楼的特色，相反，因为诗人能够概括在矛盾大爆发之前，所有人产生的胆战心惊的景象与心情，于是更能让人强烈共鸣。因为，人生在世，都会在不同程度上，经历面临危殆、心胆俱寒的紧张情状。金圣叹说："云起日沉，雨来风满，如此怕杀人之十四字中，却是万里外之一人，独立城头，可哭也！"（《贯华堂选批唐才子诗》）经历过明朝灭亡、社会动荡的金圣叹，自然能够感受到许浑这首诗所具有的典型意义。

许浑写他登上了咸阳城楼，临风四顾，在忧思中写出了矛盾即将爆发的景象，这“山雨欲来风满楼”的一句，即使仅仅就对自然景色的描画而言，已经让人佩服。但如果以为许浑仅仅是为景而写景，那就是皮相之谈。其实，当许浑在写日沉风满的时候，灵魂深处，已经把它和社会性问题连在一起。他既如实写自己碰上的自然现象，实质上也把他对现实社会状态的感受写上笔端。正因如此，紧接着，他便写下与颔联情景完全不同的颈联。这就出现了第五、六两句：“鸟下绿芜秦苑夕，蝉鸣黄叶汉宫秋。”如果说，许浑把颔联的气势，写得剑拔弩张，那么，在颈联，他又换了一副笔墨。

在城楼上，他看到远处的秦宫汉阙。那秦代的阿房宫，杜牧说它“覆压三百余里，隔离天日”，这里长桥卧波，复道行空，“歌台暖响，春光融融”，曾是无比壮丽无比热闹的地方。到如今，许浑却写它杳无一人，当夕阳西下，连本应归巢的鸟儿，也胆敢飞来这空寂的去处，蹦蹦跳跳。鸟儿的欢快，反衬出秦苑的荒废。在汉代，未央宫、建章宫、长乐宫等著名宫殿，也都是层楼耸翠、飞阁流丹的华丽建筑，是莺歌燕舞、娱乐升平的游宴场所。到如今，一切都成过去，当秋天来到，落叶纷纷，寒蝉呜咽的声响，也反衬出汉宫的空落。许浑的眼光，紧接着看到狂风满楼的状态，立刻落在废弃的秦苑汉宫上，这分明是把自然状态和家国兴亡、改朝换代的重大社会问题联系起来。

在传统诗词创作中，律诗在八句里，需要有颔联和颈联两组对联。所谓对联，是要求相对的两句，音韵、词性和内容，相互对立。如果两句写的是同一内容，即刘勰所谓“事异义同”，便成“合掌”。胡应麟说：“作诗最忌合掌，近体尤忌……如以‘朝’对‘曙’，将‘远’属‘遥’之类。”(《诗薮》)以“合掌”形容“事异义同”，非常恰切。因为对偶句的作用，就如人的两只手掌，一左一右，各司其职。如果将十个手指粘在一起，两手只作一手用，反显得呆滞。老实说，古人创作，触犯此忌者，不在少数。但我们也发现，当诗人们以古喻今，触及家国兴亡的话题时，是不惜“合掌”，强调对这敏感问题的关注的。像李白的《登金陵凤凰台》，颔联为“吴宫花草埋幽径，晋代衣冠成古丘”。这两句，实质上意思是一样的，是历代繁华一去不复返的同义重复。但由于李白从“凤去台空”引发出对唐王朝盛衰的忧虑，对这重大的政治问题，人们一般不会去计较其技巧性的问题。同样，许浑写《咸阳城西楼晚眺》的颈联，也存在“合掌”的问题，这第五和第六两句，无非都是诗人从秦苑汉宫，看到了曾经繁荣而最终走向荒芜的景象，透露出对晚唐王朝走向崩溃的忧思。《东岩草堂评订唐诗鼓吹》中提到，这诗中“秦苑汉宫，俱切咸阳……下一‘夕’字、‘秋’字，景况倍觉凄凉，感时怀古之意，岂能已乎!”这理解是准确的。

现在，从许浑在远眺时看到秦苑汉宫盛极而衰的画面这一怀古感时的颈联中，反过来，读者便会更深地体悟到，诗人写黄昏时分“山雨欲来风满楼”这让人震撼的笔墨，绝非仅仅是单纯表现他所见的云起日沉，特别是狂风乍起、摇撼城楼的情景，更流露出他从心底产生的王朝更替危机来临的预感。于是，读者就更能理解这句诗所包含的审美意义，知道了为什么这区区的七个字，影响了人们对整首诗的评价，并且能够被千载传诵。

当许浑看到了秦苑汉宫并想到朝代的兴衰，紧接着便总结自己登楼的观感："行人莫问当年事，故国东来渭水流。"所谓"行人"，包括他自己以及来到咸阳的旅客。这句话表面的意思，是告诉人们不要去想前代的历史，实际是说，由于自己想起了前代的历史，引起无限的忧伤。他感到政治上的暴风骤雨即将到来，朝代兴亡的大势，已经不可阻挡。但是，自己作为历史的过客，尽管曾希望有所作为，却实在无能为力。也正因为自作多情，引起无限的悲哀，所以，他奉劝行人，也告诫自己，不要去多想了。

至于第八句的"故国"，应作故乡解。按说，许浑是湖北安陆人，安陆在咸阳以东，他说"故国东来"，也可以理解为对安陆的思念。但是，他长期在江南一带避乱，直把他乡作故乡，联系诗的开始时，他写到"万里愁"，写到对"汀洲"的思念，以及他后来回到江南隐居等，因此，所谓"故国东来"，实指他在咸阳城楼，在远眺中感到江南的景色从东方扑面而来，向他招手，让他离开这是非之地。

同时，许浑也写他看到咸阳城下的渭水向东奔流，不舍昼夜，也不管人间发生的一切。显然，他感到逝者如斯，而天地不能与一瞬。因此，他劝告自己，只想回到江南，不必去想什么时代的变化，想什么家国兴亡，就让历史的风云变化，顺其自然吧！这最后的两句诗，似乎表现他很豁达，其实是让读者反过来觉察到他在平淡的话语中蕴含着泪水，理解他心底里包藏着无可奈何的隐痛。就整首诗的结构而言，最后的两句诗，也是对开首两句诗的回应。

在许浑死后不到半个世纪，我国封建时代最为强盛的朝代——唐王朝，也灭亡了。

许浑的大半生，经历过唐王朝逐步走向衰败的时期。当然，晚唐时期，统治集团也努力挣扎，个别帝王也采取过一些挽回颓势的措施。但是，青山遮不住，毕竟东流去。这一点，晚唐时期政治嗅觉稍为敏锐的诗人，都是觉察到的。因此，在晚唐的诗坛上，以登高怀古为题材，抒发兴亡之感的诗作，也特别多。就以许浑为例，他除写了这首名诗外，还写过《凌歊台》，说道："行殿有基荒荠合，寝园无主野棠开。"在《金陵怀古》，也写出了"玉树歌残王气终，景阳兵合戍楼空；松楸远近千官冢，禾黍高低六代宫"等名句。总之，灾难频仍，人心思变，宦官军阀，依然互相倾轧、争权夺利，农民反抗压迫，起义烽火四起。在统治危机严重之时，大厦将倾的阴影，一直笼罩在人们的心头，发而为诗，便流露出忧思重重、凄惶伤感的复杂情绪。

我们不是读过王之涣的《登鹳雀楼》吗？他也写到日落依山，写到河流入海，但他满怀豪气，提出"欲穷千里目，更上一层楼"。如果我们把王之涣的诗，和许浑登上咸阳城楼的诗作一对比，便可以清楚地看到初唐和晚唐诗风的变化。

说秦韬玉《贫女》

蓬门未识绮罗香，拟托良媒益自伤；
谁爱风流高格调？共怜时世俭梳妆。
敢将十指夸针巧，不把双眉斗画长；
苦恨年年压金线，为他人作嫁衣裳。

我国传统诗坛，男性诗人往往喜欢以女性自喻，始作俑者，是伟大的诗人屈原。《离骚》不就有这样的句子吗？“众女嫉余之蛾眉兮，谣诼谓余以善淫。”以后，历代诗人，以女性自喻者，不绝如缕。在儒家思想的影响下，“臣”与“妾”的地位和身份，颇为类似，这为男性诗人采用以女性自喻的创作手法，提供了思想基础。在晚唐和宋代的词坛上，男性的词作，以女性自喻者，比比皆是，这已是人尽皆知的常识性问题。

在唐代，也有以女性自喻的诗，我们曾经说过，张籍的《节妇吟》、朱庆馀的《近试上张水部》“洞房昨夜停红烛”，也都是以女性自喻的。有趣的是，在晚唐，不少诗人则喜欢写贫穷女性的情态，这固然表现出诗人们有同情下层民众的人道主义精神，而他们也往往通过抒写贫女对不幸生活的幽怨，寄寓自己对现实的不满和郁抑的心态。这一写作手法，和上述屈原以来的传统，如出一辙。像薛逢、李山甫、秦韬玉，这三位诗人，都以贫女自喻，所写七律的题目，都是《贫女》或《贫女吟》。其中，秦韬玉写的一首，最为人称道。诗的最后一句“为他人作嫁衣裳”，也成为脍炙人口的名句。

为了研析秦韬玉的《贫女》，我们拟把薛逢和李山甫写贫女的诗，也作一介绍，让读者从比较中增进对秦韬玉这一名篇的理解。

在这三位诗人中，薛逢生卒年不详，但他在会昌年间（841—846）即参加进士考，到咸通年间（860—874）还做过地方官，可见比李山甫和秦韬玉都年长一些，仕途也顺利一些。他写过的《贫女吟》是：

残妆满面泪阑干，几许清幽欲话难；
云髻懒梳愁拆凤，翠蛾羞照恐惊鸾。
南邻送女初鸣佩，北里迎妻已梦兰；
唯有深闺憔悴质，年年长凭绣床看。

诗的第一、二句，是说这贫女起来后，无心打扮，脸上残留着昨天的脂粉，这叫“残妆”。她泪流满面。她也不是不想梳妆，但对着镜子，便觉得自己即使有几多的幽情雅韵，要画也画不出来，于是禁不住伤心自怜、眼泪纵横了。第三、四句便说她不想梳发打扮的原因，那是怕不小心把凤钗折断；她连眉也不愿画，是因为害怕把眉毛画得好了，显现她秀美的容颜，连那鸾镜也会大吃一惊。第五、六句进一步写这贫女的处境，她左邻右舍的年轻人，一个个都结婚了。南面那家嫁女，嫁妆上的玉佩叮当响；北面那家娶亲，正在做着生孩子的美梦。最后的结句，薛逢直接点明她愁苦的原因，原来，她觉得自己年复一年，养在深闺，容颜憔悴，婚姻无望，只能靠着绣床，看着别的人去过幸福的生活。

这首诗，用了一些颇为华美的词藻，但总体而言，创作是失败的。首先，就诗中两联而论，对偶是工整的，却有“合掌”的毛病。它上下两句，重复说着同一个意思，十四个字等于七个字，浪费了笔墨，此属诗家大忌。其次，这诗以“贫女”为题，但诗中描写的，哪里有“贫”的内容？作者写她没有打扮，那是她内心的思想问题。勉强能和贫穷扯得上边的，是末句出现“绣床”一词。绣床应是指女性用以刺绣的工具，不是用作睡觉的绣榻。不过，过去妇女，不论贫富，都要做“女红”。因此，若以“绣床”表现这女子的贫，严格来说，也不准确。

依我看，与其说薛逢这诗写的是“贫女”，不如说它写的是怀春的“剩女”。因为诗中一点也没有写她如何贫苦，只写她内心的痛苦。这痛苦，是因为南邻北里的青年都成婚了，只有她独在深闺。至于为什么她嫁不出去，诗人没有半句涉及。说穿了，薛逢只是借“贫女”之口，比喻自己迫切希望获得皇帝青睐的心情而已。他还写过一首名为《宫词》的诗，说“十二楼中尽晓妆，望仙楼上望君王”，于是“云髻罢梳还对镜，罗衣欲罢更添香”。说白了，这首诗无非是表达想得到亲近皇帝的机会而已，它与《贫女吟》中贫女希望早点嫁出去心情，如出一辙。

就思想艺术水平而言，这诗的水平并不高。

晚唐时期另一位诗人李山甫，也写过以“贫女”为题的诗：

平生不识绮罗裳，闲把金簪益自伤；
镜里只应谙素貌，人间多是重红妆。
当年未嫁还忧老，终日求媒即道狂；
两意定知无处说，暗垂珠泪滴蚕筐。

和薛逢的《贫女吟》不同，李山甫诗的第一句，让抒情主人公说，她平生以来，不知道什么是贵重的衣服，这就把“贫”字点破了。第二句就说她在无聊的时候，便拿起金簪暗自悲伤了。所谓“金簪”，是金属簪钗的泛指，例如铜簪，也可称金簪。（有些版本，“绮罗裳”作“绣衣裳”；“金簪”作“荆钗”。意思都差不多，这里不细考。）至于为什么“闲把金簪”，这女孩便自觉悲伤呢？因为，过去女性如果用发簪绾起头发，梳成髻子，便意味着结了婚了。当她拿起了金簪，很自然想到，在什么时候才能用它来绾发成髻，解决婚姻的问题。一想到这里，就不由得暗自悲伤了。

从拿起金簪，很自然地联系到梳妆打扮了。和薛逢所写不同的是，薛诗写贫女懒得打扮，因为一旦打扮，发现自己是那么的美，却又迟迟未嫁，不禁悲从中来。而李山甫的诗，则写贫女是曾对镜梳妆的，可是在梳妆时，便发出感慨。她发现镜里的自己，长得白白净净，蛮好看的。她认为，人们本应只爱像她那样不施脂粉，具有自然美的女孩子；可是，在现实生活中，情况却正好相反，人们只是看重那些浓妆艳抹的女人。这一联，实际上不仅是谈打扮的问题，而是从对美的评价中，接触到社会价值观的问题。诗人从贫女长得素净、真实而得不到赏识，联系到在现实生活中，存在着只重视乔装打扮、表里不一的人物的现象，为此感到不平。这样的写法，当然远比薛诗深刻。

第五、六句是说贫女正当豆蔻年华，可是因家贫，没法嫁出去，这不能不让她担忧。再想深一层，如果拖延时日，人老珠黄，那怎么办？这让她越想越怕。而要改变命运，唯一的办法，就只有赶快结婚，找一个好人家。这是封建时代妇女的普遍希望。

在婚姻无法自主的情况下，谈婚论嫁，只好急切地请求媒人帮忙。这一来，又招致别人认为她举止轻狂的讥讽。人言可畏，实在让她左右为难。这两句，看似浅白，但能表现出贫女内心的苦恼和外在的压力，写得比较深刻。如果和薛逢诗的第五、六句作一比较，显然，薛诗只写到那贫女羡慕别人在嫁娶，在那里顾影自怜，相形之下，便觉肤浅。

李山甫《贫女》的最后说，“两意定知无处说，暗垂珠泪滴蚕筐”。两意，指的是忧贫和忧嫁。她这两层的担心，让她着急地求媒，但又招致别人的讥讽。而她也早就预料到有这样的结果，可又无处诉说。“哑巴吃黄连，有苦自家知”，只好暗自悲伤，让泪水滴在蚕筐上。蚕筐，是劳动工具，这和贫女身世暗合，不同于薛诗用不确切的“绣床”一词。

李山甫出生活在唐代末年，他去世后一年，黄巢起义爆发。在这之前，他累次参加科举考试，也累次不第。宦途失落，让他对朝廷心怀怨懑。胡震亨说：“李山甫求名不遂，满腔怨毒，语不忌俚。”（《唐音癸签》）他在《公子家》一诗中写道：“不知买尽长安笑，活得苍生几户贫!”可见对现实生活中贫富悬殊的局面，颇为厌恶，也很能理解人民生活的艰辛。显然，他所写的《贫女》，无论在思想和艺术方面，都超过薛逢的《贫女吟》。

现在，我们可以回过头来，研读上引秦韬玉的《贫女》了。

秦韬玉诗的第一句，“蓬门未识绮罗香”，和李山甫《贫女》的第一句，基本上是一样的，但仔细品味，又有所不同。秦诗首提“蓬门”，蓬门是用蓬草搭成的柴门。这两字一下，这女子的贫穷身世，便被点明了。再者，秦诗说贫女“未识绮罗香”，是说她未曾领略过用绮罗制成的那种贵重衣服的香气，是从来未穿过绮罗衣服的意思。这比李诗说“平生不识绮罗裳”，更为贴切。试想，从事纺织的贫女，怎么会不认识衣料是否珍贵呢？相形之下，李山甫的诗，显得过分夸张，反而不完全切合实际。

秦韬玉诗的第二句，“拟托良媒益自伤”，和李诗的第五、六两句相近。贫女也知道，要改变自己的命运，只有找个好婆家。请注意，秦诗明确地说“托良媒”，意思是要找个好媒人，找个有能力、有眼光，能真实反映情况的媒人。她把希望寄托在“良媒”，而不是随便找个能说会道的三姑六婆。还有，秦诗不同李诗的是，李诗写贫女“终日求媒”，而秦诗说贫女只是“拟托”，她只准备委托一个好的媒人帮助自己而已，实际上，她还没有去找哩！但刚刚有这样的念头，便越发感到悲伤了。这样的写法，比李诗所说终日求媒，人言可畏，更为细致深刻。而从“拟”字到“益”字，也能写出贫女内心矛盾的过程。

为什么贫女会越发伤心？秦诗的第三、四句，便顺着写贫女的想法。“谁爱风流高格调？”这是反问句，意思是说，在当下，有谁喜爱像她那样有才华、有品位、格调高雅的人？因为时下的眼光，都是低下的，俗不可耐的。贫女认为，她越是高雅，越是不可能被世俗人接受，这便是她“益自伤”的原因。

“共怜时世俭梳妆”，这一句，比较费解。一般的解法是：“共怜时世”是一组词，“俭梳妆”又是一组词，人们都可怜这个世道，因而都节俭地不施朱粉。也有另一种解法，认为连接上一句，指许多人和贫女一样喜爱格调高雅，也和贫女一起哀伤当下庸俗的时世，并且节俭地不讲究梳妆打扮。

如果按照上面两种理解，那么，第四句便成为对时下许多女性的赞美，因为大家都节俭起来了。另外，把“俭梳妆”理解成节俭地打扮，也不通，因为对富家女性而言，可以说节省，而对贫穷的女性而言，她们本身便没有钱，根本不存在所谓节俭的问题。所以，以上的解法，都难以成立。

在这里，关键在于如何理解“怜”“时世”和“俭”这几个词。

“怜”，这里是喜爱的意思；“共怜”，指的是共同喜欢。这比较容易说明。至于“时世”，其实即时髦的意思。“时世妆”，也是中唐时期一个特有的词组。陈寅恪先生在《元白诗笺证稿》中指出，从天宝到贞元期间，有一种打扮，被称为“时世妆”，指的是时髦打扮。白居易的《上阳白发人》云：“小头鞋履窄衣裳，青黛点眉眉细长；外人不见见应笑，天宝末年时世妆。”《时世妆》云：

> 时世妆，时世妆，出自城中传四方；
> 时世流行无远近，腮不施朱面无粉。
> 乌膏注唇唇似泥，双眉画作八字低；
> 妍媸黑白失本态，妆成尽似含悲啼。

至于“俭”，通“险”。俭妆，即“险妆”。《唐书》中有“禁高髻险妆”条。险妆，是指时髦的古怪的打扮。据知中唐以后，女性流行这样的“时世险梳妆”，例如梳髻，有所谓“半翻髻”“闹扫妆髻”“抛家髻”“堕马髻”之类；画眉，则有“鸳鸯眉”“小山眉”“五岳眉”“三峰眉”“长眉”“蛾眉”等；涂唇则有“啼妆”“红妆”“泪妆”。总之，这些都属时世的“险梳妆”，是富贵人家女性的时髦打扮，也是唐代社会的风尚。

秦韬玉笔下的贫女，认为这些时髦的打扮十分可笑，对此也表示愤愤不平。当然，秦诗中的贫女，是从她自己因贫穷而无法谈婚论嫁的痛苦，发展为对时下妇女共同喜爱“险妆”的讥讽。但是，诗人真正的着眼点，是通过贫女的怨恨，针砭当时整个社会风气的堕落。

如果把秦诗的第三、四句，和李诗的第三、四句相比，两者意思相同，但高下立见。在李诗，语调平缓，诗人只叙述了现实生活中不合理的现象。而秦韬玉的这一联，则在叙述现实生活不合理的同时，使用“谁爱”的反诘句式，从而流露出愤愤不平的情感。这不仅使作品结构产生曲折变化的效果，而且也表明作者对社会认识程度深浅的不同。

承接着第三、四句愤愤不平的语气，诗的第五、六两句“敢将十指夸针巧，不把双眉斗画长”，秦韬玉又透露贫女倔强兀傲的情绪。贫女知道，她出身贫贱，格调虽高但不合时宜。但她毫不自卑，相反，她很自豪，“敢将十指夸针巧”，她敢于夸耀自己刺绣的本领。在过去，“女红”亦即刺绣，是显示女性才能的重要方面。在文学作品中，也常以刺绣手段来表现人物的心灵手巧，像《红楼梦》写晴雯补裘，就是其中的一例。这一联，秦韬玉写出贫女的自信心和自豪感，表现出贫穷的劳动者的骨气，实在难能可贵。这和薛逢笔下的贫女，只是羡慕邻家婚嫁落泪悲伤，大不一样。当然，秦诗写贫女的心情，也是作者的自况，它寄寓着诗人傲然自负，不屑与凡夫俗子同流合污的态度。

第七、八句，“苦恨年年压金线，为他人作嫁衣裳”，是全诗最精警之笔。“苦恨”两字，分量很重，它比伤心又进了一层。这贫女年复一年，裁缝华丽的衣服，那是为别人制作出嫁的衣装。“压金线”，即以指头用力地压着金线缝衣的意思，这是一种劳累的制作方式，有过缝衣经验的人，都会理解。可怜这贫女年年岁岁，都要缝制嫁衣。这嫁衣，却不是给自己穿的。为了生活，她不能不制造这奢华的嫁妆，而辛勤劳动的成果，却只供别人享用。她没有幸福，眼看别人出嫁，她只能用自己的辛勤，为别人编织幸福。她心有不甘，但又很无奈，所以，她一边缝，一边心里泛起了多少波澜！

在这里，作者选用“作嫁衣裳”的细节来表达贫女的心理状态，十分精妙。首先，这女子要谋生，便要替别人缝衣，这和“贫女”的身份切合。其次，她缝制的是要用金线刺绣的衣服，只配给富贵人家享用的衣物，而她则从来“未识绮罗香”，这是多么的不平等。宋代张俞有诗：“昨日入城市，归来泪满巾；遍身罗绮者，不是养蚕人。”（《蚕妇》）意思也一样，但秦韬玉这首诗，写得更深刻。那辛苦地压痛了指头缝成的珍贵衣裳，与荆钗布裙缝制者的贫贱，构成鲜明的对比。更重要的是，作为这诗最后的一句，和诗的首两句，在结构上互相呼应。诗人写贫女缝制的是女性出嫁所需的衣服，这必然引起“拟托良媒益自伤”的少女，产生复杂的联想，这滋味，不是别的劳动所能比拟的。试想，如果诗人把“嫁衣”改作“新衣”“绣衣”之类的词语，那么，效果将完全不同。在这里，人们不能不佩服秦韬玉艺术构思的巧妙。当然，在李山甫的《贫女》里，也写到贫女“暗垂珠泪滴蚕筐”。那蚕筐，和贫女的身份也有联系，但与贫女待嫁的心态则无关。可见，诗人对意象的运用，反映出他对生活的观察能力，以及艺术水平的高下。也正因为秦韬玉选择这一意象，具有深刻的典型性，“为人作嫁”，也成为汉语中的成语。

和薛逢、李山甫所咏的贫女相比，秦韬玉的高明，还在于他以顿挫的笔触，层层推进地表达贫女复杂的心态。整首诗，作者从“自伤”着墨，第一、二句是自伤身世的不幸；第三、四句，从“自伤”发展为伤时，发展为对现实生活的不满。而在伤时的同时，又包含“自伤”的意绪；第五、六句，则表现贫女的自信和自负。这情绪的变化，在诗的结构中有顿挫的作用。所谓顿挫，是诗意出现高低起伏的状态，它像摇橹一样，通过短促的反作用力，推动舟船前进。贫女的自强自重和自伤自怜，构成两股反作用力，让读者清晰地看到贫女思想感情的发展过程。但是，贫女即使是自负自傲，有志气，有能力，也不可能改变自己的命运，也就是由“自伤”进而为“苦恨”，发展为具有广泛意义的更大的悲哀。

秦韬玉生卒年不详，据知他在黄巢起义的875年，还能活着入蜀，可见他比薛逢、李山甫，出生更迟一些。在唐朝临近全面崩溃的时刻，他更能了解社会出现严重矛盾的状况。出生于武官门第的他，虽然满腹才华，但累试不第。后来虽然也当上一官半职，但始终受到排挤和嫉妒。因此，他对社会上贫富悬殊的情况有所了解，在诗作中，便常揭露统治集团的奢侈糜烂，像在《豪家》一诗中指出："四邻池馆吞将尽，尚自堆金为买花。"在《贵公子行》一诗中，又写到不同阶层人士不平等的生活状况："斗鸡走狗家世事，抱来皆佩黄金鱼；却笑儒生把书卷，学得颜回忍饥面。"这里所说忍饥的儒生，也包括诗人自己在内。特别值得注意的是，他尤其同情纺织妇女生活和工作的艰辛，在《织锦妇》一诗中，他写道："桃花日日觅新奇，有镜何曾及画眉；只恐轻梭难作匹，岂辞纤手遍生胝。"但是，王孙公子，把她们辛苦织成的劳作，大把大把地赠给歌伎："豪贵大堆酬曲彻，可怜辛苦一丝丝！"这首诗所表达的思想感情，与《贫女》所写如出一辙。

当然，秦韬玉也和薛逢、李山甫一样，在描写贫女的同时，也寄寓着自己作为贫士的牢骚。特别是秦韬玉的《贫女》，更能透过写贫女的辛劳艰苦，写她对世态的不满、对才华的自信、对无效劳碌的怨愤，寄寓封建时代下层知识分子对现实生活的愤懑不平。这一点，许多评论者都能看出。俞陛云在《诗境浅说》中说："此篇语语皆贫女自伤，而实为贫士不遇者，写牢愁抑塞之怀。"也正由于秦韬玉的《贫女》能透过写贫女的心情，巧妙地寄寓并表达贫士的心态，具有典型性意义，因此，这首诗历来受到人们重视。

秦韬玉和薛逢、李山甫这三首写女性的诗，同是八句，同是写未嫁的贫女，但贫女的感情和抒发的重点，各不相同，诗人的表现力也各不相同。通过比较，我们可以判断作者不同的思想水平和艺术水平，从而提高我们的鉴赏和分析能力。